Dreams 'n' Whispers – Lebe lieber übersinnlich

Kiersten White hat einen großen Mann und zwei kleine Kinder. Sie lebt in San Diego, nahe dem Meer, wo sie ihre Tage vollkommen normal verbringt. Diese Fülle an Normalität hat dazu geführt, dass sie alle paranormalen Dinge absolut faszinierend findet – unter anderem Feen, Vampire und Popkultur.

Kiersten White

# DREAMS 'N' WHISPERS

## Lebe lieber übersinnlich

Aus dem Amerikanischen übersetzt von
Jessika Komina und Sandra Knuffinke

CARLSEN

*Für Natalie und Steph,*
*die mir bei der Entstehung der Geschichten helfen,*
*und für Michelle und Erica,*
*die mir bei der Entstehung der Bücher helfen*

MIX
Papier aus verantwortungsvollen Quellen
FSC® C083411
FSC www.fsc.org

Veröffentlicht im Carlsen Verlag
Februar 2016
Mit freundlicher Genehmigung des Loewe Verlages

Published by arrangement with HarperCollins Children's Books,
a division of HarperCollins Publishers
Originaltitel: »Supernaturally«

Umschlagillustration, -typografie sowie Innenillustration:
CREATIO IMAGINIS, Maria-Franziska Löhr
Umschlaggestaltung: formlabor unter Verwendung
des Layouts von Franziska Trotzer
Corporate Design Taschenbuch: bell étage
Druck und Bindung: CPI books GmbH, Leck
ISBN 978-3-551-31433-8
Printed in Germany

# Inhalt

# Aus heiterem Himmel

Oh piep, ich würde sterben.

Ich würde einen schrecklichen, grausamen, schmerzhaften Tod sterben.

Meine Hand zuckte an meine Seite, griff nach dem rosa Taser, von dem ich genau wusste, dass er nicht da war. Wieso hatte ich das hier noch mal gewollt? Was hatte ich mir dabei gedacht? In der Internationalen Behörde zur Kontrolle Paranormaler zu arbeiten war zwar kaum mehr als Sklaverei, und klar, ein paar unangenehme Begegnungen mit Vampiren, Moorhexen und obergruseligen Feen hatten auch dazugehört, aber das war gar nichts, verglichen mit der Gefahr, der ich jetzt ins Auge sehen musste.

Sportstunde.

Wir spielten Fußball. *Ohne Schienbeinschoner.* Das Mädchen, das ich decken sollte (eine so riesige Kreatur, dass ich hätte schwören können, sie wäre ein Troll), donnerte auf mich zu, während ihr regelrecht Dampf aus den Nüstern quoll. Ich wappnete mich für den Aufprall.

Und dann blickte ich staunend in den strahlend blauen

Herbsthimmel. Kein Wölkchen weit und breit. Aber warum sah ich mir eigentlich den Himmel an? Hatte das vielleicht etwas mit meiner plötzlichen Unfähigkeit zu atmen zu tun? Komm schon, Lunge. Na los. Irgendwann würde die doch wohl wieder anfangen zu funktionieren, oder? Vor meinen Augen tanzten helle Flecken und ich sah schon die Schlagzeile vor mir: *Der Tod kam beim Fußballspielen.* Wie erbärmlich war das denn bitte?

Doch schließlich drang wieder ein wohltuender Luftstrom in meinen Brustkorb. Ein vertrautes Gesicht, eingerahmt von langem, dunklem Haar, kam über mir zum Vorschein. Meine einzige normale Freundin, Carlee. »Alles okay?«, fragte sie.

»Green!«, blaffte ein dunkler Bariton. Ich war mir ziemlich sicher, dass Miss Lynn eine tiefere Stimme hatte als mein Freund. »Hoch mit dem Hintern und weiterspielen!«

Ah, Green. Der Nachname hatte so nett geklungen, als Lend ihn sich für meine gefälschten Papiere ausgedacht hatte (er war zwar nicht so toll wie seiner – Pirello –, aber immerhin). Doch je öfter Miss Lynn ihn brüllte, desto weniger konnte ich ihn leiden. »GREEN!« Carlee streckte die Hand aus und half mir hoch.

»Keine Sorge. Ich bin auch total mies im Fußball.« Sie lächelte und rannte dann wieder los. Natürlich war sie kein bisschen mies im Fußball.

Das war so unfair. Da stand ich auf diesem matschigen Sportplatz, während Lend weit weg auf dem College war. Was für eine Zeitverschwendung. Und wer wusste schon, wie lange mir noch blieb? Was, wenn ich nun die kostbaren Überreste meiner Seele beim Fußball auf den Kopf haute?

Vielleicht konnte ich ja ein Attest vom Arzt kriegen? Ich konnte es schon regelrecht vor mir sehen: »Sehr geehrte Miss Lynn, Evie leidet unter einer überaus seltenen Krankheit: Unglücklicherweise ist ihre eigene Seele zu schwach ausgeprägt, als dass sie ein normales Leben führen könnte. Darum rate ich dringend, Evie unverzüglich und für alle Zeit von jeglicher körperlicher Anstrengung zu befreien, die Schwitzen und In-den-Matsch-geschubst-Werden mit einschließt.«

Lächerlich. Aber vielleicht war es ja einen Versuch wert. Immerhin hatte Lends Dad ein paar Kontakte im Krankenhaus ...

Ich duckte mich, als der Ball an meinem Kopf vorbeisauste. Eine meiner Mannschaftskolleginnen, eine rabiate Rothaarige, brüllte im Vorbeirennen: »Kopfball, Green! Kopfball!«

Carlee blieb wieder bei mir stehen. »Tu doch einfach so, als hättest du Krämpfe.« Sie zwinkerte mir mit einem mascaraschweren Augenlid zu.

Ich drückte die Hände flach auf meine untere Bauchgegend und schlurfte rüber zu Miss Lynn, die hinter der weißen Linie im knochentrockenen Gras stand und das Spiel überwachte wie ein Feldwebel die Schlacht.

Sie verdrehte die Augen. »Was ist denn jetzt wieder?«

In der Hoffnung, dass meine Blässe mir wenigstens dieses eine Mal etwas nützen würde, wimmerte ich: »Krämpfe. Ganz schlimm.«

Sie glaubte mir kein Wort, das war uns beiden klar, aber anstatt meine Lüge zu entlarven, verdrehte sie bloß ein weiteres Mal die Augen und deutete mit einer ruckartigen Daumenbewegung zum Spielfeldrand. »Aber nächstes Mal stehst du im Tor.«

Na herzlichen Dank auch, Carlee. Super Idee. In sicherem Abstand zur Seitenlinie ließ ich mich zu Boden sinken und zupfte am spärlichen braunen Gras.

So hatte ich mir die Highschool nicht vorgestellt.

Versteht mich nicht falsch, ich bin total dankbar, dass ich hier sein darf. Schließlich wollte ich immer normal sein, auf eine normale Schule gehen, normale Sachen machen. Aber es ist einfach alles so, so …

Normal.

Seit vor einem Monat die Schule angefangen hat, habe ich nicht einen einzigen Zickenkrieg miterlebt. Auch keine wilden Partys, bei denen irgendwann die Polizei auftaucht. Und was Maskenbälle und Rendezvous im Mondschein und leidenschaftliche Küsse im Flur angeht – tja, da kann ich nur sagen, *Easton Heights*, meine frühere Lieblingsfernsehserie, ist in meiner Achtung ziemlich gesunken.

Aber Spinde finde ich immer noch toll.

Um den Schein zu wahren, ließ ich eine Hand auf meinem Bauch liegen. Auf dem Boden zu liegen war wesentlich angenehmer, wenn man es aus freien Stücken tat. Ich sah einer winzigen Wolke nach, die über den Himmel zog.

Dann runzelte ich die Stirn. Das war aber eine ziemlich seltsame Wolke. Mutterseelenallein am ansonsten blauen Himmel, aber da war noch etwas … irgendwas war anders. War das da etwa gerade ein Blitz gewesen?

»Ich habe gefragt, ob es dir gut genug geht, um an deiner nächsten Unterrichtsstunde teilzunehmen.«

Erschrocken fuhr ich hoch und machte eine wehleidige Grimasse in Richtung Miss Lynn. »Ja, ja, natürlich, danke.« Dann huschte ich ins Gebäude. Mann, meine Langeweile musste echt schlimm sein, wenn ich schon in den Wolken nach was Aufregendem suchte.

Die nächste Stunde verbrachte ich damit, die genaue Anzahl von Minuten zu berechnen, die mich noch vom Wochenende trennten, an dem ich endlich Lend wiedersehen würde. Die Antwort lautete: zu viele. Aber mich damit zu beschäftigen war immer noch tausendmal interessanter, als, hmm, zum Beispiel meinem Englischlehrer bei seinem Vortrag über Geschlechterrollen in *Dracula* zuzuhören – ach, und fangt mir bitte gar nicht erst von diesem Buch an. Gründliche Recherche scheint auf jeden Fall nicht zu Bram Stokers Stärken gehört zu haben.

Mein Kopf war bereits auf unvermeidlichem Kollisionskurs mit der Tischplatte, als die Tür mit einem Knall aufsprang und eine Sekretariatsmitarbeiterin mit einem Zettel in der Hand hereinmarschierte. »Evelyn Green?« Ich hob die Hand und sie nickte. »Du wirst abgeholt.«

Schlagartig wurde ich munter. Ich war noch nie mitten im Unterricht aus der Schule geholt worden. Vielleicht wollte Arianna ja mit mir rumhängen. Die war abgedreht und launisch genug, um so eine Aktion zu bringen.

Na ja, aber so abgedreht wahrscheinlich auch nicht. An einem derart sonnigen Tag würde sie sich kaum nach draußen wagen, als Vampir und so. Mein Magen sank mir bis in die Kniekehlen. Was, wenn irgendwas passiert war? Was, wenn Lend an der Uni einen Unfall gehabt hatte, wenn er sich den

Kopf gestoßen hatte, erst bewusstlos und dann unsichtbar geworden war? Was, wenn die Regierung ihn geschnappt hatte und er jetzt in irgendeiner Zelle der IBKP hockte?

Bemüht, nicht gleich loszurennen, folgte ich der Sekretärin, einer klein gewachsenen Frau mit schockierend unnatürlich blondem Haar. »Wer holt mich denn ab?«

»Ich glaube, deine Tante.«

Na, dann war ja alles klar. Oder zumindest wäre es das, wenn ich denn eine Tante hätte. Im Kopf ging ich die Liste der Frauen – alles Paranormale – durch, die als meine Verwandten durchgehen könnten. Die Liste war nicht sonderlich lang und außerdem fiel mir kein Grund ein, warum auch nur eine einzige von ihnen hergekommen sein sollte. Ich stürmte ins Sekretariat. Dort stand, mit dem Rücken zu mir, eine Frau in bequemen (sprich: hässlichen) Schuhen und mit schwarzem, zu einem strengen Knoten gebundenem Haar. Das konnte nicht sein.

Raquel drehte sich um und lächelte mich an.

Mein Herz hüpfte mir bis in die Kehle hinauf. Einerseits war das da Raquel, und wenn ich je so was wie eine Mutter gehabt hatte, dann war sie es. Andererseits war das da Raquel, die einer der führenden Köpfe der IBKP war, der Organisation, die mich für tot hielt. Der Organisation, von der ich wirklich, wirklich, wirklich nicht gefunden werden wollte. Der Organisation, von der ich eigentlich gedacht hatte, dass Raquel mich vor ihr beschützte.

»Da bist du ja.« Sie schlang sich ihre Handtasche über die Schulter und deutete auf die Doppeltür, die nach draußen führte. »Gehen wir.«

Vollkommen verwirrt folgte ich ihr. Es kam mir absolut falsch vor, am helllichten Tag ausgerechnet mit der Frau vor meiner stinknormalen Highschool zu stehen, die für alles stand, was ich zurückgelassen hatte. Und trotzdem hätte ich mich ihr am liebsten in die Arme geworfen – was genauso seltsam war, denn schließlich hatten wir beide es nie so mit Umarmungen gehabt. Abgesehen davon hätte ich mindestens genauso gern die Beine in die Hand genommen und die Biege gemacht. Sie gehörte zur IBKP, verpiept noch mal.

»Was machst du denn hier?«, fragte ich.

»Deiner Überraschung nach zu urteilen, kann ich wohl davon ausgehen, dass David meine Nachrichten nicht weitergeleitet hat.«

»Lends Dad? Was für Nachrichten?«

Sie seufzte. Meine Übersetzungskünste waren ein bisschen eingerostet, aber es klang wie ein »Ich bin müde und außerdem würde es zu lange dauern, das alles zu erklären«-Seufzer.

Ein Schatten legte sich über die Sonne und ich blickte nach oben, wo ich meine kleine Wolke von vorhin wiederentdeckte. Es verbarg sich definitiv etwas dahinter, aber ein Blitz war es nicht. Es war etwas Schimmerndes. Etwas Paranormales. Etwas mit einem Cover, das nur ich durchschauen konnte.

»Was ist denn –« Mein eigener Schrei schnitt mir das Wort ab, als die Wolke aus dem Himmel auf mich herabstieß, sich blitzschnell um mich wickelte und mich mit sich hinauf ins Blaue riss.

# Flugstunden

Ich schrie und schrie, bis mir die Luft ausging. Nach Atem ringend, sah ich hinunter zur Erde. Die Wolkenschwaden, die mich umhüllten, verbargen nicht annähernd die Tatsache, dass die Waldlandschaft sich *viel* zu tief unter uns befand.

Ich unterdrückte einen erneuten Schrei und starrte auf meine Taille, um die sich zwei Arme schlangen, die sich leider genauso furchtbar substanzlos anfühlten, wie sie aussahen. Ich hatte keine Ahnung, wie etwas, das so leicht wirkte wie Luft, mich hier oben halten sollte, aber darüber konnte ich jetzt nicht nachdenken. Ich hatte wichtigere Probleme. Zum Beispiel, wohin die Wolke mich brachte, und vor allem, warum? Noch schlimmer war, dass uns die ganze Zeit winzige Fünkchen umtanzten, was mich an meinen Chancen zweifeln ließ, *nicht* an einem Stromschlag zu sterben. Die Härchen an meinem Arm zeigten kerzengerade nach oben und kribbelten von all der Energie, die um mich herum knisterte.

So weit, so schlecht.

Ich wollte gerade »Leb wohl, du schöne Welt« sagen, als ich unter uns die Kleinstadt erblickte, in der ich wohnte, und daraufhin irgendwas in mir klick machte. Das war *meine* Stadt. Ich hatte genug davon, von Paranormalen manipuliert zu werden. Wenn dieses Ding mich anfassen konnte, dann konnte ich es garantiert auch anfassen. Und wenn ich es anfassen konnte …

Ich schloss die Augen und atmete tief ein. Es musste sein. Hier ging es nicht ums Wollen – hier ging es um Leben und Tod. Wahrscheinlich würde es sowieso nicht funktionieren. Ich war zwar ein Leeres Wesen und konnte Paranormalen die Seele aussaugen, aber das hatte ich ja erst ein einziges Mal gemacht. Und damals hatten die Dinge ganz anders gelegen, die Seelen waren nämlich gefangen gewesen und *wollten* zu mir kommen. Dieses Ding hingegen hatte vermutlich wenig Lust, mir seine Lebensenergie zu überlassen.

Trotzdem, einen Versuch war es wert. Mit einem Ruck drehte ich die Schulter nach hinten und drückte die Hand auf die erste feste Oberfläche, die ich fühlen konnte, und betete dabei inständig, dass dieses Wolkenwesen, was auch immer es sein mochte, so etwas wie eine Brust hatte.

Ich gab mich ganz dem Augenblick hin und konzentrierte mich darauf, einen Kanal zwischen meiner Hand und Wolken-Freaks Seele zu öffnen. *Ich will es*, dachte ich, schrie ich innerlich voller Verzweiflung. *Ich* brauche *es.*

Schockiert riss ich die Augen auf, als die Seele, vor trockener, elektrisch aufgeladener Wärme knisternd, meinen Arm hinauf und in mein tiefstes Inneres strömte, sich in mir ausbreitete, bis jeder Teil meines Körpers prickelte.

Das Wesen stieß vor Überraschung und Schmerz einen schrillen Schrei aus. Es zuckte zurück und unterbrach die Verbindung zwischen uns. Mir drehte sich der Kopf; ich war ganz berauscht von irgendeiner neuen, fremden Energie.

Dann fielen wir.

Geniale Idee, Evie, na los, saug dem Wesen, *das dich Hunderte Meter über dem Boden in der Luft hält,* die Energie aus. Aber irgendwie behielt es trotzdem noch mehr oder weniger die Kontrolle. Wir trudelten zwar abwärts, aber nicht so schnell wie erwartet. Wenn wir es so bis zum Boden schafften, könnten wir vielleicht überleben.

Da ließ es mich fallen. Ich schrie und grapschte panisch nach seinem Fuß. Es kreischte wütend auf und trat nach mir, aber ich hatte nicht vor loszulassen. Entweder wir gingen zusammen drauf oder gar nicht. Die Erde sauste von unten auf uns zu, ein grün-orangefarbener Teppich aus Bäumen.

Bevor ich mich dafür wappnen konnte, donnerte ich durch die Kronen, Blätter flatterten rund um mich, als ich von einem Ast abprallte, und ich ließ den Fuß meiner Wolke los. Ein weiterer Ast peitschte gegen meine Hüfte und verlangsamte meinen Sturz so weit, dass ich bei meiner Begegnung mit dem Boden lediglich das Gefühl hatte, von einem Lastwagen gerammt zu werden.

Jeder Knochen in meinem Körper musste gebrochen sein. So schreckliche Schmerzen konnte man unmöglich haben, solange noch irgendein Glied heil war. Ich würde den Rest meines Lebens in einem Ganzkörpergips verbringen. Kuscheln mit Lend würde dadurch natürlich ein bisschen komplizierter. Na ja, wenigstens müsste ich eine Weile nicht in die Schule. Und was die Sportstunden anging, war ich wohl auch fürs Erste aus dem Schneider.

Eine Art elektrisches Kribbeln durchströmte mich von oben bis unten und die Schmerzen wichen einem schwebenden Gefühl, so als wären meine Gliedmaßen flauschig weich und nicht mehr mit meinem Körper verbunden.

Ach du piep, war ich jetzt etwa gelähmt?

Voller Panik sprang ich auf und tastete mit den Händen entsetzt meinen gesamten Körper ab. Äh, okay. Wohl doch nicht gelähmt. Aber warum fühlte ich mich dann so komisch? Und wo war der Wolken-Freak hin?

»Böses Ding!«, zischte eine Stimme wie Wind, der durch tote Bäume strich. »Was hat es mit mir gemacht?«

Noch immer von Wolkenschwaden umhüllt, krabbelte das kleine Wesen durch den Matsch auf mich zu. Es hatte die Gestalt eines Menschen, aber es wirkte unglaublich zart – fast wie ein Kind. Seine Augen waren strahlend weiß wie zuckende Blitze, der Rest seiner Züge aber blieb verschwommen und undeutlich; selbst farblich glich es einer bleichen Wolke. Für jeden anderen hätte es ausgesehen wie eine dicke, zum Leben erwachte Nebelbank, aber meinem Undercoverblick blieb nichts verborgen.

Ich trat einen Schritt zurück, vorsichtig, um nicht über das Wurzelgewirr des riesigen Baums zu stolpern, der so nett gewesen war, meinen Fall abzubremsen. »Hey, ich hab dich ja wohl kaum drum gebeten, mich einfach so zu schnappen und mit mir auf und davon zu fliegen!«

»Es hat mich genommen – einen Teil von mir weggenommen. Gib ihn zurück!«

Ich wich bis an den Baumstamm zurück. Das Wesen hob vom Boden ab, richtete sich auf und schwebte vor mir. Winzige Blitze umgaben es wie ein Netz. Seine Arme und Beine verschwammen immer wieder mit der Wolke – manchmal waren sie da, manchmal nicht –, aber die Kraft und Energie, die es ausstrahlte, war unbestreitbar.

Oh Mann, das war echt 'ne Nummer zu groß für mich. Ich hob die Hand und gab mir alle Mühe, tapferer auszusehen, als ich mich fühlte. »Lass mich in Ruhe, sonst nehme ich mir den Rest auch noch.« Meine Stimme zitterte, zum Teil vor Angst, aber auch vor Verlangen. Meine Finger kribbelten, mein Körper verzehrte sich. Die Kostprobe war nicht genug gewesen. Jetzt wollte ich den Rest.

Nein, wollte ich *nicht*. Durfte ich nicht. Wollte ich nicht. Dafür war ich nicht der Typ. Ich würde ja alles zurückgeben, wenn ich könnte, aber ich wusste nicht, wie.

Die großen, blitzenden Augen des Wolken-Freaks wurden schmal. Die Luft zwischen uns war trocken und heiß und knisterte vor elektrischer Spannung. Er würde mich töten. Ich atmete tief ein und fragte mich gerade, ob es wohl wehtun würde, als das Wesen plötzlich mit einem schrillen Zischen in den Himmel schoss. Ich sah ihm nach, als es immer höher stieg, dann und wann einen kleinen Schlenker zur Seite machte oder ein Stückchen nach unten sank, sich aber jedes Mal wieder fing und weitersauste. Schließlich war es verschwunden.

Ich stieß einen zittrigen, aber erleichterten Seufzer aus und lehnte mich mit dem Rücken an den Baum. Als ich mir gewünscht hatte, dass mein Leben ein kleines bisschen aufregender wäre, hatte ich ganz bestimmt nicht an so was gedacht. Anscheinend hatte ich vergessen, was es bedeutete, mit Paranormalen – echten, unkontrollierbaren Paranormalen – zu tun zu haben.

Angst.

Jede Menge Angst.

Und jetzt hatte ich noch nicht mal Tasey dabei, um mich ein bisschen sicherer zu fühlen. Entschlossen trat ich einen Schritt vor und machte erst mal eine Bestandsaufnahme. Ich hatte meine Tasche fallen lassen, als der Wolken-Freak mich geschnappt hatte, und das bedeutete: kein Handy. Und obwohl ich mir ziemlich sicher war, dass wir kurz vor unserem Himmelssturz gar nicht so weit weg von zu Hause gewesen waren – wer wusste schon, wie weit wir bei dem Fall vom Kurs abgekommen waren? Andererseits, wie groß konnte ein Wald mitten in Virginia schon sein?

Tja, das würde ich wohl bald herausfinden.

Als ich eine Stunde später an eine Straße gelangte, war ich erschöpft, verschwitzt und vollkommen frustriert. Wie hoch war denn bitte die Wahrscheinlichkeit, dass mich zufällig im selben Moment, als Raquel auftauchte, ein Paranormaler zu entführen versuchte? Was sollte das alles? Erst tat sie so, als wollte sie mir die IBKP vom Leib halten, und dann kam sie plötzlich zurück, um mich zu holen? Ich weigerte mich zu glauben, dass sie mich nur aus der Schule gelockt hatte, damit der Wolken-Freak sich auf mich stürzen konnte, aber das schien nun mal die sinnvollste Erklärung zu sein. Der Gedanke, dass Raquel – *meine* Raquel – mir so was antun konnte, brach mir das Herz.

Na schön. Wenn die IBKP sich solcher Methoden bedienen musste, meinetwegen. Ich spreizte die Finger und lächelte, ein fieses, selbstzufriedenes Lächeln. Ich konnte jetzt auf mich selbst aufpassen.

Dann erschauderte ich und schüttelte die Hand, um endlich dieses Kribbeln loszuwerden. Nein. Das würde ich nicht noch mal machen. Nie mehr. Dafür war es einfach zu toll gewesen.

Mein innerer Kompass war gar nicht solcher Schrott, wie ich immer gedacht hatte: Ich hatte tatsächlich die richtige Richtung auf der Straße eingeschlagen. Als ich die Biegung entdeckte, die zu Lends Zuhause führte, fing ich fast an zu heulen vor Erleichterung. Das war auch *mein* altes Zuhause, in dem ich gewohnt hatte, bis Lend dann schließlich ausgezogen war und ich mich kurz darauf bei Arianna einquartiert hatte. Denn mit dem Vater meines Freundes zusammenzuwohnen war ja wohl irgendwie keine Option. Ich rannte die lange, gewundene Auffahrt hoch und stürmte direkt ins Wohnzimmer.

Auf der Couch saß Raquel. Neben ihr stand meine Tasche.

»Was zum Teufel –«, rief ich.

Sie sprang auf und packte mich, bevor ich auch nur daran denken konnte, mich zu wehren. Ich erstarrte. Dann wurde mir klar, dass sie mich umarmte.

»Da bekomme ich dich monatelang nicht zu Gesicht und das Erste, was dir einfällt, ist, dich kidnappen zu lassen! Ich dachte, du wolltest ein normales Leben!« Sie hielt mich ein Stück von sich weg und musterte mich mit Tränen in den Augen.

»Das heißt, du hast dieses Ding nicht geschickt?«

»Du meine Güte, nein!«

»Was war das überhaupt?«

David stolperte ins Zimmer, in der Hand das Telefon, und sein Gesicht wirkte erleichtert. »Es geht dir gut!«

»Klar, abgesehen davon, dass ich gerade von einer lebendigen Wolke entführt worden und Hunderte von Metern in die Tiefe geplumpst bin, geht's mir spitzenmäßig!«

»Dann war es also wirklich ein Sylphe!« David hob den Zeigefinger und blickte Raquel triumphierend an. »Ich hab's dir ja gesagt, es gibt sie wirklich!«

Raquel kniff die Lippen zusammen und bemühte sich sichtlich, einen Seufzer zu unterdrücken. »Ja, es hat in der Tat den Anschein, als wäre deine Vermutung korrekt.«

»Wow.« David fuhr sich mit den Händen durch sein dickes, dunkles Haar; seine Augen leuchteten vor Aufregung. »Wow. Ein Sylphe. Ich glaube, das ist der erste bestätigte Kontakt.«

Ich hob die Hand. »Äh, hallo? Das Mädchen, das von besagtem Sylphen gekidnappt wurde, hätte da mal 'ne Frage: Würde mir vielleicht irgendjemand erklären, was genau dieses Ding war und warum es dachte, ich müsste unsere wunderschöne Gegend unbedingt mal aus der Vogelperspektive besichtigen?«

»Sylphen sind Luftgeister«, antwortete Raquel nach einem gehetzten Blick auf David, als wollte sie beweisen, dass sie, selbst wenn sie nicht an Sylphen geglaubt hatte, immer noch mehr über sie wusste als er. »Wahrscheinlich entfernte Verwandte der Feen. Im Allgemeinen geht man davon aus, dass sie entweder niemals existiert haben oder ausgestorben sind, aber das liegt wohl daran, dass ein Sylphe niemals freiwillig den Boden berühren würde und man darum nie einen gefunden hat. Jeder Versuch hat sich als eine enorme Zeitverschwendung herausgestellt.« Wieder so ein Blick zu David.

»Ach komm, nur weil meine Spezialität Elementargeister waren und du dich bloß mit gewöhnlichen Paranormalen wie Einhörnern und Kobolden befasst hast.« David zwinkerte mir zu, als hätte ich irgendeinen Schimmer, worum es bei diesem Witz ging. »Sie war schon immer neidisch, weil ich die wirklich Coolen kenne.«

Jetzt war es an mir, einen genervten Seufzer zu unterdrücken. »Luftgeist, kapiert. Ganz toll. Und weiß vielleicht auch irgendwer, *warum*? Du meintest, sie könnten mit den Feen verwandt sein?« All mein Frust ballte sich zu einer ängstlichen Kugel zusammen. Mit diesem Völkchen wollte ich absolut nichts mehr zu tun haben.

Keiner von ihnen antwortete. Nach einer Weile räusperte sich Raquel und sagte mit angespannter Stimme: »Wir könnten *Cresseda* fragen, ob sie etwas weiß.« Den Namen »Cresseda« – das war Lends Mom, der ortsansässige Wassergeist – sprach sie mit einer seltsamen Betonung aus.

»Tja, nein, können wir nicht.« David bohrte die Zehenspitzen in den Teppich. »Ich habe sie seit ein paar Monaten nicht mehr zum Auftauchen bewegen können. Nicht seit Lend ausgezogen ist.« Seine Stimme war sanft, aber der Schmerz, der darin lag, war nicht zu überhören. Am liebsten hätte ich ihn in den Arm genommen. Schlimm genug, dass er sich in eine unsterbliche Wassernymphe verliebt hatte, und noch übler, dass sie sich nur für ein Jahr in einen Menschen verwandelt hatte, um mit ihm zusammenzuleben. Aber dass sie ihn jetzt, wo Lend weg war, komplett verlassen hatte? Ich konnte mir noch nicht mal vorstellen, wie weh das tun musste.

Obwohl, eigentlich doch. Ich stellte es mir sogar ziemlich oft vor. An manchen Tagen musste ich mich sogar ganz schön zusammenreißen, um es mir hin und wieder auch mal *nicht* vorzustellen. Ich wusste nur zu gut, wie es sich anfühlte, der sterbliche Part in einer Sterblicher/Unsterblicher-Beziehung zu sein.

Ich hatte Lend immer noch nicht gesagt, dass er niemals sterben würde. Der Gedanke, dass er sein Leben – sein Leben hier, mit mir – aufgeben könnte, um herauszufinden, was die Unsterblichkeit ihm zu bieten hatte, machte mir einfach zu viel Angst. Aber ich würde es ihm sagen. Bald. Demnächst mal.

Irgendwann.

Raquel richtete sich auf und machte ein erfreutes Gesicht. »Tja, dann kann ich vielleicht helfen. Ich werde all meine Forschungsteams auf Luftgeister ansetzen. Seltsam, dass sie sich gerade jetzt zeigen, besonders, wenn man an die aktuellen Unruhen in den Völkern der Elementargeister denkt. Wir werden es schon herausfinden. Aber das ist nicht der Grund, warum ich hier bin.«

Ich runzelte die Stirn. »Aha, und warum *bist* du hier?«

»Die IBKP braucht deine Hilfe.«

# Bewerbungsgespräch

»Raquel.« Davids Stimme war leise und wütend. »Du kannst Evie nicht wieder mit in die Angelegenheiten der IBKP hineinziehen. Welchen Sinn hatte es, ihnen zu sagen, sie wäre tot, wenn du sechs Monate später erneut hier auftauchst, um sie zurückzuholen?«

»Ich habe dir doch gesagt, die Lage hat sich geändert.«

Wieder hob ich die Hand. So langsam reichte es mir, dass sie ständig über meinen Kopf hinwegredeten. »Danke, aber ich kann auch selbst antworten. Raquel, klar vermisse ich dich, aber ich komme ganz bestimmt nicht zurück zur IBKP. Ihr sterilisiert Werwölfe!« Das war nur eins der vielen Verbrechen, von denen ich herausgefunden hatte, dass die Behörde sie im Namen einer vermeintlich sichereren Welt beging.

Die Haut um Raquels Augen spannte sich an. »Dieses Verfahren wird nicht mehr angewandt. Ich habe David bereits erklärt, dass es, während du weg warst, einige drastische Neuerungen gegeben hat. Unsere Politik für den Umgang mit nicht aggressiven Paranormalen hat eine massive Überarbeitung erfahren und umfasst nun auch die Stärkung der Werwolfrechte. Jegliche eugenischen Praktiken sind umgehend verboten worden. Es stimmt, bei der IBKP lag vieles im Argen – und das tut es immer noch –, aber wir wissen doch beide, dass sie auch viel Gutes tut. Und ich sitze mittlerweile im Vorstand, was bedeutet, dass ich in vielen Angelegenheiten das letzte Wort habe.«

Ich verschränkte die Arme und zog die Stirn kraus. »Ich arbeite nicht mit Feen.« Ich hatte Reth nicht mehr gesehen, seit ich die Seelen freigelassen und er mich danach im Krankenhaus besucht hatte, und dabei wollte ich es auch gern belassen. Weder ihn noch irgendeine andere dieser gruseligen, manipulativen, amoralischen, psychotischen, bitte-hier-weitere-negative-Attribute-Ihrer-Wahl-einfügen Feen. Besonders nicht nach dem, was heute passiert war, wenn der Sylphe tatsächlich irgendwie zu ihnen gehörte. Ich würde ihre Aufmerksamkeit bestimmt nicht noch weiter auf mich ziehen, indem ich Händchen haltend mit einem von ihnen über die Feenpfade spazierte.

Raquel lächelte. »Das verstehe ich. Tatsächlich war eine der ersten Neuerungen, die mir am Herzen lagen, die IBKP unabhängiger von Feenmagie zu machen. Es wird dich freuen zu hören, dass wir nur noch in etwa vierzig Prozent der Fälle auf sie zurückgreifen.«

»Ach, nur vierzig Prozent? Das sind immer noch hundert Prozent mehr, als mir lieb ist.«

»Aber wir haben einen Weg gefunden, wie du ohne jeglichen Feenkontakt effizient arbeiten könntest.«

»Und woran soll ich so effizient arbeiten?«

Ihr Blick wanderte zu David, der ein finsteres Gesicht zog. »*Ich* mache bei diesem Quatsch nicht mit.«

»Tja, wenn das so ist«, entgegnete Raquel mit missbilligend hochgezogenen Augenbrauen, »wäre ich dir ohnehin sehr verbunden, wenn du uns kurz allein lassen würdest. Ich kann schließlich kaum geheime Informationen an gleich zwei Tote weitergeben, nicht wahr?«

Ich blinzelte kurz verwirrt, bis mir wieder einfiel, dass David vor achtzehn Jahren oder so für die mittlerweile nicht mehr existierende Amerikanische Behörde zur Kontrolle Paranormaler gearbeitet hatte, bis er seinen eigenen Tod vorgetäuscht hatte, um aus der Sache herauszukommen. Schien eine relativ beliebte Art der Kündigung zu sein. Obwohl ich meinen Tod ja nicht vorgetäuscht hatte – das hatte alles Raquel erledigt, damit sie mich nicht suchen kamen, nachdem ich verschwunden war.

David schnaubte. »Du scheinst zu vergessen, dass ich Evies gesetzlicher Vormund bin.«

»Und du scheinst zu vergessen, dass an deiner Vormundschaft absolut nichts Gesetzliches ist, weil alle Dokumente gefälscht sind.«

»Komm mir jetzt nicht mit dem Gesetz! Wer arbeitet denn für eine internationale Organisation, die absolut in absoluter Straffreiheit auf amerikanischem Boden operiert, ganz zu schweigen von –«

Die Haustür flog auf und Lend kam hereingestürmt. Mein Herz vollführte einen freudigen Salto in meiner Brust, wie jedes Mal, wenn er mich überraschte. Sein gewohntes Aussehen, ein dunkelhaariger, dunkeläugiger Schnuckeltyp, flirrte über seinem wahren Ich, das wie Wasser in menschlicher Gestalt aussah.

Und, nicht zuletzt, absolut umwerfend.

»Evie!« Er schlang die Arme um mich und riss mich in einer so festen Umarmung vom Boden hoch, dass ich mir plötzlich einer ganzen Menge fieser blauer Flecken bewusst wurde, die ich mir bei meinem kleinen Abenteuer zugezogen haben musste.

Aber ich lachte über den Schmerz hinweg, glücklich, dass mir das ganze Theater wenigstens ein bisschen Extrazeit mit Lend verschafft hatte. Er stellte mich wieder auf die Füße, hielt mich eine Armlänge von sich weg und musterte mich prüfend. »Geht's dir gut?«

»Nur ein paar blaue Flecken, aber sonst ist alles okay, wirklich.«

»Wie hast du's geschafft zu entwischen?«

Mist.

Raquel und David sahen mich beide gleichermaßen verdutzt an. »Ja, wie hast du das eigentlich geschafft?«, wollte nun auch Raquel wissen. In ihrem Debattiereifer hatten sie total vergessen, mich danach zu fragen. Was mir nur recht gewesen war.

Ich biss mir auf die Unterlippe. »Ich … also … wir waren ziemlich hoch oben, ja? So *richtig* hoch. Und ich im Arm von dieser irren Wolken-Blitz-Feen-Promenadenmischung. Ich wusste ja nicht, wo es mit mir hinwollte und warum, und ich hatte solche Angst und da hab ich halt das Einzige gemacht, was mir eingefallen ist.«

»Und was?«, drängte Lend, dessen Gesicht voll Sorge war.

Ich zuckte mit den Schultern, eine winzige, schuldbewusste Geste. »Ich hab ihm was weggenommen.« Ich konnte den betroffenen Blick in seinen Augen nicht ertragen, also plapperte ich weiter: »Aber nur ein kleines bisschen – das hat dem Ding bestimmt noch nicht mal wehgetan –, nur um es zu erschrecken, aber dann sind wir auf einmal abgestürzt und es hat versucht, mich fallen zu lassen, aber ich hab mich festgeklammert und zum Glück haben ein paar Bäume meinen Fall gebremst. Und danach ging's dem Wolken-Freak gut, ehrlich, er war komplett unversehrt. Nur ziemlich angepisst. Und dann ist er weggeflogen.« Die wacklige Flugkurve behielt ich wohlweislich für mich. Wahrscheinlich war das Ding nur ein bisschen duselig gewesen.

Meiner Geschichte folgte Totenstille. Und plötzlich hatte ich kein schlechtes Gewissen mehr, ich war stinksauer. Was fiel ihnen eigentlich ein, über mich zu urteilen? Ich machte ja wohl kaum plötzlich einen auf Vivian und saugte allem, was mir zu nahe kam, das Leben aus. »Ich hatte keine andere Wahl! Seid doch einfach froh, dass ich mich überhaupt irgendwie verteidigen konnte.«

Lend schüttelte sofort den Kopf und drückte meine Hand. »Bin ich ja auch. Ehrlich. Ich denke nur an das, was es beim letzten Mal mit dir angestellt hat, und ich mach mir eben Sorgen, dass –«

»Musst du aber nicht! Es war so gut wie nichts. Versprochen.« Vivian war total durchgedreht und hatte jedem Paranormalen die Seele ausgesaugt, den sie nur finden konnte, mit der Begründung, sie von dieser Welt zu »befreien«, in Wirklichkeit aber mochte sie einfach das Gefühl, das es ihr verlieh. Nachdem ich ihr all diese Seelen weggenommen und sie in mir gehabt hatte – da war ich für ein paar Minuten unsterblich gewesen. Es hatte sich seltsam und wunderbar und atemberaubend angefühlt, solche Macht zu besitzen, meinem Leben als Sterbliche so fern zu sein. Einen schrecklichen Augenblick lang hatte ich mit dem Gedanken gespielt, die Sterblichkeit für immer hinter mir zu lassen … und Lend seine Seele zu rauben. Ich versuchte, nicht allzu oft daran zu denken.

»Ist es noch in dir drin?«, fragte Lend.

Ich hatte noch gar nicht daran gedacht nachzusehen. In meinem Magen bildete sich ein nervöser Strudel, als ich meine Arme ausstreckte und kontrollierte, ob unter meiner Haut irgendetwas zu sehen war. Nichts. Doch, da – ein winziger Funke in meiner Handfläche. Dann war er fort. Wahrscheinlich war es gar nichts gewesen. Nein, es war definitiv nichts gewesen.

»Nö«, antwortete ich entschlossen. »War wahrscheinlich zu wenig, als dass es irgendeinen Effekt hätte. Nix zu sehen, außer der guten alten Evie.«

Lend grinste und zog mich enger an sich. »Du meinst wohl gute, junge, knackige Evie.«

David räusperte sich. »Na ja, was soll's, das Wichtigste ist ja, dass es dir gut geht. Hört mal, wollt ihr zwei nicht vielleicht irgendwo was essen gehen?«

Raquel presste verärgert die Lippen aufeinander. Wenn es darum ging, Raquel in den Wahnsinn zu treiben, galt für die Pirellos anscheinend der Grundsatz »Der Apfel fällt nicht weit vom Stamm«. Lend hatte nämlich genau dasselbe Geschick dafür. »Mein Gespräch mit Evie war aber noch nicht beendet«, wandte sie ein.

David sah aus, als wollte er schon wieder eine Diskussion anfangen, also ging ich schnell dazwischen. »Schon gut, ist doch in Ordnung. Sie kann mir ruhig sagen, was sie zu sagen hat, das schadet ja nicht.«

Lend und David setzten beide exakt dasselbe Stirnrunzeln auf. So würden Raquel und ich uns auf keinen Fall in Ruhe unterhalten können. Und im Gegensatz zu Lend und seinem Vater mochte ich sie. Sehr sogar. Ich wollte hören, wie es ihr ging, erfahren, wie alles lief, seit ich weg war, so was eben. Da saß nun plötzlich mein altes Leben hier mit mir im Wohnzimmer und mir wurde klar, dass ich zumindest Teile davon vermisste.

Besonders Lish, aber sie würde ich nie wiedersehen.

Ich wandte mich Lend zu. »Wie wär's, wenn du deine Mom besuchen gehst? Du könntest sie fragen, ob sie irgendwas über den Sylphen weiß.«

»Ein Sylphe? Echt?« Sein Blick flog zu seinem Dad, denn ihm war klar, wie aufgeregt David über diese Entdeckung sein musste. Vielleicht aber rührte Lends Interesse auch daher, dass er immerhin selbst ein halber Elementargeist war. Ich fragte mich, welche Anziehungskraft diese Welt auf ihn ausübte, wie sehr er sich danach sehnte, mehr über sie – und damit auch über sich selbst – zu erfahren.

Am besten, man ließ ihn gar nicht erst zu lange darüber nachdenken. Ich wollte, dass er schön in dieser Welt hier blieb. »Ja, ja. Was ist denn jetzt mit deiner Mom?« Ich hätte ja angeboten, später mit ihm hinzugehen, aber um ehrlich zu sein, hatte ich immer noch ein bisschen Angst vor Cresseda. Unsterbliche Elementargeister leben einfach in dermaßen anderen Sphären als wir, dass man so gut wie gar keinen Draht zu ihnen findet. Sich mit einem von ihnen zu unterhalten ist, als würde man versuchen, theoretische Mathematik zu begreifen, bevor man überhaupt das kleine Einmaleins kann – danach bezweifelt man, dass man jemals gewusst hat, was Zahlen eigentlich sind.

Schon eine eigenartige Vorstellung, dass Lend Cressedas Sohn war. Er war so menschlich, so erdverbunden. Aber das ließ wahrscheinlich irgendwann nach. Würde er langsam immer distanzierter werden, langsam immer mehr seiner Mutter ähneln, wunderschön und bizarr und für immer *fremd*? Oder würde er einfach eines Tages alles hinschmeißen und sein Leben hier für ein anderes, ewiges aufgeben? Wie lange würde es dauern, bis er so sein würde wie die anderen unsterblichen Elementargeister?

»Bei dir taucht sie wahrscheinlich eher auf«, sagte David zu Lend. Ich sah zu ihm rüber. Es gelang ihm wirklich gut, den Schmerz vor seinem Sohn zu verbergen, aber ich erkannte ihn an der Art, wie er die Schultern hängen ließ.

Bitte, bitte, lass das nicht eines Tages mich sein.

Lend schien nicht ganz einverstanden damit, mich mit Raquel allein zu lassen, aber dann nickte er schließlich doch. »Ich bin nicht lange weg«, sagte er und eilte zur Tür hinaus.

»Bevor wieder etwas dazwischenkommt, lass mich kurz die Konditionen erläutern.« Raquel führte mich zur Couch und wir setzten uns. »Du würdest als Angestellte mit befristetem Arbeitsvertrag für die IBKP arbeiten.«

»Und was soll das heißen?«

»Das heißt, dass du für uns arbeitest, weil du das möchtest, und auch nur an Projekten, die du dir selbst aussuchst. Wenn du aufhören willst, dann hörst du auf. Du musst auch nicht zurück in die Zentrale ziehen. Wenn wir dich brauchen, rufen wir dich einfach an. Es gibt keinerlei Verpflichtungen, keine Beaufsichtigung außer durch mich. Du wärst nicht wieder Teil der IBKP, nicht richtig jedenfalls – du würdest mir einfach nur bei einigen Sachen helfen, für die du dank deiner Fähigkeiten besonders geeignet bist.«

Ich runzelte die Stirn. Sie hatte der IBKP gegenüber eingeräumt, dass ich eigentlich gar nicht tot war, und sie schien einen Weg gefunden zu haben, wie ich *mit ihnen*, aber nicht *für sie* arbeiten konnte. Die IBKP wollte immer alles unter Kontrolle haben. Wenn sie bereit waren, die abzugeben, nur um mich und meinen Super-Cover-Röntgenblick zurückzubekommen, dann musste sich wirklich einiges geändert haben.

»Wie das? Was hast du ihnen denn erzählt? Hast du keinen Ärger gekriegt?«, fragte ich.

»Wir hatten schon mit Seltsamerem zu tun als mit Paranormalen, die von den Toten auferstehen. Da wir ja nie einen rechtskräftigen Beweis dafür hatten, dass du tot bist, haben die anderen Vorstandsmitglieder auch keine Fragen gestellt, als ich sagte, ich hätte herausgefunden, dass du doch noch am Leben bist. Ich habe deutlich gemacht, dass du mit niemandem außer mit mir kommunizieren würdest, und mich geweigert, dich zu kontaktieren, bis einvernehmlich beschlossen wurde, dass du vollkommen selbstbestimmt arbeiten kannst und nicht mehr durch die IBKP klassifiziert oder reguliert bist.«

»Du hast also keinen Ärger gekriegt?«

»Nach den kapitalen Verfehlungen der Organisationsleitung im letzten April, die so viele Todes- und Vermisstenfälle nach sich gezogen haben, gibt es niemanden mehr, der in der Position ist, mir ›Ärger‹ zu machen.«

»Aber sie haben zugestimmt? Im Ernst?«

Raquel seufzte einen »Ich brauche Urlaub«-Seufzer. »Im Ernst, wir haben gerade ziemlich zu kämpfen. Nachdem Vivian … Nach all diesen unglücklichen Vorkommnissen sind wir heillos unterbesetzt. In letzter Zeit konnten wir nicht so schnell und wirksam wie sonst auf Berichte über Vampir- oder Werwolfaktivitäten reagieren, unsere Überwachungsmaßnahmen scheinen vollkommen zu versagen, und das bei Paranormalen, die sich eigentlich immer innerhalb eines bestimmten Gebiets aufhalten. Und dann gibt es unbestätigte, aber hartnäckige Gerüchte über eine Trollkolonie, die eine Gegend in Schweden besetzt halten soll. Außerdem« – sie zog eine Grimasse – »hat ein Poltergeist die Zentrale ins Visier genommen und bisher hat ihn niemand exakt orten können, um die Plage zu eliminieren.«

»Also zusammengefasst: Ohne mich seid ihr so gut wie am Allerwertesten.« Ich konnte mir ein hämisches Grinsen nicht verkneifen. Irgendwie ganz befriedigend, dass die IBKP ohne meine Fähigkeiten nichts auf die Reihe kriegte.

Raquel hob den Blick zur Decke und stieß einen weiteren gequälten Seufzer aus. »So könnte man es auch ausdrücken.«

»Aber das ist nicht Evies Problem«, mischte sich David ein. »Wenn die IBKP den Bach runtergeht, kann ich nur sagen ›Und tschüss!‹«

Unwillkürlich verengten sich meine Augen und am liebsten hätte ich meinen alten Arbeitgeber verteidigt. Okay, die Vampire hier regulierten sich selbst, aber als Achtjährige wäre ich beinahe von einem getötet worden. Der Rest der Welt war eben nicht so ein Paranormalen-Paradies wie diese Stadt. Da draußen gab es alles Mögliche, was einem Angst einjagen konnte. Was einen umbringen konnte. Und die meisten Menschen hatten davon überhaupt keinen Schimmer, was bedeutete, dass sie sich nicht schützen konnten.

Raquel ignorierte ihn einfach. »Deine Aufgaben wären unkompliziert und ungefährlich. Und, wie ich bereits sagte, es liegt vollkommen bei dir, ob du sie annimmst.«

»Aber wie soll das überhaupt gehen? Ich muss doch zur Schule.« So langweilig es dort war, ich brauchte gute Noten. Schließlich musste ich wie Lend an der Georgetown angenommen werden.

»Dann passen wir uns eben deinem Stundenplan an.«

»Das klingt aber verdächtig so, als müssten wir uns dabei auf die Feenpfade verlassen.«

Lend knallte die Haustür hinter sich zu; Sorge verfinsterte sein Gesicht. »Sie ist nicht gekommen.«

David schüttelte den Kopf. »Manchmal ist das eben so. Nimm es nicht persönlich.« Interessant – wusste Lend etwa gar nichts davon, dass Cresseda nicht mehr auftauchte, wenn David sie rief? Raquel warf erst Lend und dann David einen scharfen Blick zu; es war offensichtlich, dass auch in ihrem

Kopf die Rädchen ratterten, aber ich hatte keine Ahnung, in welche Richtung.

Lend rieb sich mit der Hand übers Gesicht und sah dann Raquel an. »Was machen Sie überhaupt hier?«

»Ich wollte Evie um Hilfe bei ein paar Projekten bitten. Und dich auch, wenn du einverstanden bist.«

David richtete sich kerzengerade auf und Lend presste die Kiefer aufeinander. Sogar sein Cover wogte leicht vor kaum unterdrückter Wut. »Sind wir nicht.«

Antwortete er jetzt für mich? Sosehr ich ihn liebte, aber das ging ja wohl gar nicht. »Lend, kann ich kurz mal mit dir sprechen?«

Er zog die Augenbrauen hoch und folgte mir dann in die Küche. Das fröhliche Gelb der Wände schaffte es heute nicht, mich aufzuheitern. Lend ergriff meine Hand, zog mich an sich und fragte mit noch stärker gerunzelter Stirn als zuvor: »Du willst doch nicht allen Ernstes zusagen, oder? Gut, ich war derjenige, den sie in eine Zelle gesperrt haben, aber du warst dort genauso eine Gefangene. Wie kannst du nach allem, was du über sie erfahren hast, überhaupt noch darüber nachdenken? Und kommt es dir nicht auch ein kleines bisschen verdächtig vor, dass wir hier überhaupt keine Probleme hatten, bis Raquel aufgetaucht ist?«

Zorn flammte in meiner Brust auf. Na schön, ich hatte zwar für einen kurzen Moment dasselbe gedacht, aber das war immerhin *Raquel*, von der er so sprach. Meine Raquel. »So etwas würde sie nie tun. Sie hat sich genauso viele Sorgen gemacht wie du. Und außerdem, was mache ich denn schon hier? In die Schule gehen, dann im Diner arbeiten und nebenbei die Tage bis zum Wochenende runterzählen. Als ich bei der IBKP war, hab ich wenigstens ein paar Menschen geholfen!«

»Ja genau, *Menschen* hast du geholfen! Aber wie vielen Paranormalen hast du dafür wehgetan?«

Tränen brannten in meinen Augen. Er verstand es einfach nicht. Für ihn war die IBKP abgrundtief böse. Aber sie hatten mich aufgenommen, sich um mich gekümmert. Ich wollte mir gar nicht vorstellen, wo ich ohne sie gelandet wäre.

»Und wie vielen Paranormalen helfe ich jetzt, bitte schön? Die IBKP hat sich verändert. Jetzt könnte ich auch den Paranormalen helfen, zum Beispiel frischgebackenen Werwölfen, die nicht wissen, wie ihnen geschieht, oder diese Trollkolonie – ich könnte sie suchen und überreden, sich in einer anderen Gegend anzusiedeln, bevor sie Probleme bekommen!«

Lend schüttelte den Kopf. »Das können wir mit meinem Dad auch machen.«

»Können wir nicht! Wir haben überhaupt nicht die Mittel dazu!«

»Wie zum Beispiel Feen?«

Wie unfair von ihm, meine Vergangenheit gegen mich zu verwenden. Eigentlich war ich mir noch gar nicht sicher gewesen, ob ich wirklich für Raquel arbeiten wollte, aber aus irgendeinem Grund trieb mich sein Protest genau in diese Richtung. Tja, er hatte gut lachen, er ging aufs College und stellte die Weichen für seine Zukunft und so weiter. Eine Zukunft, die unendlich sein würde, auch wenn er es noch nicht wusste. Aber ich, ich saß hier fest, zu Tode gelangweilt und einsam, und brannte langsam aus, nur um am Ende mit leeren Händen dazustehen.

Ich suchte gerade fieberhaft nach einer Retourkutsche, als an der Wand der strahlende Umriss einer Feenpforte erschien.

# Sesam, öffne dich

Ungläubig erstarrt blinzelte ich in das Licht. Seit der Nacht mit Vivian und Reth hatte ich keine Feenpforte mehr gesehen. Und ich hatte gehofft, dabei würde es auch bleiben.

Lend hingegen war alles andere als erstarrt. Er stürzte auf die andere Seite der Küche und schnappte sich eine der gusseisernen Pfannen, die sein Dad immer draußen stehen ließ. Eine Gestalt trat aus der Dunkelheit und wandte den Kopf gerade noch rechtzeitig, um zu sehen, wie Lend mit aller Kraft die Pfanne auf sie zuschwang.

Die Fee duckte sich, machte eine Rolle und sprang ein paar Meter weiter wieder auf die Füße. Lend wirbelte herum, um erneut anzugreifen.

»Hey ho, was ist denn hier los?«, lachte die Fee.

Irgendwas stimmte hier aber mal so ganz und gar nicht. Mit zusammengekniffenen Augen musterte ich die Fee. Männlich, ungefähr so groß wie ich, mit weizenblondem Haar, leuchtend blauen Augen, Grübchen und –

»Lend, *halt*!« Auf meinen Ausruf hin riss er den Arm in letzter Sekunde hoch, wodurch er das Gleichgewicht verlor und gegen die Granitarbeitsplatte stolperte. Verwirrt sah er mich an. Ich schüttelte den Kopf; mir ging es auch nicht anders. Ich hatte keine Ahnung, wie das sein konnte, aber das, was ich unter der Haut dieses Mannes sah, war nicht zu leugnen.

Nämlich nichts.

»Er ist keine Fee«, erklärte ich. Ich warf noch einen Blick in Richtung der Pforte, aber sie war schon verschwunden. Ich hatte doch die ganze Zeit zugesehen und er war definitiv das Einzige, was dort herausgekommen war. Keine Spur von einer Fee.

Das war doch nicht möglich.

»Bist du sicher?« Lend hielt die Bratpfanne immer noch im Anschlag und wandte den Blick nicht ein einziges Mal von dem Mann. Oder vielmehr *Jungen*. Er war ungefähr so alt wie wir, vielleicht ein, zwei Jahre jünger.

Die Nicht-Fee lächelte mich augenzwinkernd an und hüpfte dann hoch auf die Arbeitsplatte, um sich daraufzusetzen. »Das war zwar nicht ganz der Empfang, den ich mir ausgemalt hatte, aber eins muss man dem Kerl lassen – eine Schlaftablette ist er nicht.«

Raquel kam in den Raum gestürmt und sah dann mit finsterem Blick Blondie an. »Du kommst zu spät.«

Er zuckte mit den Schultern und nahm sich einen Apfel aus der Obstschale neben ihm. »Hab mich verlaufen.« Er biss herzhaft zu und kaute schmatzend, dann wurde er plötzlich kreidebleich und spuckte alles in die Spüle. Mit einem bedauernden Seufzer warf er Lend den Apfel zu, der ihn instinktiv auffing und dafür die Pfanne fallen ließ.

Das Klirren des Metalls hallte immer noch nach, als David hinter Raquel durch die Tür trat. »Wer ist das?«

»Keine Fee, so viel ist schon mal sicher«, antwortete ich. Blondie stellte sich auf die Arbeitsplatte, sodass sein Kopf beinahe an die Decke stieß. Dann salutierte er spielerisch, schlug einen Salto und landete auf den Füßen.

Ich starrte ihn die ganze Zeit an und versuchte, etwas, irgendetwas unter seiner Haut zu entdecken. Kein Cover. Und seine Klamotten sahen auch ganz normal aus, ein hellblaues T-Shirt mit Aufdruck und eine teure Jeans. »Wie hast du das gemacht?«, fragte ich.

»Üben, üben, üben. Du solltest mich mal auf Händen laufen sehen.«

»Die Pforte! Wie kannst du ganz allein durch eine Feenpforte kommen?«

»Ach so, das.« Er fuhr sich mit den Fingern durch die Locken und drehte sich zur Wand, wo die Pforte gewesen war. »Ganz einfach. Du gehst auf eine Wand zu und dann –« Er beugte sich verschwörerisch vor und wir anderen taten es ihm nach und warteten atemlos ab – »Sesam, öffne dich!« Dramatisch hob er beide Hände.

Nichts geschah. »Hmm.« Er drehte sich wieder um und zuckte mit den Schultern. »Tja, dann sitz ich wohl hier fest.«

Raquel stieß einen Seufzer aus, den ich nur zu gut kannte – es war ihr »Evie, Evie, Evie«-Seufzer. Aber diesmal folgte darauf ein genervtes: »Jack. Bitte hör auf mit dem Unsinn. Wir sind geschäftlich hier.«

»Jawoll, die Dame«, entgegnete er mit aufrichtigem Blick. Raquel wandte sich ab, um zurück ins Wohnzimmer zu gehen, und Jack zog leicht an meinem Pferdeschwanz und zockelte hinter ihr her.

Wer in aller Welt war dieser Kerl?

Lend griff nach meiner Hand. »Hast du irgendeine Ahnung, was hier los ist?«

Ich schüttelte den Kopf. Ich war noch nie jemandem begegnet, der durch eine Feenpforte gehen konnte oder sich auf den Pfaden zurechtfand, ohne dass ihn eine Fee begleitete. Eigentlich durfte man auf den Pfaden die Hand seiner Fee nicht eine einzige Sekunde loslassen, sonst war man für immer in der unendlichen Dunkelheit verloren. Ich hatte noch heute Albträume davon, mich ganz allein dort wiederzufinden.

David, Lend und ich folgten ihnen misstrauisch ins Wohnzimmer, jederzeit gefasst auf einen Angriff. Aber Jack lümmelte, so lässig wie sonst was, auf der Lehne der Couch.

»Jack ist derjenige, von dem ich dir zu erzählen versucht habe, Evie.« Raquel grinste uns selbstzufrieden an. »Mit seiner Hilfe könnten wir dich genauso schnell wie mit einer Fee zu deinem Einsatzort hin- und im Anschluss wieder zurücktransportieren. Du wärst nie wieder auf die Feen angewiesen.«

»Aber wie denn?« Ich hatte es zwar mit eigenen Augen gesehen, doch glauben konnte ich es immer noch nicht. Dann kam mir eine Idee. »Zieh dein T-Shirt aus!«

»Hey, so einer bin ich nicht!« Jack runzelte nachdenklich die Stirn. »Obwohl, warum eigentlich nicht?« Er zog sich sein T-Shirt über den Kopf und entblößte einen schlanken Oberkörper, den ich unter anderen Umständen bewundert hätte, heute aber verwirrte er mich nur noch mehr. Wieder war unter all dem nicht die Spur von irgendetwas anderem zu entdecken. So viel also zu meiner Theorie, dass er irgendwas Paranormales unter seinen Klamotten verbarg.

Vor lauter Wut wurden meine Wangen heiß und ich sah Raquel an. »Was ist er? Ich kann nichts erkennen!«

»Er *ist* nichts. Nur ein überaus begabter Junge.«

»Und wie hat er dann die Pforte gemacht? Wie ist er über die Pfade gekommen?«

»Äh, hallo, heißt das jetzt, ich kann mein Shirt wieder anziehen? Oder wolltest du, dass ich auch noch die Hosen runterlasse?«

Ich weiß nicht, wessen Blick finsterer war, Lends oder meiner. »Nur, wenn du mich kotzen sehen willst«, fauchte ich.

Raquels Kommunikator gab ein leises Piepsen von sich und sie zog ihn hervor und überflog die Nachricht. »Jack, wir müssen los. Evie, denk einfach über mein Angebot nach und dann unterhalten wir uns in ein paar Tagen noch mal, ja?« Sie sah zu mir hoch und lächelte, ein Lächeln, das diesmal auch ihre strengen Augen erreichte und sie überraschend hübsch aussehen ließ. »Es war übrigens schön, dich wiederzusehen.«

Ich schlang die Arme um sie. »Dich auch.«

»David«, verabschiedete sie sich mit deutlich angespannterer Stimme und nickte ihm zu. Er nickte zurück und sein Blick ruhte ein klitzekleines bisschen länger auf ihr, als es nötig gewesen wäre. »Lend.«

Lend schüttelte den Kopf und sah schließlich frustriert zur Seite.

Jack hüpfte von der Couch und zog endlich sein T-Shirt wieder an. »Wenn du willst, komm ich nächstes Mal gleich oben ohne«, sagte er grinsend zu mir. Dann nahm er Raquels Hand, trat vor die Wohnzimmerwand und legte die freie Hand darauf. Zum ersten Mal verschwand der freche, belustigte Ausdruck von seinem Gesicht und er schien sich angestrengt zu konzentrieren. Deutlich langsamer als bei einer Fee erschien der helle Umriss einer Pforte an der Wand und öffnete den Weg in die Dunkelheit. Raquel und Jack traten hindurch, die Pforte schloss sich hinter ihnen und hinterließ keinen Hinweis darauf, dass sie jemals existiert hatte.

Lend wandte sich zu mir um. »Tja, das war ja mal interessant. Und eine Riesenzeitverschwendung. Aber wo ich schon mal hier bin: Was hältst du davon, wenn wir deinen miesen Nachmittag noch ein bisschen zu retten versuchen?«

Ich wünschte, ich könnte ihm klarmachen, dass Raquel nicht bloß meine frühere Arbeitgeberin war – oder schlimmer noch, meine Gefängniswärterin, denn das schien er in jedem zu sehen, der für die IBKP arbeitete. Und Jack verwirrte mich einfach nur. Aber die Aussicht auf ein paar unverhoffte Stunden mit Lend ließ mich diese Probleme schnell vergessen. »Woran hattest du denn gedacht?«

»Wie wär's mit der Mall?«

»Moment mal – meinst du mit Mall einen Haufen Museen in Washington, wo ich die ganze Zeit so tun muss, als würde ich was von moderner Kunst verstehen, auch wenn ich eigentlich denke, dass das alles ebenso gut ein Gremlin gemalt haben könnte und, wer weiß, vielleicht tatsächlich gemalt *hat*, oder die Art von Mall, in der ich mir ein Paar neue

Schuhe aussuchen kann, wir was herrlich Ungesundes essen und dabei Lebensgeschichten für die Leute um uns rum erfinden können?«

»Mir wird soeben klar, dass ich nur Letzteres gemeint haben kann.«

»Kluger Junge.« Ich lächelte und er zog mich an sich.

»Ich behaupte immer noch, der Kerl war von der CIA. Dem stand doch quasi ›Spion‹ auf die Stirn geschrieben.«

Ich lachte und wandte mich ihm zu, während er vor dem Diner parkte. »Lend, der ging mir gerade mal bis zum Bauchnabel!«

»Genau! Keiner würde den verdächtigen. Das ist dieser stille, unauffällige Typ, der vollkommen unbedrohlich wirkt, bis – ZACK! Verabschieden Sie sich bitte jetzt von Ihren Staatsgeheimnissen!«

»Okay, na gut. Dann war er eben ein Spion.«

»Ich bin trotzdem immer noch der Meinung, dass wir uns den Film hätten ansehen sollen. Ein paar schöne Explosionen hätten dir gutgetan. So was entspannt nach einem harten Tag.«

»Ist ja wohl nicht meine Schuld, dass ich ohne Begleitung eines Erwachsenen nicht reingelassen wurde und du deinen Führerschein im Auto hast liegen lassen.«

Lend verdrehte die Augen. Silberne Strähnen durchzogen plötzlich sein beinahe schwarzes Haar und ich lachte und verpasste ihm einen Schubs.

»Hör auf, das ist ja gruselig. Und außerdem, wenn du so tust, als wärst du alt genug, um mich ins Kino zu schmuggeln, wie eklig ist das bitte schön, wenn wir dann anfangen rumzuknutschen? Weg mit dem Grau.«

»Von mir aus.« Sein Haar kringelte sich zu Korkenzieherlocken und verfärbte sich kupferrot.

Ich lachte. »Hör auf! Nachher sieht dich noch jemand.«

Der Ausdruck in seinen Augen wurde ernster und seine Haare nahmen wieder ihr normales Aussehen an. »Bist du sicher, dass ich nicht doch bleiben soll? Ich kann meine Vorlesungen morgen sausen lassen, wenn's dir nicht gut geht.«

»Das musst du echt nicht.« Lend verpasste nie eine Vorlesung, und obwohl ich geschmeichelt war, dass er meinetwegen bereit war zu schwänzen, und das Angebot wirklich sehr verlockend klang … hätte ich doch ein zu schlechtes Gewissen.

Er seufzte. »Ich muss wegen Bio tatsächlich noch mal ins Labor. Aber mit dir ist wirklich alles in Ordnung? Keine Schmerzen nach deinem Sturz? Keine komischen Nebenwirkungen von diesem Sylphen?«

»Alles okay.«

»Na gut. Dann sehen wir uns am Samstag.«

»Nicht Freitagabend?« Wie ich den jammernden Tonfall hasste, der sich in meine Stimme geschlichen hatte. Nein, so eine Freundin wollte ich auf keinen Fall sein, keine von diesen anhänglichen Quengelliesen, die ohne ihren Freund nichts mit sich anzufangen wussten. Auch wenn sie vollkommen berechtigterweise nichts anderes wollten, als jede einzelne Minute ihres Lebens mit ihm zu verbringen. Nein. So ein Mädchen war ich nicht.

»Ich stecke mitten in einer Gruppenarbeit zur Wirbeltieranatomie und das war der einzige Labortermin, den wir kriegen konnten. Ich bezweifle, dass wir so früh fertig werden, dass ich überhaupt zu einer einigermaßen sinnvollen Zeit hier sein könnte, aber wenn ich danach brav im Wohnheim bleibe, wo es keine hübschen, witzigen Ablenkungen gibt, schaffe ich bestimmt alle meine Hausaufgaben und gehöre dann das ganze Wochenende lang nur dir. Also, direkt am Samstagmorgen, versprochen.«

Er beugte sich vor und gab mir einen Kuss. Ich wünschte, er könnte sein Cover ablegen und mich als er selbst küssen, als er selbst mit mir reden. Aber das war keine gute Idee, falls jemand vorbeikam und mich mit einer so gut wie unsichtbaren Silhouette knutschen sah. Das war wohl der Nachteil, wenn man einen Freund hatte, der halb Mensch und halb Wassergeist war.

Er löste sich wesentlich früher wieder von mir, als ich es mir gewünscht hätte (aber seien wir ehrlich, das wären wahrscheinlich auch gleich mehrere Stunden gewesen – ich bekam nie genug davon, ihn zu küssen), stieg aus dem Wagen und hielt mir die Tür auf. In der Sekunde, als ich ausstieg, hüllte mich eine eigenartige Kälte ein. Die Härchen an meinen Armen stellten sich auf. Ohne Rücksicht auf meine blauen Flecken drückte ich mich erschaudernd an Lend.

»Mach's nicht, okay?«, flüsterte er.

»Was denn?«

»Wieder für die IBKP arbeiten. Mach's … mach's einfach nicht.«

Ich sah hoch in sein Gesicht. »Aber wenn ich dabei doch was Gutes tun kann?«

»Du tust schon genug Gutes, indem du einfach bist, wie du bist. Ich mache mir Sorgen, dass dir was passiert.«

Ich runzelte die Stirn und murmelte etwas Unverbindliches, was er jedoch, seinem Lächeln nach zu urteilen, als Zustimmung auffasste. »Wir sehen uns Samstag.« Er küsste mich noch einmal und wartete, bis ich die Stufen hochgegangen war, dann stieg er wieder ins Auto und fuhr davon.

Fernbeziehungen? Sind Mist. Aber total.

Seufzend betrat ich das hell erleuchtete Diner. David hatte das *On the Hoof* vor zehn Jahren als Basis für seine Operation Paranormalen-Tarnung gekauft. Der Laden bot Jobs für Paranormale in Not und einen Treffpunkt für alle, die sich nicht aus den Augen verlieren wollten. Die Einrichtung war in einem fröhlichen, etwas abgerockten Fünfzigerjahrestil gehalten. Nona, die Geschäftsführerin, winkte mir zu. Ihr Cover einer sexy Blondine schimmerte über knorriger brauner Haut und grünlichem, moosartigem Haar. Offiziell wohnte sie mit Arianna und mir in der Wohnung über dem Diner, in Wirklichkeit aber kehrte sie allabendlich in den Wald zurück, um dort Wurzeln zu schlagen – und zwar im wahrsten Sinne des Wortes –, bis die Sonne aufging. Baumgeister – noch so eine Paranormalen-Gattung, die ich bei meinen Einsackaktionen für die IBKP nicht kennengelernt hatte. Damals war ich ziemlich auf den Bereich Gewalt und Zerstörung festgelegt gewesen.

Im Vorbeigehen nickte ich abwesend einigen Stammgästen zu, hauptsächlich Vampire und Werwölfe, als mir wieder mal eine neue Paranormale auffiel, der ich noch nie begegnet war und deren Anblick mir einen kleinen Stich ins Herz versetzte – sie sah aus wie eine Kreuzung zwischen Lish und einem Menschen, mit Kiemen am Hals und Flossen, die unter dem Cover ihre nackten Beine säumten. In letzter Zeit ließen sich immer mehr Arten von Paranormalen in dieser Gegend blicken, die weder David noch ich jemals gesehen hatten.

Als ich länger darüber nachdachte, fiel mir auf, dass viele von den neuen Paranormalen, die keine Vampire oder Werwölfe waren, Nona besuchten. Entweder hingen sie im Diner rum oder trafen sich in der Gasse hinter dem Haus mit ihr. Und der Sylphe war definitiv neu. Vielleicht wusste Nona –

Ich kreischte auf und konnte gerade noch verhindern, dass ich über den Küchengnom fiel, einen besonders biestigen Erdgeist namens Grnlllll. Zumindest glaubte ich, dass sie so hieß. Oder er. Bei Gnomen war das schwer zu sagen. Vielleicht war das auch der Grund, warum sie – er? – mich nicht leiden konnte. Der zickige Gesichtsausdruck kam mir auf jeden Fall ziemlich weiblich vor.

Das Bedürfnis, Grnllllls giftigen Blicken zu entkommen, überwog den Drang, mit Nona zu sprechen, und so schlüpfte ich schnell durch die Küchentür. Endlich oben in der Wohnung angekommen, ließ ich mich auf die Couch mit dem ausgeblichenen Blümchenmuster fallen.

»Evie?«

»Hmmhmm.«

Mit einem Glas in der Hand tänzelte Arianna ins Zimmer. Ich guckte lieber nicht zu genau hin, was sich in dem Glas befand. Aber ich vermied es nie, Arianna anzusehen, auch wenn ihre verschrumpelte Leiche unter dem normalen Cover (wenn man denn käsebleiche Haut und stacheliges rotschwarz gefärbtes Haar als normal bezeichnen wollte) mir wie bei allen Vampiren einen Schauder über den Rücken jagte. Das würde nur ihre Gefühle verletzen und trotz unseres ziemlich holprigen Starts im letzten Frühjahr war sie mittlerweile so was wie eine Freundin für mich. Sie hatte sich schließlich nicht aussuchen können, was sie war, und sie trank auch niemals Menschenblut. Außerdem war sie ziemlich witzig, wenn sie nicht gerade sauer auf mich war.

»Harten Tag gehabt?« Arianna setzte sich zu mir auf die Couch und griff nach der Fernbedienung, um unsere Serie einzuschalten.

»Könnte man so sagen.« Ich rieb mir die blessierte Hüfte und fragte mich, ob sie am nächsten Morgen wohl komplett grün und blau sein würde.

»Okay. Wer verliert, hat eine Woche Spüldienst. Ich wette, Landon und Cheyenne fangen was miteinander an, streiten sich dann aber und machen am Ende der Folge wieder Schluss.«

Enthusiastischer, als mir insgeheim zumute war, entgegnete ich: »Auf keinen Fall. Cheyenne gibt ihm wegen irgendeines Missverständnisses 'nen Korb und er fängt wieder an zu fixen.«

»Okay, die Wette gilt.« Arianna beugte sich vor und versank in dem Drama, das sich auf dem Bildschirm vor uns abspielte.

Ich fühlte mich ziemlich verlassen und blickte an die Decke, bemüht, das leichte Kribbeln in meinen Fingerspitzen zu ignorieren. Ich wusste, ich sollte auf Lend hören, mich von der IBKP fernhalten und dankbar für mein normales, langweiliges Leben sein. Ich sollte mich auf die Wochenenden freuen, wenn ich ihn wiedersah, und den allgegenwärtigen, nagenden Schmerz nicht beachten, der mir sagte, dass, egal, wie viel Zeit ich mit ihm verbrachte, egal, wie sehr ich ihn liebte, er niemals wirklich mir gehören würde, weil ich vergänglich war und er ewig.

Mir ging es doch gut. Ich war zufrieden mit dem, was ich hatte. Außerdem wollte Lend nicht, dass ich der IBKP half.

Aber Lend war schließlich nicht hier …

# Mit ein bisschen Glitzer sieht alles gleich besser aus

»Aufwachen«, flüsterte mir eine Stimme, die klang wie Wasser, das über Steine sprudelte, ins Ohr. Lächelnd streckte ich die Arme aus, bis sie Lends Hals fanden. Ich wusste, was ich sehen würde, wenn ich die Augen aufmachte – fast gar nichts. Meinen Lend in seiner wahren Gestalt. Ich blinzelte in die späte Morgensonne und blickte in seine Wasseraugen. »Guten Morgen«, sagte er und ich schmolz dahin.

»Morgen.« Ich versuchte, ihn zu mir herunterzuziehen, aber er lachte nur und duckte sich unter meinen Armen hinweg.

»Na los, aufstehen, du Faulpelz. Es sei denn, du willst lieber schlafen, als was mit mir zu unternehmen?«

»Ach, ich weiß nicht.« Ich machte die Augen wieder zu. »Ich bin schon ziemlich müde.«

Zur Antwort warf er mir ein Kissen ins Gesicht. Lachend wälzte ich mich aus dem Bett, ging mir die Zähne putzen und zog mich an, während er im Wohnzimmer mit Arianna plauderte. Mein Zimmer war winzig – eigentlich nicht viel größer als ein begehbarer Kleiderschrank, wenn man mal ehrlich war –, aber wenigstens hatte ich die Wände, wie Arianna zu sagen pflegte, »widerlich rosa« gestrichen. Mir fehlten meine Poster aus der Zentrale, aber so langsam wurde es auch so zu *meinem* Zimmer. Der meiste freie Platz an den Wänden wurde von Skizzen ausgefüllt, die Lend gezeichnet hatte, so hatte ich ihn immer bei mir, auch wenn er nicht da war.

»Natürlich bin ich eine Nekromantin«, erklärte Arianna Lend gerade. Sie saß vor unserem ziemlich schicken Computer, auf dem gerade ihr Lieblingsspiel lief. »Ist so schön ironisch. Im echten Leben gehöre ich zur Horde der lebenden Toten und in meinem Onlineleben herrsche ich über sie.«

Während es draußen hell war, verbrachte sie beinahe jede Stunde vor dem Bildschirm und ging mit ihren lilahäutigen, spärlich bekleideten Gefährten auf Missionen. Vor ein paar Wochen war ich mal total genervt, weil ich ihretwegen nie meine E-Mails lesen konnte, und blaffte sie an, sie sollte sich gefälligst eine produktivere Beschäftigung suchen. Woraufhin sie mir erst recht demonstrierte, wie lange ein Vampir in der Lage ist, sich nicht vom Fleck zu rühren.

Lange. Sehr lange.

Aber was noch schlimmer war: Nachdem sie ihr Sit-in ein paar Tage lang durchgezogen hatte, hörte ich sie schluchzen. Seitdem sagte ich keinen Mucks mehr dazu, wie sie ihre Zeit verbringt. So ein ewiges Leben klingt ja erst mal ziemlich cool, aber es in dieser Form aufgezwungen zu bekommen? Nein danke. Unsterbliche wie Nona versuchten zwar hin und wieder zum Spaß, wie Menschen zu leben, aber sie waren einfach für die Ewigkeit gemacht. Menschen dagegen waren es nicht, eine Tatsache, an die Ariannas Leiche unter ihrem Cover mich stets erinnerte.

»Und deswegen musste ich ihn einfach umbringen – das Messer von O'orlenthaal hätte sowieso von Rechts wegen mir gehören sollen. Diese kleine Ratte. Und jetzt müssen wir gegen seine Gilde kämpfen, aber dabei wird meine Fähigkeit, eine Armee von Toten auferstehen zu lassen, bestimmt ganz nützlich sein.«

»Also, um es zusammenzufassen: Du hast viel zu tun.« Lend grinste sie an und Arianna lachte auf. Sie behandelte ihn wie einen kleinen Bruder. Und Lend wiederum behandelte sie, als wäre sie völlig normal. Das war eins der Dinge, die ich so an ihm liebte; er akzeptierte jeden Paranormalen so, wie er war, und ich wusste, was das jemandem wie Arianna und auch den meisten Werwölfen bedeutete, die sich mit ihrem Schicksal oft nur schwer abfinden konnten. Lend hatte wirklich ein erstaunliches Talent dafür, paranormal und normal auszubalancieren und jedem das Gefühl zu geben, dass er dazugehörte.

»Irre viel zu tun. Ein paar Kleider hab ich auch entworfen – was diese Idioten in diesen Realityshows können, kann ich schon lange.«

»Ich sag's dir doch immer wieder, du brauchst eine Website! Du könntest alles hier schneidern und dann online verkaufen. Zeig mir deine Skizzen, dann lege ich die Seite an und Evie und du könnt Models spielen.«

Arianna zuckte mit den Schultern und rutschte unbehaglich auf ihrem Stuhl hin und her. Sie war mitten in ihrer Ausbildung zur Modedesignerin gewesen, als sie verwandelt wurde. Lend wollte sie immer dazu bringen, wieder damit anzufangen, aber aus irgendeinem Grund zog sie es nie durch.

Jetzt sah er auf und lächelte, als er mich im Flur stehen sah. »Fertig?«

»Und wie! Sicher, dass du nicht mitkommen willst, Ari?«, fragte ich. Bitte, bitte, komm nicht mit, dachte ich. Heute Nachmittag waren wir sowieso mit ihr fürs Kino verabredet, aber jetzt wollte ich Lend erst mal ein paar Stunden nur für mich haben.

Sie wedelte abwehrend mit der Hand, den Blick bereits wieder konzentriert auf den Bildschirm gerichtet. »Muss diesen Schlachtzug noch zu Ende bringen.«

Plötzlich verspürte ich eine unerwartete Zuneigung zu diesem dämlichen Spiel. Ein Hoch auf Rollenspiele und ihre Macht, meinen Anstandswauwau von mir abzulenken!

Lend nahm meine Hand, als wir hinaus in den kühlen Oktobermorgen spazierten und von einer Windböe begrüßt wurden, sobald wir den Gehweg betraten. Der Sommer war dieses Jahr wirklich lang gewesen, als hätte er sich weigern wollen, das Feld zu räumen. Erst seit ungefähr einer Woche schlich sich eine gewisse Kälte in die Nächte. Das Laub an den Bäumen begann, den Wandel anzukündigen, Rot- und Goldtöne webten sich stellenweise in das Grün. Nachdem ich so lange in der klimatisierten Zentrale gewohnt hatte, war ich definitiv ein Fan dieser ganzen Jahreszeitensache.

Wovon ich außerdem ein Fan war, war mein Freund. Die Sonne ließ seine Wasseraugen noch mehr glitzern als sonst und das beinahe schwarze Haar seines Covers glänzte wie frisch aus der Shampoowerbung. Perfekter hätte der Tag gar nicht sein können.

»Ich hab ein Geschenk für dich«, sagte Lend. Hatte ich gerade noch behauptet, der Tag könnte nicht perfekter sein? Tja, falsch gedacht.

»Wofür denn das?«, quietschte ich aufgeregt. In der Zentrale hatte ich nur alle Jubeljahre mal ein Geschenk bekommen, und da sie alle von Raquel stammten, waren sie ausnahmslos *praktischer* Natur gewesen. Da war zum Beispiel der Erste-Hilfe-Kasten in Reisegröße zu meinem zwölften Geburtstag, das unselige Weihnachtsfest mit der Enzyklopädie (im Ernst, wer kaufte so was denn überhaupt noch? Schon mal von dieser neumodischen Erfindung namens Internet gehört?) und natürlich der Spitzenreiter der Schrottgeschenke: *Socken*. Jedes. Verpiepte. Jahr.

Aber in der kleinen Schachtel, die Lend nun aus der Tasche zog, waren mit Sicherheit keine Socken. »Ist es was Glitzerndes?« Ungeduldig wippte ich auf den Fersen auf und ab, während er die Schachtel öffnete.

Lachend hob er eine zarte Silberkette heraus, an der ein Anhänger in Herzform baumelte. Die drei rosa Steine, die den einen Rand des Schmuckstücks säumten, hoben sich sehr hübsch von dem dunklen Metall ab, aus dem es gefertigt war. Ich hielt mir das Haar aus dem Nacken und er legte mir die Kette um. Als seine Finger meine Haut streiften, bekam ich eine Gänsehaut.

Ich betastete das kalte Metall. »Wow, ist das schön!«

»Puh, Glück gehabt. Ich hab noch nie Schmuck verschenkt.«

»Tja, da hast du die Latte aber gleich absurd hoch gelegt, mein Lieber. Du hättest mit was Kitschigem anfangen sollen.« Ich legte ihm die Arme um den Hals, zog ihn dicht an mich und atmete seinen kühlen Duft ein.

»Es ist aber gar nicht nur hübsch.«

»Nicht?«

»Nein, auch praktisch. Das Herz ist aus Eisen.«

Mich durchflutete eine Wärme, eine Woge der Zuneigung, etwas, an das ich eigentlich schon hätte gewöhnt sein müssen, das mich aber doch immer wieder überraschte. Natürlich hatte Lend einen Weg gefunden, mich durch feenabschreckendes Eisen zu beschützen. Das bedeutete zwar, dass er beinahe so praktisch veranlagt war wie Raquel, aber seine praktischen Geschenke waren zumindest hübsch und glitzerten. Ich strich ihm mit den Fingern durchs Haar.

»Perfekt.«

»Echt, ist es das?«

»Ich meinte *dich*. Aber die Kette ist es auch.«

Wir küssten uns so lange, bis eine alte Dame, die ihren Hund spazieren führte, sich im Vorbeigehen lautstark räusperte und uns so daran erinnerte, dass wir uns tatsächlich noch mitten auf dem Gehweg befanden und nicht in unserer eigenen kleinen Welt. Ich grinste sie verlegen an, nur um festzustellen, dass sie unter ihrem Cover eine Paranormale war. Ihr fleckig grünes Froschgesicht bildete einen ziemlichen Kontrast zu ihrem geblümten Hauskleid und den Schlappen. Diese Stadt war einfach nur seltsam.

Sie hörte nicht auf, uns anzustarren. Ich hatte keine Ahnung, was sie war, und wurde plötzlich nervös. Schnell warf ich einen Blick Richtung Himmel, um sicherzugehen, dass dort nicht irgendwelche komisch aussehenden Wolken herumsegelten, aber es war nichts zu sehen. Ich zog an Lends Hand, um ihn zum Weitergehen zu bewegen, schüttelte mein Unbehagen ab und fragte: »Und, was steht für heute Morgen sonst noch so auf dem Plan?«

»Ich hatte eigentlich gehofft, mit der Kette wäre ich aus dem Schneider und müsste mich um den Rest nicht mehr kümmern.«

»Na schön, aber das gilt nur für heute. Für morgen musst du dir trotzdem noch was Schönes für uns ausdenken. Und jetzt ist sowieso erst mal Essen angesagt. Und zwar jede Menge. Ich hab ganz vergessen zu frühstücken.«

»Okay, wir können ja –« Lends Handy klingelte. Er zog es aus der Tasche und warf stirnrunzelnd einen Blick auf die Nummer auf dem Display. »Sekunde mal.« Er ging ans Telefon und ich überlegte, was wir mit dem Rest des Wochenendes anfangen könnten. Diesen Nachmittag Kino mit Arianna und danach, so mein geheimer Plan, würden wir sie in eine Karaokebar schleppen. Sie leugnete es zwar hartnäckig, aber ich hatte genau gehört, wie sie unter der Dusche Songs von Duran Duran schmetterte. Und wenn das nicht klappte, war ich für Bowling. Das hatte ich noch nie gemacht und würde wahrscheinlich komplett dabei versagen, aber mit Lend würde es bestimmt Spaß machen. Vielleicht könnten wir ja auch ein Doppel spielen, gegen Carlee und ihren derzeitigen Verehrer, wer immer das auch gerade sein mochte.

Doch das Herz sank mir in die Kniekehlen, als der Inhalt des Telefongesprächs zu mir durchdrang.

»Alles?«, fragte Lend angespannt. »Kannst du – nein, beruhig dich, alles okay, ist ja nicht deine Schuld. Ich bin froh, dass dir nichts passiert ist. Ja, ich kann zurückkommen. Bist du sicher, dass alle unsere Sachen weg sind?« Er schloss die Augen und unterdrückte einen Seufzer. »Okay, gib mir ein, zwei Stunden, dann bin ich da.« Er legte auf und starrte auf das Handy, als könnte er das Gespräch auf diese Weise komplett löschen.

Und puff, löste sich mein Wochenende in Luft auf. »Was ist?«

»Natalie, ein Mädchen aus meiner Lerngruppe, sollte unsere Ergebnisse zusammenfassen und in der U-Bahn hat ihr dann irgend so ein Kerl die Tasche geklaut – mit ihrem Laptop, den Notizen, mit allem. Wir sind am Arsch. Ich muss zurück und den anderen helfen, alles wieder zusammenzupuzzeln. Das war die Arbeit von drei Wochen.« Aufgebracht presste er die Kiefer aufeinander.

Den kürzesten aller Momente war ich versucht, ihm zu sagen, dass ein Abschluss in Biologie und Zoologie keine Rolle spielte. Überhaupt keine. Im großen Ganzen seines unsterblichen Lebens, was war da schon diese eine blöde College-Gruppenarbeit? Nicht mehr als ein Tropfen Wasser im Meer. Aber … wenn er wüsste, dass er mehr Elementarwesen als Mensch war, würde er dann das College abbrechen? Und sein normales Leben gleich mit?

Inklusive unserer Beziehung?

Nein, ich würde es ihm definitiv nicht sagen. Jedenfalls nicht sofort. Ich meine, wenn er doch sowieso die Ewigkeit hatte, was machte es dann für einen Unterschied, ob ich es ihm morgen sagte oder in zehn Jahren? Er würde immer noch genauso unsterblich sein. Okay, wenn ich es ihm sagte, würde vielleicht nicht ständig dieses schlechte Gewissen an mir nagen, wenn ich mit ihm zusammen war. Aber jetzt hatte ich schon so lange gewartet und ich wollte den heutigen Tag nicht noch schlimmer machen.

»Evie?«

»Was?«

»Es tut mir leid. Das ist echt blöd, ich weiß.«

»Oh. Ja. Ich meine, stimmt, es ist blöd, aber was sein muss, muss eben sein.« Ich zeigte ihm mein überzeugendstes »Bin ich nicht eine verständnisvolle Freundin?«-Lächeln.

Wir eilten zurück zum Diner. Der fröhliche Schwung in meinen Schritten hatte sich in Blei verwandelt. Dann verfärbte sich also das Laub an den Bäumen – mir doch piepegal. Lend rief noch ein paar Leute an, aber trotz seiner Bemühungen wurde schnell klar, dass er selbst zurückmusste, damit sie die Sache gemeinsam wieder geradebiegen konnten. Dann ließ er mich mit einem langen, wehmütigen Kuss und der Aussicht auf zwei Tage zurück, in denen ich nichts zu tun hatte, außer meine Hausaufgaben zu machen.

»Schon wieder da?«, fragte Arianna, die Kopfhörer aufhatte, viel zu laut, als ich hereingeschlurft kam.

»Er musste zurück zur Uni.«

»So ein Mist.« Jetzt sah sie tatsächlich auf und runzelte die Stirn, als sie mein Gesicht sah. »Ziemlicher Dämpfer für dein Wochenende, was? Hast du vielleicht Lust … tja, ich weiß auch nicht, mit mir in irgend'ner dunklen Gasse rumzuhängen, bis die Sonne untergeht?«

Ich rang mir ein Lachen ab. »Kein Stress, üb du mal lieber weiter virtuelle Rache aus. Wir gehen ja heute Nachmittag noch ins Kino.«

»Na gut, aber Händchen halten kannst du dir abschminken.«

»Dem Himmel sei Dank.«

Sie setzte die Kopfhörer wieder auf. Ich schlurfte in mein Zimmer und ließ mich aufs Bett plumpsen.

Und schrie auf, als die Tür zuknallte und eine Gestalt dahinter hervortrat. »Wow, ganz schön rosa hier drin.«

# Ein besch…eidenes Leben

Mein Herz blieb stehen. Einen entsetzlichen Augenblick lang war ich überzeugt davon, dass Reth in meinem Zimmer war. Dann nahm ich den nächstliegenden Gegenstand – einen Schuh – und schleuderte ihn Jack an den Kopf.

»Was willst du hier, du kleines Wiesel?«

Er hob den Schuh auf, nachdem dieser an die Tür hinter ihm gekracht und auf dem Boden gelandet war. »Wie kannst du auf solchen Absätzen nur laufen?« Er setzte sich hin, zog seinen eigenen Schuh aus und versuchte, seinen Fuß in einen meiner lila Riemchenpumps zu zwängen.

Empört stapfte ich zu ihm rüber und riss ihm den Schuh aus der Hand. »Lass den Kindergartenquatsch und beantworte meine Frage.«

Die blauen Augen weit aufgerissen, den Blick voller Unschuld, sah er zu mir auf. »Und ich dachte, wir wären Freunde – nachdem ich schon für dich strippen musste und so.«

»Ich rufe jetzt Raquel an.«

»Schon gut, schon gut, war doch nur ’ne kleine Aufklärungsmaßnahme.«

»Aufklärung?«

»Ja, jetzt nicht, was *du* wieder denkst, mit Bienchen und Blümchen und so. Das heißt bloß, ich hab die Lage gecheckt, mich bei –«

»Ich weiß, was das heißt! Was soll das, spioniert die IBKP mir jetzt hinterher, oder was? Die spinnen ja wohl! Dass ich denen helfe, können die aber so was von ver–«

»Lässt du eigentlich jemals irgendwen ausreden?« Er begegnete meinem finsteren Blick mit einem Grinsen und zeigte seine Grübchen. »Schon besser. Du bist viel hübscher, wenn du nicht quasselst. Was für die meisten Leute gilt, wie mir aufgefallen ist. Ist ja auch egal, ich musste mir jedenfalls die Adresse mal angucken, die Raquel mir gegeben hat, damit ich sie beim nächsten Mal auch wiederfinde.«

»Wieso?«

»Wie du bei unserer letzten Begegnung netterweise angemerkt hast, bin ich nun mal keine Fee. Ich muss einen Ort erst sehen, bevor ich eine Pforte dorthin öffnen kann. Oder zumindest, um es einigermaßen genau hinzukriegen. Andernfalls könnte ich sonst wo landen.«

Ich setzte mich auf die Bettkante. Wenn dieser Bekloppte schon mal hier war, bekam ich vielleicht wenigstens ein paar Antworten. Eines hatte mich nämlich fast in den Wahnsinn getrieben: Wieso konnte er überhaupt, was er konnte? Eigentlich dürfte das doch gar nicht möglich sein. »Wie hast du das gelernt? Die Pfade zu benutzen, meine ich.«

Sein Mund verzog sich zu einem schelmischen Grinsen. »Lass dich nur nicht von meinem fantastischen Aussehen blenden. Ich bin wahnsinnig schlau.«

Ich verdrehte die Augen. »Na klar. Aber trotzdem kann man deswegen nicht automatisch die Pfade benutzen.«

Er zuckte mit den Schultern und stand auf. »Wenn man lange genug zusieht und abwartet, wenn man etwas sehnlichst genug will, dann findet man irgendwann einen Weg. Ich finde viele Wege.« Mit einem rätselhaften Lächeln legte er die Hand an meine Zimmerwand. »Ich hole dich dann nachher ab, okay?«

»Ich habe für nichts meine Zustimmung gegeben.« Meine Augen wurden schmal.

»Ja, ja«, erwiderte er abwesend, während er sich auf die weißen Linien konzentrierte, die sich über die Wand schlängelten und eine Pforte bildeten. »Dann hole ich dich nachher ab.«

»Nein! Hörst du denn nicht zu? Sag Raquel, dass ich nicht –«

Doch bevor ich den Satz beenden konnte, marschierte er schon durch die Feenpforte und murmelte etwas, das verdächtig nach »Mädchen nerven« klang.

Hinter ihm erschien wieder die Wand, die nun völlig unschuldig meinen bösen Blick ertragen musste. Jack sah zwar aus, als wäre er ungefähr in meinem Alter, aber er benahm sich wie ein kleines Kind im Zuckerrausch – dem es gutgetan hätte, wenn ihm mal jemand ordentlich den Hintern versohlte.

Nicht dass ich diese Aufgabe hätte übernehmen wollen, dass mich da bloß keiner falsch versteht. Ich legte mich aufs Bett und schloss die Augen. Was für ein Kuddelmuddel. Ich konzentrierte mich darauf, den Stress aus meinem Körper zu schleusen, mich in einen entspannten, schwebenden Zustand zu versetzen. Ich hatte das Gefühl, wenn ich bloß mal zur Ruhe kommen und einfach nachdenken könnte, dann würde sich mein Leben und alles zwischen Lend und mir wieder einrenken. Dann würde ich einen Weg finden, ihm die Wahrheit so zu präsentieren, dass er gar nicht erst auf den Gedanken käme, seinen sterblichen Lebensstil aufzugeben. Dann würde mir einfallen, wie das alles funktionieren könnte, wie ich all die wichtigen Menschen in meinem Leben wirklich *in* meinem Leben vereinen könnte, und zwar so lange, wie ich das wollte.

Ein lautes Hämmern an der Tür riss mich aus meinen Gedanken und zerschmetterte die Erleuchtung, vor der ich ohne Zweifel haarscharf gestanden hatte.

»EVELYN, SCHWING DEINEN FAULEN, DÜRREN, KÄSEWEISSEN HINTERN AUS DEM BETT, UND ZWAR SOFORT!«

Genervt schlug ich die Augen auf und quälte mich – berechtigterweise mürrisch – raus in den Flur. »Gibt's für deine Klappe auch 'nen Lautstärkeregler?«

Arianna zuckte nur mit den Schultern. »Du schläfst ja wie 'ne Tote. Nona braucht unten Hilfe.«

»Na super. Genau so hatte ich mir das Wochenende vorgestellt. Ohne Lend und dafür mit jeder Menge Bratfett.«

»Komisch. Ich wäre ja für Ausschlafen und dann Shoppengehen, aber jedem das Seine. Und jetzt runter mit dir.«

»Und was ist mit unserem Film?«, jammerte ich in der Hoffnung, dass Arianna mir irgendwie dabei helfen würde, mich vor der Arbeit zu drücken.

»Du weißt doch, Geschöpf der Dunkelheit und so weiter. Soll heißen, für mich tut's auch die Spätvorstellung.«

»Super.« Ich stapfte die Treppe hinunter, nahm missmutig meine Schürze von ihrem Haken an der Wand und band sie mir um. Klar war es schön, etwas Geld zu verdienen, jetzt, da ich kein Spesenkonto mehr bei der IBKP hatte (und glaubt mir, ich vermisste dieses Konto schmerzlich), aber in einem Diner zu kellnern war ein klitzekleines bisschen langweiliger als meine alten Einsackmissionen.

Und mit ein »klitzekleines bisschen« meine ich entsetzlich viel, nur dass wir uns da richtig verstehen. Passend zur ach so putzigen Kuh-Dekoration des Diners mussten wir nämlich auch noch Röcke tragen – und zwar mit Petticoat –, die mit Kuhflecken bedruckt waren. *Kuhflecken*. Es gibt eine Menge Tierfellmotive, die sich auf Klamotten ganz fantastisch machen. Der Kuh-Style gehört definitiv nicht dazu. Eigentlich ist er sogar ziemlich beleidigend. Und genau darum behielt ich stur meine Röhrenjeans an. Ich war schließlich gar nicht zum Arbeiten eingeteilt gewesen, da würde ich mich jetzt ganz bestimmt nicht auch noch als Berta die Kuh verkleiden.

Mein Glück mal wieder. Grnlllll (oder schrieb sich das mit vier *l*? Oder mit Doppel-*r* und drei *l*? Wenn ihr denkt, Walisisch wäre 'ne schräge Sprache, dann versucht mal, was auf Gnomisch zu lesen) war in der Küche. Gnome sind Erdgeister und leben normalerweise unterirdisch, wo sie in ihren Minen rumbuddeln. Sie sehen sogar ein bisschen aus wie Maulwürfe mit ihren pelzigen Köpfen, den winzigen Blinzelaugen und Nasen, die mehr an eine Schnauze erinnern als an irgendwas anderes. Am glücklichsten sind sie, wenn sie einfach irgendwo im Dunkeln und Feuchten rumwühlen können. Was zum Teufel Grnlllll also hier in dieser hell erleuchteten Küche eines Diners zu suchen hatte, war mir immer noch ein Rätsel, aber eins war sicher: Glücklich wirkte sie nicht.

Und dann erst ihre Pommes! Würg.

Grnlllll knurrte mir irgendwas zu, das ich gar nicht erst zu verstehen versuchte, dann ging ich raus, um Bestellungen aufzunehmen. Der Nachmittag verlief ziemlich typisch – hauptsächlich die Paranormalen aus der Gegend, was eine Überfülle an Bestellungen von Steaks bedeutete, die so roh waren, dass ich den Anblick kaum ertrug, und von Milchshakes, über deren Zutaten ich am liebsten gar nicht nachdachte.

Als der Abend sich mit kalter Hartnäckigkeit gegen die Fenster zu drängen begann, wurde es etwas lebhafter im Laden. Meine Füße und mein Rücken brachten mich fast um, und wenn ich noch einmal lächeln und so tun musste, als würde ich nicht merken, wie der Vampir in der Ecke sich jedes Mal, wenn ich vorbeikam, die Lippen leckte, würde ich losschreien. Als wäre es nicht schon übel genug, dass die Hälfte der vampirischen Stammgäste ständig versuchte, mich per Gedankenkontrolle davon zu überzeugen, dass ich gar kein Trinkgeld wollte.

Ich will *immer* ein Trinkgeld, ihr untoten Geizkragen.

Wenigstens war es ziemlich witzig zu beobachten, wie die Vampire immer frustrierter wurden, weil sie mich nicht weichkochen konnten. David und Arianna hatten meinen

Cover-Röntgenblick für sich behalten, was ich ihnen hoch anrechnete. Das machte alles etwas weniger kompliziert.

Ich riss die Rechnung vom Block und klatschte sie auf Lippenleckers Tisch. »Plus Trinkgeld, wie immer.«

Er schmollte, verzog aber dann die Lippen zu einem atemberaubenden Lächeln. Na ja, zumindest wäre es atemberaubend gewesen, wenn ich nicht unter seinem Cover jeden einzelnen Backenzahn gesehen hätte, der mich durch seine verwesenden Wangen anblitzte. Er versuchte, meine Hand zu ergreifen, aber ich zuckte zurück.

»Ich mein's ernst. Oder willst du, dass ich die nächste Bloody Mary ein bisschen mit Knoblauchpulver aufpeppe?«

Er bedachte mich mit einem finsteren Blick, der sich gut auf dem Umschlag eines Horrorromans gemacht hätte. Ich lächelte nur. Morddrohungen vor sich hin murmelnd, zog er sein Portemonnaie hervor und zählte das Geld ab.

»Beehren Sie uns bald wieder«, zwitscherte ich strahlend und ging zurück zur Kasse. Ich mochte zwar Tasey nicht mehr stets griffbereit haben, aber gegen Vampire kam ich immer noch locker an.

Nona rauschte vorbei. Tatsächlich, sogar ihre Art zu gehen erinnerte an einen Baum, der sich im Wind wiegt. Die Männer aus dem Ort – die Nicht-Paranormalen – kamen manchmal ins Diner, um sie anzugaffen. Wenn die sehen könnten, dass ihr Rücken in Wirklichkeit ein hohler Baumstamm war, aus dem ein Schwänzchen ragte, wären sie vermutlich nicht ganz so angetan.

Na ja, andererseits wusste man bei Männern ja nie. Und sie war wirklich ein ziemlich scharfer Baum.

Lächelnd blieb sie vor mir stehen. »Danke, dass du heute kommen konntest.«

»Kein Problem. Ach, hör mal«, sagte ich, als mir meine Frage wieder einfiel. »Ich hab hier in letzter Zeit so viele Paranormale gesehen, die ich gar nicht kenne. Weiß David über sie Bescheid?« David, Arianna und ich setzten uns zwar regelmäßig zusammen, um den Papierkram und sonstige Sachen für ihre kleine Operation zu erledigen, aber alles wusste ich schließlich auch nicht.

Nona winkte sehr anmutig ab. »Die stellen keine Gefahr dar. Würdest du bitte Grnlllll in der Küche helfen? Alleine kann sie den Müll nicht rausbringen.«

Mein Herz sackte eine Etage tiefer. Mülldienst, na toll. Der Gnom war kleiner als unsere Müllsäcke, aber das ließ sich nicht einfach lösen, indem man kleinere Säcke kaufte, natürlich nicht, stattdessen hatte ich jedes Mal Bereitschaftsdienst, wenn das ekelhafte Maß mal wieder voll war. Und Müll rausbringen beinhaltete logischerweise auch die Mülltonne, und um die zu öffnen, musste ich sie berühren, und das Ding war schmierig, sag ich euch.

SCHMIERIG.

Ehrlich, ich bin kein Faulpelz, aber die letzten acht Jahre meines Lebens musste ich immer nur meinen eigenen Kram aufräumen. Den Müll der Zentrale hätte ich ja auch schlecht an die Straße stellen können oder so, schließlich war die ein abgeriegelter unterirdischer Komplex. Der Diner-Müll ließ mich diese sterilen weißen Flure tatsächlich vermissen. Immer noch besser steril als stinkend und schmierig.

Als ich in der Küche ankam, stand Grnlllll schon bereit

und deutete auf den Mülleimer – den sie netterweise so vollgestopft hatte, dass er überquoll und die Hälfte seines Inhalts auf dem Boden gelandet war. Bemüht, den Würgereiz in meiner Kehle zu unterdrücken, hievte ich den Sack aus der Tonne, woraufhin er gegen mein Bein klatschte und einen fiesen dunklen Fleck unbekannter, aber definitiv ekelhafter Zusammensetzung auf meiner Jeans hinterließ. Großartig.

Grnlllll grollte mir irgendwas mit ihrer Geröllstimme zu und deutete wütend auf den schmierigen Streifen, den ich auf dem Boden hinterließ, als ich den Sack hinter mir herzog, aber das war mir mittlerweile total egal. *Eigentlich* hätte ich das ganze Wochenende freihaben sollen. *Eigentlich* hätte ich mich jetzt an Lend kuscheln und gemeinsam mit ihm und Arianna über einen miesen Film lästern sollen. Das hier hatte ich mir nicht ausgesucht.

Ganz abgesehen davon, dass Grnlllll vielleicht zu klein für die Mülltonne sein mochte, aber zu klein zum Aufwischen war sie nicht.

Mit einem Tritt öffnete ich die Metalltür, die auf die dunkle Gasse hinter dem Diner führte, und schluckte, als die Abendluft meine Nase mit dem Gestank von verfaultem Essen bombardierte. Ich spürte förmlich, wie er sich in meinen Nebenhöhlen festsetzte, und fragte mich, ob ich wohl jemals wieder einen anderen Geruch würde wahrnehmen können.

Die einsame Lampe über der Tür flackerte. Wahrscheinlich durfte ich gleich noch eine neue Glühbirne einschrauben. Dafür war der dämliche Gnom ja auch zu klein. Ich hielt die Luft an, ging zur Mülltonne, die zwischen der Backsteinmauer des Diners und dem angrenzenden Gebäude stand, klappte den Deckel auf und warf den Sack hinein – und dabei tropfte ein fetter Klacks von irgendwas Undefinierbarem heraus und direkt auf meinen Schuh.

»Piep!«, schrie ich die Wand vor mir an. »Piep, piep, *piep* noch mal!« Ich trat kräftig gegen die Mülltonne und hielt mir gleich darauf den Fuß. Jetzt war ich versifft, meine Zehen taten weh und obendrein fühlte ich mich wie ein Volltrottel. Ich schloss die Augen und massierte mir mit Daumen und Zeigefinger die Nasenwurzel. Schon gut. Alles war gut. Ich würde einfach raufgehen, duschen und ins Bett kriechen. Und den Rest des Wochenendes dort bleiben.

Das Licht ging aus und flackerte dann wieder auf. Zu hell. Viel zu hell. Ich öffnete die Augen und sah, wie sich an der Mauer neben der Mülltonne eine Feenpforte bildete.

»Hau ab«, giftete ich. »Ich hab keinen Bock auf den Quatsch.« Wenn Raquel ernsthaft glaubte, irgendwas damit reißen zu können, dass sie mir ständig diesen Idioten Jack schickte, dann lag sie gründlich daneben.

Eine Gestalt, größer als Jack und unendlich viel schöner als jeder, den ich kannte, trat aus der Tür.

»Also wirklich«, antwortete eine Stimme wie aus flüssigem Gold, »das ist nicht gerade die Begrüßung, die ich mir erhofft hatte, mein Herz.«

# Ex und hopp

Reth. Direkt vor meiner Nase. In der Gasse hinter dem Diner. Ich wusste nicht, ob das Kribbeln in meinem Bauch Furcht oder Aufregung bedeutete. Wie hatte ich nur vergessen können, was für ein wunderwunderschönes Wesen er war? Als ich ihn jetzt vor mir sah, sanft glühend vor Wärme in der kalten Dunkelheit, strömten die Gefühle, die mich in seiner Gegenwart immer überwältigten, von Neuem auf mich ein.

Doch ich erinnerte mich auch an all den Schmerz und die Angst, die er mir bereitet hatte, also keine Panik, ich würde mich ihm bestimmt nicht an den Hals werfen oder so was. Aber hübsch anzuschauen war er definitiv. Und trotzdem so ziemlich das Allerletzte, was ich jetzt sehen wollte. Oder jemals wieder, wenn ich recht darüber nachdachte. Ich hielt ihm abwehrend die Handfläche entgegen. »Ich gehe nirgendwo mit dir hin!«

Reth hob eine Augenbraue. »Es besteht kein Grund, mir zu drohen. Ich habe gar nicht vor, dich irgendwohin mitzunehmen. Außer vielleicht aus dieser Gasse heraus, um wenigstens einem *Teil* des Gestanks zu entkommen.« Vielsagend musterte er meine fleckige Schürze.

»Oh.« Ernüchtert und verwirrt ließ ich die Hand sinken und schnüffelte verstohlen an meiner Schulter. Stank ich wirklich so schlimm? Und seit wann wollte Reth mich eigentlich nicht mehr? Er hatte mich immer gewollt. Aber ich wollte doch gar nicht, dass er mich wollte – warum also war ich jetzt so enttäuscht? Tja, wenn einem mal der Sinn danach stand, in knapp fünf Sekunden eine Gefühlsachterbahn von wütend bis ratlos zu erleben, dann war auf ihn wirklich Verlass.

»Gehen wir ein Stück? Ich würde dir ja meinen Arm anbieten wie ein Gentleman, aber deine Hände sehen mir doch recht schmierig aus.«

Ich warf ihm einen finsteren Blick zu. »Warum sollte ich mit dir irgendwohin gehen?«

Er deutete mit einer perfekt geformten, schlanken Hand in Richtung der Küchentür. »Ich bitte vielmals um Verzeihung, ich will dich natürlich von nichts abhalten. Du musst wahrscheinlich zurück zu deinem Schmutz.«

Hin- und hergerissen blickte ich zur Tür. Einerseits widerstrebte es mir, irgendwas zu tun, was Reth von mir wollte. Andererseits wartete da drin ein Wischmopp mit meinem Namen drauf …

»Na schön, aber wenn du irgendwas versuchst –«

»Ach, Evelyn, wie ich deine charmante Art vermisst habe.«

Die Fee argwöhnisch im Blick, folgte ich ihm durch die Gasse. Wir gingen den von Straßenlaternen beschienenen Weg hinunter, seine Schritte so leicht, dass er beinahe zu tanzen schien. Neben ihm fühlte ich mich wie ein grobschlächtiger Klotz. Und dann noch seine ätherische, geradezu engelsgleiche Schönheit, verglichen mit meinem … nun ja, im Hinblick auf mein Selbstwertgefühl war es vermutlich das Beste, mich nicht mit ihm zu vergleichen.

Ich schlang die Arme um meinen Oberkörper und machte mich ganz schmal in der kalten, prickelnden Brise, während mein Atem sich in Wölkchen vor mir in der Luft ausbreitete. Früher oder später würde ich es zweifellos bereuen, mit ihm mitgegangen zu sein, aber ein kleiner Teil von mir freute sich auch über diese seltsamen neuen Entwicklungen. Sie erinnerten mich daran, dass ich mehr als nur ein Mädchen war, das nicht Fußball spielen konnte. Auch wenn ich seinen wahren Namen nicht mehr kannte und ihn somit nicht mehr kontrollieren konnte, fühlte ich mich Reth ausnahmsweise beinahe ebenbürtig. Zu wissen, dass ich ihm wehtun konnte, wenn es denn sein musste – wenn ich wollte –, löste in mir ein berauschendes Gefühl von Macht aus.

Gesund war das wahrscheinlich nicht.

Aber wenn er irgendwas Blödes anstellte und mich zwang, ihn auszusaugen, würde ich ihm bestimmt keine Träne nachweinen. »So, gibt es auch einen Grund für diesen Spaziergang? Mir ist nämlich ein bisschen kalt.«

Reth lachte sein silbernes, klingendes Lachen und ich rückte unwillkürlich etwas dichter an ihn heran. Dann machte ich kopfschüttelnd einen entschlossenen Schritt zurück in Richtung Straße. Wir näherten uns dem Rand des dichten Waldes, der die kleine Stadt von allen Seiten begrenzte. Als ich zu ihm hinübersah, bemerkte ich zum ersten

Mal, dass er sein Cover trug. Nicht, dass das wesentlich weniger atemberaubend gewesen wäre als sein wahres Gesicht, aber es überraschte mich. Als er noch für die IBKP gearbeitet hatte und verpflichtet war, sein Cover zu tragen, hatte er es so gut wie nie getan. Ich hatte keine Ahnung, wieso er es jetzt machte, wo er doch frei war. (Was übrigens zum großen Teil meine Schuld war, aber mal im Ernst, man kann wohl kaum von einem Mädchen verlangen, eine Fee zu überlisten und ganz nebenbei noch dem Tod zu entrinnen.)

»Du frierst also immer noch, mein Herz? Da könnte ich Abhilfe schaffen.«

»Ja, ja, schon klar. Danke, ich verzichte.« Ich rieb mir das Handgelenk, wo schwach der rosige Abdruck seiner Hand zu sehen war, der sich für immer dort eingebrannt hatte. Für dieses Leben hatte ich mehr als genug von seiner Wärme abbekommen.

Reth blieb stehen, also tat ich es ihm nach und wandte mich ihm zögernd zu. Meine unterschwellige Wut brach sich langsam Bahn. Am liebsten hätte ich ihn angeschrien, mich auf ihn gestürzt. Er war schuld an Lishs Tod – er war es gewesen, der Viv in die Zentrale gelassen hatte. Aber wenn er es nicht getan hätte, wäre ich der IBKP nie entkommen. Und es wäre mir ganz sicher nicht gelungen, Lend zu retten. Vermutlich säße er sonst immer noch in einer Zelle in der Zentrale und Vivian würde immer noch einen Paranormalen nach dem anderen töten. Allein bei dem Gedanken daran wurde mir schlecht.

Nichts, aber auch gar nichts war mit Reth jemals einfach.

»Was willst du hier?«, fragte ich, während mein gesamter

angestauter Zorn abebbte und nichts als Erschöpfung zurückblieb.

Er streckte den Finger aus, bis er fast mein Gesicht berührt hätte, dann aber hielt er kurz davor inne und streichelte nur die Luft. »Würdest du mir glauben, wenn ich sage, ich wollte dich einfach sehen?«

»Nö.«

Er lächelte. »Nein, das dachte ich mir. Am Anfang habe ich wirklich mit dem Gedanken gespielt, dich mitzunehmen. Das könnte ich, weißt du? Ich war immer sehr sanft mit dir.«

»*Sanft?*« Ungläubig starrte ich ihn an.

»Ja, mir ist es auch ein Rätsel. Wo andere Methoden doch so viel einfacher gewesen wären. Doch aus irgendeinem unerfindlichen Grund fühle ich mich von dir in den Bann gezogen und verspüre den Drang, stets zu deinem Wohl zu handeln.«

»Sag mal, warst du bis jetzt nicht irre genug? Musst du tatsächlich immer noch 'ne Schippe drauflegen? Mein Wohl? Du hast mich entführt! Du hast mich verbrannt! Und du hast versucht, mich zu etwas zu machen, was ich niemals sein wollte!«

»Evelyn, mein liebes Kind, nur weil du nicht verstehst, was zu deinem Wohl ist, heißt das noch lange nicht, dass ich es nicht tue. Und wenn das, was am besten für dich ist, dir gleichzeitig wehtut, nun, dann ändert das trotzdem nichts an der Tatsache, dass du zu dem werden musst, was du sein solltest.«

»Du bist echt – ich – *ARRRGH*! Du hast wirklich keinen

Schimmer, wie durchgeknallt du bist. Wenn du tatsächlich was für mich empfinden würdest, dann würdest du mir nicht immer wehtun. Aber du empfindest nichts, weil du dazu gar nicht fähig bist! Der Einzige, dessen Wohl dir wichtig ist, bist du selbst.«

Seine Augen blitzten, ihr Gold verdunkelte sich. »Ich empfinde mehr für dich als jeder andere auf dieser traurigen, verrückten Welt. Ich hätte wohl kaum meine eigene Seele in dich hineinfließen lassen können, wenn es nicht so wäre.«

Ich war froh, dass ich seine Seele, wie viel Reth mir auch immer davon gegeben hatte, zusammen mit den anderen freigelassen hatte. Zu wissen, dass ein Teil seiner Seele in mir drin gewesen war, das war, na ja, schon ziemlich eklig. Entschlossen reckte ich das Kinn vor. »Lend liebt mich. Und er würde mir niemals Schmerzen zufügen.«

»Und selbstverständlich würde er auch alles für dich tun.«

»Ja!«

»Tun, was immer nötig ist, um dich zu beschützen.«

»Ja!«

»Und wenn der einzige Weg, dich zu beschützen und dein Leben zu retten, wäre, dir Schmerzen zuzufügen?«

Ich kniff die Lippen zusammen, bevor das Ja, das mir auf der Zunge lag, heraushüpfte. Durfte ich Reth jetzt bitte eine reinhauen? Bitte, bitte, nur dieses eine Mal?

Er lächelte. Ihm war klar, dass er mich in die Ecke getrieben hatte. »Lend kann dich gar nicht lieben, weil er dein wahres Ich nicht kennt. Egal, wie sehr du dir dieses Leben auch wünschst, es ist nicht deines. Das ist es nie gewesen. Das hier ist nicht dein Zuhause, Evelyn.«

Tränen des Zorns schossen mir in die Augen. »Hau ab.«

»Komm mit mir.«

»Niemals! Und du kannst mich auch nicht zwingen. Wenn du mich wirklich mitnehmen könntest, dann hättest du es schon längst getan.«

Ungeduldig schnalzte er mit der Zunge. »Meine bisherigen Methoden sind bei meiner Königin auf … Missfallen gestoßen. Manchmal frage ich mich wirklich, ob es richtig war, mich einem Hof anzuschließen.«

»Wovon redest du? Ihr seid doch entweder Seelie oder Unseelie.« Vielleicht wusste ich nicht so viel über Feen, wie ich sollte, aber das hier hatte ich mir gemerkt: Es gab zwei Königshöfe in ihrem Reich. Den Hof der Seelie, die Gutes im Sinn hatten – oder zumindest mehr oder weniger Gutes, denn so was wie richtig gute Feen gab es nicht –, und den Hof der Unseelie. Und die waren absolut, *absolut* böse.

Sein Lächeln veränderte sich und ich sah etwas Wildes, Urwüchsiges hinter seinen eleganten Gesichtszügen aufblitzen. »Niemand ist nur gut oder böse, mein Herz. In jedem von uns steckt beides, wir wählen einfach nur die Seite, die eine stärkere Anziehung auf uns ausübt. Meine Wahl, mich überhaupt mit jemandem zu verbünden, wurde durch ein überaus trauriges, leeres Mädchen beeinflusst, dessen Augen an Bäche aus Schnee und aus Eis erinnern.«

Jetzt behauptete Reth also, er hätte sich dem guten Hof nur meinetwegen angeschlossen, oder was? Vielleicht sollte das aber auch was ganz anderes heißen? So was schaffte wirklich nur er – dass ich mich so furchtbar und verwirrt fühlte. Wann immer ich mit Reth zusammen war, schien alles in mir, was einsam und unglücklich war, an die Oberfläche zu treiben und ihn anzuflehen, es mitzunehmen. »Ich hasse dich«, flüsterte ich mit rauer Stimme.

Er sah mir tief in die Augen, zog mich dichter an sich und seine Stimme umhüllte mich wie ein goldenes Netz. »Unsinn. Meine Königin hat mir verboten, dich mit Gewalt zu mir zu holen, aber ich verstehe ohnehin nicht, warum ich so etwas anwenden sollte. Das muss doch gar nicht sein. Es könnte auch ganz leicht sein, sicher und warm. Und wenn du endlich mit nach Hause kommst, spielt so was auch gar keine Rolle mehr – es wird einfach alles verschwinden, die Kälte und die Dunkelheit, wie ein böser Traum. Du musst dir niemals mehr Sorgen machen, dir niemals wieder diese Fragen stellen. *Entscheide* dich dafür, Evelyn. Hör auf, dich an diese Welt des Verlusts zu klammern, und komm mit mir. Ich kann deine Leere füllen. Werde zu dem, was dir vorherbestimmt ist, und hilf uns, zurück dorthin zu gelangen, wo wir hingehören. *Komm mit mir.*«

Ich seufzte und atmete tief ein, die Wange an seine Brust geschmiegt. Der Herzschlag, den ich dort hörte, war fremd, zu langsam, aber Reth war warm und seine Arme um mich fühlten sich wunderbar an, und wie war ich eigentlich hier gelandet? Ich wollte nicht, dass er die Arme um mich legte. Oder doch? Da war irgendwer … irgendwas … irgendein Grund. Aber spielte das noch eine Rolle?

Plötzlich zuckte Reth zurück und rümpfte missbilligend seine perfekte Nase. »Oh, diese Kette ist ja grauenhaft. Wo hast du dieses abscheuliche Ding nur her?« Benommen blinzelte ich und tastete nach meinem Anhänger. Als ich das kalte Eisen berührte, landete ich mit einem Ruck zurück in der Realität.

»Das ist doch wohl nicht dein Ernst! Erst kommst du her und ziehst deine blöde Feenshow ab und dann weichst *du* vor *mir* zurück? Läuft in deinem goldenen Kopf eigentlich irgendwas normal? Hast du dir vielleicht gedacht, hey, Evie hat eh schon einen miesen Abend, wieso vermassle ich ihn ihr nicht komplett? Und wo du schon mal dabei bist, vielleicht gibt's hier ja irgendwo noch ein paar flauschige Welpen, denen du einen Tritt verpassen kannst!«

Ich machte auf dem Absatz kehrt und stakste zurück in Richtung Diner. Ich hätte wissen müssen – und hatte es auch gewusst –, dass das eine blöde Idee war. Evie, du Dummkopf.

Ich bog um die Ecke und blieb wie angewurzelt stehen, als Reth plötzlich lässig vor mir an einem Laternenpfahl lehnte, eingehüllt von dem Licht über ihm. Das Ganze sah aus wie ein Werbeplakat für eine unerreichbar perfekte Realität.

»Du musst mit mir kommen. Es ist einiges in Bewegung geraten und ich kann nun mal nicht alle Variablen kontrollieren. Ich kann dich nicht für immer verstecken. Aber was ich kann, ist dich in Sicherheit bringen und glücklich machen. Gib mir deine Hand.« Er hielt mir seine hin und ich konnte beinahe die Wärmewellen sehen, die er ausstrahlte.

Stirnrunzelnd erinnerte ich mich an den Sylphen. Es war offensichtlich, dass zumindest *irgendetwas* herausgefunden hatte, wo ich war. Wenn ich es mir recht überlegte, wer wollte mir eigentlich garantieren, dass er den Sylphen nicht selbst auf mich angesetzt hatte, um mir weiszumachen, ich sei in

Gefahr? Das wäre typisch Reth. Die ganze Angelegenheit stank förmlich nach Feentricks.

»Du kannst mich mal. Mir und meinen magischen Händen geht's prima, danke der Nachfrage, und ich bleibe, wo ich bin.«

Er lächelte und straffte die Schultern. »Nun gut. Offensichtlich ist dieses Leben, nach dem du dich so verzweifelt gesehnt hast, ja so wunderbar, wie du es dir erhofft hast. Es wärmt mir das Herz, dich so erfüllt zu sehen und so« – er beugte sich vor und flüsterte mir ins Ohr – »*glücklich*.«

Ich schloss die Augen und presste die Kiefer aufeinander. Wenn er meinte, er könnte hier einfach auftauchen und mein ganzes Leben wieder durcheinanderbringen, dann lag er falsch. »Pass auf, nur weil –«

Ich öffnete die Augen und fand mich vollkommen allein wieder. Die Straßenlaterne, die vorher ein warmes Glühen verströmt zu haben schien, leuchtete nun grell und ließ nur jede Menge Schatten und scharfe Linien entstehen, ohne die Umgebung wirklich zu erhellen. Die Dunkelheit des Abends drängte plötzlich von allen Seiten auf mich ein und meine Zähne fingen an zu klappern.

»Was mache ich hier bloß?«, flüsterte ich. Und berichtigte mich dann hastig: »Hier *draußen*, meine ich natürlich. Hier *draußen*.«

Ich ging wieder zurück zum Diner. Ohne Grnlllll zu beachten, marschierte ich schnurstracks die Treppe rauf, zog meine schmuddeligen Klamotten aus und stellte mich unter die Dusche, bis kein heißes Wasser mehr kam. Elend und unerklärlich unglücklich, wie ich war, hätte ich am liebsten

Lend angerufen. Bei ihm fühlte ich mich nie leer. Aber dann hätte ich ihm von heute Abend erzählen müssen und er würde sich bloß Sorgen machen, weil Reth wieder aufgetaucht war. Solchen Stress wollte ich ihm nicht zumuten. Also sagte ich nur Arianna, dass ich mich nicht so gut fühlte, krabbelte ins Bett und zwang mich einzuschlafen.

Morgen früh würde alles wieder besser aussehen. Das musste es einfach.

Endlich drifteten mein Gehirn und mein Körper auseinander und ich fand den lang ersehnten Schlaf.

»Hey, Dummerchen«, begrüßte mich Vivian.

»Ach, Viv.« Ich brach in Tränen aus. »Ich bin so froh, dass du da bist.«

# Im Traumland

»Was ist los?«, fragte Vivian. Wir saßen auf einem Hügel und blickten hinunter auf das Meer, in dem sich die Sterne des schwarzen Nachthimmels spiegelten. Sie legte unbeholfen den Arm um mich und ich lehnte den Kopf an ihre Schulter.

Als sie zum ersten Mal nach allem, was im letzten April passiert war, in einem meiner Träume aufgetaucht war, hatte ich mir vor Angst fast in die Pyjamahose gemacht. Aber sie war einfach so einsam, dass ich gar nicht anders konnte, als mit ihr zu reden. Natürlich hatte ich ihr immer noch nicht verziehen, dass sie Lish getötet hatte – und das würde wohl auch so bleiben –, aber wir beide mieden dieses Thema und konzentrierten uns darauf, einander besser kennenzulernen. Mittlerweile verstand ich sie ein bisschen besser und es hatte mir ja schon immer sehr leidgetan, wie unglaublich allein sie war. Außerdem, wenn man von Feen aufgezogen worden war, blieb es wohl nicht aus, dass man ein paar ungünstige Entscheidungen traf. Die wirklich heftigen Themen umschifften wir sorgfältig und mittlerweile fühlte es sich tatsächlich an, als wären wir so etwas wie Schwestern geworden, ganz, wie sie es sich immer gewünscht hatte.

Nur, dass sie sich nie, ohne mich zu fragen, an meinen Sachen bediente, was ich sehr zu schätzen wusste.

Ich wischte mir die Tränen weg. »Ich weiß gar nicht, was los ist. Ich bin traurig und weiß nicht, warum, und eigentlich dürfte ich es auch gar nicht sein – und jetzt jammere ich dir was vor, dabei bist du noch nicht mal –« Ich brach den Satz ab, brachte einfach nicht über die Lippen, dass Vivian nicht aufwachen würde, nie wieder. Als ich ihr die Seelen ausgesaugt hatte, war nicht genug von ihrer eigenen übrig geblieben, um ein normales Leben zu führen. Es war meine Schuld.

»Hey, ganz ruhig. Mach dir um mich mal keine Sorgen, mit mir ist alles okay.«

»Ist nur 'ne Weile her, dass du mich das letzte Mal besucht hast.«

»Wirklich?« Nachdenklich sah sie aufs Wasser hinaus. »Ich bin hier oder nirgendwo oder irgendwo ganz woanders. Da bleibt 'ne Menge Zeit zum Nachdenken. Aber irgendwie kommt dabei nie was raus.«

»Das tut mir leid.«

»Ich weiß. Mir auch. Im Kopf versuche ich immer, mein Leben anders zu gestalten, versuche, diejenige zu sein, die stark genug war loszulassen.«

»Warst du doch auch.« Ich stupste sie mit dem Ellbogen an. »Meine Seele hast du nicht genommen.«

»Stimmt, das ist schon mal was. Aber es macht nicht wieder gut, dass ich all die anderen genommen habe, oder?«

Nein. Nein, machte es nicht.

»Manchmal … manchmal wünschte ich, du hättest mich mit ihnen freigelassen.« Sie nahm meine Hand und zeichnete damit den Umriss des Sternentors nach, durch das ich damals die Seelen geschickt hatte. Keine von uns verstand so recht, was in jener Nacht wirklich geschehen war. Wir mochten beide Leere Wesen sein, die die Macht hatten, Tore zwischen den Welten zu öffnen, aber das bedeutete nicht, dass wir auch nur den leisesten Schimmer hatten, wie das funktionierte. »Ich frage mich, was passiert wäre, wenn die Feen mich nicht auf dich angesetzt hätten, wenn ihnen klar gewesen wäre, dass ich selbst genug Energie hatte, um ein Tor zu öffnen. Na, ein Glück, dass meine Feen Idioten waren. Aber der Gedanke lässt mich trotzdem nicht los. Ich glaube, ich würde gern sehen, was dort draußen ist.«

Ich stieß einen bedrückten Seufzer aus. »Eines Tages werden wir das wohl beide.«

Sie lachte. »Hey, Dummerchen, das ist doch nichts Schlimmes.«

»Es ist wieder nur eine Art, Leute zu verlieren«, flüsterte ich. »Ich habe das Gefühl, als wäre ich dazu verdammt, immer alle zu verlieren. Anscheinend schaffe ich es nicht, die Leute, die ich liebe, bei mir zu halten.«

Sie drückte meine Hand. »Ich weiß. Aber zumindest ich gehe nirgendwo mehr hin.« In ihrer Stimme lag der ironische Unterton, an den ich mich so gut erinnerte. Witzig, dass das, was mir an ihr zuerst solche Angst gemacht hatte, nun so tröstlich, so vertraut vorkam. Bei ihr fühlte ich mich ein kleines bisschen zu Hause – etwas, das uns beiden fremd war. Als sie auf meine Hand hinuntersah, war da plötzlich ein kleiner Blitz und es kribbelte. »Was war denn das?«

Den blöden Sylphen hatte ich ganz vergessen. Aber das hier war wohl kaum der richtige Zeitpunkt, davon zu erzählen. Jippie, noch was, worüber ich mir Sorgen machen konnte. »Ich hab nichts gesehen«, antwortete ich.

»Wenn du schon lügst, dann solltest du aber unbedingt besser darin werden.« Sie legte sich rücklings ins Gras, um in den Sternenhimmel hochzusehen. »So, du bist also traurig. Wo liegt denn das Problem?«

Mit einem schweren Seufzer legte ich mich neben sie. »Ich weiß nicht. Ich führe endlich das Leben, das ich mir so lange gewünscht habe. Und es ist auch toll, echt, und Lend –«

»Von dem höre ich gern.«

»Trifft sich gut, von dem erzähle ich nämlich auch gern. Also, er ist wunderbar. Aber ich … ich hab's ihm immer noch nicht gesagt.«

»Ja, dachte ich mir schon. Ehrlichkeit ist nicht so deine Stärke, was?«

»Na, das sagt die Richtige!«

»Hey, ich war immer ehrlich, was meine Taten anging.« Sie schenkte mir ein verschlagenes Lächeln und erinnerte mich daran, dass sie nicht ganz so unschuldig war, wie ich es mir gern einbildete. »Aber das ist doch nicht der Grund, weshalb du mal wieder rumheulst, oder? Über Lends unsterbliche Seele weißt du ja schon seit einer Weile Bescheid.«

Ich wand mich vor Unbehagen. »Reth hat mir heute Abend einen Besuch abgestattet.«

»Echt? Also, mich dürfte er gern mal besuchen …«

»Vivian!«

»Was denn? So ein Koma kann ganz schön einsam sein, und Fee hin oder her, er ist echt *süß*.« Ich war mir nicht sicher, ob sie mit ihm rumknutschen oder ihn aussaugen wollte – und genauso wenig war ich mir sicher, welche dieser Alternativen ich nun gruseliger fand. »Okay, erzähl weiter.«

»Ich weiß auch nicht. Er hat angedeutet, dass ich gar nicht wirklich glücklich bin mit dem Leben, das ich mir ausgesucht habe.« Es ärgerte mich, dass er mich anscheinend immer sofort durchschaute. Dabei musste er sich doch gar nicht mit den wuseligen, unberechenbaren Gefühlen von uns Sterblichen herumschlagen. Warum war er dann so gut darin, sie zu interpretieren?

»Und, *bist* du denn glücklich?«

»Ja! Bin ich! Natürlich bin ich das. Alles ist so, wie ich es mir immer gewünscht habe.«

»Aber …«

»Nein, nichts. Das ist zu bescheuert.«

»Ach, nee, im Ernst? Jetzt hör mal zu, mein liebes Schwesterherz: Du stellst dich ziemlich oft bescheuert an.«

Ich warf ihr einen finsteren Blick zu. »Mensch, wir sind heute aber besonders einfühlsam, was?«

Sie zuckte mit den Schultern. »Wie gesagt, ich bin eben ehrlich. Also weiter. Es ist so, wie du es dir immer gewünscht hast, und weiter?«

»Und irgendwie auch wieder nicht, weißt du? Lend ist so oft weg, und auch wenn er da ist, mache ich mir die ganze Zeit Sorgen, dass das nicht das Leben ist, für das er sich entscheiden wird, wenn er erst mal rausfindet, dass er wie seine

Mom ist. Und dann ist diese Woche auch noch Raquel aufgetaucht, und das hat mich daran erinnert, wie es früher gewesen ist. Klar war da auch nicht immer alles super, aber irgendwie vermisse ich …« Ich dachte daran, wie mein Leben bei der IBKP ausgesehen hatte, wie oft ich damals davon geträumt hatte, normal zu sein, genau das Leben zu führen, das ich jetzt hatte. Was vermisste ich denn eigentlich? Bestimmt nicht die Einsätze, die Einschränkungen, den Tagesablauf.

Es war das Gefühl, wichtig zu sein.

»Ich vermisse es, was Besonderes zu sein. Bei der IBKP war ich das. Sie haben mich gebraucht. Und in der echten Welt bin ich … bin ich es nicht.« Wieder begannen die Tränen zu fließen und ich wischte sie verschämt weg. »Tut mir leid. Wie blöd bin ich eigentlich, mein Leben lang zu jammern, weil ich anders bin, und dann beschwere ich mich, wenn ich so bin wie alle anderen.«

Viv stützte sich auf die Ellbogen und sah mich stirnrunzelnd an. »Aber das *bist* du doch gar nicht. Du warst nie so wie alle anderen. Darum kapier ich das nicht – du hast dich doch kein bisschen verändert. Wo liegt dann das Problem?«

»Ich weiß es nicht.«

»Dann komm drüber hinweg. Unternimm was.«

»Was denn?«

Sie winkte ab. »Na, was du willst, verdammt. Das ist das Tolle daran, du zu sein, Evie. Du hast die freie Wahl. Wobei ich dir nicht gerade empfehlen würde, Amok zu laufen und eine Riesenserie an Paranormalen-Morden hinzulegen. Für mich war das nicht gerade der Hit.«

Ich stieß ein ersticktes Lachen aus. »Du bist unmöglich.«

»Das kannst du laut sagen.«

Danach schwiegen wir beide, jede beschäftigt mit ihren eigenen Problemen. Schließlich nahm Vivian meine Hand in ihre, die sogar noch kälter war, und zog mich zu sich hoch, bis ich ebenfalls aufrecht saß. »Na komm, raus aus unserem Selbstmitleid, bevor wir noch ganz drin versinken. Wenn ich wirklich so lange nicht mehr hier war, gibt es Wichtigeres zu besprechen.«

»Und was?«

»Äh, hallo? Du musst mir erzählen, was bei *Easton Heights* passiert ist. Ich hab mir schließlich nicht die Zusammenfassung der drei ersten Staffeln angehört, damit du mich jetzt im Regen stehen lässt.«

Ich lachte. »Soso, Wichtigeres also? Na schön.« Und so teilte ich das bisschen, was die Außenwelt hergab, mit ihr, hier in meinem dunklen Traumland, wo Vivian und ich uns trafen.

Manchmal kam mir das hier wirklicher vor als alles andere.

Als ich am Morgen aufwachte, waren meine Finger noch immer gekrümmt, so als hielte ich Vivians Hand. Ich seufzte. Die Nächte mit Viv hinterließen bei mir immer ein seltsames Gefühl, eine Mischung aus Wohlgefühl und Bedauern. Und natürlich ein schlechtes Gewissen, weil ich mit dem Mädchen befreundet war, das meine Lish umgebracht hatte. Aber Lish hätte das verstanden. Hoffte ich zumindest.

Die Feen, bei denen Vivian aufgewachsen war, hatten bei ihr niemals den Gedanken zugelassen, dass sie die Wahl hatte. Sie hatte immer geglaubt, ihr Leben wäre festgelegt. Jetzt, da es zu spät war, wurde ihr wohl klar, dass das gar nicht stimmte. Ich fragte mich, ob ich ansonsten schon früher eine Beziehung zu ihr hätte aufbauen können, ob ich das alles hätte aufhalten können.

Solche Gedanken konnten einen wirklich in den Wahnsinn treiben.

Letztendlich war es doch so: Vivian hatte Entscheidungen getroffen und dafür bezahlt. Dank der Feen hatte sie jetzt keine Alternative mehr. Aber ich schon. Ich würde dieses Leben so gestalten, wie ich es mir vorstellte. Zum Teufel mit Reth – ich würde glücklich sein. Ich würde auf allen Hochzeiten tanzen.

Oder genauer gesagt, normal sein und gleichzeitig den Paranormalen-Tango tanzen. Ich war nun mal was Besonderes, wem wollte ich was anderes vormachen? Jetzt musste ich nur noch Raquel eine E-Mail schreiben. Ihr Tag war auf jeden Fall schon mal gerettet.

# Wie Aphrodite auf Steroiden

»Quatsch.« Lachend schlug ich meinen Spind zu.

»Nein, im Ernst«, protestierte Lend. »Todernst. Der Typ ist ein Kobold.«

»Dein Professor für technisches Schreiben ist mit Sicherheit *kein* Kobold.«

»Woher willst du das wissen? Das ist genau der Grund, warum du nächste Woche blaumachen und mit mir zum College kommen musst. Dann kannst du's mit eigenen Augen sehen. Ich weiß nur, dass er rote Haare und rote Haut hat, ungefähr einen Meter zwanzig groß ist und nur Grün trägt.«

Ich verdrehte die Augen, auch wenn Lend das durch mein rosa Glitzerhandy natürlich nicht sehen konnte. »Und warum sollte ein Kobold Dozent an der Uni werden?«

»Was weiß ich? Entweder wurde es ihm am Ende des Regenbogens zu langweilig oder er konnte keinen vierblättrigen Klee mehr sehen oder die Töpfe voller Gold haben ihren Glanz verloren – such dir was aus. Aber ich hab auf jeden Fall recht. Ach ja, und hab ich dir erzählt, dass unsere Laborantin vielleicht eine Dryade ist?«

»Moment, sind die nicht notorisch lüstern?«

Schweigen am anderen Ende.

»In *dieses* Labor gehst du mir nie wieder, hast du mich verstanden?«

Lend lachte und ich schloss die Augen und rief mir sein Bild ins Gedächtnis. »Glaub mir, es gibt nur eine Paranormale, von der ich mir wünsche, dass es sie notorisch nach mir gelüstet.«

Ich seufzte. »Schön, aber ich fürchte, so kurzfristig kann ich keine Moorhexe auftreiben.«

Wieder lachte er und übertönte fast die Schulglocke. Panisch sah ich mich um. Ein einsames Blatt Papier flatterte durch den mittlerweile verlassenen Flur.

»Mist, ich komm zu spät! Wir reden später weiter, okay?« Ich klappte mein Handy zu und rannte in Richtung Umkleide. Wenigstens hatten wir Sport, das verschaffte mir noch ein bisschen Zeit.

Dachte ich zumindest. Miss Lynn, diese grauenhafte Kreatur, stand nämlich vor der Tür und hakte alle Mädchen, die hereinkamen, ab. Sie sah auf und lächelte, sichtlich erfreut über meinen Regelbruch. »Damit verlierst du die Hälfte deiner Teilnahmepunkte für heute, Green. Wenn du noch mal zu spät kommst, ist Nachsitzen fällig, wenn ich das richtig sehe.«

Wo war Tasey, wenn ich sie mal wirklich brauchte? Ich wandte meine gesamte Willenskraft auf, um ein Augenrollen zu unterdrücken, während ich in die Umkleide schlich. Der zarte Duft von Schweiß und Schimmel empfing mich, während ich Mädchen in verschiedenen Stadien der Bekleidetheit passierte, um zu meinem Spind zu kommen. Sogar der war mir heute nicht so sympathisch wie sonst.

Carlee, die schon fast fertig war, schlüpfte gerade in ihre Sportschuhe. Im Ernst, wie ihr Busen in einem Sport-BH so gut aussehen konnte, war mir ein Rätsel und eine ständige Quelle des Neids gleichermaßen.

Sie schüttelte den Kopf. »Du musst vorsichtiger sein. Miss Lynn kann dich echt nicht leiden.«

Seufzend zog ich meine Sportklamotten an. Welche Schule bitte schön wählte Gelb und Braun als ihre Farben? Igitt. Waren wir hier vielleicht auf der Biene-Maja-Akademie? »Das beruht auf Gegenseitigkeit.«

»Und, wie war dein Wochenende?«

»Schrottig. Lend musste zum College zurück.«

»Wie doof. Tut mir leid.«

»Und deins?«

Sie strahlte. »Toll! John und ich sind wieder zusammen, weißt du? Und zuerst dachte ich, super! Aber dann sollte er mich Freitagabend anrufen, hat er aber nicht gemacht, und ich sag so –« Mein Blick ging ins Leere, während ich mich bemühte zuzuhören. Ich mochte Carlee und war auch wirklich froh, eine Freundin zu haben, die nicht untot war, aber manchmal war mir die Anstrengung, die es bedeutete, eine Mädchenfreundschaft aufrechtzuerhalten, einfach zu viel.

»– und dann sagt er so, ›Wenn du nicht willst‹ –«

Auf der anderen Seite der Spindreihe ertönte ein Schrei. Ich wusste nicht, ob ich dankbar für die Unterbrechung sein oder mich vor dem fürchten sollte, was passiert sein konnte. Carlee und ich stürmten um die Ecke und sahen kreischende

Mädchen, die versuchten, ihre nackten Körper zu bedecken. »Was ist los?«, rief ich und schwor mir insgeheim, Tasey nie wieder zu Hause zu lassen.

Eins der Mädchen deutete auf den nächsten Gang und ich schlich darauf zu, den Rücken an die Spinde gedrückt, jeden Muskel angespannt. Der Gang kam in mein Blickfeld und mit einem Schrei stürzte ich mich auf – Jack.

Dieser unsagbar dämliche Jack stand auf einer der Holzbänke in der Mitte des Gangs. Die Hände in die Hüften gestemmt, überblickte er den leeren Umkleidebereich wie eine Art absurder Eroberer.

»Was machst du denn hier?«, stieß ich entsetzt hervor.

Er sah auf mich herunter. »Ach, da bist du ja. Ich soll dir was geben.«

»Und das hättest du nicht *woanders* machen können?« Gereizt und nervös sah ich mich um. Eins nach dem anderen kamen die Mädchen nun neugierig näher, nachdem sie den ersten Schock überwunden hatten.

»Wieso denn nicht? Ist doch nett hier.« Er klopfte seine Taschen ab, murmelte schließlich »Ah!«, und zog ein weißes Gerät hervor, das wie ein Telefon aussah und mir nur zu vertraut war. Es war ein Kommunikator der IBKP. Ich hatte schon ganz vergessen, wie langweilig die Dinger verglichen mit meinem superschicken Handy aussahen. Er lächelte und ließ den Kommunikator einfach fallen. Erschrocken japste ich nach Luft und hechtete nach vorn, aber er ließ ihn von seinem Fuß abprallen und schnappte ihn sich dann aus der Luft. Schließlich überreichte er ihn mir grinsend mit einer schwungvollen Geste.

»Raquel will, dass du sie anrufst, damit sie weiß, wann du Zeit hast zu reden. Sie will nämlich nicht einfach so in dein Leben reinplatzen.«

»Und was zum Piep denkst du, was du hier gerade machst?«

Neben mir räusperte sich jemand, und als ich mich umdrehte, stand Carlee da, die Schultern nach hinten geschoben und einen argwöhnischen Ausdruck im Gesicht, während sie Jack musterte. Nein, Moment, nicht argwöhnisch … eher so ein »Nanu, was haben wir denn da Schnuckeliges«?-Blick. »Willst du uns deinen Freund denn nicht vorstellen, Evie?«, schnurrte sie nun und ließ auf die Frage ein Kichern folgen.

»Das ist nicht mein Freund! Absolut nicht mein Freund.«

»Wie bist du überhaupt hier reingekommen?«, fragte jetzt meine alte Fußballfreundin, der rabiate Rotschopf. Sie musterte ihn mit einer Mischung aus Misstrauen und Interesse. »Gehst du auch auf unsere Schule?«

Hatten diese Mädels sie eigentlich noch alle? Da tauchte aus heiterem Himmel irgendein Verrückter in ihrer Umkleide auf und sie fingen an zu flirten, als gäb's kein Morgen! Hatten die denn keine einzige Highschool-Komödie gesehen? Zu diesem Zeitpunkt hätten wir ihn schon längst mit nassen Handtüchern verhauen sollen, im erbitterten Bestreben, die Heiligkeit der Mädchenumkleide zu wahren. Stattdessen konzentrierten diese Hühner sich bloß aufs Einnehmen der strategisch günstigsten Körperhaltung für maximale Dekolleté-Präsentation.

Also ehrlich, so süß war er nun auch wieder nicht. Diese

blonden Locken und die übergroßen blauen Augen gingen mir langsam auf den Keks. Guckt mich nur an, ich bin ja so niedlich und unschuldig, dass ich einfach überall auftauchen kann, wo ich will, um Evie das Leben zur Hölle zu machen!

»Okay«, zischte ich mit einem nervösen Blick auf die stetig wachsende Menge Schaulustiger. Miss Lynn würde in kürzester Zeit merken, dass irgendwas nicht stimmte, wenn nicht bald jemand in die Halle gerannt kam, um mit den Dehnübungen anzufangen. Die Sportstreberinnen waren schließlich immer schon früher da, um sich aufzuwärmen. »Danke fürs Botenjungespielen und jetzt hau ab! Sofort! Na los!«

»Aber ich bin doch gerade erst gekommen.« Gespielt schmollend, schob er die Unterlippe vor.

»Schnell, bevor Miss Lynn –«

»Bevor ich was?«, erhob sich hinter mir ein vertrauter Bariton. Mein Rückgrat versteifte sich vor Panik. Das hier war nicht meine Schuld! Dafür konnte ich doch mit Sicherheit nicht bestraft werden. Miss Lynn legte eine riesige Pranke auf meine Schulter und ich schaffte es gerade so, unter dem Gewicht wenigstens nicht zusammenzubrechen.

Jack ließ sich alle Zeit der Welt, um ihren Footballspielerkörper von oben bis unten zu mustern.

»Wer ist das, Green?«, knurrte sie.

Ich war tot. Ich war so was von tot. Ich würde von der Schule fliegen und niemals nach Georgetown kommen und dann würde ich für den Rest meines Lebens im Diner schuften und Lend würde die Labordryade heiraten und mit ihr Halb-Baum-und-ein-Viertel-Wasserwesen-Kinder zeugen, von denen zwar niemand genau wissen würde, was sie waren, die aber wunderhübsch aussahen. Und ich würde ihnen Pommes servieren, wenn sie ihren Opa David besuchten.

Jack sah mich an, einen Ausdruck übertriebener Verwirrung im Gesicht. »Die? Die kenne ich nicht.«

»Ach, wirklich?« Miss Lynn bemühte sich, nicht allzu zufrieden zu klingen, aber die Schadenfreude in ihrer Stimme war nicht zu überhören. Das hier war noch viel besser, als mir einfach bloß einen Eintrag wegen Zuspätkommens zu verpassen.

»Nein. Ich bin Ihretwegen hier. Zuerst wollte ich den Gerüchten nicht glauben, aber nachdem ich es auf so vielen Kontinenten gehört hatte, musste ich einfach kommen und es mit eigenen Augen sehen.«

»Was?«

Seine Augen weiteten sich bewundernd und seine Stimme nahm einen ehrfürchtigen Tonfall an. »Ob es tatsächlich stimmt, dass die schöne Helena von Troja, ach, was sage ich, Aphrodite selbst, tatsächlich in Form einer Sportlehrerin wiedergeboren wurde.«

Vollkommene Stille senkte sich über den Raum, mit Ausnahme des leisen *Plonk*, als die Kinnlade des rabiaten Rotschopfs auf dem Boden auftraf. Aber das bildete ich mir vielleicht auch nur ein. Und dann tat die Klasse das Schlimmste, was man sich vorstellen konnte: Sie fing an zu kichern. Miss Lynn würde mir den Kopf abreißen.

Jack fiel auf seiner Bank auf die Knie und seine Augen verdrehten sich wie in Ekstase, während er beide Hände auf sein Herz presste. »Oh, gütiger Himmel, ich danke dir, solche

Schönheit mit eigenen Augen erblicken zu dürfen! Das übersteigt selbst meine kühnsten Hoffnungen. Doch wie soll ich nun weiterleben, im Wissen, dass Sie nicht die Meine sind? Ich flehe Sie an.« Er krabbelte vor bis an die Kante der Bank. »Heiraten Sie mich. Oder nein, eine Hochzeit raubt uns zu viel von unserer kostbaren Zeit. Lieben wir uns gleich hier und jetzt, wild und leidenschaftlich. Ich will Ihre Kinder gebären.«

Ein urzeitliches Grollen signalisierte, dass Miss Lynn sich langsam von ihrem Schock erholte. Sie stürzte sich auf Jack, der sich geschickt von der Bank abrollte und aus ihrer Reichweite hüpfte.

»Sapperlottchen, so viel Begeisterung über meinen unsittlichen Antrag hätte ich nun auch wieder nicht erwartet. Wenn ich mich nicht wenigstens ein bisschen ziere, woher soll ich dann wissen, ob Sie nicht nur auf das Eine aus sind?«

Wieder ein Grollen, das diesmal klang wie ein *»Du da!«*. Oder vielleicht war es auch ein *»Buaah!«*. Danach fühlte zumindest ich mich angesichts dieser ganzen Situation. Alle hatten aufgehört zu lachen und sahen mit vor Entsetzen weit aufgerissenen Augen zu, unsicher, ob sie bleiben oder sich vor dem unvermeidlichen Ausgang des Ganzen in Sicherheit bringen sollten, der höchstwahrscheinlich eine Verstümmelung Jacks beinhalten würde.

Ich wusste nicht, wem ich die Daumen drücken sollte.

Jack wich einem weiteren Angriff aus, indem er sich einfach wegduckte und die Bank als Sprungbrett benutzte, um wie ein Flummi auf die Reihe Spinde zu hopsen. Wenn ich nicht ganz sicher gewusst hätte, dass er ein Mensch war, dann hätte ich auf jeden Fall geargwöhnt, dass hinter dieser Akrobatik irgendetwas Paranormales steckte. Dem Jungen stand eine glänzende Zukunft bei den Olympischen Spielen bevor – vorausgesetzt, Miss Lynn brachte ihn bis dahin nicht um.

»Ach, wissen Sie was, rufen Sie mich nicht an, ich rufe Sie an, ja? Es liegt wirklich nicht an Ihnen, es liegt an mir. Lassen Sie uns doch einfach Freunde bleiben.« Er warf eine Kusshand in Richtung von Miss Lynns zunehmend violettem Gesicht und hüpfte rüber auf die nächste Reihe Spinde. Dann sah ich etwas aufblitzen. Panik stieg in meiner Brust auf, aber die ganze Klasse hatte sich hier in diesem Gang versammelt. Niemand hatte es gesehen.

Miss Lynn schubste mich zur Seite und rannte zum Ausgang, um ihn zu blockieren. »Bewacht die Tür zur Sporthalle!«, brüllte sie mit loderndem Blick, während sie in Position ging und wartete.

Und wartete.

Und wartete.

Aber Jack war schon lange fort. Er war sowohl Miss Lynn als auch den Konsequenzen seines idiotischen Auftritts entwischt. Miss Lynn fixierte mich mit ihren kleinen schwarzen Äuglein und mein Magen krampfte sich zusammen, in der Gewissheit, dass *mir* solch ein Glück nicht beschert sein würde.

Herzlichen Dank auch, Raquel.

# Zu Hause ist es doch am schönsten

»Was hast du dir dabei gedacht, mir diesen tollwütigen Affen in die *Schule* zu schicken?«, rief ich in meinen Kommunikator.

»Bitte was?«, fragte Raquel.

»Jack. In meiner Schule. Genauer gesagt, in der Mädchenumkleide. Na, klingelt's? Wenn Carlee meinem Oger von Sportlehrerin nicht hoch und heilig geschworen hätte, dass Jack weder mein Freund noch mein Bruder ist, dann wäre ich mit Sicherheit vom Unterricht suspendiert worden!«

»Deine Sportlehrerin ist ein Oger?«

»Lenk nicht ab! Wenn ich suspendiert werde, gehen meine Noten in den Keller. Und wenn meine Noten erst im Keller sind, werde ich vielleicht nicht an der Georgetown angenommen. Und ich *muss* an der Georgetown angenommen werden.«

»Es freut mich zu hören, dass du deine Ausbildung endlich etwas ernster nimmst. Und das mit Jack tut mir leid; ich hatte ihn gebeten, dich so diskret wie möglich zu kontaktieren.«

»Der Junge würde nicht mal wissen, was diskret bedeutet, wenn es einen Stepptanz auf seiner blöden blonden Birne aufführen würde.«

»Ja, aber wenn dieses *Diskret* stepptanzen würde, dann wäre es auch nicht sonderlich diskret, nicht wahr?«

»Jetzt hör aber auf«, erwiderte ich und unterdrückte ein Lächeln. Ich war schließlich sauer, also war Lächeln tabu. »Seit wann bist du denn so 'ne Komikerin?«

»Ich werde mit Jack reden und ihn anweisen, dich nicht mehr in der Schule zu kontaktieren.«

»Was ist das überhaupt für einer? Der ist echt der seltsamste Kerl, den ich kenne, und das will was heißen.«

»Jack hat eine sehr … unkonventionelle Erziehung genossen. Ihr beide habt mehr gemeinsam, als du vielleicht ahnst. Sein Leben ist ebenfalls von den Feen auf den Kopf gestellt worden. Aber er ist ein besonderer Junge und ein großer Gewinn für uns. Wir haben Glück, dass er uns gefunden hat.«

Ich zog die Stirn kraus. Logisch, dass Jack mit seinen Fähigkeiten irgendeine Verbindung zu den Feen haben musste. »Na schön. Aber in der Schule will ich ihn nicht mehr sehen. Und sag ihm, dass er nicht unangemeldet in meinem Zimmer auftauchen soll.«

»Du bist dir also sicher, dass du uns helfen willst?«

Zögernd biss ich mir auf die Unterlippe. Es war, als würde ich auf einem Zaun balancieren. Wenn ich zur einen Seite kippte – also Nein sagte –, dann wusste ich ziemlich genau, was ich nach meinem Sturz dort finden würde.

Denselben alten Trott.

Wenn ich Ja sagte und zur anderen Seite kippte, dann … hatte ich keine Ahnung, was passieren würde. Aber der Zaun wäre ja immer noch da und zur Not könnte ich wieder rüberklettern. Oder?

»Unter zwei Bedingungen«, erwiderte ich und spürte ihre Erleichterung und Freude förmlich durch die Leitung schwappen. »Erstens: Ich bin keine Stufe sieben oder sonst was in irgendeinem System, klar? Ich gehöre nicht zur IBKP. Wenn mir ein Auftrag nicht gefällt, nehme ich ihn nicht an. Das entscheidet niemand außer mir.«

»Gekauft. Und zweitens?«

»Ich will meine Kreditkarte zurück.« Keine Frage, für das Unbekannte, in das ich mich Hals über Kopf stürzen würde, brauchte ich dringend ein paar neue Outfits.

»In Ordnung. Solange du sie nur in Notfällen benutzt.«

»Wirklich, Raquel, seit wann bist du so eine Komikerin?«

Sie schwieg einen Moment. »Evie, es – es freut mich wirklich sehr, dass du uns wieder helfen willst.«

»Ja, ich hab dich auch vermisst.« Ich wollte es lässig über die Lippen bringen, wurde aber von einem unangenehmen Kratzen in der Kehle und einem Brennen in meinen Augen überrascht. Meine Güte, ich würde doch wohl jetzt nicht anfangen zu flennen, während ich mit Raquel telefonierte. Immerhin war ich fast siebzehn, eine starke, unabhängige Frau, die allein lebte und das alles nur machte, weil sie es so wollte – und nicht, weil sie irgendwen vermisste. Das wäre ja wohl echt zu albern.

Nach einem ziemlich verdächtigen Räuspern nahm Raquels Stimme wieder ihren forschen, geschäftsmäßigen Ton an. »Hervorragend. Ich schicke dir Jack heute Abend gegen acht.«

»Wow, Moment, heute Abend? So schnell?«

»Es war kein Witz, als ich gesagt habe, wir bräuchten dringend Hilfe. In letzter Zeit scheint alles schiefzugehen, was schiefgehen kann. Dazu kommen einige seltsame Veränderungen in der Welt der Paranormalen – nichts so Dramatisches wie im April, aber doch genug, dass wir auf externes Personal angewiesen sind, um alles unter Beobachtung zu halten.«

»Tja, wenn das so ist, werd ich es wohl einrichten können.« Ein Abend ohne Kuhflecken und Fritteusenfett? Piep noch mal, und ob ich das einrichten konnte! »Und wo soll's hingehen? Italien? Island? Oohh, ich hätte Lust auf Japan!«

»Ganz so exotisch wird es leider nicht. In die Zentrale.«

Und innerhalb einer Sekunde verwandelte sich meine Aufgeregtheit in eisige Furcht.

Ich konnte nicht dahin zurück. Die Zentrale war ein Massengrab. In meiner Vorstellung hatte sich dort seit meinem letzten Tag nichts verändert. Leblose Vampire, die in den Fluren lagen, grausig erleuchtet vom Flackern des Alarm-Stroboskops, dem es jedoch auch nicht gelungen war, meine Lieblingsmeerjungfrau zu retten. Ich ertrug den Gedanken nicht, das wiederzusehen, was einmal unser Zuhause gewesen war.

»Raquel, ich –«

»Wir sehen uns dann um acht!« Die Verbindung brach ab und ich starrte benommen auf den Kommunikator.

Zwei Stunden später lag ich noch immer auf meinem Bett und stierte an die Decke. Nicht einmal das vertraute Gefühl von Tasey in meiner Hand bewirkte, dass es mir besser ging.

Ich musste Raquel sagen, dass der Deal geplatzt war. Ich konnte einfach nicht zurück. Sobald ich meine Finger dazu brachte, ihre Nummer einzutippen, würde ich es ihr sagen. Auch wenn die Enttäuschung in ihrer Stimme mich fast umbringen würde. Sie war so aufgeregt gewesen, dass wir wieder zusammenarbeiteten, ja, sie wirkte sogar richtig glücklich. Und glücklich war sie nur alle Jubeljahre mal. Und jetzt musste ich ihr erklären, dass ich doch nicht zurückkam, weil ich zu viel Schiss hatte.

Wie lahm klang das denn?

Ich drehte mich auf die Seite. Auf dem Nachttisch funkelte der Anhänger, den Lend mir geschenkt hatte, und ich streckte den Finger aus und fuhr damit über den Rand des Herzens.

Warum musste immer alles so kompliziert sein? Manchmal hätte ich am liebsten eine Erinnerung genommen – eine einzelne perfekte Erinnerung –, um mich darin zusammenzurollen und einzuschlafen. Wie meinen ersten Kuss mit Lend zum Beispiel. In dieser Erinnerung könnte ich sogar wohnen, für immer. Nur wir beide und unsere Lippen und wie wir herausfanden, wie gut sie zusammenpassten. Wenn sich alles so anfühlen würde, wäre das Leben wesentlich schöner.

»Mensch, Evie«, schnaubte ich, ließ mich wieder zurück auf den Rücken fallen und starrte weiter an die Decke. »Warum wälzt du dich nicht noch ein bisschen weiter in deinem Selbstmitleid, anstatt was dagegen zu unternehmen?«

»Selbstgespräche sind das erste Anzeichen von Verrücktheit«, bemerkte Arianna, die im Rahmen meiner offenen Tür lehnte.

»Ja, genau wie Dinge zu sehen, die sonst keiner sieht, aber *das* scheinen die Leute komischerweise an mir gut zu finden.«

»Da ist was dran. Wahrscheinlich bist du schon seit Jahren verrückt. Und ich bin nur eins deiner Hirngespinste.«

»Wenn das so wäre, würde ich mir dich aber weniger unordentlich einbilden.«

Sie seufzte. »Ist das nicht traurig, dass du dich selbst so sehr hasst, dass du dir noch nicht einmal eine angenehmere Mitbewohnerin zusammenfantasieren kannst?«

»Nicht so traurig wie die Tatsache, dass du selbst zugibst, wie erbärmlich du in dieser Hinsicht versagst. Bei dem Chaos hier gefriert einem ja das Blut in den Adern!«

Sie schenkte mir ein verschlagenes Grinsen und verengte die Augen. »Wenn ich du wäre, würde ich in meiner Gegenwart das Wort ›Blut‹ etwas sparsamer benutzen. Du willst mir doch keine dummen Ideen in mein hübsches, totes Köpfchen pflanzen, oder?«

Ich warf ein Kissen nach ihr.

»Jedenfalls«, sagte sie und zupfte an ihren rot-schwarzen Stachelhaaren (sehr viel cooler als die paar übrig gebliebenen Strähnen, die unter ihrem Cover an ihrem verschrumpelten Schädel klebten – *nicht hingucken*, erinnerte ich mich mal wieder), »ist es jetzt dunkel draußen. Lass uns ins Kino gehen. Sonst komm ich vor Langeweile noch um.«

»Zu spät.«

Sie warf das Kissen zurück und ging wieder ins Wohnzimmer. Ich hockte mich auf die Bettkante und seufzte. Der Kommunikator neben meinem Kopfkissen schien Wellen von schlechtem Gewissen auszustrahlen, aber ich konnte Raquel einfach nicht anrufen. Na ja, in – ich warf einen Blick auf die Uhr – zehn Minuten würde sie ja merken, dass ich nicht auftauchte.

Vermutlich war es am besten so.

Ach, piep, als hätte ich noch eine Ahnung, was am besten war. Kopfschüttelnd nahm ich Tasey, ging zu meiner Kommode und zog die Sockenschublade auf.

»Tut mir leid, Süße«, flüsterte ich. »Vielleicht ein andermal.«

Ich hörte, wie die Haustür aufging. Dann rief Arianna: »Ich geh jetzt. Wir treffen uns am Kino, wenn du willst.«

»Ja, lass mich nur kurz –«

Ein Lichtblitz und im nächsten Moment griff eine Hand durch die Wand, packte mich am Arm und zog mich hinein in die unendliche Dunkelheit.

# Polterabend

Schreiend sah ich zu, wie sich das winzige Rechteck der Pforte zu meinem Zimmer – meinem Leben – schloss und mich in einer Dunkelheit zurückließ, die so dick und vollkommen war, dass ich spürte, wie sie sich auf meine Haut legte.

»Hey, jetzt beruhig –«

Ich fuhr herum und klatschte mit der flachen Hand gegen die Brust von – Jack. Wieder mal. Im Ernst, irgendwann brachte ich ihn noch mal versehentlich um. Oder absichtlich. Und es würde mir bestimmt nicht leidtun. »Sag mal, hast du sie noch alle? Lass mich los!«

Er zog die Augenbrauen hoch und lockerte seinen Griff um mein Handgelenk. »Wirklich? Na meinetwegen, wenn du darauf bestehst.«

Wenn er mich losließ, wäre ich in dieser Dunkelheit verloren. Allein. Für immer. Das Einzige, was man auf den Feenpfaden sehen konnte, war die Person, mit der man sich dort befand – ansonsten war da einfach nichts. Eigentlich hatte ich die Pfade nie mehr betreten wollen und jetzt, da ich doch hier war, spürte ich, wie das altbekannte Grauen meinen gesamten Körper erfasste. Mit der freien Hand klammerte ich mich an seinen Arm. »Hör auf damit! Warum musstest du mich auch so packen? Hast du mich in der Schule noch nicht genug terrorisiert?«

Er zuckte mit den Schultern. »Raquel hat gesagt, ich soll dich um acht abholen.«

»Schon mal was von Anklopfen gehört, du Hirni?«

»Ich weiß, bei mir wirkt es völlig mühelos, aber Pforten zwischen den Welten zu schaffen ist nicht gerade ein Kinderspiel. Dich reinzuziehen war halt einfacher, als noch auf eine Runde Smalltalk und ein Tässchen Tee rauszukommen, weil ich dann eine neue Pforte hätte öffnen müssen. Ich konnte ja nicht wissen, dass du kreischen würdest wie ein kleines Mädchen.«

»Ich *hab* nicht gekreischt wie ein kleines Mädchen.«

Er zeigte mir seine Grübchen, dann holte er tief Luft und ließ einen markerschütternden – und überaus kleinmädchenhaften – Schrei vom Stapel. »Genau so. Nur mit irrerem Blick und mehr Armgefuchtel.«

»Klappe.«

»Mit Vergnügen. Sonst kommen wir noch zu spät.« Er ließ seine Finger von meinem Handgelenk zu meiner Hand hinuntergleiten und marschierte los. »Himmel und Hölle, sind deine Hände kalt.«

Ich hätte nie gedacht, dass ich mal für die Totenstille auf den Pfaden dankbar sein würde, aber alles war besser, als diesem Idioten zuzuhören. Und ich konnte darauf verzichten, dass man mich daran erinnerte, wie kalt meine Hände waren. Meine kalten, sterblichen, sterbenden Hände. »Können wir bitte nicht reden?«

»So eine Schande, dabei bist du doch so eine charmante Unterhalterin. Nun ja, aber wenn du dich lieber einfach im Glanz meiner Gesellschaft sonnen willst, kann ich das sehr gut verstehen. Wahrscheinlich bist du ganz überwältigt davon, dass ich deine Hand halte, und willst den Augenblick in andächtigem Schweigen genießen.«

Ich verdrehte die Augen. »Genau, ich bin kurz davor, in Ohnmacht zu fallen, aber ich versuche, mich zusammenzureißen.«

»Also, ich finde ja, Ohnmachten sind schwer unterschätzt. Du könntest sie wieder in Mode bringen.«

Ich drehte den Kopf, weil ich doch lieber ihn ansehen als mich auf unsere tintenschwarze Umgebung konzentrieren wollte. Auf den Pfaden schien man jenseits von allem anderen zu existieren. Es war, als wären Jack und ich die einzigen lebendigen Wesen weit und breit. Was für ein grauenhafter Gedanke.

»Wo kommst du eigentlich her?«, fragte ich.

Er grinste, aber auf seinem Gesicht lag ein seltsamer, angespannter Ausdruck. »Um dir das zu erzählen, müsste ich reden, und wenn ich mich recht entsinne, hattest du doch darum gebeten, dass wir davon absehen. Und da sind wir auch schon!« Mit großer Geste deutete er auf – gar nichts.

Erwartungsvoll beobachtete ich ihn. Nichts geschah.

»Kannst du es nicht spüren?«, fragte er und sah mich aus verengten Augen an.

»Was soll ich spüren?«

»Ach, komm schon. Du bist hier doch sicher mindestens genauso oft durchgekommen wie ich. Hast du es nie mal selbst versucht?«

Ich beging den Fehler, auf meine Füße hinunterzusehen, die in der Leere standen, und alles, was ich spürte, war der Drang, mich zu übergeben. »Können wir jetzt bitte hier abhauen?«

»Mensch, Evie, du hast wirklich keine Ahnung, wie man sich amüsiert, stimmt's?« Er streckte die flache Hand aus und kniff die Augen zusammen, um sich zu konzentrieren. Die Dunkelheit schlug plötzlich Wellen und ein Lichtstrahl drang hindurch, der jedoch nichts erhellte, sondern lediglich eine Pforte formte, die in einen schmerzlich vertrauten weißen Flur führte.

»Trautes Heim, Glück allein«, trällerte Jack und zog mich mit sich. Hinter uns schloss sich die Pforte.

Ich fühlte mich, als wäre ich geradewegs in einen Traum hineinmarschiert. Als ich all das hier hinter mir gelassen hatte, hatte ich mir einzureden versucht, dass es aufgehört hatte zu existieren. Mit dem Summen der Neonlichter über mir bohrte sich die Erkenntnis in mein Bewusstsein, dass das Einzige, was sich verändert hatte, ich war.

Wir drehten uns beide um und sahen den Flur hinunter. Eine mir unbekannte Frau in einem Nadelstreifenkostüm rannte schreiend wie am Spieß an uns vorbei und fuchtelte wild mit den Händen durch die Luft um ihren Kopf.

Ich seufzte. »Äh, ja. Trautes Heim, Glück allein trifft mal wieder so ziemlich den Nagel auf den Kopf.«

Dann konzentrierte ich mich wieder auf den Flur. Das leise

Klappern von Pumps mit bequemen Absätzen hatte meine Aufmerksamkeit erregt. Dieses Mal war die Frau im Kostüm, die auf uns zukam, nicht verrückt – oder zumindest gehörte sie nicht zu der rennenden, schreienden Art von Verrückten.

»Evie«, sagte Raquel und presste dann die Lippen aufeinander, um ein Lächeln zu unterdrücken.

Wieder ertönte ein Schrei; ich erhaschte einen Blick auf jemanden, der durch einen der Quergänge rannte. Er sah verdächtig nach Bud aus, meinem alten Selbstverteidigungslehrer, der eigentlich ein ziemlich harter Hund war.

»Kaum bin ich ein paar Monate nicht da, geht hier alles den Bach runter.«

Raquel schüttelte den Kopf und warf einen genervten Blick in Richtung der Schreie, die immer noch anhielten. »Tja, wo du schon mal so pünktlich bist, zeige ich dir am besten gleich den problematischen Bereich.«

»Von mir aus kann's losgehen.« Wieder hier zu sein war wie ein Déjà-vu. Je schneller ich ihr Problem löste, desto eher konnte ich wieder gehen, um dann zu Hause ganz in Ruhe komplett auszurasten.

»Gern geschehen.« Jack winkte fröhlich, nahm Anlauf und verschwand Rad schlagend den Flur hinunter.

»Ich glaub, jetzt dreht er völlig am Rad«, sagte ich zu Raquel und sie stieß einen »Erzähl mir was Neues«-Seufzer aus. »Bei Jacks Vergangenheit ist von ihm keine große Stabilität zu erwarten. Aber er ist ein lieber Junge.«

Lieber Junge, dass ich nicht lachte. Der liebe Junge hätte es fast geschafft, dass meine Sportlehrerin mich ausnahm wie einen Karpfen.

Weitere Schreie hallten über den Flur. »Sag mal, was ist hier eigentlich los?«

»Das ist der Poltergeist. Anscheinend haben wir seinen derzeitigen Aufenthaltsort lokalisiert.«

»Hurra.«

»Wenn wir dieses kleine Problem erst gelöst haben, können wir uns sicherlich auch wieder anderen Angelegenheiten zuwenden. Aber im Moment ist es nicht nur unmöglich, dass die Mitarbeiter einfach ihren Tätigkeiten nachgehen, sondern es verschwinden auch ständig wichtige Dokumente.«

Ich folgte ihr über den Flur und bemühte mich, nicht an all die Male zu denken, die ich hier herumgetollt war. Das hier war nicht mehr mein Zuhause. Ich war zum Arbeiten hier. Es war nur ein Job. Ich konnte das alles mit professioneller Distanz sehen. Hauptsache, wir gingen nicht in Richtung –

Zentrale Datenverarbeitung. Raquel blieb direkt vor den Schiebetüren stehen. Natürlich. Wieso sollte heute Abend auch irgendwas einfach sein?

»Hier?«, fragte ich, obwohl ich die Antwort kannte. Von allen Räumen in der ganzen riesengroßen Zentrale musste sich der Poltergeist natürlich ausgerechnet hier einnisten. Ich schloss die Augen und dachte daran, wie ihr Aquarium ausgesehen hatte – blaugrünes Wasser, exotische Fische, ein lebendiges Korallenriff und mittendrin die fröhliche, lustige, fleißige Lish, die von Computerbildschirm zu Computerbildschirm schwamm und piep sagte.

Doch sosehr ich mich auch an dieses Bild klammerte, alles, was ich vor mir sah, waren das gezackte Loch in der Glasscheibe und Lishs lebloser, im Licht schillernder Körper, der auf dem Boden des Aquariums lag.

Ich öffnete die Augen wieder und stellte fest, dass Raquel schon seit einer ganzen Weile mit mir redete.

»– verstehst also, warum ich nicht mit dir reinkommen kann.«

Ich runzelte die Stirn. »Äh, klar.« Ich drückte die Handfläche auf den Scanner an der Tür und … nichts geschah. Es war eigenartig, wie verraten und verlassen ich mich plötzlich fühlte. Sie hatten die Schlösser ausgetauscht?

»Ach, entschuldige«, sagte Raquel und wartete darauf, dass ich zur Seite trat, damit sie ihre Hand auf den Scanner legen konnte. Die Tür öffnete sich mit einem Zischen und Raquel wich schnell zurück, sodass sie im nächsten Moment schon außer Sichtweite war. »Ich lasse sie einfach unverschlossen.«

Ich holte tief Luft und ging hinein. Dic Leere des großen, weißen, runden Raums traf mich wie ein Schlag in die Magengrube. Das Aquarium war verschwunden. Keine Spur mehr davon, mit Ausnahme eines schwachen, ringförmigen Abdrucks auf dem Boden. Es war, als hätte es Lish nie gegeben. Die Tür schob sich hinter mir zu und ich ließ mich daran hinunter auf den Boden sinken.

Für das hier war ich definitiv noch nicht bereit.

Ein eisiger Hauch kribbelte in meinem Nacken.

Etwas Dunkles huschte am Rande meines Blickfelds vorbei. Ich wandte den Kopf zur Seite, aber es war nichts zu sehen.

Das Licht flackerte und ging dann ganz aus, bis auf eine einzelne trübe Glühbirne.

»Ich habe auf dich gewartet«, zischte eine leise Stimme in mein Ohr.

Ein Kitzeln an meinem Arm lenkte meine Aufmerksamkeit auf die Spinne mit dem purpurroten, sanduhrförmigen Körper, die daran hinaufkroch. Die letzte Glühbirne ging aus und ein Todesschrei zerriss die Dunkelheit, die nun den Raum verschluckte.

# Tödliches Wiedersehen

Es war stockfinster und das Einzige, was ich spürte, waren die Unheil verheißenden acht Beine der Spinne auf meinem Arm. »Du wirst in diesem Raum sterben«, flüsterte eine Stimme in mein Ohr. Tja, da wäre ich nicht die Erste. Beim Gedanken an Lishs letzte Sekunden wurde mir die Kehle eng. Hatte sie Angst gehabt? Hatte es wehgetan?

Das Licht ging wieder an und meine Augen wanderten meinen Körper entlang, der über und über von einer krabbelnden Masse Schwarzer Witwen bedeckt war.

»Ach, leck mich doch«, fauchte ich und stand auf. Klar hätte ich Angst gehabt, panische Angst sogar, wenn ich nicht direkt durch die umherhuschenden kleinen Spinnenviecher hätte hindurchsehen können. Die Projektionen von Poltergeistern sind eine Kombination aus Covern und der Manipulation von Luftströmen, um so die Illusion des Tastbaren zu erschaffen. Kein übler Trick eigentlich.

Stille, dann verschwanden die Spinnen wieder und stattdessen erhob sich ein heulender Wind. Blut sickerte durch die Ritzen zwischen Wand und Decke und triefte genau vor meinem Gesicht herunter. Ich streckte die Hand aus und ließ die Blutillusion geradewegs hindurchtropfen. »Wie wär's beim nächsten Mal mit Sirup und roter Farbe?«

Ein tiefes Grollen hallte durch den Raum, der als Nächstes in Flammen aufging. Knisternd fraßen sie sich an den Wänden empor und umringten mich.

»Bist du bald mal fertig? Sieht ja alles ganz toll aus, aber ich hab morgen Schule und meine Hausaufgaben sind auch noch nicht fertig.«

Die Flammen verpufften und ließen den Raum genauso blitzsauber und leer zurück wie vorher. »Ich bringe dich um«, raunte die Stimme jetzt. Irgendwas daran kam mir bekannt vor.

»*Steve?*«

Die Luft vor mir begann zu flimmern und gab den Blick auf das durchscheinende Bild von – tatsächlich – Steve dem Vampir frei. Oder zumindest das, was früher Steve der Vampir gewesen war. Da er ja nun *tot*-tot war und nicht mehr untot, konnte man ihn schließlich genau genommen nicht mehr als Vampir bezeichnen.

Schmollend sah er mich an. »Mit dir macht das gar keinen Spaß.«

»Ja, ja, ich bin 'ne totale Spielverderberin. Was machst du denn hier?«

»Wonach sieht's denn aus?« Er hob die Hände und ließ sie wieder brennen.

»Nach billigen Zaubertricks, wenn du mich fragst. Aber im Ernst, als ich dich das letzte Mal gesehen hab –« Als ich ihn das letzte Mal gesehen hatte, war er so sauer darüber gewesen, dass er hierher in die Zentrale gebracht worden war, dass er sich auf Raquel gestürzt und sie gebissen hatte, obwohl er genau wusste, dass das eine Weihwasserinjektion auslöste, die ihn umbringen würde. Zum zweiten Mal. Aber diesmal für immer.

Seine Augen blitzten vor Wut. »Schön, dass du dich an mich erinnerst.«

»Natürlich. Aber warum bist du immer noch hier?«

»Weil ich will, dass sie dafür bezahlen. Sie alle. Sie werden den Tag bereuen, an dem sie mich in dieses Gefängnis gesteckt haben.« Steve hatte schon immer eine Schwäche für Theatralik gehabt. Aber für den vollen Effekt hätte er bei seiner kleinen Ansprache noch eine seiner Geisterfäuste in die Luft recken müssen – fand ich.

Ich setzte mich wieder hin, den Rücken an die Tür gelehnt. »Tja, schätze, das ist dein gutes Recht.«

»Wie, willst du mich denn gar nicht exorzieren?«

»Nö. Nicht meine Baustelle.«

»Oh.« Er biss sich auf die Unterlippe – oder versuchte es zumindest, was aber wegen der ganzen Körperlosigkeitsgeschichte natürlich nicht klappte. »Na, und was jetzt?«

»Ooohh, ich hätte da ’ne Idee, kannst du es so aussehen lassen, als würden Käfer aus meiner Haut platzen?«

Er sackte ein paar Zentimeter tiefer und schwebte dort weiter. »Im Ernst?«

»Sieht doch bestimmt total cool aus. Wenn du willst, tu ich auch so, als hätte ich Angst.«

»Ach nein, es ist irgendwie nicht dasselbe, wenn du mir nur was vorspielst.« Er ließ sich auf Augenhöhe mit mir sinken, wobei seine untere Körperhälfte im Boden verschwand, was er jedoch gar nicht zu bemerken schien.

»Tut mir leid, aber da kann ich leider nichts machen.«

Eine Weile saßen wir da. Steve rutschte immer wieder hin und her, als fände er keine bequeme Haltung für seinen Geisterkörper.

»Ich hab eine Frage«, brach ich schließlich das Schweigen.

Er hob den Kopf. »Was für eine?«

»Ich kapier's nicht. Ich meine, du hasst diesen Ort doch über alles, oder? Immerhin hast du Harakiri begangen, weil du noch nicht mal für ein paar Tage hier eingesperrt werden wolltest.«

»Stimmt. Und?«

»Und ich verstehe nicht, warum du nach alldem beschließt, die Ewigkeit ausgerechnet hier zu verbringen.«

Seine Augen wurden für einen Moment unscharf und die Umrisse seines Körpers schienen leicht zu vibrieren. »Ich – ich will – sie sollen bezahlen.«

»Klar, versteh ich ja. Aber abgesehen davon, dass du ihnen ein paar Albträume bescherst und auf die Nerven gehst, kannst du doch eigentlich gar nichts tun, oder? Alles, was du geschafft hast, ist, dich hier tausendmal wirkungsvoller einzusperren, als sie es jemals gekonnt hätten.«

Er ließ die Schultern hängen. Mann, der arme Kerl. Musste ich ihm denn wirklich jedes seiner Leben nach dem Tod versauen? Ich streckte die Hand aus, um ihm den Arm zu tätscheln, ließ es dann aber doch sein. Wahrscheinlich fühlte er sich nur noch mieser, wenn ich einfach durch ihn hindurchgriff. »Ähm, na ja, keine Sorge. Du sitzt ja nicht wirklich hier fest.« Ich wedelte ein bisschen mit der Hand neben seinem Arm rum, in der Hoffnung, dass das auch irgendwie tröstend rüberkam.

Er verlor bereits an Konturen. Es ist nicht leicht, sich an diese Welt zu klammern, wenn man tot ist, und wenn man ihnen erst mal den Willen zum Spuken nahm, machte es normalerweise einfach *puff* und sie verschwanden dorthin, wo sie eigentlich sein sollten. Wo auch immer das war.

Aber die meisten Leute hielten gar nicht so lange durch, bis sie den genauen Ort für den Exorzismus – oder, wie in diesem Fall, einfach für ein gutes altes Gespräch – gefunden hatten. Und das war der Grund, warum ich in der IBKP immer Poltergeistdienst schieben durfte.

Steve nickte. Seine Arme und Beine waren schon verschwunden. »Du hast recht. Vielleicht ist es an der Zeit, dass ich es doch mal mit dem Totsein versuche.«

»Das ist die richtige Einstellung!« Aufmunternd lächelte ich ihm zu.

»Danke. Zumindest kommt dann endlich einer von uns beiden aus diesem Albtraum frei.«

»Was? Ach, ich –« Ich wollte ihm erklären, dass ich schon längst frei und heute Abend freiwillig hier war – na ja, zumindest einigermaßen, schließlich hatte Jack mir keine Chance gelassen, ihn wieder wegzuschicken –, aber ehrlich gesagt wusste ich ja immer noch nicht so recht, was ich von dem Ganzen halten sollte, und hatte darum auch keine Ahnung, was ich Steve eigentlich erzählen sollte, außer dass ich keine Gefangene war, noch nicht mal eine Angestellte, und dass er nicht denken sollte, dass ich –

Doch bevor ich überhaupt einen zusammenhängenden Gedanken fassen konnte, war er auch schon verschwunden. Und diesmal für immer. Hoffte ich zumindest.

»Mach's gut, Steve«, flüsterte ich in den leeren Raum hinein.

Ein paar Sekunden blieb ich noch sitzen, aber allein die Tatsache, an diesem Ort zu sein, war wesentlich gruseliger, als es jeder Spuk hätte sein können. Dieser Raum brauchte keine billigen Effekte, um mir Albträume zu bescheren. Ich rappelte mich auf, wartete, bis sich die Tür öffnete, und stolperte hinaus in den Flur.

»Raquel?« Einsam und verlassen lag der Flur vor mir. Na toll.

Ich machte mich auf zu ihrem Büro, vertieft in meine Gedanken an Lish und an den armen Steve und all die anderen Seelen, die ich aus diesem Leben entlassen hatte, manche sogar im wahrsten Sinne des Wortes. Wo waren sie hingegangen? War Steve jetzt am selben Ort wie Lish? Und war er dort Steve der Vampir oder Steve, der normale Mensch? Was genau geschah eigentlich mit den Seelen, wenn ihre menschlichen Körper starben und sie zu Vampiren wurden? Und was geschah dann, wenn ihre Vampirkörper starben?

Hallo, Kopfschmerzen.

Seufzend drückte ich die Hand auf den Türscanner. Erst als nichts passierte, sah ich auf und merkte, dass ich unbewusst zu meinem alten Wohntrakt gewandert war.

Völlig perplex starrte ich auf die Tür. Es war, als müsste sich gleich ein Teil von mir, die alte Evie, vom Rest lösen, einmal lächeln und winken und dann hineingehen und sich auf die violette Couch fallen lassen. Stattdessen blieb ich in einem Stück an der Schwelle stehen, ausgesperrt aus einem Leben, von dem ich behauptet hatte, es hinter mir gelassen zu haben.

Wie oft hatte ich an all die Dinge – die tatsächlichen Gegenstände – gedacht, die ich zurückgelassen hatte. Besonders der Verlust eines Paars roter Peeptoe-Pumps machte mir zu schaffen. Jetzt gab es nämlich tatsächlich Anlässe, zu denen ich sie hätte tragen können, und da steckten sie hier in meiner Wohneinheit fest. Im Geiste hatte ich sogar schon eine Liste der Sachen angelegt, die ich mir aus meinem Zimmer schnappen würde, wenn ich jemals die Gelegenheit dazu bekommen sollte.

Aber ich kam nicht hinein, konnte nicht zurück. Und ich glaube, ich wollte es auch gar nicht. Diese Wohneinheit war wie eine Gruft für die Evie, die hier gelebt hatte, die blind gewesen war für die Probleme der Welt um sie herum und die keine Ahnung gehabt hatte, was sie wirklich war. Ihre Sachen wollte ich gar nicht mehr haben.

Ich wandte mich ab und konzentrierte mich auf den Weg zu Raquels Büro. Ich musste hier raus. Sofort. Ganz plötzlich ergriff mich ein heftiger Anfall von Klaustrophobie und die Panik, als mir klar wurde, dass ich nicht rauskonnte, solange sie mich nicht raus*ließen*, machte mir das Atmen schwer. Ich bog um die Ecke und rannte beinahe Jack in die Arme, der ebenso erschrocken wirkte wie ich.

»Mensch, Evie, du siehst ja aus, als hättest du einen Geist gesehen.«

»Hähähä.« Ich fühlte mich wie ausgewrungen, vollkommen leer. Ich wollte nach Hause. »Ist Raquel in ihrem Büro?«

»Woher soll ich das wissen?«

»Kommst du da nicht gerade her?«

»Nö.«

»Okaaay.«

»Evie?« Erleichtert drehte ich mich um, als ich die Stimme von Raquel hörte, die hinter mir aufgetaucht war. »Wie ist es gelaufen?«

»Die Zentrale ist offiziell spukfrei.« Na ja, zumindest der Poltergeist trieb sich nicht mehr hier rum. Aber wenn auch plagende Erinnerungen zählten, dann wäre hier rund um die Uhr Geisterstunde. Und ich hatte meine Portion Grusel für heute schon abbekommen. »Kann ich jetzt gehen? Ich bin ziemlich erschossen.«

»Selbstverständlich. Jack, würdest du bitte –«

Plötzlich erschien in der Wand neben uns eine Pforte und lenkte uns ab. Wenige Sekunden später trat eine hochgewachsene Fee mit weißem Haar und Haut von der Farbe eines reifen Pfirsichs heraus. »Du!« Ihre Stimme klirrte durch den Flur wie kaltes Metall.

Ich machte einen Satz rückwärts. »Ich will nicht –«

»Ich war's nicht!«, rief Jack dazwischen. Verwirrt sah ich ihn an. Meinte er etwa, die Fee wäre seinetwegen hier?

Sie machte einen Schritt auf uns zu. Jack wirbelte herum, flitzte den Flur hinunter und schlitterte um die Ecke davon, sodass Raquel und ich allein mit der Fee zurückblieben. So, wie ihre kobaltblauen Augen ihm folgten, kam es mir fast so vor, als wäre sie wirklich hinter ihm her.

Aber wem wollte ich hier eigentlich was vormachen? Wenn es um Feen ging, hatte es immer was mit mir zu tun.

Raquel erholte sich schneller wieder von ihrem Schreck als ich. Sie griff in ihre Kostümjacke und zog einen kleinen, zylinderförmigen Gegenstand aus Eisen hervor. Nach einem lässigen Schwung aus dem Handgelenk verlängerte er sich teleskopisch zu einer Art Schlagstock. »Ich schlage vor, du gehst jetzt wieder.«

Die Fee musterte sie mit kühlem Blick und verschwand dann rückwärts durch die Wand und aus der Zentrale. Mit weit aufgerissenen Augen starrte ich Raquel an. »Heilige Piep, Raquel, du bist ja 'ne total coole S–«

»Bitte beende diesen Satz nicht.« Sie schob den Schlagstock wieder auf die kleinstmögliche Größe zusammen und steckte ihn zurück in ihre Jacke. »Du hast nicht zufällig irgendeine Ahnung, was das gerade sollte?«

Ich schüttelte den Kopf. »Nein. Ich hatte gestern Abend zwar Besuch von Reth, aber er hat keinen Blödsinn gemacht oder versucht, mich mitzunehmen.« Na ja, er hatte es *fast* nicht versucht. Oder? Dieser blöde Reth. »Aber trotzdem sind es jetzt schon drei – der Sylphe, Reth und dann diese Fee gerade. Und ich hab das Gefühl, bei uns in der Stadt tauchen auch immer mehr seltsame Paranormale auf.« Ich dachte an die Froschfrau in ihrem Hauskleid. Und sie waren nicht nur seltsam, sondern zeigten auch ein seltsames Interesse an mir. Plötzlich nervös, biss ich mir auf die Unterlippe. Das war alles zu viel, um bloß ein Zufall zu sein. Irgendwas stimmte hier nicht.

»Das macht natürlich alles um einiges komplizierter. Ich

dachte, die Feen würden sich nicht mehr für dich interessieren. Mir wäre es lieber, wenn du heute Nacht hier schläfst.«

»Ich – oh, nein. Nein. Ich will nicht hierbleiben. Jack kann mich doch nach Hause bringen.« Ich drehte mich um, aber von Jack war noch immer weit und breit nichts zu sehen. Raquel lächelte und ich saß in der Zentrale fest.

Mal wieder.

# Auf die Zunge gebissen

»Hör zu«, fauchte Arianna und bremste so abrupt vor meiner Schule, dass mein Sicherheitsgurt mich fast erwürgte. »Wenn du keine Lust hast, mit mir rumzuhängen, ist das okay. Aber lass mich nicht noch mal vor dem Kino stehen wie bestellt und nicht abgeholt, während du abhaust und zwei Tage bei 'ner Freundin pennst, ohne auch nur mal anzurufen.« Ihre riesige Sonnenbrille verdeckte die Hälfte ihres Gesichts, aber ich konnte mittlerweile gut genug im Rest davon lesen, um zu wissen, dass sie verletzt war.

»Ich hab doch eine E-Mail geschrieben«, verteidigte ich mich lahm.

»Ach ja, natürlich! Na, dann ist ja alles in Butter! Ach, weißt du was – hau einfach ab.«

Ich stieß meine Tür auf und stieg aus. »Danke fürs –« Doch sie brauste schon mit so viel Schwung davon, dass die Beifahrertür von selbst zuknallte.

Na toll. Was für ein wunderbarer Start in den ersten Morgen, an dem ich wieder da war. Ich hatte sie ja noch nicht mal hängen lassen wollen – ehrlich nicht. Das war alles nicht meine Schuld gewesen. Schließlich hatte Jack mich mehr oder weniger gekidnappt.

»Evie, alles in Ordnung?«

Ich sah in Carlees besorgtes Gesicht auf. Mir war gar nicht aufgefallen, dass ich immer noch reglos auf dem Bürgersteig stand, mit hängenden Schultern und gesenktem Kopf. »Bin bloß müde.«

Was gnadenlos untertrieben war. In den letzten beiden Nächten, die ich auf Raquels Couch verbracht hatte, hatte ich so gut wie kein Auge zugetan. Nicht nur, weil es mir Angst machte, in der Zentrale festzusitzen, sondern auch, weil Raquel, dieses zierliche Persönchen, schnarchte wie ein ausgewachsenes Nilpferd. Wer hätte das gedacht. Jack, die kleine Ratte, war dann an diesem Morgen endlich wieder aufgetaucht, sodass ich es gerade noch rechtzeitig zur ersten Stunde schaffen würde. Ein einziger, blöder Auftrag und schon fühlte ich mich wieder komplett von der IBKP vereinnahmt – Raquel hatte mich sogar gebeten, einen Stapel Akten über vermisste Elementargeister zu archivieren, während wir darauf warteten, dass der werte Jack sich mal wieder blicken ließ. Ich hatte den leisen Verdacht, dass sie jede einzelne Minute genoss und dass ich, wenn es nach ihr ging, am besten gleich wieder zurück in die Zentrale ziehen würde.

Das konnte sie sich aber verpiept noch mal abschminken.

»Denk dran, wir machen heute in Sport den Fitnesstest.« Mit leichtem, federndem Schritt lief Carlee voraus.

Ich drängte mich durch den Pulk von Schülern. Meine Feenbefürchtungen, meine Sylphenparanoia und, wie immer, mein stetig wachsendes schlechtes Gewissen, weil ich

Lend noch immer nicht erzählt hatte, dass er unsterblich war, hatten bereits einen Knoten in meinem Magen gebildet. Und jetzt konnte ich der Liste auch noch hinzufügen, dass ich ihn wegen meiner neuen Stelle bei der IBKP angelogen hatte. Das war wirklich das Schlimmste an der ganzen Sache – mit meinem Freund nicht über alles reden zu können.

Die Hand auf dem Zahlenschloss, stand ich vor meinem Spind. Und konnte mich zum allerersten Mal nicht an die Kombination erinnern. »Piep«, murmelte ich. Selbst mein Spind hatte seinen Zauber verloren.

»Ich glaub nicht, dass Miss Lynn dir noch mal abnimmt, dass du krank bist. Die Frau hasst dich.«

»Ich weiß.«

»Nein, ich meine, sie hasst dich *echt*.«

»Nein, *ich* meine, ich *weiß*. Echt. Glaub's mir.«

Carlee setzte sich neben mich auf die Bank, während ich immer noch missmutig den ekelhaft braungelben Haufen meiner Sportklamotten beäugte.

»Bist du sicher, dass alles in Ordnung ist?«

Carlee war meine Freundin. Warum sollte ich ihr zur Abwechslung nicht einfach mal die Wahrheit sagen? »Ich hab Angst, dass ich bald sterbe, und dann sind da diese Feen, die vielleicht in absehbarer Zeit einen neuen Versuch starten, mich zu entführen, und außerdem werde ich dieses komische Kribbeln in meinen Händen nicht los, seit ich einem Sylphen einen Teil seiner Seele ausgesaugt habe – was ich übrigens wirklich nicht hätte tun sollen.«

Sie blinzelte. Ganz langsam.

»War nur ein Witz.« Ich verzog das Gesicht zu einer Grimasse, die hoffentlich als Grinsen durchgehen würde. »Hab schlecht geschlafen in letzter Zeit.«

»Oh, da weiß ich was, was hilft. Trink vor dem Schlafengehen eine Tasse Kamillentee. Meine Mom schwört total drauf.«

»Kamillentee. Werd's mal ausprobieren.« Zweifellos würde das alle meine Probleme lösen.

»Übrigens, wegen neulich.«

Oje, Jack. Wir hatten uns nicht mehr gesprochen, seit sie mir aus der Patsche geholfen hatte. »Ach ja, danke noch mal. Du hast mir echt den Hintern gerettet. Wenn Miss Lynn –«

»Ach was, kein Problem! Aber wer war eigentlich dieser Junge?«

Ich verdrehte die Augen. »Eine Riesennervensäge.«

»Weil, na ja, John und ich haben wieder Schluss gemacht und dieser Typ war schon ziemlich süß und da dachte ich, vielleicht –«

»NEIN!«

Erschrocken riss sie die Augen auf. »Tut mir leid, ich …«

»Nein, im Ernst, ich meine, er ist irgendwie ein bisschen durchgeknallt, verstehst du? Also, psychisch labil. Und er weigert sich stur, seine Medikamente zu nehmen.«

»Echt jetzt? Jammerschade. Diese Grübchen …«

»Totaler Psycho, der Kerl!«

Sie zuckte mit den Schultern und stand lächelnd auf. »Wir sollten uns besser mal umziehen.«

»*Green!*«

»Zu spät«, raunte Carlee.

Hinter einer Reihe von Spinden tauchte Miss Lynn auf und erdolchte mich regelrecht mit ihren Blicken. Wobei ein Dolch eine viel zu filigrane Waffe für sie wäre. *Er vorschlaghämmerte* mich mit ihren Blicken, wäre wohl der passendere Ausdruck.

»Was jetzt?«, seufzte ich.

Sie deutete zackig mit dem Daumen auf die Tür. »Ins Sekretariat.«

Ich stand auf und brabbelte: »Aber ich bin doch gar nicht zu spät gekommen! Ich hab heute überhaupt nichts Schlimmes gemacht!«

»Dringende Familienangelegenheit«, knurrte sie. »Raus mit dir.«

»Ich – oh. Okay.«

Schon wieder wurde ich aus dem Unterricht geholt? Was war denn bloß in Raquel gefahren? Den Kommunikator hatte ich in meinem Rucksack. Wenn sie in den paar Stunden, die wir uns nicht gesehen hatten, versucht hätte, mich zu kontaktieren, dann hätte ich das definitiv gemerkt.

Immerhin, ihr Timing war genial. Ich warf meine Sportklamotten in den Spind und bemühte mich, ein nervöses Gesicht zu machen, als ich an Miss Lynn vorbeiging, auch wenn ich in Wirklichkeit am liebsten auf und ab gehüpft wäre. Es hätte mir noch nicht mal was ausgemacht, wieder gekidnappt zu werden, solange ich mich nur vor dieser Sportstunde drücken konnte.

Schwungvoll öffnete ich die Tür zum Sekretariat und blieb dann wie angewurzelt stehen. Diesmal wartete dort nicht Raquel auf mich. Sondern Lends Dad.

Oder zumindest sah das, was die Schulsekretärin da so eifrig anflirtete, aus wie mein gesetzlicher Vormund, David. Sie konnte ja nicht durch das Cover hindurch bis zu den Klar-wie-Wasser-und-fast-nicht-da-Zügen von Lend blicken.

Jetzt drehte er sich um und strahlte mich mit dem Gesicht seines Dads an, und nach ein paar Sekunden gelang es mir auch, meinen schockierten Blick in etwas zu verwandeln, das hoffentlich aussah wie ein angemessen pflegetöchterliches Lächeln.

»Nochmals vielen Dank, Sheila«, sagte Lend-als-David und lächelte ihr zu. Ich wusste nicht, ob ich eifersüchtig sein, mich in Grund und Boden schämen oder mich über ihren schmachtenden Blick amüsieren sollte.

Steifbeinig stakste ich neben ihm her zum Parkplatz, völlig euphorisch darüber, dass er hier war, und hätte ihm am liebsten die Arme um den Hals geschlungen und mir die Umarmung abgeholt, die ich heute so dringend nötig hatte. Aber das würde ich ganz sicher nicht tun, solange er noch so aussah wie sein Dad.

Wir stiegen in sein Auto und ich versuchte, nur ihn selbst unter seinem Cover zu sehen und sonst nichts. »Und, was ist das für eine dringende Familienangelegenheit?«

»Ich hab mir Sorgen gemacht. Du gehst schon seit zwei Tagen nicht an dein Handy.«

Was daran lag, dass man in der unterirdisch gelegenen IBKP-Zentrale null Empfang hatte. »Ich hab's verlegt«, log ich und hasste mich dafür.

»Dachte ich mir schon. Das mit den Sorgen war eigentlich auch nur ein Vorwand, um dich da rauszuholen.« Er grinste, parkte aus und fuhr die von Bäumen gesäumten Straßen Richtung Autobahn hinunter. »Mein Seminar heute Nachmittag ist ausgefallen und ich hatte so den leisen Verdacht, dass du nichts dagegen hättest, Sport sausen zu lassen.«

»Gut aussehend *und* klug. Was bin ich bloß für ein Glückspilz. Aber, ähm, ich find's ein bisschen gruselig, mich so zu dir hingezogen zu fühlen, wenn du genau wie dein Vater aussiehst. Coverwechsel?«

Er lachte und das Gesicht seines Dads schimmerte auf und verwandelte sich in das von Lends üblichem dunkeläugigen, dunkelhaarigen Schnuckel. »Besser so?«

»Viel besser. Jetzt brauch ich doch keine Therapie. Oder höchstens ein paar Stunden.«

Wieder lachte er und nahm meine Hand. »Immerhin, ist doch ein netter Trick, um meine Freundin vor der Folter zu retten.«

»Ich hab nicht vor, mich zu beschweren.« Ich lehnte mich in meinem Sitz zurück und genoss das Gefühl von Lends Haut auf meiner. Ich würde nie genug von den Konturen seiner Handfläche bekommen, von der Art, wie sich seine Finger mit meinen verschränkten, als wären sie füreinander gemacht, und davon, wie er unbewusst mit seinem Daumen über meinen strich. *Hierher* gehörte ich.

In einer Gegend, die ich nicht kannte, fuhr er von der Autobahn ab und parkte vor einer winzigen Spelunke, die wohl ein Thai-Imbiss sein sollte.

»Was machen wir hier?«

»Wir testen, ob wir endlich mal was finden, was zu scharf für dich ist!«

Seit er vor ein paar Monaten gemerkt hatte, dass ich scharfes Essen – auch entsetzlich scharfes Essen – futtern konnte, ohne mit der Wimper zu zucken, hatte er es zu seiner ganz persönlichen Mission gemacht, etwas zu finden, das selbst mir den Gaumen versengte.

»Nur weil deine Zunge so ein Weichei ist, heißt das nicht, dass das bei mir genauso sein muss«, neckte ich ihn.

Sein Mund verzog sich zu einem durchtriebenen Grinsen. »So, meine Zunge ist also ein Weichei, ja? Dann werd ich dir wohl nachher mal zeigen müssen, was die so draufhat!«

Unfähig, das Lachen zu unterdrücken, boxte ich ihm gegen die Schulter. »Oh, ich bin ein großer Fan deiner Zunge, glaub mir!«

»Das würde ich mir gern auf ein T-Shirt drucken lassen.«

»Ist ja bald Weihnachten.«

Und so marschierten wir in den Imbiss und eine Stunde später wieder hinaus. Lends frustrierter Gesichtsausdruck sprach Bände. »Ich schwöre, eines Tages finde ich noch mal was zu essen, was zu scharf für dich ist.«

»Tja, schade nur, dass wir bis dahin auf ungefähr eine Million Dates gehen müssen.«

»Fürwahr, ein solch hehres Ziel erfordert große Opfer.«

Wir fuhren wieder zurück nach Hause, aber anstatt mich an meiner Wohnung abzusetzen, bog Lend in einen schmalen Weg ein, der in den Wald führte und sich mal hierhin, mal dorthin schlängelte, bevor er schließlich ganz aufhörte.

Da piepte mein Kommunikator laut in meinem Rucksack. Ich zuckte zusammen. Lend sah mich an und zog eine Augenbraue hoch. Mist, Mist, Mist, ich war aufgeflogen.

»Sieht ganz so aus, als hätten wir dein Handy gefunden.«

Ich stieß ein nervöses Lachen aus, das mehr wie ein Bellen klang. »Ist ja verrückt. War die ganze Zeit in meinem Rucksack. Ups.« Er lächelte und parkte den Wagen, während ich meinen Herzschlag zu beruhigen versuchte. Diese Geheimniskrämerei würde mich eines Tages noch mal umbringen.

Er stellte den Motor ab. »Da sind wir.« Ich blickte mich um, sah aber nichts als Bäume. Er holte ein paar Wolldecken aus dem Kofferraum und hielt mir dann die Tür auf.

Wir spazierten ein Stück durch den Wald, bis wir an einen friedlichen Weiher gelangten. Das leuchtende Herbstlaub der Bäume spiegelte sich auf seiner Oberfläche, sodass es aussah, als stünde das Wasser in Flammen.

Lend breitete eine der Decken auf dem Boden aus, legte sich darauf und klopfte einladend auf den Platz neben sich. Ich wollte mich gerade an ihn kuscheln, richtete mich aber dann noch einmal auf und sah argwöhnisch auf den Weiher hinaus.

»Deine Mom ist doch nicht hier, oder?«

Er lachte. »Nein. Es ist bloß schon so lange her, seit ich das letzte Mal am Wasser war.«

Beunruhigt runzelte ich die Stirn. Rief ihn das Wasser jetzt schon zu sich, oder wie? Oder fand er es einfach schön, wegen seiner Kindheit? Ich legte mich wieder hin und schmiegte mich an ihn, den Kopf auf seiner Brust. Die Hand, die über mein Haar streichelte, verlor nach und nach ihre Pigmentierung und ich stieß die Luft aus und lächelte, auch wenn ich sein Gesicht nicht sah. Er war immer noch *mein* Lend. Der Lend, den niemand sonst sehen konnte.

»Ich hab meine Mom schon eine ganze Weile nicht gesehen«, sagte er, einen Unterton von Besorgnis in der Stimme.

»Nicht?«

»Nein. Ich glaube, sie ist noch nie so lange am Stück nicht aufgetaucht.«

Etwas aus den Akten, die ich archiviert hatte, kitzelte mein Gedächtnis – irgendwas über vermisste Elementargeister in einigen Städten. Ich nahm mir vor, Raquel danach zu fragen, denn Lend konnte ich es ja wohl kaum erzählen.

Ich wollte, dass er weiterredete, und fragte: »Wie war das so, mit ihr als Mom aufzuwachsen?«

Er zuckte mit den Schultern, sodass mein Kopf auf seiner Brust ins Wackeln geriet. »Ich weiß nicht – ich habe ja keinen Vergleich. Ich schätze mal, dass mein Dad es ausgeglichen hat, so gut er konnte, und als Kind kannte ich es ja auch nicht anders. Er musste mich ziemlich isoliert halten, also dachte ich eben, dass die meisten Mütter manchmal da sind und manchmal nicht. Dass sie komisch reden und ihren Kindern Schwärme von tropischen Fischen schenken, die mitten in einem Teich in Virginia herumschwimmen.«

»Klingt nett.«

»War es auch. Ich liebe meine Mom. Eine Zeit lang war es schon hart, als mir klar wurde, dass wir niemals wirklich ein gemeinsames Leben führen würden, aber es ist so, wie es ist. Und ich weiß, dass sie mich auch liebt.«

»Wie sollte sie auch nicht?« Ein vertrauter Schmerz legte sich auf meine Brust. Selbst Lend mit seiner Wassergeist-Mom hatte wenigstens das: die Gewissheit, dass er geliebt wurde und dass das auch immer so gewesen war. Und es natürlich auch immer sein würde – schließlich würde er ewig leben, genau wie Cresseda.

»Fragst du dich manchmal, ob deine …«, begann er und brach die Frage dann ab, aber ich wusste, wie sie geendet hätte: noch irgendwo da draußen sind. Ob meine Eltern (wenn ich denn überhaupt welche hatte) noch da waren und ihr normales Leben lebten. Ohne mich.

»Ich weiß nicht. Ich denke nicht so gern darüber nach. Was, wenn sie mich wirklich einfach im Stich gelassen und den Feen überlassen haben? Oder wenn ich tatsächlich *erschaffen* worden bin – wenn die Feen – ach, ich weiß auch nicht. Es bringt nichts, darüber nachzugrübeln.«

Er hob die Hand und strich mir übers Haar. Wir hatten uns schon vorher mal über meine Familienangelegenheiten unterhalten, aber wo lag darin eigentlich der Sinn? Antworten fand ich dadurch keine und die Fragen gefielen mir nicht. Ich hatte nie ein richtiges Zuhause gehabt oder eine Mom, die mir Fischschwärme mitbrachte, und das würde ich auch nie. Das war okay. *Alles* war okay.

»Es ist schon so lange her, dass wir mal Zeit für uns hatten«, sagte Lend nach ein paar Minuten des Schweigens. Seine wirkliche Stimme war wie eine Kaskade, warm und fließend und so unglaublich sexy, dass ich vollkommen glücklich damit gewesen wäre, mein Leben lang nichts anderes mehr zu hören. Ich ließ zu, dass sie mich durchströmte, die Anspannung in meinen Schultern löste. Alles andere war nicht wichtig. Nur das hier war wichtig.

»Mmmhmm.« Ich schloss die Augen und atmete seinen Duft ein. Eine kalte Windböe strich über uns hinweg und ich spürte, wie meine Haare sich daraufhin in die Luft erhoben, wie meine Gliedmaßen leichter wurden und sich gleichzeitig von meinem Körper lösten und sich stärker mit ihm verbanden. Es war, als antwortete mein Körper dem Wind.

Das war neu. Ich warf einen raschen Blick gen Himmel, aber es war kein Sylphe zu sehen. Lend breitete die zweite Decke über uns aus und durchtrennte so meine Verbindung zum Wind. Ich war sowohl erleichtert als auch eigenartig enttäuscht vom Verlust dieses neuen Gefühls.

»Erzähl mir von der Uni«, sagte ich und verbannte alle Paranormalen aus meinen Gedanken. Außer uns beide natürlich.

Ich hörte mit halbem Ohr zu, wie er begeistert von seinen Professoren und Vorlesungen berichtete, während ich das Heben und Senken seiner Brust genoss. Er klang immer so glücklich, wenn er von seinem Stundenplan fürs nächste Semester, seinen Seminaren und möglichen Praktika erzählte. Er hatte vor, Abschlüsse in Biologie und Zoologie zu machen und dann einen Masterstudiengang in Zoologie draufzusetzen, mit dem Ziel, sich intensiv der Kryptozoologie zu widmen und die Wesen ganz am Rande der Wissenschaft zu studieren. Wenn man sein bisheriges Wissen mit einrechnete, hatte er einen natürlichen Vorteil. Und es war wirklich die perfekte Wahl für ihn. So konnte er normal sein, aber immer noch den Paranormalen helfen, die er so liebte. Er wollte sich vor allem mit Werwölfen befassen und herausfinden, was ihren Zustand auslöste – und sie so vielleicht sogar davon heilen.

Er liebte es, über die Zukunft nachzudenken, Pläne für sie zu schmieden und auf sie hinzuarbeiten. So sehr, dass mir das Herz schwer wurde. Wieder fragte ich mich, was sich wohl alles ändern würde, wenn er erfuhr, dass er nicht sterblich war. Würde er immer noch an der Zukunft festhalten, auf die er sich eingestellt hatte? Oder käme sie ihm plötzlich sinnlos vor, im Wissen, dass er die ganze Ewigkeit vor sich hatte? Würde er sich unsterblichentypischeren Beschäftigungen widmen wie ... tja, in Teichen zu leben und von dort aus unverständliche Ratschläge zu erteilen?

Außerdem fragte ich mich, was mit mir eigentlich nicht stimmte. Ich hatte überhaupt keine Ziele. Immer wenn ich versuchte, mir etwas auszumalen, was ich gern für den Rest meines Lebens machen würde, beschlich mich doch nur die Sorge, dass der Rest meines Lebens gar nicht lang genug sein würde, um überhaupt was damit anzufangen. Gut, ich wollte zwar unbedingt an der Georgetown angenommen werden, aber doch nur, um bei Lend sein zu können. Meine Zukunft erschien mir wie eine einzige riesige Leere, abhängig von Variablen, auf die ich keinen Einfluss hatte.

»Ich hab mich immer noch nicht ganz entschieden, ob ich mich nun an der medizinischen Fakultät einschreiben soll oder nicht. Aber wo soll ich sonst Zellbiologie studieren?« Er seufzte und lachte dann. »Okay, genug davon. Was hast du denn die letzten Tage so getrieben?«

Ich biss mir auf die Unterlippe. Die Sache mit dem Poltergeist war nicht weiter erwähnenswert. Genauso wie die Sache mit der Fee. Oder dass ich zugestimmt hatte, der IBKP bei einer einzigen, blöden Angelegenheit zu helfen, und gleich in der Zentrale hängen geblieben war. Es würde ihm nicht gefallen und *so* eine große Sache war es nun auch wieder nicht gewesen. Aber es wäre schön, mit ihm darüber reden zu können, wie sehr ich Lish in letzter Zeit vermisste und wie seltsam es gewesen war, nicht in meine alte Wohneinheit zu können, und wie froh und gleichzeitig genervt ich gewesen war, wieder mehr Zeit mit Raquel zu verbringen.

Schade nur, dass es nicht ging.

»Ach, du weißt schon. Der übliche Trott. Jetzt, wo du weg bist und von *Easton Heights* nur noch Wiederholungen laufen, ist mein Leben eigentlich nicht mehr als ein riesiges schwarzes Loch aus Langeweile und Verzweiflung.«

»Also hast du die meiste Zeit Hausaufgaben gemacht.«

»Sag ich doch, schwarzes Loch.«

Er streichelte mir übers Haar, während ich mich bemühte, nicht an all das zu denken, was ich ihm nicht erzählte.

»Wie fühlst du dich?«

»Äh, kuschelig warm?«

»Nein, ich meine, nach der Sache mit dem Sylphen? Keine komischen Symptome?«

Na ja, das Kribbeln, das ich jetzt in der leichten Brise fühlte, konnte schließlich eine ganze Reihe von Ursachen haben, nicht zuletzt die Tatsache, dass mein unglaublich süßer Freund mit meinem Haar spielte. »Nö.«

»Und alles andere?«

Das war eine ziemlich offene Frage, aber ich wusste genau, was er meinte. Reth und Vivian, die Einzigen, die verstanden, was ich war – ein Leeres Wesen –, hatten mich gewarnt, dass meine eigene Seele schnell ausbrennen würde. Seufzend stemmte ich mich auf die Ellbogen hoch. Dann zog ich den Ausschnitt meines Shirts ein Stückchen nach vorn und sah mir mein Herz an.

Es war umgeben von einem trägen Wirbel flüssiger goldener Flammen, die kaum heller waren als meine Haut, sodass ich sie gerade so erkennen konnte, wenn ich direkt hinsah. »Im Großen und Ganzen unverändert.« Ich wusste nicht, ob das nun etwas Gutes war oder nicht. Und außerdem sah ich mir die Flammen so oft an, dass es mir schwerfiel zu sagen, ob sie nun heller oder dunkler wurden. Plötzlich glühte genau in der Mitte ein greller Funke auf. Ich zog eine erschrockene Grimasse. Das war auch neu.

Lend setzte sich auf und verrenkte sich fast den Hals, um in mein Oberteil zu spähen, das ich nun hastig wieder zurechtzog. »Soweit ich weiß, kannst du gar keine Seelen sehen.«

Er zuckte mit den Schultern und machte ein übertrieben unschuldiges Gesicht. »Na, wer weiß, wenn ich ganz viel übe …«

»Du musst wirklich der selbstloseste Freund der Welt sein.«

»Wie schon gesagt, gute Dinge sind es wert, dass man Opfer dafür bringt.«

»Wo wir gerade davon sprechen, wolltest du mir nicht irgendwas mit deiner Zunge demonstrieren?«

Viel zu früh musste Lend mich zurück zur Schule bringen, damit ich noch rechtzeitig zu Englisch kam. Bevor wir in die

Hauptstraße einbogen, setzte er wieder sein übliches Cover auf. Ich unterdrückte ein gequältes Lächeln, als ich daran dachte, wie seltsam es gewesen war, ihn als seinen Dad zu sehen. Und da traf mich die Lösung des ganzen Unsterblichkeitsproblems wie ein Schlag ins Gesicht.

Lend musste es *niemals* erfahren.

# Außerschulische Aktivitäten

Ich summte unter der Dusche vor mich hin; nicht gerade das Allernormalste für einen Montagmorgen, aber es lief einfach alles fantastisch. Seit der letzten Woche fühlte ich mich rundum besser.

Ich musste es Lend nicht sagen!

Wieso war ich da nicht schon früher draufgekommen? Sein Cover zeigte doch, was immer er für richtig hielt – und das bedeutete, dass er mit mir zusammen alt werden würde (oder zumindest könnte er so tun, als ob). Er selbst konnte ja nicht richtig sehen, wie er aussah, darum würde er gar nicht merken, dass er gar nicht älter wurde. Wir konnten unser, oder zumindest mein ganzes Leben miteinander verbringen, ohne dass er sich jemals mit der Tatsache auseinandersetzen müsste, dass seines niemals enden würde.

Schließlich plante Lend seine Zukunft. Eine überaus menschliche Zukunft. Es ihm jetzt zu erzählen würde ihn bloß verwirren und dazu führen, dass er seine Entscheidungen infrage stellte. Das konnte er doch gar nicht gebrauchen. Sicher, irgendwann würde ich es ihm sagen. Vielleicht, wenn wir achtzig waren und ich im Sterben lag. Das hieß, falls meine Seele überhaupt so lange durchhielt.

Aber das Kribbeln in meinen Fingern erinnerte mich daran, dass es Möglichkeiten gab, ihr Fortdauern zu verlängern. Unschuldige Möglichkeiten. Immerhin war der Sylphe nicht tot, ich hatte ihm noch nicht einmal wirklich wehgetan. Ich war sogar fast überzeugt davon, dass er sich freuen würde, wenn er wüsste, dass er einen Beitrag dazu geleistet hatte, dass ich ein langes, glückliches Leben mit Lend führen konnte.

»Hey.« Arianna steckte den Kopf durch die Tür, als ich gerade mit dem Haareföhnen fertig war. »Lust, nach der Schule was zu unternehmen?« Sie fragte in ihrem üblich gelangweilten Tonfall, aber ich glaubte, ein leichtes Zögern aus ihren Worten herauszuhören. Seitdem ich sie, wie sie glaubte, vor dem Kino hatte sitzen lassen, hatte sie mich mehr oder weniger wie Luft behandelt; es war, als hinge eine dunkle Wolke über unserer Wohnung.

»Klar! Um sieben muss ich arbeiten, aber bis dahin hab ich Zeit. An was hattest du denn gedacht?«

Ihre Schultern entspannten sich sichtlich. »Einkaufszentrum? Ich habe dem Bösen schon lange nicht mehr direkt ins Auge gesehen.«

»Und dafür musst du ins Einkaufszentrum?«

»Hast du nicht gesehen, was der Durchschnittsbürger heute so trägt? Den nächsten, den ich mit einer Hose sehe, die man per Reißverschluss zu Shorts verkürzen kann, muss ich leider umbringen. Und Uggs zu Strumpfhosen sind schlicht und einfach ein Verbrechen gegen die Menschheit. Niemand mit einem Herzschlag sollte freiwillig so was anziehen. Meins schlägt seit Jahren nicht mehr und selbst ich weiß das.«

»Aber was ist mit rosa Uggs? Das muss doch –« Auf dem Nachttischchen piepte mein Kommunikator und mein Magen sackte eine Etage tiefer. Piep. Ich hatte vergessen, dass Jack mich heute Nachmittag zu einer schnellen Vampirmission abholen wollte. »Oh – ich – mir fällt gerade wieder ein, dass ich äh … lernen muss. Nach der Schule. Mit Carlee. Für einen Test.«

Ariannas Augen verengten sich zu Schlitzen und ihre Schultern zogen sich wieder zu dieser seltsamen Schutzhaltung zusammen. »Okay. Macht nichts.«

»Aber nach der Arbeit können wir doch –«

Sie winkte ab und drehte sich um. »Schon gut. Kein Problem.«

Na super. Jetzt ließ ich meine Vampirfreundin hängen, um einen Vampir einsacken zu gehen. Arianna und Lend wären ganz sicher begeistert, wenn sie davon Wind bekämen. Trotzdem, ich machte ja nichts, worüber die Organisation seines Dads sauer sein musste. Ich verfolgte keine Werwölfe und »kastrierte« nur gewalttätige Vampire. Was auch immer David und seine Leute sich vormachten, Arianna war alles andere als typisch.

Seufzend ging ich die Treppe runter zum Bus. Irgendwie würde ich das schon noch hinbekommen – alles ins Gleichgewicht bringen –, Schule, Lend, Zeit für Arianna und meinen Nebenjob bei der IBKP. Außerdem, was war eine Collegebewerbung ohne ein paar außerschulische Aktivitäten? Der Trip nach Schweden nächste Woche, um eine Trollkolonie aufzuspüren und die Menschen zu retten, die sie dort gefangen hielten, sah in meinem Lebenslauf bestimmt ziemlich eindrucksvoll aus.

Hmm, vielleicht sollte ich doch lieber dem Schachklub beitreten.

Nachdem der lange Tag endlich vorbei war, war mir sogar die Erniedrigung, in den alten gelben Schulbus mit den zerschlissenen Sitzen steigen zu müssen, egal. Ich war die einzige Schülerin der Abschlussklasse ohne eigenes Auto, aber von den anderen konnte immerhin keiner von sich behaupten, dass er nach dem Unterricht auf internationale Missionen zur Rettung der Menschheit ging. Arme Würstchen. Außerdem, wenn ich mir meinen Lohn bei der IBKP ausrechnete und acht Jahre Ratenzahlung ansetzte (eine Idee von Raquel, gesegnet sei sie), dann könnte ich mir meine Collegeausbildung leisten *und* mir am Ende des Schuljahres ein Auto zulegen.

»Arianna?«, rief ich und ließ kurz hinter der Tür meinen Rucksack fallen. Ich hatte gehofft, sie würde zu Hause sein, damit wir uns unterhalten konnten, aber sie war nirgends zu sehen. Dann würde ich sie abends eben einfach zwingen, mit mir shoppen zu gehen, und ihr was Hübsches kaufen. Oder auch was Deprimierendes, Schwarzes. Das würde ihr besser gefallen. Dann wäre bestimmt alles wieder gut.

Mit diesem Plan in der Hinterhand ging es mir gleich besser, so viel besser, dass ich Jack, als ich ihn in meinem Zimmer dabei erwischte, wie er auf dem Bett saß und in meinem rosa Tagebuch blätterte, nicht anschrie.

Zumindest nicht so laut.

Als ich damit fertig war, mit besagtem Tagebuch auf ihn einzuprügeln, packte ich meine Schulsachen weg und zog mir eine wärmere Jacke an. »So.« Ich zog den Reißverschluss hoch und wünschte, ich hätte eine niedliche Puschelmütze dazu. »Dieser Vampir. Du weißt ja wohl, wo wir hinmüssen?«

Er sprang vom Bett (im wahrsten Sinne des Wortes, er hüpfte so hoch, dass er sich beinahe den Kopf an der Decke stieß) und nickte. »Klar.« Seine dunkelblaue Strickmütze ließ seine Augen unglaublich blau und strahlend aussehen, und seine blonden Locken lugten darunter hervor. Ein bisschen konnte ich schon nachvollziehen, was Carlee an ihm fand. Schade nur, dass er vollkommen irre war, sonst hätten sie echt ein süßes Paar abgegeben. Ich konnte mir die Doppeldates schon vorstellen …

Nein, konnte ich doch nicht.

Ich wartete ab, bis er eine Pforte an meiner Wand erscheinen ließ, dann griff ich nach seiner Hand. Er trat hindurch und ich folgte ihm – doch ich war kaum auf der Schwelle zwischen meinem Zimmer und den Feenpfaden angekommen, als sich ein schreckliches, brennendes Gewicht in meine Brust zu rammen schien und mich zu Boden warf.

Keuchend und benommen starrte ich an die Decke. »Was war das?«

Jacks Gesicht schob sich in mein Blickfeld. Stirnrunzelnd sah er auf mich hinunter. »Was hast du gemacht?«

»Gar nichts! Das ist mir noch nie passiert!«

Er riss den Reißverschluss meiner Jacke auf, und bevor ich mich wehren konnte, griff er mir ins Oberteil.

»Finger weg, du Perverser!«

»Aha!« Er zog die Kette unter meinem Pulli hervor. »Eisen.«

Ich schlug seine Hände weg und grapschte nach dem Anhänger. »Na und?«

»Na *und*? Wie lange hast du bitte mit Feen gearbeitet? Himmel und Hölle, du hast echt keine Ahnung, was? Der Grund, warum Feen kein Eisen mögen, ist, dass es sie zu stark an unsere Welt bindet. Die Pfade sind kein Teil dieser Welt – darum kann man dorthin kein Eisen mitnehmen. Das lässt das Feenreich nicht zu.«

Ich runzelte die Stirn. »Dir ist schon klar, dass das keinen Sinn ergibt, oder?«

»Ach, im Gegensatz zu der Möglichkeit, eine Pforte in der Wand zu öffnen und dich innerhalb von Minuten in eine andere Hemisphäre zu bringen? Seltsam aber auch. Wo doch im Feenreich immer alles so logisch ist.«

Ich konnte das Lächeln nicht mehr unterdrücken und er verdrehte die Augen.

»Jetzt leg das Ding schon ab, damit wir loskönnen. Mir ist langweilig.«

Zögernd griff ich in meinen Nacken, um den Verschluss zu öffnen. Es kam mir wie ein kleiner Verrat vor, die Kette abzunehmen, die Lend mir geschenkt hatte, um etwas zu tun, von dem ich wusste, dass er es nicht gutheißen würde. Dabei war es doch etwas Gutes, was ich hier tat. Es gab Menschen, die mich brauchten. Und außerdem würde ich die Kette sofort wieder umlegen, sobald ich nach Hause kam.

Ich stand auf und verstaute sie in meiner Sockenschublade,

wo ich noch ein letztes Mal mit dem Finger über das Herz strich und mich dann wieder zu Jack umwandte.

»Hast du noch irgendwo anders Eisen an dir?«, fragte er ungeduldig.

»Nur mein Zungenpiercing.«

In seinem Blick lag eine Mischung aus Neugier und Entsetzen.

»War nur ein Witz, du Trottel. Los jetzt.«

Er öffnete die Pforte und nahm meine Hand, als wir hindurchgingen. Ich versuchte, nicht weiter auf die erdrückende Dunkelheit zu achten. »Und wieso kann ich dann Tasey mit auf die Pfade nehmen?«

Jack zuckte mit den Schultern. »Alle technischen Geräte der IBKP wurden so konzipiert, dass sie feenmagiefreundlich sind.«

»Woher weißt du das alles?«

»Ich bin eben einfach schlauer als du.«

Ich kniff ihm in die Hand, so fest es ging, und beschloss dann, das Thema zu wechseln. Irgendwie ärgerte es mich, dass Jack mehr über diese Sachen wusste als ich – hätte nicht eigentlich *ich* die Expertin sein müssen?

»Wo treibt sich dieser Vampir noch gleich rum?« Es überraschte mich ein bisschen, dass Raquel mich für einen so einfachen Job holen ließ. Personal schien tatsächlich Mangelware zu sein. Sicher, ich war ungefähr tausendmal effizienter als andere, weil ich nicht mit Spiegeln und Weihwasser rumhantieren musste, aber eigentlich konnte so ziemlich jeder, der wusste, wonach er suchen musste, losziehen und dann hieß es bald »Aus die Fledermaus«.

Jaja, die eigenen Witze sind doch immer noch die besten.

Ein verschlagenes Lächeln machte sich auf Jacks Gesicht breit. »Vampir? Wer hat denn was von einem Vampir gesagt?«

»Äh, du? Ich dachte, Raquel wollte, dass ich einen Vampir einsacke.«

»Wer hat denn was von Raquel gesagt?«

»Was redest du da eigentlich? Wo gehen wir hin?«

»Ich dachte mir, wir beide haben uns mal ein bisschen Spaß verdient.« Jack blieb stehen und sein Grinsen wurde noch breiter, als er eine Pforte öffnete. Nervöser, als ich es jemals zugegeben hätte, sah ich zu und wartete darauf, was dieser Verrückte wohl als Spaß bezeichnete.

# Jungfrauenträume

Ungläubig schüttelte ich den Kopf über das Wesen, das mir mitten auf einer sonnenbeschienenen Blumenwiese gegenüberstand und mich mit traurigen braunen Augen ansah. Der kostbarste Besitz meiner Kindheit (und als Heim- und Pflegekind hatte es den nicht gerade im Überfluss gegeben) war eins dieser Poster zum Selberausmalen gewesen: ein Einhorn, das sich vor einem Wasserfall mit Regenbogen aufbäumte. Ich hatte ihm eine bunte Mähne verpasst, aber sein Fell makellos weiß gelassen, wie sich das für Einhörner nun mal so gehörte. Vermutlich öfter, als gesund für mich gewesen war, hatte ich mich davongeträumt in diese Fantasie, in der das Einhorn mir gehörte, und war auf ihm zu unserem Haus hinter dem Regenbogen geritten, wir beide, glücklich und stark und nie mehr allein. Das Einhorn war für mich der Inbegriff von Kraft und Magie und Schönheit gewesen.

Davon schien dieses Einhorn hier jedoch nichts mitgekriegt zu haben. Es war hässlich. Potthässlich. Sein Fell hatte eine trostlose graubraune Farbe, sein Horn war ein mickriger Stummel und seine Mähne ein verfilztes Gezottel.

Es sah eher aus wie eine Ziege als alles andere, mit seinem schmuddeligen Kinnbärtchen und den viereckigen Pupillen.

Und dann dieser Gestank. Dagegen konnte jedes Stinktier einpacken.

Das verdammte Vieh hörte nicht auf, mich mit der Schnauze anzustupsen, auch wenn ich mein Bestes tat, um ihm auszuweichen. So viel übrigens auch zu diesen Märchenbildern von Rittern auf Einhornhengsten. Dieses hier hätte noch nicht mal ein Kind tragen können, geschweige denn einen ausgewachsenen Mann in Ritterrüstung. Es ging mir gerade mal bis zur Brust, was seinem Schnauzengestupse eine weitere, äußerst unangenehme Dimension verlieh.

Jack hing kopfüber von einem Ast an einem der umliegenden Bäume. Ich hatte keine Ahnung, wo wir waren, aber es war warm genug, dass ich mich unwohl in meiner Jacke fühlte und die Sonne, die durch die Blätter fiel, einen grüngoldenen Dunst in der Luft erzeugte. Ehrlich, die Wiese an sich war geradezu zauberhaft schön, wenn dieses verpiepte Einhorn nicht die ganze Idylle ruiniert hätte.

Jack lachte über meine Bemühungen, mich den Annäherungsversuchen dieses mythologischen Biests zu entziehen. »Sieht aus, als wärst du noch Jungfrau.«

»Klappe! Als ginge dich das was an!«

Er zuckte mit den Schultern, auch wenn die Geste kopfüber nicht ganz so gut wirkte. »Einhörner lieben Jungfrauen. Hast du dich denn gar nicht informiert?«

»Du dich etwa?«

Er machte einen Salto von seinem Ast herunter und erschreckte das Einhorn damit so sehr, dass es davongaloppierte. Gott sei Dank. »Du kennst doch bestimmt noch die eisernen Aktenschränke in der Zentrale – die sind gar kein so großes Problem, wenn man eine Pforte in jeder beliebigen Wand öffnen kann und keine Fee ist.«

»Aha, du liest also geheime Akten?«

»Unter anderem. Irgendwer sollte Raquel wirklich mal sagen, dass sie mit der Zeit gehen muss. Papier ist ja so was von mittelalterlich. So.« In einer übertrieben gentlemanhaften Geste bot er mir seinen Ellbogen an. »Wir wär's, wenn wir jetzt gehen und uns endlich mal richtig amüsieren?«

»Ach, hat es dir etwa noch nicht gereicht, meinen einzigen noch intakten Kindheitstraum zu zerstören?« Feen hatten keine Flügel und waren ziemlich miese Typen, Kobolde waren schmutzig und wild und obendrein meistens bissig und Meerjungfrauen hatten weder wunderschönes Haar noch Muschel-BHs. Und jetzt auch noch die Einhörner. Manchmal war die Realität echt zum Piepen.

»Du kannst natürlich auch dem Einhorn hinterherrennen, wenn dir das lieber ist. Mach einen kleinen Ausritt.«

Ich erschauderte bei dem Gedanken und setzte mich hin, den Rücken an den Baumstamm gelehnt. Dann zog ich den Reißverschluss meiner Jacke auf. »Nein danke. Aber lass uns doch ein bisschen hierbleiben. Es ist so schön warm.«

Jack ließ sich neben mich plumpsen und legte sich flach auf den Rücken, die Hände unter dem Kopf verschränkt. »'nen warmen Ort kann ich immer finden.«

»Muss schön sein.«

Er lachte. »Ist ganz praktisch.«

»Wo genau sind wir eigentlich?«

»In einer Art übernatürlichem Reservat für paranormale Wildtiere, die kurz vor dem Aussterben stehen. Die Einhörner sind die verbreitetsten von allen. Und diejenigen, die am stärksten müffeln.«

»Das kannst du laut sagen. Und, was kennst du sonst noch so für Geheimnisse?«

»Wenn ich dir die erzählen würde, wäre der ganze Spaß ja verdorben. Ich überrasche die Leute lieber.« Trotz seiner unschuldigen Miene machte mich irgendwas an seinem Gesichtsausdruck nervös. Ich war schließlich selbst bis zum Platzen voll mit Geheimnissen und genau dasselbe erkannte ich jetzt auch bei Jack.

»Bitte sag mir nicht, dass wir bei unserem nächsten Ausflug dem Yeti 'nen Besuch abstatten.«

»Nee, laut Raquels Schreibkram gibt's den schon seit der Jahrhundertwende nicht mehr.«

»Seit welcher?«

Er runzelte die Stirn. »Gute Frage. Blöderweise kann ich sie nicht danach fragen, ich sollte ja eigentlich gar nichts davon wissen.«

Ich rutschte ein bisschen hin und her, bis ich eine bequeme Position für meinen Rücken gefunden hatte, dann schloss ich die Augen und versuchte, die Sonne in mich aufzusaugen. »Kommst du oft hierher?«

»Hin und wieder.«

»Wo bist du, wenn du dich nicht in der Zentrale rumtreibst?«

»Zu Hause.«

»Und wo ist das?«

Er seufzte. »Ist das nicht die Frage aller Fragen? Wo ist denn dein Zuhause?«

»Äh, in dem Zimmer, in das du anscheinend mit Vorliebe unbefugt eindringst.«

»Nein, denk noch mal genauer nach. Wenn ich ›Zuhause‹ sage, was kommt dir dann als Erstes in den Kopf?«

Ich zog die Stirn kraus, während hinter meinen geschlossenen Lidern die Bilder vorbeiflitzten. Früher war es mal die Zentrale gewesen, aber mein letzter Besuch dort hatte alle heimatlichen Gefühle, die einst damit verknüpft gewesen waren, völlig ausgelöscht. Und mein rosa Kabuff war mehr so was wie ein Platzhalter – ein Ort, an dem ich wohnte, bevor ich an einen anderen aufbrach. Lends Haus war *ein* Zuhause. Aber nicht meines. »Ganz ehrlich, ich weiß es nicht. So richtig eigentlich nirgends.«

»Tja, dann haben wir zwei wohl noch was gemeinsam, außer der tollsten Haarfarbe der Welt natürlich. Wir sind beide von niemandem aufgezogen worden und nirgendwo zu Hause.«

Mit einem unbehaglichen Gefühl öffnete ich die Augen. Irgendwie hatte er ja recht, aber ich konnte auch nicht behaupten, dass mir das sonderlich gefiel. Ich hatte schließlich Verbindungen zu Menschen, zu Orten. Oder etwa nicht? Selbst Jack hatte etwas an sich, das mich mit ihm verknüpfte, auf einer Ebene, die ich noch nicht recht verstand. Manchmal, wenn er sich nicht gerade wie ein Idiot benahm, dann war da so eine … Verzweiflung. Als suchte er nach etwas, wüsste aber noch nicht ganz, was es war. Und das war ein

Gefühl, das ich nur zu gut kannte. Vivian würde es auch verstehen. Aber Lend niemals. Doch wenn ich mit Lend zusammen war, verblasste dieses Gefühl ein wenig, als wäre die unbekannte Frage nicht mehr so wichtig, wie sie mal gewesen war, und als würde sie sich eines Tages vielleicht überhaupt nicht mehr stellen.

Von meinen *tatsächlichen* Fragen hingegen hatte Jack noch keine einzige beantwortet. »Aber was hast du denn gemacht, bevor du angefangen hast, für die IBKP zu arbeiten?«

»Überlebt.«

Ich riss eine Handvoll Grashalme aus und warf sie nach ihm. »Wie wär's mal mit einer richtigen Antwort?«

Er lächelte. »Ich bin aus Oregon oder zumindest meine ich, mich daran zu erinnern. Aber leider, leider ist es nicht von Vorteil, ein wunderhübsches Kleinkind zu sein, wenn in der Stadt gerade Feen auf der Pirsch sind. Jetzt lebe ich in dieser dunklen Traumlandschaft, wo Schönheit und Schrecken auf ewig miteinander verwoben sind und blablabla …«

Verwirrt blinzelte ich ihn an.

»Na ja, auch im Feenreich brauchen sie Unterhaltung und Sklaven.«

»Warte mal – du – du *lebst* im Feenreich?«

»Im Moment.«

Das war doch nicht möglich. Feen hatten zwar die fiese Angewohnheit, Sterbliche zu kidnappen und in ihr Reich zu verschleppen. Aber das war eine Einbahnstraße. Sobald man einmal dort war und Feenspeisen gekostet hatte, konnte man nie wieder zurück. Selbst wenn man irgendwie eine Fee auftrieb, die bereit war, einen zurück zur Erde zu bringen, schmeckte einem menschliches Essen nicht mehr und man verhungerte einfach. Aha – so viel also zu der Sache mit dem Apfel, den Jack bei Lend zu Hause wieder ausgespuckt hatte.

»Dann haben die Feen dich also aufgezogen?«

Er stieß ein kurzes, bellendes Lachen aus. »So würde ich es nicht gerade nennen, nein.«

Vivian war von Feen aufgezogen worden, aber soweit ich wusste, hatten sie sie niemals mit in ihr Reich genommen. Manchmal erzählte sie mir davon, wie die Feen sie mitgeschleppt hatten, wo immer sie gerade hinwollten, ganz egal, wie es ihr dabei ging. Einmal war sie fast erfroren, weil sie beschlossen hatten, einen Ball auf einem Gletscher zu veranstalten. Feen – die Kindermädchen, denen Sie vertrauen können.

Ich war nur zweimal im Feenreich gewesen, beide Male, weil Reth mich dazu gezwungen hatte, und alles war mir dort so seltsam und fremd vorgekommen, dass ich mir gar nicht vorstellen konnte, wie es sein musste, dort aufzuwachsen. Ich bekam einfach nicht in den Kopf, wie Jack zwischen beiden Welten hin- und herreisen und überhaupt im Feenreich hatte überleben können. War er für die Feen so was wie ein Bediensteter? Vielleicht arbeitete er ja auch für sie, so wie ich für die IBKP, und sie hatten ihm selbst beigebracht, wie er die Pfade benutzen konnte.

Je mehr ich über Jack herausfand, desto rätselhafter erschien er mir. »Aber wie kann das sein? Ich meine, entschuldige, aber es werden reihenweise Leute ins Feenreich entführt und ich hab noch nie gehört, dass irgendwer von denen zurückgekommen ist. Wie hast du das gemacht? Haben sie es dir beigebracht?«

»Na ja, wenn man dort lebt, dann verändert man sich irgendwie. Und außerdem, wenn du immer wieder allein irgendwo zurückgelassen wirst, wo du nicht wegkannst, es sei denn, eine Fee kommt dich holen – und glaub mir, das kann wirklich lange dauern –, dann würdest du wahrscheinlich mit der Zeit auch ziemlich erfinderisch werden, oder nicht? Es ist schon erstaunlich, wie viel man sich selbst beibringen kann, wenn es darum geht, nicht verhungern zu müssen. Feen sind nicht ganz so mystische Wesen, wie sie einen glauben machen wollen. Irgendwann zeig ich dir mal ein paar von ihren Tricks.«

Ich lehnte den Kopf zurück an den Baumstamm. »Danke, ich verzichte. Für dieses Leben hab ich die Nase voll von Feen. Und für die nächsten paar auch.«

Jacks Magen knurrte laut. »Ich brauche was zu essen.«

»Ich hab heute Abend Schicht im Diner. Wenn du willst, kann ich 'ne Gratismahlzeit für dich rausleiern.« Die Worte waren aus meinem Mund, bevor mir klar wurde, was das bedeutete, nämlich dass ich Jack – den ich von meinem geheimen Job her kannte – zu meinem richtigen Job mitbringen würde. Keine gute Idee. Außerdem war ich mir auch gar nicht sicher, ob ich überhaupt so viel mit ihm zu tun haben wollte. Okay, da war diese Verbindung zwischen uns, aber die machte mich eher nervös als alles andere. In Jack sah ich so viele der Eigenschaften, die ich an mir selbst nicht leiden konnte – den Hang zum Lügen, das ständige Ausweichen, den Egoismus. Er dagegen schien mit diesen Charakterzügen ziemlich gut leben zu können.

»Klar«, sagte er, »damit ich dich von oben bis unten mit diesem Fraß vollkotze. Ich wohne im Feenreich, schon vergessen?«

Ich verzog das Gesicht. »Oh, bin ich blöd. Sorry.«

»Ich geh mir schnell was holen. Willst du mit?«

»Nicht ein Millionstel von mir hat auch nur im Geringsten das Bedürfnis, je wieder einen Fuß ins Feenreich zu setzen.«

»Wie langweilig. Gut, dann bin ich gleich wieder da.« Er sprang auf und war verschwunden, bevor ich die Gelegenheit hatte, ihm zu sagen, dass er mich vorher erst beim Diner absetzen sollte. Misstrauisch ließ ich den Blick über die Wiese schweifen, in der Hoffnung, dass das Einhorn bis dahin brav seine Hufe von mir lassen würde. Einigermaßen sicher, dass meine Jungfräulichkeit nicht in Gefahr war, schloss ich wieder die Augen. Vielleicht war Jack ja doch gar nicht so übel. Von meinen komischen Gefühlen mal abgesehen, war der Nachmittag wirklich ziemlich lustig gewesen. Lustig schien ihm zu liegen. Das gefiel mir.

Ich hatte Zeit für ein ausgiebiges Nickerchen, bevor Jack zurückkam. »Und, was machen wir jetzt?«, rief er, geradezu strotzend vor frischer Energie, nachdem er sich den Bauch vollgeschlagen hatte.

»Jetzt«, erwiderte ich und rieb mir den steifen Nacken, den ich mir in meiner Schlafposition geholt hatte, »bringen wir mich schön zurück, damit ich rechtzeitig zur Arbeit im Diner bin.«

»Wen interessiert denn das blöde Diner? Teller durch die

Gegend tragen und die Kunden anzicken kann ja wohl auch jemand anders. Wie wär's, wenn wir uns auf die Suche nach ein paar Drachen machen? Oder vom Empire State Building runterspucken? Oder, ooohh, irgendwo ist bestimmt eine Filmpremiere, in die wir uns reinschmuggeln können.«

»Schluss jetzt, ich muss arbeiten.«

»Wieso?«

Ich zuckte mit den Schultern und streckte ihm die Hand hin. »Das gehört halt zu meinem Leben.«

»Und ich frage nochmals: wieso?«

Weil ich niemandem sagen konnte, dass ich jetzt eine andere Einnahmequelle hatte und den Job nicht mehr brauchte. Weil ich den Anschein aufrechterhalten musste, dass die IBKP nicht wieder Teil meines Lebens war. Weil ich das Gefühl hatte, dass ich es David schuldig war, dafür, dass er mich bei sich aufgenommen hatte. »Weil es eben so ist. Basta.«

»Gib's zu. Du findest es bloß toll, diese schicke kleine Uniform zu tragen.«

Lachend boxte ich ihm gegen die Schulter. »Klar doch, nichts ist schärfer als Kühe. Aber Moment mal, wann hast du mich denn in meiner Uniform gesehen?«

Die freie Hand erhoben, konzentrierte er sich darauf, eine Pforte in einem breiten Baumstamm zu öffnen. Er war wirklich gut darin, Fragen auszuweichen. Die Öffnung erschien und wir quetschten uns hindurch. Jack brauchte immer eine Oberfläche, um darauf eine Pforte zu öffnen, bei Reth aber hatte ich auch schon gesehen, wie er welche mitten in der Luft erschuf. Wahrscheinlich war das noch schwieriger, überlegte ich.

»Los, mach hin, Evie. Wenn du pünktlich bei der Arbeit auftauchen willst, *muuuuuuuuhhsst* du dich echt ein bisschen beeilen.«

Ich stöhnte auf und lachte. »Das ist das mieseste Wortspiel, das ich je gehört habe.« Ich lachte noch immer, als Jack eine Pforte öffnete und wir mein Zimmer betraten – und beinahe mit Lend zusammenstießen, der mit einem Blick die Feenpforte, Jack und unsere ineinander verschränkten Hände erfasste.

Piep.

# Voll erwischt

Mit offenem Mund starrte ich Lend an. Was sollte ich auch schon sagen? Wie sollte ich mich aus dieser Situation herausreden?

»Hey ho! Zum Glück sind heute keine Bratpfannen in Sicht!« Jack grinste, dann sah er von Lend zu mir und wieder zurück, schob die Hände in die Taschen und ging langsam rückwärts durch die Pforte. »Äh, ja dann viel Glück noch«, sagte er, während sie sich schloss.

Ich erwartete schon mehr oder weniger, dass Lend mich anschreien würde, was er noch nie zuvor getan hatte. Aber er stand einfach nur da. Wut und Verletztheit vermischten sich auf seinem Gesicht und es brachte mich fast um.

»Hör mal, Lend, ich kann das erklären. Wir –«

»Wie lange?«

»Was?«

»Wie lange arbeitest du schon für die IBKP?«

»Ehrlich, ich hab nicht viel gemacht! Nur eine einzige Sache mit einem Poltergeist in der Zentrale. Und jetzt gerade hab ich gar nicht gearbeitet!«

»Ach, dann habt ihr zwei euch einfach nur so verabredet, oder wie?«

»Ich – nein – ich dachte – Jack hat behauptet, es gäbe einen Auftrag, aber dann war es gar nicht so.« Lend konnte doch unmöglich auf Jack eifersüchtig sein. Klar hatte das jetzt vielleicht ein bisschen seltsam gewirkt, aber er musste doch wissen, dass es für mich niemand anderen gab. Jack war lustig, ganz süß sogar, aber in mir war rein gar nichts, was sich von diesem kleinen Irren angezogen fühlte.

Lend schüttelte den Kopf und sah zur Decke. Den Blickkontakt mit mir vermied er. »In den zwei Tagen, als ich dich nicht erreichen konnte, hattest du dein Handy gar nicht verloren, oder?«

»Nein«, flüsterte ich.

»Wo warst du?«

»Nachdem ich den Poltergeist losgeworden war, hab ich in der Zentrale festgesessen – keine große Sache.«

Er sah zur Tür hinaus. »Und ich dachte, ich überrasche dich und setze mich ins Diner, während du arbeitest. Ich muss – ich gehe jetzt.«

»Lend, warte!« Ich hielt ihn am Arm fest. »Hör mir zu! Ich habe Raquel vermisst und sie hat meine Hilfe gebraucht und ich tue auch nichts, was gefährlich wäre oder Paranormalen schadet. Außerdem bezahlen sie mich, was bedeutet, dass ich jetzt genug Geld fürs College habe, also muss dein Dad nicht versuchen, mir zu helfen. Es ist wirklich keine so große Sache!«

»Und ob es das ist! Du hast mich angelogen. Die ganze Zeit. Wie kann das keine große Sache sein?«

Ich spürte, wie mir die Tränen in die Augen stiegen, und kämpfte dagegen an. »Ich wollte nicht, dass du sauer bist.«

Er stieß ein ersticktes Lachen aus, hob an, etwas zu sagen, schüttelte aber dann den Kopf und verließ das Zimmer. Verzweifelt lief ich ihm hinterher und folgte ihm die Treppe hinunter.

»Können wir denn nicht darüber reden?«

An der Tür zur Küche des Diners blieb er stehen und holte tief Luft. »Ja. Aber nicht jetzt. Ich bin *immer* ehrlich zu dir gewesen und es macht mich fertig, dass du mir nicht genug vertraust, um dasselbe zu tun. Auch wenn du denkst, dass es mir was ausmachen könnte. *Besonders* dann, wenn du denkst, dass es mir was ausmachen könnte.«

»Lend, ich –«

Er schüttelte den Kopf. »Im Moment bin ich zu wütend, um mit dir zu reden, und ich liebe dich zu sehr, um etwas zu sagen, was ich hinterher bereuen würde.«

»Okay«, gab ich mich mit zittriger Stimme geschlagen. Ich wollte ihn ja nicht bedrängen, aber ich musste einfach wissen, dass es zwischen uns wieder gut werden würde, dass wir diese Sache überstehen würden. Er zögerte, beugte sich dann aber vor und gab mir einen unsanften Kuss auf die Stirn.

»Ich rufe dich später an.« Er zog die Tür auf und sah sich noch einmal zu mir um. »Gibt es sonst noch etwas, was du mir nicht gesagt hast?«

»Nein!«

Er nickte und trat hinaus in die Küche. Und fluchte lauthals. Ich rannte hinterher.

Am Ofen neben Nona und Grnlllll stand Reth und füllte

die ganze Küche mit seiner Präsenz. Jetzt sah er zu uns auf und strahlte. »Wie schön, dich wiederzusehen, Evelyn.«

Den Finger auf Reth gerichtet, sah ich Lend an und rief mit einer Stimme, die mindestens eine Oktave höher war als sonst: »Ich wusste nicht, dass er hier ist!«

»Nona?«, fragte Lend angespannt, als wüsste er nicht, ob er sich auf Reth stürzen oder sich umdrehen und uns alle einfach hier stehen lassen sollte.

»Beruhige dich, mein Kind. Die Angelegenheiten der Fee brauchen dich nicht zu kümmern.«

»Er ist gefährlich.«

»Und schon so gut wie wieder weg.« Reth vollführte eine tiefe, ironische Verbeugung und zwinkerte meinem vor Wut kochenden Freund zu. »Es war mir wie immer ein Vergnügen.« Und damit verschwand er durch eine Pforte in der Wand. Als er fort war, schien die Küche vor Stille fast zu explodieren.

Lend wandte seinen finsteren Blick nun Nona zu. »Weiß mein Dad, dass du mit Feen zusammenarbeitest?«

Nona lächelte Lend zu und tätschelte ihm im Vorbeigehen die Schulter, als sie sich in Richtung Tür bewegte. »Mach dir mal keine Sorgen, sie wird hier immer in Sicherheit sein. Evie? Wir brauchen dich heute an der Kasse.«

»Ich – im Ernst jetzt? Nach alldem, *ihm*, hier erwartest du echt noch, dass ich arbeite?« Auf Nonas Gesicht lag noch immer dieses wahnwitzig gelassene Lächeln. Ich funkelte sie böse an; ich hatte ihr immer vertraut, aber sie jetzt mit Reth reden zu sehen, als machte sie das jeden Tag, das war … ach, ich wusste es auch nicht. Vielleicht war sie ja gerade dabei gewesen, ihm zu sagen, dass er gehen sollte. Und er war schließlich auch gegangen. Ich drehte mich zu Lend um. »Wartest du?«, bat ich. Ich wollte das hier um jeden Preis geradebiegen.

»Und du wusstest wirklich nicht, dass Reth hier war?«

»Nein! Machst du Witze? Ich kann Reth nicht ausstehen. Das weißt du doch.«

Müde rieb Lend sich die Augen. »Ich brauche ein bisschen Zeit, um das alles zu verarbeiten. Ich gehe jetzt. Wir sehen uns am Wochenende.«

Ich nickte nur und verkniff mir alles, was ich ihm sagen wollte. Er brauchte Zeit, das hatte er gesagt. Wir würden ein andermal miteinander reden. Es würde alles wieder gut werden.

Drei Stunden später stand ich mit schmerzenden Füßen da und warf Kari und Donna, zwei Selkies, die sich jede Menge Zeit mit ihren Wasserkresse-Sandwiches ließen, finstere Blicke zu. Kari und Donna hießen eigentlich anders und ich wusste auch nie, welche von beiden welche war, aber da ihre richtigen Namen aus Jaul-, Bell- und total abgefahrenen Kusslauten bestanden, war es einfacher für alle, sich mit ihren Spitznamen zu begnügen. Ihre riesigen, runden, wässrig braunen Augen bestanden fast nur aus Iris, es war so gut wie kein Weiß darin zu sehen. Das Eigentümliche an ihnen war, dass sie kein Cover aufsetzten, um menschlich auszusehen – sondern dafür einfach aus ihrer Seehundhaut schlüpften. Aber neben dem feinen Dunstschleier, der sie stets umgab (und den nur ich sehen konnte), hatten sie noch etwas anderes an sich, das nicht ganz stimmte. Zum Beispiel waren sie ziemlich ungeschickt mit den Fingern und mussten oft lachen, wenn sie versuchten, irgendwas aufzuheben, und am Ende meist doch die ganze Hand wie eine Flosse dazu benutzten. Ich schätzte mal, sie waren neu in der Gegend – David hatte noch nicht mal gewusst, dass sie hier waren, bis ich ihn auf sie hingewiesen hatte.

Normalerweise hatte ich nichts gegen die Selkies – sie waren freundlich und lustig und unglaublich eitel, was sich für mich auszahlte, weil sie mir immer neue Frisiertricks beibrachten –, aber heute Abend wünschte ich mir nichts mehr, als dass sie sich ein bisschen beeilten. Wieso hatten Paranormale bloß absolut kein Zeitgefühl?

Diesen Luxus konnte man sich wohl leisten, wenn man unsterblich war, nehme ich an.

Endlich hatten sie aufgegessen und ich machte den Laden dicht und schleppte mich nach oben, wo ich mich zu einer kleinen Kugel Elend zusammenrollte und mein Handy anstarrte, um Lend telepathisch dazu zu bringen, mir eine SMS zu schreiben.

Er schrieb nicht.

Ich lehnte den Kopf an das Fenster des Diners, sah zu, wie draußen die Autos vorbeifuhren, und wünschte mir, Lend wäre hier. Wir suchten uns immer jeder eine Zahl aus, zum Beispiel vier, und das vierte Auto, das vorbeikam, gehörte dann uns. Irgendwie landete ich immer bei den übelsten Schrottkarren, aber Lend bekam meistens total langweilige Familienkutschen, was die Sache dann fast wieder ausglich.

Aber Lend war nicht hier.

»Okay, wir besorgen also Geburtsurkunden für Stephanie und Carrie, Patrick braucht einen neuen Führerschein, weil er mittlerweile viel zu jung für sein Geburtsdatum aussieht, und bei dieser neuen Werwolffamilie müssen im Keller Käfige eingebaut werden.« David sah von seiner Liste auf.

Arianna, die neben mir auf der Bank saß, ließ sich ein Stück tiefer rutschen. »Ich kümmere mich um die offiziellen Dokumente. Im Meldeamt arbeitet so ein neuer Typ. Ein Blick in meine betörenden Augen und er tut komischerweise alles, was ich von ihm verlange …« Gelangweilt trommelte sie auf dem Salzstreuer herum, als wäre ihr Vampircharme eine ganz normale Fähigkeit unter vielen, die man in seine Bewerbung schreiben konnte. *Tippe dreihundert Anschläge pro Minute, bin sehr pflichtbewusst, kann andere dazu bringen, mir all meine Wünsche zu erfüllen.*

»Sehr schön. Evie, könntest du dich vielleicht mit einem Vampirpärchen treffen, das das Apartment nebenan zur Untermiete haben will? Nur kurz überprüfen, ob alles seine Richtigkeit hat. Dich können sie nicht beeinflussen, also merkst du wahrscheinlich direkt, wenn sie dir irgendwelche Lügen auftischen.«

»Klar.« Mürrisch stocherte ich in meinem Rührei herum. Normalerweise mochte ich die wöchentlichen Sitzungen mit David und Arianna. Seit Viv die Paranormalen nicht mehr in Angst und Schrecken versetzte, hatte sich alles ein wenig beruhigt, aber irgendwas gab es in ihrer kleinen Organisation immer, was erledigt werden musste. Heute allerdings kam es mir so sinnlos vor. Es war alles so sinnlos. Lend hatte noch immer nicht angerufen. Das Ganze war erst zwei

Tage her, aber die fühlten sich schon an wie ein ganzes Leben. So lange hatte zwischen uns noch nie Funkstille geherrscht.

Außerdem fragte ich mich, ob er seinem Dad wohl erzählt hatte, dass ich wieder bei der IBKP arbeitete. David hatte kein Wort gesagt und mir zur Begrüßung wie immer ein warmes Lächeln geschenkt und seinen Arm um meine Schulter gelegt. Und es ging ihn ja auch eigentlich gar nichts an. Er war zwar mein gesetzlicher Vormund, aber, wie Raquel schon gesagt hatte, sehr viel Gesetzliches war daran nicht. Trotzdem, er hatte mich bei sich aufgenommen, als Lend und ich aus der Zentrale ausgebrochen waren, und darauf vertraut, dass ich ihre Geheimnisse niemandem verriet, und er tat immer, was er konnte, um mir zu helfen. Es gefiel mir gar nicht, dass ich jetzt irgendwie das Gefühl hatte, auch ihn belogen zu haben.

Das alles gefiel mir gar nicht.

Wieder sah ich schmollend aus dem Fenster und richtete meine schlechte Laune auf die unschuldigen Fußgänger auf dem Bürgersteig. Eine Familie kam vorbei, Vater und Mutter hielten ein kleines Mädchen zwischen sich an den Händen. Aus irgendeinem Grund brachte mich dieser Anblick fast zum Weinen.

Eine laute Autohupe ertönte und lenkte meine Aufmerksamkeit weg von der Familie und hin zu einer Frau, die vollkommen gelassen mitten auf der Straße entlangspazierte, als gehörte sie ihr allein. Sie trug ein wallendes violettes Kleid, hatte glänzendes braunes Haar und –

Mit einem Wimmern duckte ich mich unter den Tisch.

»Was zum –? Evie?«, fragte David.

»Eine Fee!«, zischte ich. »Da draußen!«

Arianna beugte sich zum Fenster vor. »Wo?«

»Die Frau in Lila! Nicht gucken! Ich meine, du wirst es nicht sehen können – sie trägt ihr Cover! Aber lenk nicht ihre Aufmerksamkeit auf uns!«

Nach einer angespannten Minute, die mir mehr wie eine Stunde vorkam, stupste mich Arianna mit der Fußspitze an. Na ja, eigentlich war es schon eher ein Tritt. »Sie ist weg. Kannst wieder raufkommen.«

Zögernd lugte ich über die Tischplatte und spähte die Straße rauf und runter, um sicherzugehen, dass die Fee auch wirklich weg war, dann setzte ich mich wieder hin. Mein Herz raste.

»Kanntest du sie?«, fragte David stirnrunzelnd.

»Nein! Die hab ich noch nie im Leben gesehen.«

»Ich frage mich, was sie hier macht.«

Reths Warnung, dass ich nicht in Sicherheit sei, flackerte durch meinen Kopf. »Nach mir suchen?«

»Glaub ich nicht«, schaltete sich Arianna ein, die mit dem Finger Muster in eine dünne Schicht Ketchup zeichnete, den sie auf den Tisch gekippt hatte. »Sie sah nicht so aus, als würde sie nach irgendwas suchen. Ist eigentlich ganz ruhig die Straße runtergeschlendert und hat sich noch nicht mal umgesehen.«

»Das kann aber doch kein Zufall sein. Wie viele Feen treiben sich denn hier rum?«

David zuckte mit den Schultern. »Ehrlich gesagt, ich habe keine Ahnung. Nach dem, was Arianna und ich wissen, könnte sie schon immer hier gewesen sein. Für mich sah sie aus wie eine ganz normale Frau.«

»Nur hübscher«, fügte Arianna hinzu. »Sollen wir dir jetzt jedes Mal Bescheid sagen, wenn wir irgendwo 'ne heiße Braut sehen, oder was?«

Ich sah sie finster an. »Ja genau, das bringt's, herzlichen Dank.«

»Trotzdem, du hast recht. Das ist ziemlich ungewöhnlich.« David legte nachdenklich die Stirn in Falten. »Ich frag mal Nona, ob sie was weiß.«

»Ha, die ist bestimmt 'ne Riesenhilfe.«

»Wieso?«

Ich zuckte mit den Schultern. »In letzter Zeit waren eine ganze Menge komische Paranormale hier. Und letztens haben Lend und ich sie in der Küche dabei überrascht, wie sie sich mit Reth unterhalten hat.«

»Tatsächlich? Das … ist *wirklich* eigenartig.« David kratzte sich die Bartstoppeln und stand auf. »Am besten rede ich gleich mal mit ihr. Das wollte ich sowieso schon lange tun. Ich habe Cresseda noch immer nicht hervorlocken können und Raquel hat ja irgendwas von vermissten Feuer- und Erdgeistern erzählt.« Gedankenverloren starrte er auf einen Punkt an der Wand, schüttelte dann den Kopf und lächelte mir beruhigend zu. »Ich will, dass du dich hier immer sicher fühlst, Evie, und du weißt, dass ich tue, was ich kann, um das zu gewährleisten.«

»Danke.«

Na großartig. Das war genau das, was ich brauchte – eine weitere Bestätigung, dass hier irgendwas faul war. Und noch weniger Ahnung, was es sein könnte. Ich stand auf und wollte gerade hoch in unsere Wohnung, als ich Grnlllll an der Kasse stehen und mich mit ihren schwarzen Augen anstarren sah. Und dann tat sie etwas, was ich noch nie bei ihr gesehen hatte, und es jagte mir einen Schauder über den Rücken.

Sie lächelte.

Hier war *definitiv* was faul.

# Trübe Aussichten

»Ich bin nicht sicher, ob ich wirklich gehen sollte.«

Jack verdrehte die Augen und trat ganz in mein Zimmer, sodass die Pforte sich hinter ihm schloss. »Ist das jetzt wegen deines Eifersuchtsbolzens von Freund?«

Seit Montag hatte Lend mir ein paar SMS geschrieben, aber er würde erst morgen Abend wiederkommen. Wenn ich jetzt schon, am Donnerstagnachmittag, auf die nächste Mission ging, hatte ich das Gefühl, ihn schon wieder zu hintergehen. Andererseits wusste er ja nun, dass ich für die IBKP arbeitete. Und ich hatte ihm auch nicht versprochen, dass ich damit aufhören würde.

»Weiß nicht«, murmelte ich.

»Hör mal, wenn du nicht mitkommen willst, kein Problem. Ich bin mir sicher, diese Familien, die als Troll-Sklaven gefangen gehalten werden, haben vollstes Verständnis dafür, dass du stattdessen wegen deiner albernen Beziehungsprobleme den Trauerkloß spielen musst.«

Ich warf ihm einen wütenden Blick zu. »Na schön.« Schließlich hatte ich diesen Trollauftrag schon ganz am Anfang angenommen, als Raquel mich gebeten hatte zurückzukommen. Und jetzt hatten sie endlich die Stadt orten können, wo sie die Trolle vermuteten. Jack war schon am Tag zuvor mit einer Fee dort gewesen, um nach geeigneten Stellen zu suchen, wo er eine Pforte öffnen konnte. Es wäre nur eine kurze Stippvisite, rein und sofort wieder raus. Ich musste mit nichts und niemandem kämpfen, nur einen Troll erspähen, mir die Stelle merken und der IBKP Bericht erstatten. Ich half damit Menschen. Es war wichtig.

Mit griesgrämiger Miene und einem unguten Gefühl im Bauch stand ich auf und nahm Jacks Hand. Ich widerstand dem Drang, die Augen zu schließen, als wir die Pfade betraten. Wenn ich so tat, als hätte ich keine Angst, vielleicht würde ich sie dann tatsächlich überwinden. Jack zog mich ungewohnt eifrig mit sich.

»Deine Hand ist total schwitzig«, beklagte ich mich und wünschte, ich könnte meine kurz wiederhaben, um sie an meiner Hose abzuwischen. »Bist du nervös, oder was?«

Er stieß ein abgehacktes, hohes Lachen aus, antwortete jedoch nicht. Nach ein paar Minuten blieb er stehen und tastete mit angestrengt gerunzelter Stirn im Nichts herum.

»Na, verlaufen?«

Ein Grinsen breitete sich auf seinem konzentrierten Gesicht aus. »Nee. Wir sind da. Herzlich willkommen in Trollhättan, Schweden.« Eine Pforte öffnete sich vor uns und ich erhaschte einen Blick auf grüne Bäume und einen bewölkten Himmel. Ich ließ Jack los und trat hindurch.

Und fand mich in freiem Fall wieder.

Mein Schrei wurde abrupt erstickt, als ich in bitterkaltem,

dunklem Wasser landete. Es durchflutete alle meine Sinne, fand seinen Weg in Augen, Nase, Ohren, Mund. Alles war grau und grün und kalt.

Ich rang vergeblich nach Luft und versuchte, an die Oberfläche zu gelangen. Meine Jacke war vollkommen durchnässt und so schwer, dass ich mich darin kaum durch das stinkende Nass bewegen konnte. Panisch sah ich mich durch die trübe Brühe nach Jack um, aber er war nirgendwo in meiner Nähe eingetaucht oder vielleicht hatte ich das vor Schreck auch nur nicht mitbekommen. Außerdem hätte er direkt neben mir sein können und ich hätte ihn wahrscheinlich trotzdem nicht gesehen.

Meine Lungen brannten, aber ein Lichtschimmer über meinem Kopf wies mir den Weg. Noch ein paar Zentimeter, dann durchbrach ich die Wasseroberfläche und sog verzweifelt und dankbar die Luft ein. Ich war ungefähr fünf, sechs Meter vom schlammigen Ufer des von immergrünen Pflanzen umwucherten Flusses entfernt. Als ich den Kopf drehte, sah ich zu meinem Entsetzen, wie sich am schmalen, gemauerten Ende des Kanals eine Art Tor hob – und meinen Teil des Flusses mit einem Sturzbach überflutete, der mich herumwirbelte, bis ich vollkommen orientierungslos war, und schließlich wieder unter Wasser drückte.

Wild strampelnd versuchte ich, mich zu retten, aber ich wusste ja noch nicht mal, wo oben und unten war. Ich würde ertrinken – piep, ich würde ganz allein in Schweden ertrinken –, doch mit einem Mal packte eine Hand meinen Arm.

Jack! Wenn ich gekonnt hätte, hätte ich vor Erleichterung geweint. Ich drehte mich zu ihm um und fand mich stattdessen einem seltsam schönen Mann gegenüber. Er passte perfekt zwischen die Grau- und Grüntöne ringsum und seine Augen waren so groß, dass sie beinahe sein halbes Gesicht einnahmen. Augen voller Seele. Voller Hunger. Seine üppigen Lippen teilten sich zu einem Lächeln und ich lächelte zurück.

Seine Stimme wallte durch das Wasser auf mich zu, beinahe schmerzhaft lieblich und wunderschön. Ich schloss die Augen und gab mich der Melodie hin. Noch nie hatte ich eine so kraftvolle, so verlockende Musik gehört. Er zog mich an sich und presste seinen kalten Mund auf meinen und sein Lied hörte nicht auf, auch nicht, als er meine Lippen öffnete, mich küsste und meinen Atem tief einsog.

Langsam umeinanderwirbelnd, sanken wir tiefer, bis meine Füße auf dem weichen, träge aufstiebenden Schlick des Flussbetts landeten. Seine Lippen und sein Lied ließen das Brennen in meinen Lungen verblassen, bis ich es kaum noch spürte. Schläfrig und wonnig zufrieden öffnete ich die Augen und sah in seine, die mich anstarrten.

Mit aller Macht stieß ich ihn von mir weg, während ein Schrei aus meiner Kehle blubberte. Denn jetzt, als ich richtig hinsah, konnte ich erkennen, dass er sowohl ein schöner Mann als auch ein Pferd war – ein Pferd mit rasiermesserscharfem Blick, nadelspitzen Zähnen und einer Mähne wie Stacheldraht. Und jetzt peitschte die Mähne nach vorn und wickelte sich um meine Handgelenke, während er mich wieder an sich zog.

Die Melodie hatte sich verändert und war zu einem schaurigen Schlaflied voller Sehnsucht, Traurigkeit und Endgültigkeit geworden. Schlaf. Kalter, nasser, ewiger Schlaf. Entsetzt schüttelte ich den Kopf, aber der schöne Pferdemann lächelte abermals und zog mich erneut an seine Brust.

Tja, das war ein Fehler.

Mit aller Macht drückte ich ihm die Handfläche vor die Brust und zwischen uns floss plötzlich ein Strom, viel mächtiger, als der Fluss es je gewesen war. Jetzt waren es seine Augen, die sich vor Panik weiteten, als er mich losließ und zurückzuweichen versuchte. Doch ich hielt die Hand weiter auf seine Brust gedrückt und das Dröhnen in meinen Ohren erfüllte meinen Körper wie eine gewaltige Sintflut.

Eine Stromschnelle erfasste mich und trennte uns. Binnen Sekunden war er fort und ich war stinksauer. Ich schrie meinen Zorn ins Wasser hinaus. Er hatte versucht, mich umzubringen – jetzt war ja wohl ich an der Reihe! Was für ein Spielverderber.

Das Wasser machte mir gar nichts mehr aus. Seine Strömungen waren keine Kräfte mehr, die gegen mich wirkten, sondern lebendige Wesen, die ich erfassen und verstehen konnte. Ich ließ mich von ihnen aufwärtsziehen, bis mein Kopf die Wasseroberfläche erneut durchbrach. Fast widerwillig schöpfte ich Atem, es war, als wollte ein Teil von mir wieder nach unten sinken und herausfinden, welche Geheimnisse der Fluss mir zuflüstern würde.

Stattdessen gelangte ich, halb schwimmend, halb vom Wasser getragen, ans Ufer. Ich hievte mich an Land, ließ mich zu Boden fallen und starrte in den kalten grauen Himmel hinauf. Die Luft fühlte sich scharf an, fremd und leer; ihr fehlte die Zärtlichkeit des Wassers.

»Evie!« Jacks Stimme drang zu mir durch. Mit vor Besorgnis verzerrtem Gesicht kniete er sich neben mich. Diesen Ausdruck hatte ich an ihm noch nie gesehen. »Evie, ist alles in Ordnung? Ich wusste das nicht! Du bist zu früh rausmarschiert und dann musste ich eine Pforte im Ufer suchen und konnte dich nicht finden. Alles in Ordnung?«

Ich seufzte, während ich einen Blick auf meine durchweichte Jacke warf. Ich war ausgekühlt bis auf die Knochen. »Hervorragend. Hab 'nen neuen Freund gefunden.«

Er zog mich an der Hand hoch, zerrte den Reißverschluss meiner Jacke auf und riss sie mir vom Leib. »Das Oberteil auch, bitte.«

»Nein!«

»Das ist nur fair. Schließlich musste ich bei unserer ersten Begegnung auch für dich strippen, wenn ich mich recht entsinne. Außerdem wird es hier noch ein ganzes Stück kälter werden und Zeit für einen Kostümwechsel ist leider nicht eingeplant.«

Ich zitterte jetzt schon, also ließ ich meine Jacke zu Boden fallen und schälte mich aus meinem Oberteil. Mir war schon fast zu kalt, um verlegen zu sein, als ich mit meinem lila BH und dem kaum vorhandenen Dekolleté vor ihm stand. Jack hielt mir seine Jacke hin und ich schlüpfte schnell hinein, dankbar für die Körperwärme, die darin gespeichert war. Ich warf einen Blick in Richtung Wasser – da drin wäre es bestimmt wärmer, oder? Nur ein ganz kurzes Bad.

Hatte ich sie eigentlich noch alle?

Jack runzelte die Stirn. »Wegen deiner Hose können wir jetzt nichts machen – meine passt dir wahrscheinlich nicht, und selbst wenn, kann ich hier nicht unten ohne rumrennen, auch wenn das diesen Tag zum schönsten deines Lebens machen würde.«

»Schon gut.« Meine Zähne klapperten wie Kastagnetten und meine Nebenhöhlen fühlten sich an, als würde immer noch der halbe Fluss darin hin und her schwappen. »Wo sind wir hier?«

»Das ist der Göta älv. Der Fluss verfügt über ein Schleusensystem, mit dem der Wasserspiegel beeinflusst werden kann. Er ist eine sehr alte Handelsstraße und hat stark zur Industrialisierung Trollhättans beigetragen.«

»Lass mich raten: Raquel lässt dich auch unterrichten, was?«

»Nur, wenn sie mich mal erwischt. Soll ich dich zurückbringen? Wir können es auch morgen noch mal versuchen.«

Ich schüttelte den Kopf. Wenn ich auch nur einen einzigen Moment über all das nachdachte, wäre der Nervenzusammenbruch vorprogrammiert, so viel war sicher, aber ich wollte nicht morgen wiederkommen müssen. Und eigentlich auch nicht übermorgen oder überhaupt jemals wieder unter Jacks Führung. Außerdem würde ich morgen Lend sehen und alles wieder geradebiegen. Ich musste nur diesen einen Auftrag erledigen, dann konnte ich nach Hause zurück. Und in aller Ruhe zusammenbrechen.

»Es ist nicht weit bis zur Stadt«, sagte er. »Ich kann uns noch eine Pforte machen, wenn du willst.«

»Nein! Nein. Danke, aber ich laufe lieber.«

Schweigend kletterten wir eine Weile über graues Gestein und seinen immergrünen Bewuchs. Es war wunderschön.

Oder zumindest wäre es das gewesen, wenn ich nicht pitschnass und kurz vor dem Erfrieren gewesen wäre.

»Was meintest du eigentlich gerade mit diesem neuen Freund?«, fragte Jack schließlich.

Eine kalte Welle durchströmte plötzlich mein Herz und meine Adern, als hätte man mir Flusswasser injiziert. Vielleicht würde das ja das Kribbeln aus meinen Fingerspitzen vertreiben.

»Äh, na ja, weniger Freund als vielmehr jemand, der versucht hat, mich zu ertränken. Schon mal von einem gewissen Fossegrim gehört?«

Er schüttelte den Kopf.

»Oder Kelpie? Nöck? Nein? Sind alles Variationen derselben Art hübscher Paranormaler, die im Wasser rumhängen und einen Heidenspaß dran haben, Menschen zu ertränken.« Lish hatte mir von ihnen erzählt. Je nachdem, in welcher Gegend der Welt sie vorkamen, sahen sie ein wenig anders aus, von pferdeartigen Wesen bis zu drachenähnlichen Monstern war so ziemlich alles dabei. Der Schnuckeltypfassade und der Musik nach zu schließen, war ich wohl einem Fossegrim begegnet. Angeblich konnte man sie töten, indem man ihren Namen aussprach, aber woher sollte man den erstens wissen und zweitens konnte einem das Reden schon ein bisschen schwerfallen, wenn sich die Lungen gerade langsam mit Wasser füllten. Immerhin waren sie der Legende zufolge manchmal auch freundlich, gaben Musikunterricht und heirateten hin und wieder sogar Sterbliche.

Na ja, ich hatte nicht gerade den Eindruck gehabt, dass dieser hier mir einen Antrag machen wollte.

»Also werdet ihr zwei wohl doch keine besten Freunde.«

»Ach, wer weiß, bei einer Poolparty könnte er vielleicht ganz witzig sein. Natürlich nur, wenn man alle hasst, die man eingeladen hat.«

Schweigend wanderten wir eine Zeit lang weiter, beide mit hochgezogenen Schultern, um uns gegen die Abendkälte zu schützen, bis wir schließlich den Rand einer Stadt erreichten, die viel zu schön und malerisch war, als dass sie in Amerika hätte liegen können. Die Häuser bestanden aus Backstein und Holz und wirkten so klassisch, dass die Autos, die davor auf dem Kopfsteinpflaster parkten, geradezu lächerlich unpassend aussahen. Ich hätte mich nicht gewundert, wenn jeden Moment eine Pferdekutsche die Straße hinuntergerattert wäre, gefolgt von singenden und tanzenden Dorfbewohnern mit blonden Zöpfen. Oder vielleicht hatte ich auch bloß zu viele Musical-Filme gesehen.

»Der betroffene Stadtteil liegt ein paar Häuserblocks hier runter«, sagte Jack, nachdem er sich an den Straßenschildern orientiert hatte. Die Straßenlampen sprangen flackernd an und ich fügte im Geiste Trollhättan zu den Orten hinzu, die ich eines Tages gern zum Vergnügen besuchen würde. Ich sah schon vor mir, wie ich in traditioneller schwedischer Tracht und mit bunten Bändern im Haar Hand in Hand mit Lend durch die Gassen schlenderte.

Wie er wohl in Lederhosen aussah?

Oder wo trug man die noch mal? Wenn ich mich näher umsah, trug hier nämlich niemand Lederhosen. Was ja nicht bedeutete, dass Lend es nicht trotzdem könnte … Natürlich müsste er mir dafür erst mal verzeihen, dass ich ihn hintergangen hatte. Aber da wäre so eine kleine Reise nach Schweden doch genau das Richtige, um Versöhnung zu feiern, oder nicht? Ich verstaute diese Idee sorgsam für später in meinem Gedächtnis und fing an, mich umzusehen – mir die Leute, an denen wir auf dem Weg in das potenzielle Troll-Stadtviertel vorbeikamen, näher anzusehen. Ausnahmsweise fiel ich mal überhaupt nicht auf, nach Skandinavien passte ich rein äußerlich viel besser als in die meisten anderen Länder.

»Immer noch nichts?«, jammerte Jack, nachdem wir ungefähr eine halbe Stunde durch die Gegend gelaufen waren. Es war jetzt fast dunkel und wir zitterten beide vor Kälte. Jeder Zentimeter meiner Füße in den nassen Schuhen und ebenso nassen Socken war bereits von Blasen überzogen. Wenn ich nicht bald irgendwas entdeckte, war der ganze Trip umsonst gewesen. Der Gedanke, dass die armen Menschen, die von den Trollen gekidnappt und versklavt worden waren, bis nächste Woche warten mussten, bis sie endlich jemand rettete, gefiel mir gar nicht, aber heute Abend konnte ich nicht mehr viel für sie tun.

»Nö. Kein Einziger –«

Ein kleines Mädchen flitzte vor mir über die Straße. Ein niedliches Ding mit Stupsnase, roten Wangen, blondem Haar und … einem Schwänzchen, das unter seinem Rock hervorlugte.

# Touristenfreundlich

Ich grapschte nach Jacks Arm und deutete auf das Mädchen. Er warf ihm einen Blick zu und zuckte dann mit den Schultern. »Heißt das, wir sind hier fertig?«

»Komm, hinterher, damit wir ihnen sagen können, welches Haus es ist.« Wir folgten dem Mädchen einige Straßen hinunter, die sich durch das Einkaufsviertel schlängelten und dann in eine Wohngegend führten. Die Backstein-Holz-Häuser dort sahen hübsch und gepflegt aus und die Straßen im warmen Licht der Laternen sauber. Die Blumenkästen vor den Fenstern waren im Moment leer, aber ich stellte mir vor, wie bezaubernd das alles im Frühling und Sommer aussehen musste, wenn es darin grünte und blühte.

Ich versuchte, diskreten Abstand zu dem Mädchen zu halten. Schließlich sollte ich nur herausfinden, wo es wohnte, und der IBKP davon berichten. Kein Kontakt irgendwelcher Art, was mir mehr als recht war. Ich hatte noch nicht mal Tasey dabei – worüber ich jetzt ziemlich froh war, denn mein kleines Bad im Fluss wäre ihr sicher nicht gut bekommen.

Wir kamen an ein paar Veranden vorbei, auf denen Leute

saßen. Als ich ihren Blick auffing, lächelte ich und sie nickten zögernd zurück. Wenn die wüssten, was in ihrer Nachbarschaft vor sich ging. Eine Frau in einem hübschen roten Wollmantel stand an einem Laternenpfahl und tippte eine Nummer in ihr Handy. Sie blickte auf und machte ein etwas überraschtes Gesicht, als unsere Blicke sich trafen, vermutlich, weil meine Haare noch immer triefnass waren. Dann zwinkerte sie mir zu und ich winkte kurz zurück. Die Schweden hatten ihren Ruf, superfreundlich zu sein, wirklich mehr als verdient.

Nach einer weiteren Ecke hüpfte das Mädchen schließlich die Stufen eines unauffälligen Hauses hoch. »Bingo.« Ich wollte Jack gerade sagen, dass wir nun endlich gehen konnten, als sich hinter uns jemand räusperte. Ich drehte mich um.

Jede einzelne Person, an der wir auf dem Weg hierher vorbeigekommen waren, die Frau im roten Mantel eingeschlossen, stand hinter uns und hatte zusammen mit den anderen einen Halbkreis gebildet. Einen eindeutig bedrohlichen Halbkreis.

»Ähm, Jack?« Ich zupfte an seinem Ärmel.

Er sah flüchtig über die Schulter, dann wieder zurück zum Haus und zog einen Kommunikator aus der Hosentasche. »Was ist?«

Die Menge schob sich näher auf uns zu.

»Jack!«

Jetzt drehte er sich ganz um und funkelte mich entnervt an. »Jetzt lass mich schon endlich Bescheid sagen. Mir ist kalt.«

Er konnte sie nicht sehen. Was bedeutete, dass sie unsichtbar waren. Was bedeutete, dass sie Trolle waren.

Trolle, die wussten, dass ich sie sehen konnte.

»Ach, piep«, murmelte ich. Wie hatte ich nur ihre Unsichtbarkeits-Cover vergessen können? Jetzt, da ich genauer hinsah, konnte ich eine leichte Verzerrung um ihre Gesichter erkennen – das war ihre Unsichtbarkeit, durch die mein blöder Röntgenblick geradewegs hindurchging. Sobald ich sie auf der Straße gesehen hatte, hatten sie gewusst, dass etwas nicht stimmte. Ich winkte den Trollen zu. »Äh, wir wollten gerade gehen.« Ich packte Jacks Arm, was ihn so erschreckte, dass er den Kommunikator fallen ließ, und wich langsam zurück – bis ich gegen einen extrem massigen Typen prallte, der, wie mir auf den zweiten Blick auffiel, eine ungewöhnlich platte Nase hatte. Und einen Schwanz. Wir waren umzingelt. Er legte mir eine riesige Pranke auf die Schulter. Ich biss ihn in den Daumen und wand mich aus seinem Griff.

»Lauf!« Ich flitzte durch die stetig anwachsende Menge, aber Jack, der sie ja nicht sehen konnte, blieb einfach stehen wie ein Ochse. Hin- und hergerissen hielt ich wieder an. Sie hatten einen Kreis um ihn gebildet. Irgendetwas schimmerte leicht, als wäre eine Welle von Wärme von der kalten Straße aufgestiegen, und dem Ausdruck auf Jacks Gesicht nach zu schließen, konnte er sie nun auch sehen.

Sie rückten näher, bis sie Jack an eine Mauer gedrängt hatten. Die Frau im roten Mantel sah mich finster an. Am liebsten hätte ich vor Frust aufgeschrien. Nach allem, was ich heute schon mitgemacht hatte, musste ich es auch noch mit einer Horde wütender Trolle aufnehmen, um Jack zu retten.

*Jack*. Dämlicher, durchgeknallter Jack.

Ich lief wieder zurück und meine Füße fühlten sich bei jedem Schritt an, als wögen sie eine Tonne. Jack blickte mich an, als wollte er sagen – *was?* –, aber ich schüttelte nur den Kopf. Ich würde ihn mit Sicherheit nicht hier zurücklassen.

Dann erreichte ich den Rand des Kreises und der große Troll von vorhin packte mich am Arm, blieb allerdings sorgfältig außer Reichweite meines Mundes.

»Evie, du Dummkopf«, seufzte Jack.

»Ich konnte dich doch nicht zurücklassen!«

»Doch, konntest du. Ganz im Ernst.« Erst dann bemerkte ich seine Hand auf der Mauer, die sich nun öffnete und den Blick in die Dunkelheit freigab. Jack zog eine bedauernde Grimasse, schlüpfte durch das Loch und war im nächsten Moment verschwunden, sehr zur Verwunderung der Trolle.

»Du kleine Ratte!«, brüllte ich die nun wieder geschlossene Mauer an. Da kam ich schon zurück, damit er nicht allein sterben musste, und dann ließ er mich hier sitzen. Und das, *nachdem* er mich bereits in einen Fluss hatte fallen lassen und so beinahe umgebracht hatte.

Sollte ich ihn jemals wiedersehen, würde er ausgiebig Bekanntschaft mit Tasey machen.

Die Trolle diskutierten flüsternd in einer kehligen, hart klingenden Sprache miteinander. Ich wand mich hin und her, aber Monstertrolls Hand blieb eisern, wo sie war. Nach einer kurzen Weile zogen sie mich in das nächste Haus und schubsten mich auf eine geblümte Couch.

Mittlerweile waren fast zwanzig von ihnen da und blockierten alle Ausgänge. Der Raum sah nicht gerade so aus, wie ich mir eine Trollhöhle vorgestellt hatte. Anstelle von abgenagten Knochen und Müll empfingen mich makellose Sauberkeit, warme Farben und geschmackvolle Muster. Ich fragte mich, wo die Familie war, der das Haus mal gehört hatte, und wie lange sie schon gefangen gehalten wurde. Und ob ich mich in Kürze zu ihr gesellen würde.

Mir würde schon nichts passieren. Jack wusste schließlich, wo ich war. Er würde Hilfe holen und zurückkommen … äh, ja, genau wie damals, als er verschwunden war und ich für zwei Tage in der Zentrale festsaß.

Ich war so was von geliefert.

Argwöhnisch beäugte ich die Trolle. Viele von ihnen telefonierten – seit wann benutzten Trolle eigentlich Handys? –, aber der Rest starrte mich einfach nur an. Jetzt, da ich sie mir näher angucken konnte, erkannte ich neben den Schwänzen noch offensichtlichere Unterschiede zu Menschen. Flachere, breitere Nasen, eng stehende, kleine Augen, ausnahmslos schiefergrau. Die meisten von ihnen hatten zumindest eine Haarsträhne, die vollkommen ungekämmt und verzottelt war, ganz im Widerspruch zu ihrer ziemlich überzeugenden Kleidung. Unsichtbar oder nicht, ich hätte sie gleich an ihrem Aussehen erkennen müssen, aber ich hatte nun mal seit meinem zwölften Lebensjahr nicht mehr mit Trollen zu tun gehabt.

Schließlich baute sich die Frau im roten Mantel, deren Haar zu Zöpfen geflochten war und wie gesponnenes Gold leuchtete, vor mir auf, die Hände in die breiten Hüften gestemmt, während ihr Schwanz hektisch von links nach rechts zuckte.

»Wir wissen, wer du bist.« Ihr Englisch hatte einen starken Akzent, war aber gut zu verstehen.

Ich hob die Augenbrauen. Anscheinend hatten die Monate, in denen ich nicht für die IBKP gearbeitet hatte, meinem Ruhm nichts anhaben können. »Na, dann wisst ihr ja auch, dass ihr mich besser gehen lassen solltet.« Was anderes tun als bluffen konnte ich im Moment nicht, also setzte ich mich kerzengerade auf und erwiderte ihre Blicke.

Sie stieß ein bitteres Lachen aus. »Damit du noch mehr von unseren Kindern abschlachten kannst?« Meine Kinnlade klappte runter, dann seufzte ich erschöpft.

Wann würden diese Paranormalen endlich mal aufhören, mich des Mordes zu bezichtigen?

# Ein zähneknirschendes Vergnügen

Die Trolle starrten mich böse an und warteten auf eine Antwort. Zu meiner Linken hörte ich ein eigenartiges Knarzen und Schaben, das ich nicht einordnen konnte, bis mir klar wurde, dass der große männliche Troll neben mir mit den Zähnen knirschte. Jeder einzelne Muskel in seinem überaus muskelbepackten Körper war angespannt.

Gar nicht gut.

Ich hob die Hände. »Erstens bringe ich keine Kinder um. Oder sonst wen, damit das klar ist. Wofür haltet ihr mich eigentlich?«

Die Frau im roten Mantel kniff die Augen zusammen. »Wenn du nicht diese teuflische Kreatur bist, wie kannst du uns dann sehen?«

»Von was für einer Art teuflischer Kreatur reden wir hier genau?«, hakte ich schnell nach. Meine Fähigkeiten waren nicht unbedingt etwas, über das diese Horde Bescheid wissen musste.

»Vampir«, knurrte ein uralter Troll an der Tür und spuckte auf den Boden. Seine Lippen bebten vor Wut.

»Ich bin ja wohl mal so was von kein Vampir.« Das Gewicht auf meiner Brust wurde zusehends leichter. Schließlich würde sich das ganz einfach beweisen – und auflösen – lassen.

»Gebt mir einen Spiegel. Oder Weihwasser. Ich trink's auch, wenn ihr wollt!« Ich keuchte auf, als mir prompt jemand von der Seite einen Schwall Wasser ins Gesicht schüttete. »Beim nächsten Mal wäre 'ne kleine Vorwarnung nett.« Mit dem Ärmel von Jacks Jacke wischte ich mir das Gesicht ab und sah zu, wie der Ausdruck der Gesichter um mich von mörderisch zu verwirrt wechselte.

»Wer bist du?«, fragte Rotmäntelchen.

Ich wusste nicht, ob ich lieber lügen sollte oder nicht, also entschied ich mich für den Mittelweg. »Ich arbeite für die IBKP.«

Der alte Troll spuckte wieder auf den Boden. Charmanter Kerl.

Rotmäntelchen warf ihm einen tadelnden Blick zu und wandte sich dann wieder mir zu. »Wieso kannst du uns sehen?«

Ich zuckte mit den Schultern. »Bin halt talentiert. Ich bin dazu ausgebildet, die meisten Paranormalen zu erkennen.«

»Und was für ein Interesse hat die IBKP an uns?«

»Das Einzige, was die IBKP will, ist, dass ihr die Menschen freilasst, die hier leben.«

Sie schüttelte den Kopf, gestikulierte in Richtung der Tür und sagte dazu etwas in ihrer kehligen Sprache. Daraufhin verkrümelten sich die meisten Trolle, mit Ausnahme von Zahnknirsch-Hulk und Opa Rotz. Rotmäntelchen nahm mir gegenüber in einem Sessel Platz und faltete die Hände im Schoß.

»Wie heißt du, Kind?«

»Evie.«

»Mich nennt man Birgitta. Und nun, da wir uns unsere Namen genannt haben, wollen wir ehrlich miteinander sein. Deine IBKP will nicht nur die ach so kostbaren Menschen befreien, die wir bösen, blutrünstigen Trolle gefangen haben.«

Mir wurde ziemlich unbehaglich zumute unter ihrem festen Blick. »Ich weiß nicht, wovon du redest.« Die Lüge lag schwer und bitter auf meiner Zunge. Ich wusste alles über die Zwangsumsiedlung und die Überwachung, die hierauf folgen würden. Als ich der IBKP schon einmal zuvor geholfen hatte, eine Trollkolonie zu identifizieren, hatte Lish noch Wochen danach mit der Datenverarbeitung zu tun. Ich war mir nicht sicher, wohin sie die Trolle verpflanzten, aber sie ließen sie definitiv nicht in den Häusern bleiben, die sie sich angeeignet hatten. »Ich sollte euch nur aufspüren.«

»Und was wäre, wenn ich dir sage, dass es hier gar keine Menschen gibt?«

Entsetzt riss ich die Augen auf. »Was habt ihr mit ihnen gemacht?«

Sie hob den Blick zur Decke, ihr Gesicht ein Bild der Erschöpfung. »Es waren nie welche da. Wir haben diese Häuser alle gekauft. Wir haben nach euren Regeln gelebt, in eurer Welt. Und jetzt sollen wir dafür vertrieben werden?«

»Moment mal, ihr habt also keine Menschen vor die Tür gesetzt und ihre ganzen Sachen geklaut?« So waren Trolle doch, das war genau ihr *Ding*. Sie ergriffen Besitz von Häusern – manchmal ganzen Dörfern – und verfrachteten die Menschen, die dort gelebt hatten, in ihre unterirdischen Höhlen, wo sie ihnen dienen mussten. Und sie waren notorische Diebe; egal ob Essen, Gold oder Vieh, sie klauten, was sie kriegen konnten, sogar Babys. Nicht nur lange Schwänze, sondern auch noch lange Finger.

»Es sind nicht immer wir Trolle, die die Menschen aus ihren Häusern vertreiben. Vor über einem Jahrhundert lebten wir auf Inseln im und unter dem Fluss. Gut, wir hatten unsere … Meinungsverschiedenheiten … mit den ansässigen Menschen, aber wir lebten abgeschieden und waren auch zufrieden damit. Doch dann haben sie den Fluss mit ihren Schleusen und Toren angestaut und die Kolonie überflutet, die wir in jahrhundertelanger Arbeit aufgebaut hatten.« Ihr Blick wurde einen Moment lang trüb, bevor sie weitersprach. »Als unser Zuhause unter Wasser stand, sannen einige von uns auf Rache. Allerdings hatten die meisten genug davon, sich den ständigen Angriffen durch die Menschen entgegenzustellen. Wir beschlossen, den Kampf aufzugeben. Also nahmen wir unser Gold und kauften uns in die Gesellschaft der Menschen ein.«

»Das alles hier gehört euch?«

Stolz reckte sie das Kinn. »Was glaubst du denn, warum diese Stadt nach dem Bau der Schleusen so aufgeblüht ist? Durch den vermehrten Handel mit *uns*. Wir sind zwar nicht so geschickte Mechaniker wie ihr Menschen, aber uns gehört fast jedes der Geschäfte hier.«

»Also tut ihr niemandem was.« Tja, so ein Mist. Das machte

alles komplizierter. Viel komplizierter. Wenn sie tatsächlich die Wahrheit sagte – und warum sollte sie mich anlügen? –, dann konnte die IBKP ihnen nichts anhaben. Der ganze Sinn der IBKP war es ja, Paranormale davon abzuhalten, Menschen Schaden zuzufügen, und diese hier taten keiner Fliege was zuleide. Aber irgendwie hatte ich das Gefühl, dass die IBKP das anders sehen würde. Für die blieb Troll eben Troll.

Müde und fröstelnd rieb ich mir übers Gesicht und wünschte, die Welt könnte wieder schwarz-weiß sein. »Okay. Ich kann – ich weiß nicht. Tun wir doch einfach so, als wäre nichts von alldem jemals passiert.«

Opa Rotz grunzte Birgitta etwas zu und sie nickte. »Du arbeitest für die IBKP. Deine Aufgabe ist es, Paranormale aufzuspüren, aber auch, sie zu beschützen, nicht wahr?«

»Ja, schätze, so könnte man es interpretieren.« Wenn man der Meinung war, dass Überwachen, Einsperren und Kontrollieren dasselbe waren wie Beschützen – was die IBKP natürlich sofort unterschreiben würde.

»Dann musst du uns helfen.« Sie sagte das, als wäre das vollkommen selbstverständlich. »Du siehst Dinge, die sonst niemand sehen kann. Du wirst den Vampir finden, der uns heimsucht.«

»Ich hab nicht –«

»Finde einen Paranormalen, den du der IBKP bringen kannst, und beschütze diejenigen von uns, die niemandem etwas Böses tun. Das ist dein Job.« Ihr schiefergrauer Blick bohrte sich in meinen und wurde dann sanfter. »Bitte – unsere Kinder, die kleinen Trollbaerns. Wir haben doch nur so wenige und sie sind kostbarer für uns als das Leben, das wir uns hier aufgebaut haben. Hilf uns.« Ihre Stimme hatte nun einen flehenden Ton angenommen.

Wie konnte ich da Nein sagen? Ich stand auf. »Na dann los. Sacken wir den Vampir ein.«

Eine halbe Stunde später wanderte ich durch die abendlichen Straßen, Zahnknirsch-Hulk an meiner Seite. Birgitta hatte mir von dem Vampir erzählt, der ihnen nachstellte. Trolle bekamen nur ein, zwei Mal im Jahrhundert Nachwuchs und die Trollbaerns lernten erst nach mehreren Jahrzehnten, ihre Unsichtbarkeits-Cover aufzusetzen, und waren bis dahin leichte Beute. Schon zwei von ihnen waren getötet und ein anderes schwer verletzt worden.

Das Ganze machte mich einfach nur krank. Das waren Vampire, wie ich sie kannte. Und das war auch der Grund, warum die IBKP noch eine Existenzberechtigung hatte, egal, was Lend darüber dachte.

Die Trolle hatten sich eine Falle für den Vampir ausgedacht, in die ich, ohne es zu ahnen, geradewegs hineingestolpert war, als ich dem kleinen Trollmädchen folgte, das als Lockvogel diente. Jetzt war es an mir, mir den Hintern abzufrieren und den fiesen Reißzahn ausfindig zu machen. Wie ich unter diesen Umständen irgendwas finden sollte, war mir jedoch schleierhaft. Hulk neben mir schnaufte so laut, dass ich kaum meine eigenen Schritte hörte. Der Typ vermasselte mir noch komplett die Tour.

»Ich fürchte, allein hätte ich mehr Glück.« Ich lächelte, damit er sich nicht beleidigt fühlte.

Er runzelte die Stirn so tief, dass seine Brauen fast seine eng stehenden Augen bedeckten. »Gefährlich.«

»Glaub mir, ich kenn mich aus in dem Geschäft. Mit 'nem Vampir komm ich klar.«

»Unsichtbar.« Er deutete auf sich selbst. Ich schüttelte den Kopf. Ein Vampir würde ihn immer noch riechen können, was zweifellos auch der Grund war, warum sie ihn noch nicht hatten fangen können.

Nach einem letzten argwöhnischen Blick blieb er stehen, dann drehte er sich um und stapfte zurück in die Richtung, aus der wir gekommen waren. Erleichtert atmete ich auf. Die Trolle in dieser Stadt mochten ja harmlos sein, aber das machte sie nicht weniger einschüchternd.

Die Hände in den Taschen vergraben und die Oberschenkel bereits wund vom vielen Rumlaufen in den feuchten Jeans, wanderte ich durch die Straßen und entschied mich immer völlig willkürlich, welche Richtung ich als Nächstes einschlagen würde. In meinem Kopf spukten jede Menge Sachen herum, über die ich nachdenken musste. Zum Beispiel dieses seltsame, flüssige Gefühl, das mich immer wieder überkam. Die Art, wie der Wind mir zu folgen schien wie ein verirrter Welpe. Die Englischarbeit, für die ich morgen früh viel, viel zu müde sein würde. Was ich zu Lend sagen könnte, um alles wieder in Ordnung zu bringen. Wie ich ohne Kommunikator nach Hause kommen sollte. Wie feste ich Jack eine reinhauen würde, weil er mich im Stich gelassen hatte.

Beim letzten Gedanken wurde mir gleich etwas wärmer.

Schon die ganze Zeit hatte ich das Gefühl, Schritte hinter

mir zu hören, aber egal, wie oft ich herumfuhr, es war niemand zu sehen. Als ich absolut keine Ahnung mehr hatte, wo ich war, ertönte von einer düsteren Veranda neben mir eine sanfte Stimme mit einem Hauch von fremdländischem Akzent: »Ich glaube, du bist im falschen Stadtteil gelandet.« Ich konnte das Lächeln in der Dunkelheit regelrecht hören.

Ich blieb stehen und sah ihn an. »Nein, ich bin mir ziemlich sicher, dass ich hier genau richtig bin.«

Er machte einen Schritt ins Licht, die weißen Augen unter dem Cover milchig trüb und die Reißzähne zu einem liebenswürdigen Lächeln entblößt. Jep, ich war genau da, wo ich sein sollte. Dann zeig mal, was du draufhast, toter Mann.

# Wie ein schlechter Film

Noch immer lächelnd, schüttelte der Vampir den Kopf. »In dieser Stadt solltest du vorsichtig sein, *Liebchen.* Monster tragen oft menschliche Gesichter.«

Ich schnaubte. »Was du nicht sagst.« Das war das erste Mal, seit ich acht gewesen war, dass ich ohne Verstärkung und ohne Tasey einem Vampir gegenüberstand. Aber davon würde ich mich nicht einschüchtern lassen. Ich würde es ja wohl mit einem einzelnen Vampir aufnehmen können.

Sein Haar war dunkel und lockig und länger, als die meisten Vampire es trugen, was ihm etwas beinahe Künstlerisches verlieh. Na ja, wenn man mal von seinem Leichen-Look unter dem Cover absah. Er schob die Hände in die Taschen und zuckte mit den Schultern. »Es gibt Dinge auf dieser Welt, von denen du besser nichts wissen solltest. Lauf heim und lass der Nacht ihre Geheimnisse.«

»Wow, geht's vielleicht noch dramatischer? Dass ihr Vampire euch aber auch immer so schrecklich ernst nehmen müsst.« Er machte vor Überraschung Glupschaugen. »Ja, ja, ich weiß Bescheid, du bist eine Kreatur der Finsternis, todbringend, blutsaugend, sonnenbrandgefährdet und was nicht noch alles. Aber seltsamerweise bin ich immer noch nicht beeindruckt.«

Er sah mich misstrauisch an. »Woher weißt du, was ich bin, Kind?«

Was sollte das eigentlich, dass diese Paranormalen mich ständig »Kind« nannten? Im Dezember wurde ich immerhin siebzehn. Wie wär's mal mit einem höflichen »Ma'am« oder so? »Ich weiß es, weil das mein Job ist. Außerdem ist es mein Job, dir mitzuteilen, dass mit dem Trollejagen jetzt Schluss ist.«

Er warf den Kopf in den Nacken und lachte. Es war, als wäre ich direkt in einen kitschigen Vampirfilm hineinspaziert. Als er schließlich mit seiner kleinen Ich-bin-ja-so-düster-und-von-mir-überzeugt-Nummer fertig war, blickte er mir tief in die Augen. »Du wirst mich jetzt zu den Trollen bringen.«

Die Psychospielchen von Vampiren funktionierten nur in Kombination mit ihren Covern, und bei der direkten Aussicht, die ich auf seine weißen Leichenaugen hatte, wirkte er einfach nur lächerlich. Ich setzte einen starren Gesichtsausdruck auf und nickte langsam. »Ja. Die Trolle. Zu ihnen. Mit mir. Kann. Keine. Ganzen. Sätze. Bilden.« Ich schüttelte den Kopf. »Tja, ich fürchte, daraus wird nichts.«

Verärgert und ratlos, was er jetzt machen sollte, musterte er mich. »Ich töte keine Menschen.«

»Ich auch nicht! Siehst du, und schon haben wir eine Gemeinsamkeit gefunden.«

»Dann würde ich sagen, wir gehen beide unserer Wege.«

Ich stemmte die Hände in die Hüften. »Nein, tun wir nicht. Ich lasse nicht zu, dass du noch mehr Trollkinder umbringst.«

Er seufzte. »Nun, dann fürchte ich, da enden unsere Gemeinsamkeiten.« Er entblößte seine Reißzähne und stürzte sich auf mich. Ich winkelte den Arm an und boxte ihm mit voller Wucht ins Gesicht.

»Aua!«, kreischten wir im Chor, während er sich die Nase hielt und ich meine arme, arme Hand ausschüttelte. Warum hatte mir niemand je gesagt, wie weh es tat, jemandem ins Gesicht zu boxen?

»Du hast mich gehauen!«

»Du wolltest mich beißen!«

Wütend starrten wir einander an, was bei ihm allerdings weniger eindrucksvoll wirkte, weil er sich immer noch die Nase hielt. »Und was jetzt?«, nuschelte er hinter der Hand hervor.

»So weit hatte ich noch nicht gedacht.« Ich würde ihn nicht einfach gehen lassen, aber ich hatte weder die Waffen noch den Wunsch, ihn zu töten. Nach einer weiteren angespannten Minute hockte er sich auf die Verandastufen. Seufzend setzte ich mich neben ihn und schlang die Arme um die Knie, in einem jämmerlichen Versuch, mich vor der Kälte zu schützen. Es fühlte sich an, als hätten die Blasen an meinen Füßen sich zu Pärchen zusammengefunden und kleine Blasenfamilien gegründet. Was für ein verpiepter Abend.

Ich wandte mich dem Vampir zu. »Du beißt also keine Menschen, was?«

Er lehnte sich zurück und starrte in den Nachthimmel hinauf. »Schon lange nicht mehr.«

»Warum nicht?« Ich kannte viele Vampire wie Arianna, die kein Menschenblut tranken – aber die tranken auch kein Trollblut. Dass ein Blutsauger Paranormale ins Visier nahm, hörte ich heute zum ersten Mal.

»Weil ich mich noch erinnere, *Liebchen*, wie es ist, einen Herzschlag zu haben, einen Puls. Ich erinnere mich, wie es war, kein Ungeheuer zu sein. Mich stimmt es zufriedener, der Menschheit zuzusehen, wie sie um mich wächst und altert und sich auf eine Weise verändert, die ich nie erleben werde.«

»Schön und gut, aber wenn du so ein Pazifist bist, warum tötest du dann die Trollpimpfe?«

Er drehte sich zu mir um und die Erschöpfung, die er beim Reden über die Menschheit ausgestrahlt hatte, verwandelte sich in beinahe greifbare Wut. »Weil ich unsterblich bin und das Blut mich ruft. Egal, wohin ich gehe, ruft es mich, fleht mich an, es mir zu holen, lähmt mich vor Durst. Was hat mich so werden lassen? Was auf dieser Welt bleibt ebenso unberührt von der Zeit? Diese Wesen und andere, die ihnen gleichen. Wenn ich schon ein Monster sein muss, dann spiele ich meine Rolle. Aber ich mache Jagd auf andere Monster und eines Tages werde ich herausfinden, wie es ihnen gelungen ist, das menschliche Leben dermaßen zu manipulieren, dass Vampire entstanden, *und dann werde ich sie alle töten*.«

Ich erschauderte, und das lag ausnahmsweise nicht an meinen nassen Klamotten. Viv auf ihrer Mördertour hatte wenigstens noch geglaubt, sie würde den Paranormalen helfen, indem sie sie befreite. Dieser Vampir dagegen – der war einfach nur voller Hass. Ich kämpfte gegen den Drang an, von ihm abzurücken. »Aber warum solltest du das entscheiden dürfen? Die Trollkinder haben es sich schließlich auch nicht ausgesucht, hier zu sein. Das liegt außerhalb ihrer Kontrolle, genau wie deine, äh, Verwandlung. Du bestrafst sie für das, was sie sind. Wo liegt denn da der Sinn?«

Ein Lächeln, kälter als die dunkle Nacht, breitete sich auf seinem Gesicht aus. »Ich hatte vierhundert Jahre Zeit, über all das nachzudenken. Du bist ein liebes Mädchen, aber wenn man so lange ein Monster ist wie ich, spielt die Frage nach dem Sinn keine große Rolle mehr.«

Ich rutschte unauffällig hin und her. Mein Hintern war auf den kalten Betonstufen eingeschlafen. Wo war ich hier nur reingeraten? Vielleicht konnte ich ihn ja ausknocken und schnell Zahnknirsch-Hulk und die anderen Trolle holen. Allerdings würden die ihn wahrscheinlich umbringen. Aber hatte er das nicht auch irgendwie verdient? Und stellte ich mich nicht schon allein durch diesen Gedanken auf eine Stufe mit ihm?

»Ich hätte zu Hause bleiben und für Englisch lernen sollen«, murrte ich.

Er lachte leise vor sich hin. »In der Tat. Ich habe den Eindruck, wir sind in einer Sackgasse gelandet. Ich werde nicht aufhören und du willst mich um jeden Preis aufhalten, nicht wahr?«

Ich zuckte mit den Schultern. »Das ist halt mein Job. Irgendwie.«

»Dann sollte ich dir wohl ein Geheimnis verraten.«

»Und das wäre?«

Er beugte sich vor. »Du riechst auch nicht hundertprozentig menschlich.«

Jetzt reichte es aber. Den Kerl würde ich fertigmachen. Wie schwer konnte es schon sein, eine Leiche k. o. zu schlagen? Ich stand auf und ballte die Fäuste. »Erzähl mir was, das ich noch nicht weiß.«

Auch er erhob sich und ein grausames Lächeln verzerrte die vermoderten, verdorrten Reste seines Gesichts. »So, etwas, das du noch nicht weißt, also? Nun gut. Ich habe herausgefunden, dass Paranormalen-Blut gegenüber menschlichem ganz entscheidende Vorzüge hat.«

Bevor ich auch nur reagieren konnte, hatte er schon mein Handgelenk gepackt. Ich versuchte, mich loszureißen, aber ich konnte mich seinem viel zu starken Griff nicht entwinden.

Piep.

# Schwedisches Nachtleben

Wieder versuchte ich, mich von dem Vampir loszureißen, aber er bewegte sich keinen Millimeter. Das war doch nicht möglich. Das konnte nicht sein! Vampire waren nicht stark!

Als er meine wachsende Panik sah, lächelte er. Dieses Lächeln machte mich so krank, am liebsten hätte ich ihm die verfaulte Kauleiste eingetreten.

»Nicht ganz, was du erwartet hast, oder? Ich habe dich ja gewarnt.«

Ich hieb wild mit der linken Faust nach ihm, streifte aber gerade mal seinen Kopf. Er drängte nach vorn, sodass ich über die Verandatreppe stolperte, hinfiel und mir das Steißbein an der stumpfen Kante einer Stufe anknackste. Ein schriller Schmerzensschrei entfuhr mir. Er drückte mir die Hand auf den Mund. Diese Hand, so dicht unter meinen Augen, machte mich ganz benommen, ich konnte mich weder auf sein Cover noch auf seinen wirklichen Körper darunter konzentrieren. Glatte Haut, tote Haut, glatte Haut, tote Haut – ich schluckte, um mich nicht zu übergeben.

»Ganz ruhig, wir wollen doch keine unnötige Aufmerksamkeit auf uns lenken. Ich werde dafür sorgen, dass es schnell vorbei ist, mein kleines Monster.« Er drückte meinen Kopf zur Seite, um meinen Hals freizulegen.

Mit einem wutentbrannten Aufschrei biss ich ihm in die Finger, so fest ich konnte. Er riss sich los und ich rang keuchend nach Luft und musste fast würgen bei dem Gedanken an das, was ich da eben im Mund gehabt hatte. Ich duckte mich seitlich weg und stolperte aus seiner Reichweite. Sobald ich das Gleichgewicht wiedererlangt hatte, sprintete ich mit rasselndem Atem los. Ich raste die Straße runter, sah kurz hinter mich, während ich um die Ecke rannte, und wäre beinahe gegen eine Wand geknallt. Fluchend wirbelte ich herum – aber zu spät. Er versperrte mir schon den Weg und grinste selbstzufrieden.

»Du willst das doch eigentlich gar nicht«, sagte ich und hob beschwichtigend die Hände.

»Oh, und ob ich will.«

»Nein! Ich –« Der kalte Wind pulsierte durch meinen Körper und das Kribbeln in meinen Händen wurde stärker. Ich spürte, wie die Luft mich in winzigen Strudeln einhüllte, fühlte mich auf vollkommen neue Art mit ihr verbunden. Plötzlich wurde mein müder, schmerzender Körper ganz leicht, substanzlos, aber kraftvoll zugleich. Und ich konnte die Seele des Vampirs vor mir spüren. Hören, wie sie mich rief. Ich konnte sie sogar sehen, ein ganz schwaches Leuchten um sein Herz herum.

Ich schloss die Augen und kämpfte gegen den Drang an, mich ihm zu nähern. »Bitte«, flüsterte ich. »Ich will dir nicht wehtun.«

Er lachte. »Du bist wohl ein bisschen durcheinander, *Liebchen*.«

Meine Augen öffneten sich. Als er den Ausdruck darin sah, wich sein raubtierhaftes Grinsen einer ängstlichen Grimasse. Ich ballte die Fäuste, so fest ich konnte. Nicht schon wieder. Nicht, wenn es nicht sein musste. Es kostete mich all meine Kraft, mich zurückzuhalten, und meine Stimme war ganz leise und rau. »Lauf weg.«

Ich hoffte, er würde es nicht tun.

Er blickte verwirrt und ging dann langsam rückwärts aus der Gasse, ohne mich auch nur einen Moment aus den toten weißen Augen zu lassen. Als er an der Straße ankam, tauchte aus dem Nichts ein Baseballschläger auf und donnerte auf seinen Schädel.

Mit einem Ruck wurde ich aus meinen entsetzlichen Gelüsten gerissen und meine Sicht war wieder klarer. Jack grinste und ließ den Schläger in seine freie Hand klatschen. »Lust auf ein kleines Spielchen?«

Mein Blick wanderte zu dem Vampir auf dem Boden. Der nun hilflos war. Vollkommen hilflos. Was bedeutete, dass es nun keinen Vorwand mehr für mich gab, ihn auszusaugen. Ich nahm einen zittrigen Atemzug und riss mich aus meiner Benommenheit, indem ich mich ganz auf Jack konzentrierte.

Jack! »Wo warst du, du mieses kleines Ekel?«

Er zog die Augenbrauen hoch und guckte übertrieben verletzt. »Das ist also der Dank?«

»Gib mir den Schläger und ich zeige dir, wie dankbar ich bin, du Feigling!«

»Hey ho, nicht so voreilig. Was hätte es denn gebracht, wenn sie mich auch geschnappt hätten? Außerdem bin ich doch zurückgekommen. Und zwar gerade noch rechtzeitig, wie es aussieht.« Er lächelte, aber in seinen Augen lag etwas Eindringliches, beinahe Anschuldigendes, als wüsste er, was ich vorgehabt hatte – nein, was ich vielleicht sogar *getan* hätte. »Aber du hattest ja alles unter Kontrolle, stimmt's?«

Ich riss ihm den Schläger aus den Händen. »Hast du wenigstens irgendwas Nützliches dabei? Fußfesseln? Einen Ersatz-Kommunikator?«

Betont sorgfältig klopfte er sein eng anliegendes, langärmliges Oberteil nach Taschen ab und zuckte dann mit den Schultern. »Das ist alles in meiner Jacke.«

Ich sah an mir hinunter auf Jacks teure Wolljacke. Die Jacke, die ich die ganze Zeit über angehabt hatte. Ich schob die Hand hinein und tatsächlich, in einer Innentasche nah an meinem Herzen steckten ein flacher Kommunikator und eine Fußfessel.

War ja klar.

»›Allzeit bereit‹, das ist mein Motto.« Er grinste mich selbstgefällig an. »Das und ›Schlaf, wann immer sich die Gelegenheit bietet‹. Ach ja, und ›Wenn du nicht merkst, dass es weg ist, macht's ja nichts, wenn ich es mir nehme‹.«

»Jetzt ruf endlich an«, entgegnete ich ungeduldig. Ich war müde bis zum Umfallen und wollte nur noch so weit wie möglich von diesem Vampir weg. Ich warf Jack den Kommunikator zu und bückte mich. Meine Finger zuckten, als ich dem Vampir die Fußfessel anlegte. Ich würde nicht auf sein Herz sehen. Ich würde ihm kein Haar krümmen. Ich drückte den Daumen auf die Fußfessel, um sie zu aktivieren, aber nichts geschah.

»Sieht aus, als würden sie dir mit ihren Fußfesseln nicht trauen. Warum bloß?« Jack beugte sich runter und übernahm.

Vielleicht hatte ihr Misstrauen etwas mit der Tatsache zu tun, dass ich Lend befreit hatte? Und so gut wie alle Werwölfe, die sie gehabt hatten? Nach der Aktion würde ich mir selber wahrscheinlich auch nicht mehr trauen. Ich trat ein paar Schritte zurück, lehnte mich an die Mauer und sah in den bewölkten Nachthimmel hinauf. Hauptsache, irgendwas lenkte mich von dem Vampir ab.

Jack richtete sich wieder auf. »Sie sind unterwegs.« Lässig warf er den Kommunikator in die Luft und fing ihn hinter seinem Rücken wieder auf. »Wo sind die Trolle?«

Ach, Mist. Die Trolle. Wie sollte ich mich da nur herauslügen? Ich würde sie bestimmt nicht der IBKP ausliefern. Soweit ich das überblicken konnte, hatten sie sich ihr Leben hier ehrlich verdient. Die bösartige Kreatur vor mir auf dem Boden war die einzige Bedrohung, um die wir uns kümmern mussten.

Ich öffnete den Mund, um ihm irgendein Märchen aufzutischen, als sich in der Mauer gegenüber eine Pforte auftat und mit zackigen Schritten zwei Männer in schwarzen Rollkragenpullovern herausmarschiert kamen. Die Feen, die sie begleiteten, blieben unerkannt im Dunkeln stehen. Die Männer sahen erst mal nach links und rechts, bevor sie auf uns zukamen und sich neben den Vampir knieten.

Einer wandte sich an mich. Unter den braunen Augen seines Covers glühten gelbe Werwolfaugen. Hmm. Wie es aussah, hatte die IBKP doch nicht alle ihre Werwölfe verloren. »Die Trolle?«

Ich zog eine, wie ich hoffte, bedauernde Grimasse. »Schon lange weg. Sie waren hinter dem Vampir her, war wohl irgend so 'ne Art Blutrache. Hat was mit Stammesbräuchen zu tun. Aber als sie merkten, dass ich von der IBKP bin, sind sie lieber schnell abgehauen, bevor sie geschnappt wurden. Ich war gerade dabei, sie zu verfolgen, als ich auf den Vampir gestoßen bin.«

»Das heißt, sie haben ihre Kolonie nicht hier? Keine Menschen gefangen?«

»Nö. Die waren nur auf der Durchreise. Haben mich zu einem leeren Lagerhaus geführt, da haben sie geschlafen. Keinerlei Anzeichen von Menschen dort.«

Ich spürte Jacks Blick auf mir und vermied es tunlichst, ihn anzusehen. Ich musste ihnen diese Lüge gut genug verkaufen. Der Einzige, der mir widersprechen könnte, war der Vampir. Vielleicht hätte ich ihn doch aussaugen sollen … Nein. Raquel würde eher mir glauben als ihm.

Der Werwolf nickte und half seinem Partner dann, den Vampir an den Oberarmen hochzuziehen.

»Seid vorsichtig. Er ist sehr stark. Stärker als ihr, meine ich.«

Der Werwolf sah mich skeptisch an.

»Nein, im Ernst. Er tötet –« Ich hielt inne, als mir mit einem mulmigen Gefühl klar wurde, was diese Information anrichten konnte, wenn sie die Runde machte. »Ich sollte besser mit Raquel reden. Sorgt einfach dafür, dass er nicht aufwacht, bevor ihr ihn in den Verwahrungstrakt gebracht habt. Die Fußfessel allein reicht bei dem hier nicht.« Sie nickten, während sie ihn halb durch die Pforte trugen, halb schleiften. Ich erhaschte einen Blick auf eine der Transportfeen, aber ich erkannte sie nicht. War vielleicht auch besser so.

Seufzend ließ ich mich an der Wand hinunterrutschen, bis ich auf dem Boden saß, und fuhr zusammen, als ein Schmerz, ausgehend von meinem Steißbein, meinen ganzen unteren Rücken durchzuckte. Nach ein paar unangenehmen Gewichtsverlagerungen saß ich bequemer, zumindest auf eine Nicht-sofort-sterben-müssen-sondern-vielleicht-erst-später-Art. Eine Bewegung am anderen Ende der Straße erregte meine Aufmerksamkeit. Birgitta, für alle anderen unsichtbar, nickte mir zu und verschwand dann wieder in den Schatten. Wenigstens eins hatte ich heute richtig gemacht. Vielleicht. Möglicherweise.

»Wow.« Jack setzte sich neben mich. »Ein Fossegrim, Trolle und ein Supervampir an einem Abend. Ich nehme alles zurück – du weißt *doch*, wie man sich amüsiert.«

Den Tränen nahe, lehnte ich mich zur Seite, bis mein Kopf auf seiner Schulter lag. »Du hast ja keine Ahnung.« Ich bekam den Wunsch – diesen Drang –, den Vampir auszusaugen, einfach nicht aus dem Kopf. Mein leerer Magen zog sich vor Schuldgefühlen zusammen. Dabei hatte ich doch gar nichts gemacht. Und ich hätte es auch nicht, selbst wenn Jack nicht als strahlender Held in Erscheinung getreten wäre. Meine kribbelnden Finger schienen mir widersprechen zu wollen und ich ballte die Fäuste. Nein.

Wir schwiegen eine Weile. Jacks Schulter fühlte sich unter meinem Kopf angespannt an, etwas unbequem, aber behaglich genug, um mich nicht zu regen. Im Augenblick fühlte ich mich ihm seltsam nah, als wären wir die beiden einzig Normalen in einer Welt voller Wahnsinn und Mordlust. Ich konnte spüren, wie die Ausläufer dieser Welt drohten, mich zu umschlingen, und ich würde mich an jeden Rettungsanker klammern, der sich mir bot. Sogar, wenn er in Form eines blonden Albtraums daherkam.

Ich hob den Kopf, um ihn anzusehen. »Wie hast du mich gefunden?«

»Pures Glück.« Die Antwort kam prompt, so prompt, dass es mir fast ein bisschen verdächtig vorkam. Meine Augen verengten sich, aber er fragte weiter: »Warum hast du wegen der Trolle gelogen?«

»Hab ich nicht.« Wir saßen da und sahen einander an, zwei geübte Lügner, bis ich es nicht mehr aushielt. »Jack?«

»Hmm?«

»Danke.« Meine Stimme kippte ein wenig. »Wenn du nicht aufgetaucht wärst …«

»Wenn ich nicht aufgetaucht wäre, hättest du es wunderbar allein geschafft. Kein Grund, jetzt rührselig zu werden, wo ich gerade beschlossen habe, dass man mit dir doch ganz ordentlich Spaß haben kann. So, du trägst übrigens meine beste Jacke, und da ich die gern zurückhätte, würde ich sagen, wir bringen dich jetzt nach Hause.«

Dem hatte ich nichts hinzuzufügen.

# Ehrlich gelogen

Stirnrunzelnd sah mich Raquel über ihren schwarzen Kaffee hinweg an. »Wenn ich nur sehe, was du da trinkst, fallen mir schon die Zähne aus.«

»Ein Glück, dass die IBKP hervorragende Betriebszahnärzte beschäftigt.« Ich lächelte und rührte mit einer Zuckerstange in meiner heißen Schokolade mit doppelter Schlagsahne. Wir saßen in einem kleinen Café mit freundlich gelb gestrichenen Wänden und plüschigen Sesseln in schummrig beleuchteten Nischen, wo einzelne Gäste koffeinbefeuerte Werke von zweifelhafter Genialität in ihre Laptops tippten. Ich hatte den Laden ausgewählt, weil er geradezu lächerlich früh Getränke mit Weihnachtsaromen anbot (während diverse Spinnen und Fledermäuse von der Decke hingen und Halloween ankündigten) und weil er eine halbstündige Busfahrt von zu Hause entfernt war, sodass die Chance, dort jemanden zu treffen, den ich kannte, relativ gering war. Ich bezweifelte zwar, dass einer meiner Werwolf- oder Vampirfreunde Raquel erkennen würde, aber ich zog es vor, nicht die Probe aufs Exempel zu machen.

»Wirklich nett hier.« Zum wiederholten Mal rieb sie über einen Fleck auf dem Tisch und starrte dann ein knutschendes Pärchen in der Ecke gegenüber an. Wenigstens hatte sie überhaupt eingewilligt, sich hier mit mir zu treffen. Na gut, das lag wohl vor allem daran, dass ich mich schlicht und ergreifend geweigert hatte, für den Bericht über meine Mission in die Zentrale zu kommen.

Na ja, Bericht … Eigentlich tischte ich hier gerade eine Lüge nach der anderen über die Aktion auf.

Meine Geschichte über die Trolle, die nur auf der Durchreise waren, hatten wir schon abgehandelt. Ich widerstand dem Drang zu fragen, ob der Vampir irgendetwas über sie gesagt hatte. Wenn ja, und wenn das bedeutete, dass ich aufgeflogen war, würde ich es früh genug erfahren. Es gefiel mir gar nicht, Geheimnisse vor Raquel zu haben, aber manchmal ging es eben nicht anders. Jack hatte ihr erzählt, dass ich beinahe ertrunken wäre, also hatte ich ihr weisgemacht, dass eine plötzliche Strömung mich dem Fossegrim entrissen und ans Ufer gespült hatte. Kein Grund, ihr noch mehr Sorgen zu bereiten. Der Über-Vamp war schon mehr als genug für ein Treffen.

Ich erschauderte bei der Erinnerung an seinen Griff um mein Handgelenk und an das, was ich mit ihm vorgehabt hatte. »Ihr lasst ihn doch wohl nicht aus dem Verwahrungstrakt raus, oder?«

»Selbstverständlich nicht. Er ist viel zu instabil, selbst für die simpelsten Aufgaben. Aber es war richtig, dass du niemandem erzählt hast, warum er so stark ist. Das ist in der Tat eine beunruhigende Entwicklung. Mir ist noch nie ein Vampir begegnet, der es auf andere Paranormale abgesehen hat, und die Tatsache, dass ihm das hilft, seine natürlichen Vampirschwächen zu überwinden – nun ja, das halten wir wohl am besten unter Verschluss.« Sie stieß einen »Warum kann nicht mal irgendetwas einfach sein?«-Seufzer aus.

»Gut. Der Typ ist ein Psychopath, selbst nach Vampirmaßstäben. Und das will was heißen.« Ich lehnte mich zurück und versuchte, eine Position zu finden, in der mein verletztes Steißbein nicht wehtat. Irgendwie musste ich noch einen Weg finden, das vor Lend geheim zu halten, wenn er heute Abend kam.

Nein. Keine Geheimnisse mehr.

»Hey, und was ist mit den Elementargeistern? Meinst du, dass der Vampir vielleicht –« Mir wurde leicht übel bei der Vorstellung, Vivs Mördertour könnte sich derart wiederholen. Mehr paranormale Tote als diejenigen, über die ich sowieso schon ständig nachgrübeln musste, würde ich nicht ertragen können.

Raquel schüttelte den Kopf. »Nein. Ich glaube nicht, dass das irgendetwas miteinander zu tun hat. Es hat keinerlei Todesfälle, keine Leichen gegeben. Es stimmt, dass beinahe jeder Elementargeist, den wir identifiziert und mit dem wir Kontakt haben, verschwunden ist, aber sie sind nun mal eine ungewöhnliche Spezies – das weißt du ja. Wir verfolgen ihre Aktivitäten immerhin erst seit ein paar Jahrzehnten, also könnte das, soweit wir es beurteilen können, auch einfach ihr ganz normales Verhalten sein.«

Erleichtert nickte ich. Nicht noch mehr Gewalt. Ich würde es Lend erzählen müssen, ihm sagen, dass seine Mom nicht als Einzige verschwunden war. Obwohl ich mir nicht sicher war, ob es das nun besser oder schlimmer machte.

Raquel trank einen Schluck von ihrem Kaffee. »Aber das mit den Trollen ist wirklich schade.«

Hastig kippte ich einen Riesenschluck heiße Schokolade runter und versengte mir fast den Rachen. »Ja, schade, schade. Aber immerhin hab ich einen gefährlichen Paranormalen erwischt, und das war doch schließlich das Ziel, stimmt's?«

»Natürlich, und das hast du auch sehr gut gemacht. Tut mir leid, dass es kein so einfacher Auftrag war, wie ich behauptet hatte.«

»Tja, am besten pflanzt ihr Jack einen GPS-Sender ein oder so. Klar ist er, verglichen mit den Feen, ein Fortschritt, aber nur ein mikroskopisch kleiner. Und *die* haben mich wenigstens nie in einen Fluss plumpsen lassen. Gib mir bitte niemals Missionen in der Nähe von steilen Klippen, okay?« Wer wusste schon, wo er mich da abwerfen würde.

»Nächstes Mal lässt du einfach ihn zuerst rausgehen.«

Lachend schüttelte ich den Kopf. »Gute Idee.«

Zu meiner Überraschung fragte sie mich nach der Schule und es war sowohl surreal als auch vollkommen normal, mich mit Raquel über meinen großen *Dracula*-Aufsatz, die Englischarbeit, bei der ich wegen des Trollabenteuers immer wieder kurz vor dem Einnicken gewesen war, und meine Probleme mit Miss Lynn zu unterhalten. Fast fühlte ich mich zurückversetzt in die Zeit, als ich mir gerne vorgestellt hatte, Raquel wäre meine Mom, und davon geträumt hatte, so etwas wie das hier mit ihr zu unternehmen.

Es war wirklich nett.

»Und wie läuft es mit Lend?«

Ich blickte in meine dahinschwindende heiße Schokolade. »Nicht so toll. Ich, äh, hab ihm irgendwie nicht so richtig erzählt, dass ich wieder für euch arbeite.«

Sie zog die Augenbrauen hoch. »Und er hat's rausgefunden.«

»Hmmhmm. Wie du dir denken kannst, war er nicht gerade begeistert.«

Sie nickte mitfühlend und nahm meine Hand. »Zugegeben, Lend und ich hatten einen etwas holprigen Start« – nur Raquel würde die Tatsache, dass Lend sie niedergeschlagen hatte, woraufhin wir ihn in einer Zelle in der Zentrale eingesperrt und verhört hatten, als »etwas holprigen Start« bezeichnen –, »aber ich weiß, dass er dich sehr gernhat, und ich bin mir sicher, dass ihr zwei das wieder hinkriegt.«

»Danke, ich –«

Doch das Piepsen ihres Kommunikators riss uns aus unserem kleinen Fetzen Normalität. Sie las die Nachricht, stieß dann ihren »Warum bloß hat der Tag nur vierundzwanzig Stunden?«-Seufzer aus und sah mich entschuldigend an. Ich winkte ab.

»Kein Stress. Geh du mal ruhig die Welt retten. Ich arbeite weiter an meiner Karies.«

Sie zögerte. »Es tut mir wirklich leid, Evie. Manchmal fürchte ich, dass es ein Fehler war, dich zurückzuholen. Vielleicht war das einfach egoistisch von mir. Aber ich kann dir gar nicht sagen, wie dankbar ich dir bin.« Sie lächelte und tätschelte mir die Hand. »Ich melde mich.«

»Daran hab ich keinen Zweifel.«

»Sag Bescheid, wenn du bei deinem Aufsatz Hilfe brauchst. Oder falls ich irgendwas in der Sache mit Lend ausrichten kann.«

Als sie ging, erfüllte mich eine Wärme, die nicht nur von meinem Kakao herrührte. Obwohl die letzte Mission so ein Desaster gewesen war, hatte sich alles irgendwie gefügt. Und Raquel wiederzuhaben bedeutete mir mehr, als ich gedacht hatte. Das war doch wohl die eine oder andere Nahtoderfahrung in Schweden wert, oder etwa nicht? Lend würde es verstehen. Ich musste es ihm nur richtig erklären.

Eine Busfahrt und drei Stunden später war ich völlig erschöpft vor lauter Grübelei darüber, wie genau ich das anstellen sollte. Lend hatte mir keine feste Zeit genannt, wann er ankommen würde, also lag ich mit dem Handy in Griffweite auf der Couch und suchte nach einer Position, in der mein Steißbein nicht so wehtat.

Irgendwann holten mich die Abenteuer der letzten Nacht ein und ich fiel in einen unruhigen Schlaf. Eine sanfte Hand, die mir das Haar aus dem Gesicht strich, weckte mich. Lend war in die Hocke gegangen und auf Augenhöhe mit mir. »Hey«, sagte er leise.

»Hey!« Schnell setzte ich mich auf – zu schnell – und der plötzliche Schmerz ließ mich aufwimmern.

»Was ist?«

»Gar ni–« Ich hielt inne. »Ich hab mir gestern Abend ziemlich fies das Steißbein geprellt.«

»Wie das?«

»Ich bin auf eine Treppenstufe gefallen.«

»Wo?«

»In Schweden.«

Ein Teil der Besorgnis wich von seinem Gesicht und er lehnte sich ein Stück zurück. »Oh. Und was hast du in Schweden gemacht, dass du dabei auf eine Treppenstufe gefallen bist?«

»Mit einem Vampir gekämpft?«

Seine Miene versteinerte. »Also ist es wirklich vollkommen ungefährlich, dass du wieder für die IBKP arbeitest. Na toll. Und beim nächsten Mal kommst du dann mit gebrochenen Knochen zurück, oder was? Siehst du, das ist genau das, was ich meinte! Sobald die IBKP dich wieder in die Finger kriegt, fängst du an, mich zu belügen und Dinge vor mir geheim zu halten. Außerdem warst du jetzt schon in der Zentrale gefangen und hast dich verletzt. Warum hast du überhaupt mit einem Vampir gekämpft?«

Ich schüttelte den Kopf. »Um den Vampir ging es eigentlich gar nicht. Eigentlich sollte ich nur –«

»Nein! Es ist ja nie so, wie es *eigentlich* sein sollte. Ich fass es einfach nicht, dass Raquel dich wieder rumgekriegt hat, ihre Drecksarbeit zu erledigen.«

Und urplötzlich wechselte meine Stimmung von verzweifelt, weil ich es ihm nicht erklären konnte, zu absolut stinksauer. »Du hast ja keine Ahnung, wovon du da redest. Denkst du wirklich, nur weil die Vampire hier einen auf Schoßhündchen machen, tun sie das überall anders auch? Wie bitte schön soll Davids kleines Experiment die Menschen vor denjenigen Paranormalen beschützen, die gar nicht dran denken, sich zu bessern? Manche von ihnen sind nun mal Monster, Lend. Und das weißt du genau! Klar baut die IBKP oft

Mist, aber wenigstens tun sie was! Ich kann mir nichts Schöneres vorstellen, als einfach bloß in dieser Stadt rumzuhängen und Pfannkuchen zu servieren, aber stell dir vor: Du bist nicht der Einzige, der Paranormalen helfen will! Ich tu es vielleicht auf andere Art und Weise als du, aber wag es nicht, mir vorzuwerfen, ich würde die Drecksarbeit der IBKP erledigen. Weißt du, was dein heiß geliebter Vampir gemacht hat? Trollkindern nachgestellt und sie getötet! Und wer weiß, wie viele er noch erwischt hätte, wenn ich dem Ganzen nicht ein Ende gesetzt hätte.«

»Trollkinder?«

Ich zog ein finsteres Gesicht. »Genau. Ich war in Schweden, um eine Trollkolonie aufzuspüren.«

»Und, hast du sie gefunden?«

»Natürlich hab ich sie gefunden. Das ist mein Job und ich bin gut darin. Die Trolle haben mich um Hilfe gebeten, und weil sie niemandem was zuleide getan haben, hab ich sie vor dem Monster beschützt, das ihnen Angst machte. Und bevor du fragst: Nein, ich hab die Trolle nicht an die IBKP ausgeliefert, aber ja, den psychopathischen Vampir hab ich ihnen überlassen. Also, mag sein, dass die mich benutzen, aber ich benutze sie auch und ich wäre dir sehr verbunden, wenn du mich nicht behandeln würdest wie eine Idiotin, die alles tut, was ihr aufgetragen wird.«

Er schwieg eine Minute, in der ich mich schon gegen sein nächstes Argument wappnete. »Es tut mir leid.«

»Ich – Moment, was?«

»Es tut mir leid. Du hast recht. Ich verstehe zwar nicht, warum du meinst, dass die IBKP der beste Weg ist, aber ich konnte ihnen gegenüber auch noch nie objektiv sein. Das Ganze gefällt mir nicht und das wird es auch nie – dir kann bei deinen Aufträgen einfach zu viel passieren. Aber wenn es dir so wichtig ist, dann komme ich damit klar. Du bist keine Idiotin – das weiß ich. Du bist die klügste, beste Person, die ich kenne.«

»Also … ist zwischen uns alles okay?« Hoffnung keimte in meiner Brust auf und löste einen Teil der Beklemmung, die mich die ganze Woche über fast zerrissen hätte.

»Versprich mir nur, dass das mit dem Lügen vorbei ist. Ich hasse den Gedanken, dass die IBKP immer noch so eine große Rolle in deinem Leben spielt, aber das kann ich wohl akzeptieren, wenn du aufhörst, es vor mir geheim zu halten. Das ist es, was mich am meisten fertigmacht. Dass du das Gefühl hast, nicht ehrlich zu mir sein zu können. Du siehst mich so klar wie niemand sonst – mich, wie ich wirklich bin –, die ganze Zeit. So etwas wünsche ich mir auch mit dir.«

Ich nickte, Tränen in den Augen. Er hatte recht. Er konnte sich nicht vor mir verstecken. Es war nicht fair, wenn ich mich vor ihm versteckte.

»Also, keine Lügen mehr?«

Ich schluckte. *Du bist unsterblich, Lend.* »Keine Lügen mehr«, log ich.

Er seufzte erleichtert auf und setzte sich neben mich. Behutsam legte er den Arm um mich und den Kopf auf die Rückenlehne der Couch. »So, äh, was möchtest du jetzt machen?«

Wenn ich das nur wüsste.

# Lügen, Lippen, Lockenköpfe

»Ich kann das nicht«, flüsterte ich und mir drehte sich fast der Magen um.

Lend legte seine Hand auf meine und schlang den anderen Arm um meine Taille. Ich lehnte den Kopf zurück an seine Brust, froh über diese Geste. Froh über uns. Noch war die Normalität nicht ganz wieder eingekehrt, aber wir kamen der Sache langsam näher.

»Klar kannst du.« Er drückte meinen Finger auf die Entertaste und zack, hatte ich meine Bewerbung an das einzige College abgeschickt, auf das ich gehen wollte.

»Ich glaube, mir wird schlecht.«

»Wenn das so ist, würde ich dir dringend das Badezimmer ans Herz legen, ich muss nämlich heute Nacht hier schlafen.« Er lachte und gab mir einen flüchtigen Kuss auf den Hals.

Ich ließ mich wieder auf sein Bett fallen und zerwühlte die vertraute blaue Decke. Immer wenn wir uns bei seinem Dad zu Hause trafen, fühlte es sich an wie früher, als wir aus der Zentrale ausgebrochen waren und ich fürs Erste hier untergekommen war. »Ich hätte mir meine Aufsätze noch mal durchlesen sollen. Und was ist mit meinen Noten? In Mathe könnte ich besser sein. *Müsste* ich besser sein. Von Englisch ganz zu schweigen.« Ich vergrub das Gesicht in den Händen. »Ich kann nicht atmen. Konntest du atmen, als du dich beworben hast? Ist das normal?«

Lend setzte sich neben mich und die Matratze sackte so tief ein, dass ich gegen ihn rollte. »Das ist normal. Mir ging es ganz genauso wie dir. Aber wenn es dir hilft, du siehst beim Durchdrehen tausendmal süßer aus als ich.«

Ich linste durch meine Finger. »Aber was, wenn sie mich nicht nehmen?«

Er legte die Arme um mich. »Schluss jetzt damit. Die nehmen dich.«

»Gut. Irgendwer muss ja ein Auge auf dich und diese lüsterne kleine Dryade von Laborantin haben.«

Er lachte und drückte mich so fest an sich, dass ich keine Luft mehr bekam. »Was soll ich mit einer lasterhaften Baumnymphe, wenn ich eine hyperventilierende Evie haben kann?«

Ich befreite meine Arme und fing an, ihn mit dem Finger in die Seiten zu pieksen und ihn zu kitzeln, bis er seinen Griff lockerte. Und dann, unfähig, seinem Mund zu widerstehen, der so liebenswert aussah, wenn er lachte, küsste ich ihn und meine Anspannung zerschmolz unter seinen Lippen. Meine Güte, dieser Junge *schmeckte* sogar fantastisch.

Gerade als ich mich auf eine schöne Runde Rumknutschen eingerichtet hatte, unterbrachen uns laute Stimmen aus dem Erdgeschoss.

»Erwartet ihr Besuch?«, fragte ich und setzte mich auf.

Lend wand seine Finger aus meinem Haar. »Nicht dass ich wüsste.«

Die Stimmen wurden lauter, offensichtlich war da unten ein Streit im Gange. »Sekunde mal – das ist Raquel.« Na super. Natürlich tauchte sie genau dann auf, wenn zwischen Lend und mir alles wieder in Ordnung war. Jetzt konnte ich wirklich kein IBKP-Drama gebrauchen, das ihn nur wieder an meine Lügen erinnern würde. Wir eilten runter in die Küche. David stand mit dem Rücken an die Arbeitsplatte gelehnt, seine Miene eine eigentümliche Mischung aus Ärger und Verlegenheit. Vor ihm stand Raquel und stieß ihm zur Betonung bei jedem einzelnen Satz den Zeigefinger in die Rippen.

»Erzähl du mir nichts von Vertrauen, David Pirello! Wag es ja nicht! Wenn du irgendetwas darüber weißt, wo sie sind, und es nicht –«

David räusperte sich laut, woraufhin Raquel sich zu uns umdrehte. Ihr Gesicht war vor Aufregung gerötet, was ich so gut wie noch nie an ihr gesehen hatte. Sie sah richtig hübsch aus mit ihren rosigen Wangen und den blitzenden Augen. Nur ihre finstere Miene minderte den Effekt ein wenig, doch als sie uns sah, bemühte sie sich hastig um einen neutraleren Gesichtsausdruck.

»Oh. David hat gar nichts davon gesagt, dass ihr zwei hier seid.« Sie fuhr glättend mit den Händen über ihren Rock, als könnte sie so ihre aufgestaute Wut loswerden. »Evie, ich wollte dich fragen, wie die Collegesuche vorangeht.«

Ich lächelte skeptisch, überzeugt davon, dass das keineswegs der Grund war, warum sie gekommen war. »Bestens. Hab mich gerade vor fünf Minuten an der Georgetown beworben.«

»Schön, aber zur Sicherheit solltest du es bei wenigstens drei weiteren Colleges versuchen.«

Ich widerstand dem Drang, sie wütend anzustarren. Dasselbe predigte mir mein Beratungslehrer auch immer, aber für mich gab es nun mal nur Georgetown. »Guter Rat. Danke.«

»Was machen Sie hier?«, fragte Lend.

»Ich wollte die Meinung deines Vaters zu einigen neueren Entwicklungen hören. Leider war er keine große Hilfe.« Sie funkelte David gereizt an, was er mit einem mürrischen Blick quittierte. »Evie, halt mich auf dem Laufenden über deine Bewerbungen, ja?« Sie schenkte mir ein Lächeln und ging an uns vorbei zur Haustür hinaus.

»Seit wann benutzt sie denn normale Türen?«, wunderte sich Lend.

»Sie will nur höflich sein«, erwiderte ich verteidigend und runzelte die Stirn.

»Was wollte sie denn in Wirklichkeit?«

David schüttelte den Kopf. »Ach, denen verschwinden immer mehr Elementargeister und ortsgebundene Paranormale vom Radar. Na ja, aber das braucht uns ja nicht zu kümmern. Die IBKP verursacht schließlich jede Menge Probleme, dann soll sie sich gefälligst auch selbst damit rumschlagen. Ich kann nur jedem gratulieren, der ihren Fängen entkommen kann.«

Unbehaglich trat ich von einem Fuß auf den anderen. In

diesem speziellen Fall konnte ich mich absolut nicht entscheiden, auf wessen Seite ich war. Wahrscheinlich auf beiden. Oder keiner. Lend schwieg und ich zermarterte mir das Gehirn auf der Suche nach irgendetwas, das ich sagen konnte, um die sich ausdehnende Stille zu füllen.

Da klingelte mein Handy in meiner Tasche. Dem Himmel sei Dank. »Das ist Arianna – Moment.« Ich klappte das Telefon auf und ging nach nebenan. »Arianna? Was gibt's?«

»Gibt es einen Grund dafür, dass da ein blonder Junge auf deinem Bett rumhopst, oder kann ich kurzen Prozess mit ihm machen?«

»Mach dir keine Mühe«, knurrte ich. »Das übernehme ich selbst.« Wenn ich mich jetzt auch noch mit Jack rumschlagen musste, der schon wieder mein Leben durcheinanderbrachte …

Lend kam gerade ins Zimmer, als ich das Handy zuklappte. »Alles okay?«

Ich schob das Handy in meine Tasche und vermied sorgsam jeglichen Augenkontakt. Das hier hatte nichts mit der IBKP zu tun. Und wir hatten so einen schönen Nachmittag gehabt, bevor Raquel aufgetaucht war. Warum also jetzt alles wieder ruinieren?

Ich seufzte. Die Wahrheit. Ich würde ihm die Wahrheit sagen, wann immer es ging, um die paar Male auszugleichen, bei denen es einfach nicht möglich war. »Jack ist in unserer Wohnung und geht Arianna auf den Keks.«

Lend zog ein finsteres Gesicht. »Was hat der Typ eigentlich für 'nen Schaden?«

»Keine Ahnung. Egal, ich muss mich sowieso für meine

Schicht umziehen gehen.« In letzter Zeit hatte ich die Arbeit im Diner wirklich schleifen lassen. Das Geld brauchte ich ja nicht mehr unbedingt, aber sie brauchten immer noch Hilfe, und wenn ich sie hängen ließ, bekam ich bloß ein schlechtes Gewissen. Außerdem konnte ich auf die Art unauffällig Nona im Auge behalten. Mir waren zwar keine Feen mehr über den Weg gelaufen, aber das bedeutete nicht, dass nicht doch noch irgendwas im Gange war.

»Soll ich mitkommen und dir helfen?«

Dankbar, dass er die Sache mit Jack so locker nahm, lächelte ich ihn an. Das musste ihn ziemliche Anstrengung kosten. »Geh du uns lieber einen Film besorgen. So stinken wir wenigstens nicht beide nach Frittenfett und ich habe ein schönes Date, auf das ich mich freuen kann.«

»Ich meinte, ob ich dir mit Jack helfen soll.«

»Oh. Nein. Er ist einfach ein bisschen unausgeglichen und einsam.«

Stirnrunzelnd legte er die Arme um mich. »Kann er nicht im Zimmer von irgendjemand anderes Freundin unausgeglichen und einsam sein?«

»Ich werd's mal anregen. Holst du mich um acht ab?«

Er beugte sich zu mir runter und gab mir einen sanften Kuss. »Mach ich. Ruf an, wenn es Probleme gibt.«

Ich würde Lend zwar nicht anrufen, aber ich hatte keinerlei Zweifel daran, dass, wenn Jack im Spiel war, Probleme nicht weit sein konnten.

# Alternative Lebensentwürfe

Jack war gerade mitten im Sprung, als ich in mein Zimmer platzte. Ich schnappte ihn beim Fußknöchel und riss ihn in die Horizontale, sodass er mit voller Wucht auf mein Bett krachte und anschließend runter auf den Boden rollte.

Und sich vor Lachen kringelte.

»Noch mal, noch mal! Aber diesmal hüpfe ich noch höher!«

»Nein! Ganz sicher nicht! Was willst du überhaupt hier?«

Immer noch auf dem Boden, setzte er sich auf und zuckte mit den Schultern. »Mir war langweilig.«

»Und was hab ich damit zu tun? Ich bin doch nicht dein Babysitter!«

Seine blauen Augen funkelten. Jetzt mal im Ernst, wessen Augen funkeln denn tatsächlich? Dann zog er einen Flunsch und klimperte mit den geradezu absurd langen Wimpern. »Ich dachte, wir wären Freunde.«

»Ach, lass den Quatsch.«

»Komm schon.« Er sprang auf und grapschte nach meiner Hand. »Lass uns was Lustiges unternehmen.«

»Ich kann nicht! Ich muss arbeiten und danach hab ich ein Date.«

»Mit Bratpfannen-Boy? Ich dachte, ihr hättet Schluss gemacht.«

»Nein! Wieso sollten wir?«

Jack zuckte mit den Schultern. »Keine Ahnung. Letztes Mal, als ich ihn gesehen hab, wirkte er nicht gerade wie auf Wolke sieben. Aber, egal, ich wollte jedenfalls bloß mal gucken, ob bei dir alles okay ist. Sieht ja ganz danach aus, auch wenn ich immer noch der Meinung bin, dass der Kerl sterbenslangweilig ist. Oder kann er dich vielleicht mit auf Riesenkraken-Safari nehmen?«

»Im Ernst? Die gibt es wirklich? Ich wollte schon immer –« Ich hielt inne und holte tief Luft. »Nein, ehrlich. Ich bin verabredet. Mit meinem *Freund*.« Diesmal, so hatte ich den Eindruck, lag tatsächlich etwas Echtes in seinem enttäuschten Gesichtsausdruck. Na super. Noch jemand, den ich im Stich ließ. Und ich konnte ihn auch verstehen. Wenn er nur die Wahl zwischen dem Feenreich und der Zentrale hatte, dann konnte er wirklich einen Freund gebrauchen. »Verschieben wir's, ja? Am Wochenende hab ich halt immer viel zu tun.«

Er zuckte mit den Schultern und schon erschien erneut sein Dauergrinsen in all seiner grübchenverzierten Pracht. »Du würdest wahrscheinlich sowieso nur wieder einen Weg finden, dich halb umzubringen.«

Von der offenen Tür her erklang Ariannas lautes Räuspern. Ich war ohne Erklärung an ihr vorbeigestürmt und musste jetzt mit Sicherheit eine nachreichen. Das Problem war bloß, *wie* sollte ich es ihr erklären?

»Oh, äh, Arianna, das ist Jack. Er, ähm, ja, was hat er dir denn erzählt?«

Sie verdrehte die Augen, wobei die mit schwarzem Kajal umrandeten schokoladenbraunen ihres Covers den milchig weißen ihrer Leiche folgten. »Er hat gesagt, er wäre hier, um die Betten zu inspizieren. Ich dachte mir, er ist sicher ein alter *Freund* von dir.«

»Nein, ist er nicht – oder, na ja, irgendwie doch. Er ist keine Fee, sondern ein Mensch, aber, äh –« Ich hatte Arianna nichts von meiner neuen Abmachung mit der IBKP erzählt. Lend war darüber schon wütend genug, da wollte ich nicht auch noch Stress mit meiner Mitbewohnerin haben.

»Jack.« Er strahlte sie mit seinem dahinschmelzungswürdigsten Lächeln an und streckte ihr die Hand hin. »Definitiv menschlich, aber« – er ergriff ihre Hand und presste die Lippen darauf – »mehr als bereit, einen alternativen Lebensentwurf auszuprobieren, wenn das bedeuten würde, dass ich dich dann besser kennenlerne.«

»Danke, aber igitt.« Arianna zog die Hand zurück, das Gesicht zu einer angewiderten Grimasse verzerrt. Doch ein kleines Lächeln in einem ihrer Mundwinkel konnte sie nicht unterdrücken. »Als wäre es nicht schon schlimm genug, ewig zu leben, auch ohne sich dabei mit Nervensägen wie dir rumschlagen zu müssen.«

Er stieß einen tonnenschweren Seufzer aus. »Mädchen sind echt so was von gemein. Feen bringen einen wenigstens einfach bloß um, wenn sie keinen Bock auf einen haben.« Er stützte sich mit einer Hand an der Wand ab und tippte ungeduldig mit dem Fuß auf den Boden.

»Was machst du jetzt?«, fragte ich schlechten Gewissens, weil ich keine Zeit für ihn hatte.

»Mir eine Fee suchen, die mich abmurkst, ist doch klar.« Er zwinkerte uns zu und tat dann so, als würde er direkt durch die Feenpforte fallen, die sich in der Wand auftat. Selbst Arianna musste lachen, nachdem die Wand sich wieder hinter ihm geschlossen hatte.

»Wo hast du den denn aufgegabelt?«

»Keine Ahnung. Bin wohl einfach so eine Art Freak-Magnet.«

»Tja, die spüren es wahrscheinlich, wenn sie eine Geistesverwandte gefunden haben.«

»Musst du gerade sagen. Hast du nicht noch irgendwelche Horden von Untoten, die du in die glorreiche Revolution führen musst oder so?«

»Zombies, keine Untoten. Das ist ein feiner Unterschied. Und nein, im Moment suche ich nach neuen Talenten. Die glorreiche Revolution ist erst morgen wieder an der Reihe.«

»Na dann, viel Erfolg. Hey, dann hast du also heute Abend Zeit? Lend ist nämlich das ganze Wochenende hier.«

Sie zuckte mit den Schultern. In letzter Zeit hatte sie sich immer mehr zurückgezogen. Aber solange nicht gerade eine Feenapokalypse drohte, würde ich sie diesmal *auf keinen Fall* hängen lassen. »Ja. Klar. *Easton Heights*-Marathon?« Pluspunkt: Da Arianna nicht schlief, konnten wir die ganze Nacht DVDs gucken, und das bedeutete, dass keine Minute von meiner Lend-Zeit abging. Ein genialer Plan, soweit ich das überblicken konnte.

Ich nickte und grinste begeistert. »Party!«

»Lend wird dir sicher die Ohren vollheulen.«

»Er sieht süß aus, wenn er heult.«

»Mit dir stimmt echt was nicht«, merkte sie an.

Mit mir stimmte sogar eine ganze Menge nicht, aber meine Liebe zu Lend gehörte definitiv nicht dazu.

»Oh, hey«, sagte sie dann und zeigte auf eine Reihe dicker Mappen auf dem Schreibtisch. »Ich hab Infomaterial von ein paar anderen Colleges in Washington und Umgebung bestellt.«

»Warum?«

»Plan B. Du weißt schon, nur für den Fall der Fälle.«

Ich zog ein finsteres Gesicht. Man könnte fast meinen, dass sie diejenige war, die sich ständig heimlich mit Raquel rumtrieb. »Ich brauche keinen Plan B.«

Wieder verdrehte sie die Augen. »Sei nicht albern. Es kann immer sein, dass irgendwas nicht klappt. Man muss sich mehrere Alternativen offenhalten. Sei lieber froh, dass du überhaupt welche hast.«

»Ich brauche keine Alternativen. Bis später dann.« Und damit schlug ich die Tür lauter hinter mir zu, als nötig gewesen wäre.

Unten schlüpfte ich erst mal in die Küche, wo ich Nona und Grnlllll dicht beieinanderstehen und sich über irgendetwas auf Nonas Arm beugen sah. Ich blinzelte, überzeugt, dass mich meine Augen täuschten. Es sah nämlich so aus, als unterhielten die beiden sich mit einer Art leuchtend orange glühendem Gecko oder Salamander, aber das konnte ja nicht sein.

Andererseits war Nona ein Baum. Also konnte man wohl

so ziemlich nichts, was sie machte, als seltsam bezeichnen. Oder alles. In diesem Fall gab es einfach kein »normal«.

»Hey, Nona!«

Sie richtete sich gerade auf, warf mir einen misstrauischen Blick zu und verbarg ihren Arm schützend hinter dem Rücken. Ich runzelte die Stirn und fragte mich, ob ich das Ding darauf nicht sehen durfte oder ob sie nur generell angesäuert war, weil ich kaum noch zur Arbeit kam. »Soll ich heute servieren oder an die Kasse?«

»Weder noch, Evie. Danke. Du kannst gehen.«

»Okaaay …« Hier war definitiv was faul. Nach ihrem Geflüster mit Grnlllll und dem heimlichen Treffen mit Reth kam mir Nona wirklich langsam verdächtig vor. Und dann war da auch noch diese Art, wie sie mich ansah, immer wenn sie dachte, ich würde es nicht mitkriegen – als würde sie, ich weiß auch nicht, *warten.* Worauf auch immer. Ich war mir ziemlich sicher, dass ich es gar nicht wissen wollte.

Und ich schwöre, als ich durch das Diner nach draußen ging, folgte mir jedes einzelne Paar Augen im Raum – und kein einziges davon war menschlich. Ich unterdrückte ein Schaudern und zog mein Handy aus der Tasche, um Lend anzurufen, damit er mich abholte. Heute würde ich auf keinen Fall allein unter freiem Himmel herumspazieren.

Mein Kopf näherte sich gefährlich der Tischplatte. Die glatte, eintönige Oberfläche aus Holzimitat war einfach zu einladend und die glatte, eintönige Stimme meines Englischlehrers im Hintergrund schien ein bislang unentdecktes Heilmittel für Schlaflosigkeit zu enthalten.

Ich konnte mich nicht erinnern, wann ich mich zuletzt so gelangweilt hatte. Wenn ich doch nur schon offiziell an der Georgetown angenommen wäre. Dann könnte ich mich endlich entspannen, aber im Moment konnte ich mir keine Schnitzer mehr erlauben, falls sie meine Noten noch mal überprüften.

Was auch der Grund für einen weiteren Extrapunkte-»Fun-Run« war, den ich in der Mittagspause für die liebe Miss Lynn absolvieren würde. »Fun-Run«, die Bezeichnung war echt ein Witz in sich. Genauso gut könnte man »braver Gremlin« sagen, oder »freundliche Moorhexe«, oder »unterhaltsames Geschichtsbuch«. Das war schon mein dritter Lauf diese Woche und ich war überzeugt, dass mich diese verpiepte Sportnote Jahre meines ohnehin schon verkürzten Lebens kosten würde. Na gut, immerhin war Laufen so anstrengend, dass ich mich dabei nicht langweilen konnte. Im Gegenteil zu jetzt.

Ich unterdrückte ein Gähnen. Wenn doch nur irgendwas – egal, was – passieren würde. Vielleicht würde Lend ja wieder kommen und mich retten und wir könnten noch mal so einen magischen Nachmittag miteinander verbringen und die Spannung überwinden, die in manchen Momenten noch immer zwischen uns stand. Ich stützte den Kopf auf die Faust und starrte Richtung Tür.

Was, wenn ein Zombie hereinkäme, nach Tod und Verfall stinkend? Wahrscheinlich würde er sich als Erstes auf den rabiaten Fußball-Rotschopf stürzen, der direkt an der Tür saß. Einen Zombie würde ich doch mit links erledigen. Das Lineal auf dem Lehrerpult sah aus, als hätte es ziemlich scharfe Kanten, und wie cool ich dann vor meinen Klassenkameraden dastünde! Besonders, wenn ich Tasey dabeihätte.

Seufzend legte ich den Kopf zurück und starrte an die Decke. Es würde nicht funktionieren. Kein Lineal war so scharfkantig, außerdem würde ich Tasey nie mit in die Schule nehmen. Und selbst wenn ich die ganze Klasse rettete, würde ich wegen der Antigewalt-Politik der Schule wohl trotzdem hochkant rausfliegen.

Tja, dann würde ich wohl ohne die ewige Dankbarkeit und Bewunderung meiner Klassenkameraden auskommen müssen. In Wahrheit merkten die meisten von ihnen kaum, dass ich überhaupt da war. Sie hatten nun mal alle schon ihre festen Cliquen, und obwohl sie ganz nett zu mir waren, traf ich mich außerhalb der Schule mit keinem von ihnen. Was man mir wohl kaum zum Vorwurf machen konnte, weil ich entweder im Diner Schichten schob oder meine kostbaren Wochenenden für Lend reservierte.

Aber wenn ich ganz ehrlich war, lag es zum großen Teil daran, dass ich, auch wenn ich mir noch so viel Mühe gab, einfach nicht hierher passte. Ihre alltäglichen Dramen drehten sich darum, wer was mit wem hatte und wer was zu wem sagte und so weiter und so fort. Meine alltäglichen Dramen drehten sich weniger ums »Wer« als vielmehr ums »Was« – wie zum Beispiel in: Was zur Hölle ist das nun wieder für eine grausige Kreatur, die mir jeden Moment die Kehle rausreißen wird?

Oder zumindest war das früher mal so gewesen. Ich war die ganze Woche vollkommen durch den Wind gewesen. Raquel hatte mich nicht gebraucht, weshalb ich viel zu viel

Zeit gehabt hatte, mir wegen allem anderen Gedanken zu machen. Nirgendwo fühlte ich mich richtig sicher oder beruhigt. Das Diner war voller Paranormaler, und auch wenn Nona sich benahm wie immer, lief mir ein Schauder über den Rücken, wenn sie mich auch nur ansah. Arianna war so was wie mein ganz persönlicher Poltergeist, immerzu war sie zu Hause, immerzu spukte sie mit ihren Launen durch die Wohnung. Aber draußen zu sein machte mich nervös – diese Windböen, die mir überallhin folgten, und der ständige Blick nach oben, um den Himmel nach Sylphen abzusuchen, die Angst vor Menschenmengen, weil sich darin Feen verbergen könnten. Ich hatte keinen Ort, der nur mir gehörte.

Genau, wie Jack gesagt hatte: Ich war heimatlos.

Im Moment aber war ich vor allem gelangweilt. Wenn sich also vielleicht ein Vampir in die Schule verirren würde und …

Ein Blatt Papier wurde vor mir auf den Tisch geknallt. Ich brauchte ein paar Sekunden, bis ich begriff, worum es sich dabei handelte. Meine Arbeit. Die Klassenarbeit von neulich! Und darauf prangte eine –

Nein, das konnte nicht sein.

Ungläubig starrte ich auf die Zahl auf der ersten Seite. 3+? *3+?* Wusste der Kerl denn nicht, wie lange ich für diese blöde, sinnlose Arbeit gelernt hatte? Wusste er nicht, dass ich davor die halbe Nacht lang gegen die Mächte des Bösen gekämpft hatte? *Wusste er nicht, dass ich unbedingt an der George*verpieptnochmal*town angenommen werden musste?*

Da stand sie, die 3+, und schien mich auszulachen. Wahrscheinlich war es gut, dass ich Tasey nicht in der Tasche hatte, sonst hätte ich die schreckliche Note damit aus dem Papier gebrutzelt. Die Stunde war vorbei, bevor ich die letzten Instruktionen mitkriegte, die der Lehrer uns gab, und dann stand auch schon Carlee vor meinem Tisch.

»'ne 3+? Nicht schlecht!«

»Nicht schlecht ist aber nicht gut genug für Georgetown«, stöhnte ich, den Tränen gefährlich nahe. Bitte, bitte, hoffentlich checkten sie meine Daten, *bevor* die neuen Noten darin erschienen.

»Ach, du wirst bestimmt angenommen! Du bist doch total schlau. Keine Sorge!« Sie legte den Arm um meine Schultern und wir gingen zum Mittagessen. »Lass uns über was Schöneres reden. Als was soll ich zu Halloween gehen? Ich kann mich nicht zwischen sexy Vampir und sexy Fee entscheiden. Egal wie, ich hab auf jeden Fall noch eine ganze Tube Glitzergel übrig, falls du die Verkleidung willst, die ich nicht brauche!«

Wie jetzt, Feen und Vampire sollten glitzern?

Also ehrlich.

# Karamell und Komplikationen

Ich hielt mir den Bauch und stöhnte. »Also, so was haben sie bei *Easton Heights* aber nie gezeigt. Dramatische Erzählerstimme: ›Sehen Sie nächste Woche: Halloween und seine gefährlichen Folgen. Carys verzehrt tödliche Mengen von Zucker. Wird sie bis zum Schulball überleben? Und schlimmer noch: *Wird sie überhaupt ein Date bekommen, nachdem sie drei Pfund zugelegt hat?*‹«

Stirnrunzelnd steckte Arianna meine Perücke fest. »Es hat dich ja wohl keiner dazu gezwungen, eine ganze Tüte Schokotoffees zu essen. Halt still.«

Es wäre viel leichter gewesen, sich fertig zu machen, wenn ich mich dabei hätte sehen können, aber Arianna hasste Spiegel und so saß ich mitten in unserem winzigen Wohnzimmer. Beschweren konnte ich mich allerdings nicht, denn allein hätte ich nie so ein tolles Kostüm zustande gebracht. Manchmal zahlte es sich echt aus, eine untote ehemalige Modedesignstudentin zur Mitbewohnerin zu haben.

»Okay.« Sie trat zurück, um ihr Werk zu begutachten, und nickte zufrieden. »So kannst du gehen.«

Ich sprang sofort auf, um mich im Badezimmerspiegel zu betrachten. »Wow, Arianna, ist das abgefahren!«

Meine rote Perücke und das breite lila Haarband passten perfekt zu dem lila Kleid, der rosa Strumpfhose und dem grünen Seidenschal. Ich hatte *Scooby Doo* immer geliebt. Er und seine Gang waren das komplette Gegenteil von mir: Sie jagten Monster, die sich als Menschen herausstellten, und ich enttarnte angebliche Menschen als tatsächliche Monster. Sie hatten es besser getroffen, fand ich. Noch dazu hatten sie einen ziemlich lässigen Van.

»Okay so?«, rief Arianna von nebenan.

»Du bist ein absolutes Genie! Ich bin die coolste Daphne, die es je gab!«

»Und dann auch noch so bescheiden.«

Ich ging zurück ins Wohnzimmer. Sie saß schon wieder vor dem Computer und spielte.

»Willst du nicht mitkommen?«, fragte ich.

»Halloween ist nichts für mich.«

»Ach was, jetzt komm schon, Halloween ist doch *dein* Abend!«

Sie sah hoch und bedachte mich mit einem ausdruckslosen Blick. »Danke, ich verzichte.«

Mein schlechtes Gewissen ließ mich zögern. In letzter Zeit hatte ich mich kaum um sie gekümmert. Sogar bei unserem *Easton Heights*-Marathon letzte Woche war ich nach gerade mal einer halben Stunde eingedöst. Natürlich sagte ich ihr nichts davon, aber dieser Über-Vamp in Schweden hatte meine Abneigung gegenüber Vampiren wieder hochkochen lassen und gerade fiel es mir ziemlich schwer, Arianna auch nur direkt anzusehen. Außerdem wirkte sie seit ein paar Wochen extrem verschlossen und ungesellig. Das heißt, noch verschlossener und ungeselliger als sowieso schon.

Aber sie hatte sich immerhin die Zeit für mein geniales Kostüm genommen. Da war es doch das Mindeste, dass ich versuchte, sie zum Ausgehen zu überreden. »Na, komm. Es wird sicher lustig! Außerdem sind Vampire dieses Jahr total hip, du bist also automatisch die Coolste von allen! Du willst dich doch wohl nicht an Halloween in dieser ollen Bude hier verschanzen, oder?«

Ihre Augen wurden schmal. »Doch, genau das will ich, herzlichen Dank auch. Außerdem werde ich dir bestimmt nicht meine Gesellschaft aufbürden, wo du sie doch ganz offensichtlich nicht genießt. Dein Mitleid kannst du dir echt sparen, Evie.«

»So ist das doch gar nicht!«

Sie seufzte und widmete sich wieder ihrem Spiel. »Egal, schon gut. Ich kapier's ja. Ich würde auch nicht mit mir rumhängen wollen.«

Ich wollte ihr gerade widersprechen, als es draußen hupte. Ich legte ihr die Hand auf die Schulter, aber sie schüttelte sie ab, ohne mich noch einmal anzusehen. Wenn Arianna in einer ihrer düsteren Stimmungen war, waren alle Versuche, sie aufzuheitern, sinnlos. Während ich die Treppe runter und durch das Diner huschte, versuchte ich, meine Schuldgefühle abzuschütteln. Lend stieg aus dem Auto, als ich rauskam; er war an diesem Donnerstag extra für mich nach Hause gekommen. Ich runzelte die Stirn. »Du hast dich ja gar nicht verkleidet!«

Grinsend hielt er mir die Tür auf. »Und ob. Tadaa, ich bin: der Sichtbare!«

Ich boxte ihm vor die Brust. »Faulpelz.«

»Hey, ich bin schließlich jeden Tag verkleidet. Du dagegen nur einmal im Jahr, was ja wohl *dich* zum Faulpelz macht. Na ja, aber da du mit deiner rosa Strumpfhose so süß aussiehst, will ich mal nichts weiter dazu sagen.«

»Wie überaus großzügig.« Er gab mir einen langen Kuss, bei dem mir ganz warm und glücklich zumute wurde. Wir waren auf dem richtigen Weg.

Auf der Fahrt zu seinem Dad sah ich aus dem Fenster und erspähte voller Freude die ersten Gruppen von Kindern, die Süßigkeiten sammelten. Daran erinnerte ich mich noch vage aus der Zeit, als ich noch klein war. Eine meiner Pflegefamilien hatte ziemlich viel Aufhebens um Halloween gemacht; wir hatten Kürbisse zurechtgeschnitzt und alles, was dazugehörte. Die Leiterin meines letzten Kinderheims dagegen war der Meinung gewesen, Halloween wäre zu gefährlich, also mussten wir alle drinbleiben und uns dreimal hintereinander denselben Charlie-Brown-Trickfilm ansehen. Bis heute kann ich Beagles nicht ausstehen.

Raquel wiederum bezeichnete es natürlich als völligen Unsinn, dass die Leute an diesem Tag durch die Gegend rannten und sich als genau die Wesen verkleideten, vor denen wir sie zu schützen versuchten. Außerdem war sie immer besorgt gewesen, dass unsere »Kollegen« beleidigt sein könnten, weil wir ihre Existenz als Anlass für solche Späße nahmen. Ariannas grottiger Laune nach zu schließen, hatte sie damit anscheinend gar nicht so unrecht gehabt.

Ich wandte mich Lend zu. »So, und was steht für heute Abend auf dem Plan?«

»Als Erstes Kürbisse schnitzen. Ich hab ein paar Vorlagen gezeichnet. Wir werden meinen Dad so was von fertigmachen.«

Ich lächelte, neugierig auf seine Entwürfe. In letzter Zeit zeichnete er fast nur noch für seine Anatomievorlesungen. Mir gefiel es viel besser, wenn er das nur zum Vergnügen machte. »Super. Und dann?«

»Dann machen wir Karamelläpfel und warten darauf, dass es klingelt. Die Einzigen, die bis zu unserem Haus rausmarschieren, sind die Werwölfe aus der Stadt mit ihren Kindern, das ist immer ziemlich witzig.«

»Oh. Klasse!« Ich legte so viel Begeisterung hinein, wie ich konnte, aber ein bisschen enttäuscht war ich schon. Das hier war mein erstes normales Teenagerhalloween. Da hatte ich mir eigentlich was Aufregenderes vorgestellt, als Bonbons an Werwolfwelpen zu verteilen. Carlee schmiss heute Abend ihre alljährliche Halloweenparty, und obwohl ich mit niemandem befreundet war, der dort sein würde, war ich furchtbar neugierig. Die einzigen Partys, die ich je erlebt hatte, hatten im Fernsehen stattgefunden. Oder in der Zentrale, aber die waren immer stinklangweilig. Außerdem war es mir immer ziemlich unangenehm gewesen, mich unter die Paranormalen zu mischen, die ich persönlich eingesackt hatte. Und nicht ein Mal war jemand auf die Idee gekommen, heimlich was Hochprozentiges in den Punsch zu kippen.

Na ja, mit Lend zusammen zu sein schlug das alles sowieso um Längen und er hasste nun mal Partys. Er war schon eher ein Stubenhocker – verständlicherweise, nachdem er als kleiner Junge, bevor er seine Gestaltwandlerei unter Kontrolle hatte, von allem abgeschirmt worden war. Und obwohl er jetzt, da er älter wurde, echtes Beliebtheitspotenzial hatte (mit anderen Worten: Hallo, Schnuckel!), war er immer der Meinung gewesen, dass niemand sein wahres Ich kennenlernen durfte.

Bis ich kam, heißt das. Was mich natürlich überglücklich machte.

Lend musterte mich und lächelte. »Du bist so eine schlechte Schauspielerin. Zum Glück hab ich ganz was anderes mit dir vor.«

Sofort wurde ich wieder munter. »Ach ja?«

»Tja, wo du doch schon mal passend gekleidet bist, würde ich sagen, wir gehen zum … Disco-Bowling.«

»Disco-Bowling? Im Ernst? So was gibt's?«

Er lachte. »Ich hab das auch noch nie gemacht, aber du hast ja vor ein paar Wochen gesagt, dass du gerne mal bowlen gehen würdest, und da dachte ich mir, heute wäre doch die Nacht der Nächte, in der ich dich mit meinem unglaublich geringen Bowlingtalent beeindrucken kann. Außerdem siehst du viel zu toll aus, um das alles an ein paar Zwerge im Zuckerrausch zu verschwenden. Die veranstalten da auch einen Kostümwettbewerb – den Sieg hast du so gut wie in der Tasche.«

Ich lachte verzückt und nahm seine Hand, um ihm einen Kuss auf die Fingerknöchel zu drücken. Ich wusste, dass er viel lieber zu Hause geblieben wäre und diesen Abend einzig und allein darauf ausgerichtet hatte, mich glücklich zu machen. Und dann wollte er auch noch mit mir angeben, was meiner Eitelkeit mehr schmeichelte, als ich zugeben wollte. Er war der alleralleraller beste Freund der Welt!

»Na, dann lass mal sehen! Und wenn wir zum Disco-Bowling gehen, musst du dich aber auch verkleiden.«

Er seufzte gespielt genervt, verpasste seinem Cover jedoch einen Riesenafro und ich quietschte vor Begeisterung. Dann verwandelte sich seine Haarpracht in eine kürzere, gelblich blonde Frisur mit Seitenscheitel. »Schätze mal, mit einem roten Halstuch und blauer Hose kann ich als passender Fred zu deiner Daphne durchgehen, oder?«

Dieser Abend war einfach perfekt.

»Sind die nicht für, na ja, ich weiß auch nicht, Kindergartenkinder?« Ich konnte gar nicht aufhören zu lachen, als Lend die Seitenbanden links und rechts unserer Bahn hochzog, damit die Kugel nicht in die Rinnen rollen konnte. Der ganze Bowlingladen war mit Neonscheinwerfern erleuchtet und eine riesige Discokugel warf glitzernde Reflexionen in alle Richtungen. Die Musik dröhnte so laut, dass wir uns anschreien mussten, aber alle schienen Spaß zu haben. Ein paar Bahnen weiter sahen wir Kari und Donna, deren bellendes Gelächter an die Seehunde erinnerte, die sie ja normalerweise auch waren. Sie winkten mir fröhlich zu und ignorierten die Typen, die geradezu Schlange standen, um mit ihnen zu flirten.

»Ja genau, für Kindergartenkinder oder für zwei Teenager, die selbst dann nicht aufhören könnten, eine Kugel nach der anderen in die Rinne zu werfen, wenn ihr Leben davon abhinge. Was es zum Glück nicht tut. Dann wären wir nämlich geliefert.«

Ich schnappte mir meine knallpinke Glitzerkugel (die ich ernsthaft zu kaufen in Erwägung zog) und ahmte die perfekte Haltung des Typen mit dem Irokesenschnitt neben uns nach. Anstatt jedoch wie bei ihm schnurgerade die Bahn hinunterzuschießen und alle Pins umzuhauen, flog meine Kugel unerklärlicherweise nach hinten zu Lend.

»Wow, hier wird's mir zu gefährlich.« Lend hob meine Kugel auf, schmiegte sich von hinten an mich und wir warfen sie zusammen. Und nachdem sie im Zickzack rechts und links von den Banden abgeprallt war, erwischte sie doch tatsächlich ganze drei Pins.

Jubelnd hüpfte ich auf und ab. »Das war doch praktisch schon fast ein Strike, oder?«

»Aber hallo!«

Lend war an der Reihe, ging breitbeinig in die Hocke und schleuderte die Kugel mit beiden Händen zwischen den Beinen hindurch – direkt auf die Bahn des Iro-Typen. Was der nicht ganz so lustig fand wie wir, aber mit einem charmanten Grinsen und einer netten Entschuldigung schaffte Lend es, die Wogen zu glätten.

»Ein Glück, dass wir wenigstens super aussehen«, sagte ich, als Lend sich neben mich auf einen der orangefarbenen Plastiksitze fallen ließ. »Ansonsten haben wir als Bowler nämlich nicht besonders viel zu bieten.«

»Aha, du findest also, das Blond steht mir gut?«

Ich fuhr ihm mit den Fingern durch die lächerliche Frisur. »Ab-so-lut nicht. Ich mag dich lieber als großen, dunklen

Schönen. Na ja, am allerliebsten als großen, unsichtbaren Schönen natürlich.«

Die grelle Discomusik wurde für eine Ansage unterbrochen: Der Kostümwettbewerb begann. Lend zog mich von meinem Sitz hoch und wir marschierten gerade los, als meine Handtasche anfing zu vibrieren. Mein Handy. Ich kramte es hervor und sah überrascht Carlees Namen auf dem Display. So ein Mist, hatte ich etwa vergessen, ihr zu sagen, dass ich nicht zu ihrer Party kam?

»Carlee? Was gibt's? Tut mir leid, ich hab's nicht geschafft!«, versuchte ich schreiend, den Lärm zu übertönen, und zog Lend in Richtung Eingangstür, wo es etwas ruhiger war. Ich wollte nicht, dass Carlee dachte, ich hätte was Besseres zu tun. Obwohl es ja irgendwie genau so war.

»Evie! Eeeeeevie!« Sie zog meinen Namen in die Länge, während hinter ihr viel zu viele aufgedrehte Teenagerstimmen durcheinanderschnatterten. »Süße, du bist 'ne absolute Heldin! Ich bin dir echt was schuldig!«

»Was?«

»Dein Freund! Du hast ihm von der Party erzählt, du gerissenes Luder!«

»Welcher Freund denn?«

»Na, Jack natürlich!«

# Saures oder Saures?

Ich hielt mir das freie Ohr zu, um Carlee besser hören zu können, und drehte mich von Lend weg. »Moment mal, was? *Wer* ist auf deiner Party?« Ich *musste* sie einfach falsch verstanden haben.

»Jack, der süße Typ! Danke, dass du ihn hergeschickt hast. Mann, ich bin ja so was von über John hinweg! Und zum Glück bin ich doch als sexy Engel gegangen! Hast du vielleicht irgendwelche Tipps für mich? Was er mag, was er nicht mag und so weiter?«

»Er ist – *Jack* ist da? Jetzt gerade?« Lend drehte abrupt den Kopf und lauschte unserem Gespräch plötzlich konzentriert.

»Ja, er ist – warte mal kurz –« Im Hintergrund kreischte ein Mädchen schrill auf, gefolgt von lautem Gejohle. Carlee fluchte und lachte dann auf. »Jetzt hat er gerade einen Salto von der Empore gemacht und ist in der Diele gelandet!«

Ich schlug mir die Hand vor die Augen und überlegte krampfhaft, was ich unternehmen sollte. Jack konnte einfach nicht dort sein. Meine Welten durften sich nicht so vermischen. Und so wie ich Jack kannte, würde er die anderen mit Sicherheit irgendwie in Schwierigkeiten bringen. Das war seine Spezialität. Außerdem wurde mir bei der Vorstellung, wie Carlee und Jack rumknutschten, latent übel, und das lag mit Sicherheit nicht an der Überdosis Karamelläpfel, die ich bei Lend zu Hause gefuttert hatte. Was, wenn er danach einfach wieder verschwand und ihr das Herz brach? Dann würde ich die einzige normale Freundin verlieren, die ich hatte. Und wenn ich ihr von seinem wahren Leben erzählte – tja, dann würde sie wahrscheinlich nicht nur ihn, sondern gleich auch noch mich mit für verrückt erklären. Ich wollte den Rest meines Abschlussjahrs ungern komplett ohne Freunde verbringen.

»Kannst du ihn mal ans Telefon holen? Carlee? Gib mir bitte mal Jack.«

Sie lachte und rief etwas, das ich über den Krach im Hintergrund nicht verstand. »Okay, ich muss Schluss machen – wir wollen jetzt alle zum Friedhof! Danke noch mal, Süße! Morgen berichte ich dir dann die schmutzigen Details!«

Die Verbindung brach ab. »Piep.« Wie erstarrt klappte ich mein Handy zu. Da war doch die Katastrophe vorprogrammiert. Jack war nicht gerade ein Muster an Diskretion – oder Vernunft, was das betraf – und wenn er Carlee gegenüber meine Geheimnisse ausplauderte …

»Aha, Jack also.« Lends Stimme klang ausdruckslos, mühevoll beherrscht.

Ich schüttelte den Kopf und hasste Jack dafür, dass er unseren perfekten Abend ruiniert hatte. »Sieht so aus, als wäre er bei Carlees Party aufgetaucht.«

»Ach.« Mehr sagte Lend nicht. Ich konnte nichts gegen die Panik tun, die bei dem Gedanken an das, was Jack tun oder sagen könnte, in mir aufstieg. Im Saal ging das Strobolicht an, als die Kostümmodenschau anfing. Und wir verpassten alles.

»Ich sollte – sie wollen alle zum Friedhof. Ich sollte aufpassen, dass Jack keinen Ärger macht.«

»Wenn du meinst.« Wieder dieser ausdruckslose Tonfall. Wenn Lend versuchte, sich nichts anmerken zu lassen, war das viel schlimmer, als wenn er einfach offen wütend war. »Ich muss sowieso schon heute Abend wieder zurück zur Uni fahren. Ich kann dich da absetzen – das liegt auf dem Weg. Meinst du, du kommst irgendwie zurück?«

»Klar, bestimmt mit Carlee.« Und selbst wenn nicht, war der Friedhof nur ungefähr eine Meile vom Diner entfernt. Ich würde lieber laufen, als Lend darum zu bitten, zu warten oder mitzukommen. So hätte unser Abend nicht enden dürfen. Mist, Mist, mistiger Mist.

»Bist du sicher?«

»Sicher. Danke.«

Die Fahrt war schrecklich und mit jeder schweigsamen Minute wuchs meine Entschlossenheit, Jack den Hals umzudrehen. Als wir beinahe da waren, klingelte mein Handy.

»Carlee?«

»Hier ist Arianna.«

»Oh. Was ist los?«

»Ich halt's nicht mehr länger hier in der Wohnung aus. Im Crown zeigen sie einen Slasherfilm-Marathon. Wo seid ihr gerade?«

Mein Herz zog sich zusammen. Na großartig. Musste sie sich unbedingt jetzt zum Geselligsein entschließen? »Äh, eigentlich will ich noch zu einer Party und Lend fährt zurück zur Uni. Aber vielleicht komm ich nach?« Ich wartete auf eine Antwort, aber sie hatte schon aufgelegt. »Na toll«, murmelte ich und warf das Handy in meine Handtasche.

Lend hielt vor dem schmiedeeisernen Zaun, der den Friedhof eingrenzte. Es war wirklich ein schönes Fleckchen – und glaubt mir, ich hab im Leben schon mehr als genug Friedhöfe gesehen. Riesige, efeubewachsene Bäume ragten über dem Gelände auf, wodurch alles sehr lauschig wirkte. Zwischen den Gräbern wanden sich schmale, gepflasterte Pfade, die hier und da von steinernen Bänken gesäumt wurden. Tagsüber war es der friedlichste, hübscheste, netteste Ort für die ewige Ruhe, den man sich nur wünschen konnte.

Aber nachts? Ganz schön gruselig. Der Bäume wegen konnte man in keine Richtung weiter als fünf Meter sehen und die paar erbärmlichen Laternenpfähle sorgten auch nicht gerade für strahlende Helligkeit.

»Hast du Tasey dabei?«, fragte Lend.

Ich stieß ein hysterisches Lachen aus. »Du wirst es kaum glauben, aber ich nehme sie normalerweise nicht mit zu unseren Dates. Außerdem sind wir hier doch auf dem Territorium deines Dads. Das dürfte so in etwa der sicherste Friedhof der Welt sein.« Die Vampire hier waren schon beinahe militant in ihren Bemühungen, sich gegenseitig zu überwachen. Sie würden es auf keinen Fall zulassen, dass einer von ihnen irgendwo in der Gegend Mist baute und ihnen so unnötig viel Aufmerksamkeit bescherte.

»Aber deine Kette trägst du, oder?«

Lächelnd zog ich sie unter meinem Kleid hervor. »Klar. Mir passiert schon nichts. Und wenn ich Tasey mithätte, würde ich wahrscheinlich sowieso nur Jack damit foltern.«

Ich hatte auf ein Grinsen gehofft, aber Lend seufzte nur und nickte. »Dann sehen wir uns morgen Abend.«

»Ja.« Ich beugte mich rüber und bekam zumindest einen winzigen Kuss, auch wenn sich unsere Lippen kaum berührten. Dieser dämliche, dämliche Jack. Ich stieg aus dem Auto und Lend wartete, bis ich durch das Tor und ein Stück den Weg hinunter war, bevor er davonfuhr.

Ein Ruf und entferntes, nervöses Gelächter drangen durch die Bäume. Ich biss wütend die Zähne aufeinander. Nach einigem Hin und Her fand ich die anderen, die sich um eine der Bänke versammelt hatten, auf der jemand zu stehen schien. Ich kniff die Augen zusammen und ging näher heran. Jack – wer auch sonst? Mit einem Rückwärtssalto sprang er von der Bank und die anderen applaudierten.

Dann bemerkte er mich und grinste, als wäre es eine total nette Überraschung, mich zu sehen. »Evie! Du bist doch noch gekommen!«

»Ja, komisch, was? Wo *ich* doch tatsächlich eingeladen war und so. Was machst du hier?«

»Evie! Juhu!« Carlee warf sich mir in die Arme. Sie musste halb erfrieren in ihrem knappen weißen, ärmellosen Kleid mit den Go-Go-Stiefelchen und den Flügeln. »Ist das nicht super hier?«

»Äh. Ja. Total. Friedhöfe, wer liebt sie nicht? Lass mich raten – das war Jacks Idee.«

»Ja!« Sie kicherte. »Ich weiß gar nicht, warum wir nicht eher darauf gekommen sind!«

Jacks Augen glänzten vor Aufregung, sie wirkten beinahe fiebrig. »Ist das nicht ein Spaß? Auf so einer Party war ich … noch nie!« Ich war immer noch stinksauer, dass ich seinetwegen hierherkommen musste, aber ich war auch ein bisschen neidisch. Genau so hatte ich mir Halloweenpartys immer vorgestellt und jetzt durfte ich Miss Verantwortungsvoll spielen und ihn hier wegholen, bevor er noch irgendwelchen Schaden anrichtete. Aber andererseits kam mir das Ganze auch bei Weitem nicht so lustig vor, wie es beim Bowling der Fall gewesen war. Es war vor allem kalt und die meisten meiner Mitschüler schienen schon ziemlich hinüber.

»Hey!« Ein dunkelhaariger Schlaks, den ich vom Schulflur her kannte, hatte die Bank erklommen, damit ihm alle zuhörten. »Lasst uns Verstecken spielen! Zu zweit verstecken ist ausdrücklich erlaubt!« Er zwinkerte anzüglich und sprang dann wieder von der Bank. Viel zu begeistert wandte Carlee sich Jack zu, aber der Typ klopfte ihr auf die Schulter und rief: »Carlee sucht als Erste!«

Kreischend verstreute sich alles in der Dunkelheit. Carlee schob die Unterlippe zu einem übertriebenen Schmollen vor. »Such dir kein zu schweres Versteck, okay, Jack?«

Er zwinkerte ihr zu. Sie kicherte. Und mir kam fast die Kotze hoch. Er flitzte davon zwischen die Bäume und mir blieb nichts anderes übrig, als ihm zu folgen. Wenn Partys so aussahen, dann war das ja wohl mal ziemlich lahm. Obwohl ich es wahrscheinlich nicht ganz so schlimm gefunden hätte, wenn Lend dabei gewesen wäre.

Als ich ihn eingeholt hatte, packte ich Jack am Arm. »Was machst du hier eigentlich?«

»Mich verstecken! So geht das Spiel doch, oder nicht? Ich dachte, durch den Namen erklärt sich das von selbst. Aber gut, du bist ja blond.«

»Du auch, du Trottel. Und noch mal: Was machst du *hier*?«

Er zuckte mit den Schultern. »Ich dachte, es könnte ganz lustig sein. Hab die Einladung letzte Woche auf deinem Bett gefunden.«

Ich hatte Jack gar nicht mehr gesehen, seit ich die Einladung bekommen hatte. Was bedeutete, dass er sich in meiner Wohnung rumtrieb, wenn ich nicht da war, *und* noch dazu in meinen Sachen rumschnüffelte. »Was hast du in meinem Zimmer gemacht?!«

»Ich bin nur vorbeigekommen, um zu gucken, ob's dir gut geht. Du hast in letzter Zeit so niedergeschlagen gewirkt.«

Verdattert runzelte ich die Stirn. Ich hatte eine faule Ausrede erwartet, aber das hatte wirklich ehrlich geklungen. »Oh. Trotzdem, Finger weg von meinen Sachen. Und hier sein solltest du auch nicht.«

»Ach komm, was ist denn schon dabei? Es geht nicht immer um Leben und Tod. Ein bisschen feiern hat noch keinem geschadet.« Er drehte sich um und rannte tiefer ins Dickicht und ich rannte stöhnend hinterher.

Ich musste ihn von hier wegschaffen, auch wenn er wirklich Spaß zu haben schien und auch noch nichts Schlimmes angestellt hatte, soweit ich das sehen konnte. Bis jetzt zumindest. Aber wie kam er eigentlich immer auf die Idee zu behaupten, ich hätte keine Ahnung, wie man sich amüsierte?

Ich hatte mich schließlich königlich amüsiert, bevor er alles ruiniert hatte.

Mein Handy klingelte und ich kramte es aus der Tasche. Lend. »Hallo?«

»Hast du ihn gefunden?«

»Und ob. Wir gehen jetzt.«

»Wie, er kommt mit zu dir?«

»Nein! Ich bring ihn nur weg von den unwissenden Schülern hier.« Ganz in der Nähe schrie jemand und ich erstarrte, alle Sinne in Alarmbereitschaft, dann aber verwandelte sich der Schrei in Gelächter und kokettes Quietschen.

»Ist wahrscheinlich nicht die schlechteste Idee.«

Ich biss mir auf die Lippe und suchte die Dunkelheit nach Jack ab. Er war mir entwischt. »Ja.« Ich suchte krampfhaft nach etwas, was ich noch sagen konnte.

»Ruf mich an, wenn du zu Hause bist, okay? Ich will sicher sein, dass du gut heimgekommen bist.«

»Klar, mach ich.«

Er seufzte. »Ich hätte bei dir bleiben sollen. Ich drehe jetzt um.«

»Nein, im Ernst, das musst du nicht. Jack ist mein Problem, nicht deins. Ich ruf dich an, wenn ich zu Hause bin, und morgen Abend sehen wir uns ja schon wieder.«

»In Ordnung.« Das statische Rauschen schien die Entfernung zwischen uns nur noch zu vergrößern. »Dann bis später am Telefon?«

»Genau. Tschüss.«

Ich legte auf und starrte einen Augenblick lang traurig auf mein Handy. Dann sah ich mich um, entschlossen, Jack zu finden und so schnell wie möglich von hier wegzuschaffen, damit ich Lend bald zurückrufen konnte. Ich war jetzt auf einem Teil des Friedhofs, auf dem ich noch nie gewesen war – mittlerweile fragte ich mich sogar, ob ich mich überhaupt noch auf dem Friedhof befand oder ob ihn auf dieser Seite gar kein Zaun vom umliegenden Wald trennte. Die Härchen in meinem Nacken stellten sich auf. Ich hatte das Gefühl, als ob mich jemand beobachtete.

Plötzlich packte mich etwas am Arm. Ich schrie auf und ließ mein Handy fallen.

»Hey ho, wir sind aber schreckhaft heute!« Jack grinste mich an.

Ich trat ihm kräftig vors Schienbein und bückte mich dann, um mein Handy aufzuheben. Nachdem ich es wieder in die Tasche gesteckt hatte, wandte ich mich Jack zu. »Gehen wir.«

Er wurde munter. »Wohin denn? Wenn es dir hier zu langweilig ist, finde ich sicher noch eine coolere Party, zum Beispiel in New York.« Er streckte mir die Hand hin, und obwohl es zu dunkel war, um seine Grübchen zu sehen, konnte ich sie regelrecht spüren. »Na los.«

Ich schüttelte den Kopf. Ich konnte nichts mit Jack unternehmen, auch wenn er mir Orte zeigte, die ich sonst nie im Leben sehen würde. Das wäre ein zu großer Verrat an Lend. »Ich geh nach Hause.«

Eine samtige Stimme sickerte durch die Dunkelheit. »Jetzt schon, *Liebchen*?«

# Über-Piep

Ich erstarrte vor Angst, als sich von einem Baum in der Nähe ein Schatten löste und auf mich zukam.

»Bist du überrascht, mich zu sehen, mein kleines Monster?« Seine Stimme war sanft, mit einem kaum wahrnehmbaren deutschen Akzent darin.

Ich schluckte krampfhaft und nickte, bevor ich es mir besser überlegen konnte. Was zum Piep machte denn der Über-Vamp hier? Und wie würde ich aus der Nummer nur wieder rauskommen?

Er lächelte und die perfekten weißen Zähne seines Covers glänzten über den schwarzen toten darunter. »Wenn du dich dadurch besser fühlst: Ich bin genauso freudig überrascht, dich hier zu sehen.«

»Wie bist du hierhergekommen?«, fragte ich und trat einen kleinen Schritt zurück, während ich nach einem Weg suchte, ihn aufzuhalten, die IBKP um Hilfe zu rufen oder sonst was. Vampire durften einfach nicht stark sein. Das machte alles nur viel komplizierter. Und gruseliger.

»Tja, das ist hier die Frage, nicht wahr?« Er blieb stehen und musterte mich ruhig. »Ich war in meiner Zelle in dieser abscheulichen Einrichtung, als mich plötzlich jemand von hinten angriff, und dann bin ich hier wieder aufgewacht. Und jetzt bist du auch da. Scheint ganz so, als wäre dies wirklich die Nacht der seltsamen Zufälle und der Monster, die im Dunkeln lauern.«

»Moment mal – jemand hat dich von hinten attackiert? In deiner verschlossenen Zelle? Und du hast ihn nicht gesehen?«

Verwirrt nickte er. »Wo sind wir hier?«

Ich runzelte die Stirn und ignorierte seine Frage. Das war mit Sicherheit *kein* seltsamer Zufall. Jemand hatte ihn k. o. geschlagen, aus der Zentrale geschleift und hierhergebracht – jemand, der anscheinend genau gewusst hatte, wo ich mich zu diesem Zeitpunkt aufhalten würde. Es gab nur eine einzige Art von Jemand, dem so was gelingen würde.

Feen. Natürlich. Es musste eine Fee gewesen sein. Die Frage war nur, welche? Sollte das irgendein Witz von Reth sein? Schließlich hatte er mich schon früher mal absichtlich in Gefahr gebracht, indem er Vivian in die Zentrale gelassen hatte. Aber das hier ergab überhaupt keinen Sinn.

Andererseits existierte schließlich ein ganzer Königshof voll dunkler Feen, die mich hassten, nicht zuletzt Fehl, die letzten Frühling beinahe von Vivian getötet worden war. Und dann war da noch diese Fee, die in der Zentrale aufgetaucht war. Die war auch nicht gerade ein Ausbund an Freundlichkeit gewesen. Plus Nona, die, soweit ich wusste, mit zumindest einer Fee in Kontakt stand. Und wenn das, was Reth gesagt hatte, stimmte, wollte sein Feenhof, dass ich irgendwas für sie tat. Und wenn ich mich querstellte, würde ich damit irgendwie all ihre großen, prophetischen Pläne ruinieren. Was bedeutete, dass man sich schon extrem anstrengen müsste, um auch nur eine einzige Fee zu finden, auf deren schwarzer Liste ich *nicht* an erster Stelle stand. Der Sylphe, der Fossegrim und jetzt das hier – da musste doch irgendwer dahinterstecken. Jemand, der mir was Böses wollte. Dieselben Jemande, die mir schon seit eh und je was Böses gewollt hatten.

»Verpiepte Feen«, murmelte ich finster. Warum konnten die mich nicht einfach mal in Ruhe lassen?

Die Augen des Über-Vamps leuchteten auf. »Feen? Weißt du, wo ich eine finden kann?«

Ich verdrehte die Augen. »Glaub mir, wenn ich könnte, würde ich dich auf die gesamte Mischpoke loslassen.«

Ganz in der Nähe quietschte und kicherte jemand und Über-Vamp und ich wandten beide die Köpfe in Richtung des Geräusches.

»Freunde von dir?«, fragte er und in meinem Magen schien sich eine Eisschicht auszubreiten.

»Menschen.«

»Schade. Dabei hab ich solchen Durst. Aber du und ich sind ja auch noch nicht ganz fertig miteinander, *Liebchen*.«

Ich massierte meine Nasenwurzel zwischen Zeigefinger und Daumen. Ich wollte nicht in seiner Nähe sein, wollte nicht daran erinnert werden, wie dringend ich ihm an jenem Abend seine Seele hatte rauben wollen. »Pass auf, ich bin müde und der Abend ist nicht gerade so gelaufen, wie ich mir das vorgestellt hatte. Ich würde mich jetzt eigentlich lieber nicht mit dir rumschlagen, also was hältst du davon, wenn Jack hier dich jetzt zurück in die Zentrale bringt? Ich komm dich auch bald besuchen und dann unterhalten wir uns mal ganz in Ruhe, ja?«

Er lachte. »Netter Versuch, aber nein danke.«

Da machte es bei mir klick und ich grinste ihn an. »Tja, das macht auch nichts, dank deiner Fußfessel weiß die IBKP sowieso genau, wo du bist, und taucht wahrscheinlich jede Minute hier auf.« Gesegnet sei die IBKP-Technik.

Er sah sich um, mit langsamen, unbekümmerten Bewegungen. »Und trotzdem stehen wir immer noch hier und die IBKP ist nirgends zu sehen.«

Ich runzelte die Stirn. Da hatte er leider recht. Eigentlich hätten sie innerhalb von Sekunden hier sein müssen. Warum kamen sie nicht?

»Äh«, machte Jack und erinnerte mich so daran, dass er immer noch hinter mir stand. »Irgend 'ne Idee, was wir jetzt machen, Evie? Den Baseballschläger hab ich nämlich heute zu Hause gelassen.« Über-Vamp warf einen eisigen Blick in Jacks Richtung. Innerlich verfluchte ich diesen kleinen Idioten dafür, dass er den Vorfall hatte erwähnen und sich damit auch noch in Gefahr bringen müssen.

»Schätze mal, du hast deinen Kommunikator nicht dabei?«

»Vom jetzigen Standpunkt aus betrachtet vielleicht nicht unbedingt clever von mir.«

Dann waren wir also ganz auf uns gestellt. Ich griff nach Tasey, bevor mir einfiel, dass sie friedlich zu Hause in meiner Sockenschublade schlummerte. Gar nicht gut.

Alle standen wir da, die Spannung zwischen uns in der Dunkelheit fast greifbar. Dann täuschte Über-Vamp einen Angriff nach vorn vor. Ich schrie auf und trat nach ihm, aber er duckte sich zur Seite. Ich bückte mich und schnappte mir einen dicken Ast vom Waldboden. Gott sei Dank hatte Jack uns in unbewusster Voraussicht hierhergeführt. Ich brach den Stock über dem Knie in zwei Teile und hielt einen davon für die nächste Attacke bereit. Ich hatte noch nie zuvor einen Vampir gepfählt – allein bei der Vorstellung wurde mir schon übel –, aber heute würde ich mal eine Ausnahme machen, wenn das bedeutete, dass ich dafür nicht sterben würde. Hoffentlich war er wenigstens ein bisschen geschwächt, weil er in der Zentrale kein Paranormalen-Blut zu trinken bekommen hatte.

Plötzlich kam jemand aus der Dunkelheit neben ihn gehüpft.

»Jack! Da bist du ja!«, quietschte Carlee.

Oh nein, nicht auch das noch! »Carlee, lauf weg!«

»Komm her, meine Kleine«, befahl Über-Vamp mit leiser, gebieterischer Stimme. Ich rannte los, aber es war schon zu spät. Sie sah ihm in die Augen und es war um sie geschehen.

»'türlich«, murmelte sie. Sie klang schläfrig, glücklich und vollkommen zurückgeblieben. Sie schmiegte sich an ihn und er legte den Arm um sie und schenkte mir dann ein triumphierendes Lächeln. Na super. Meine ahnungslose, herzensgute Freundin stand nun im Bann des stärksten Vampirs der Welt, und das war alles nur meine Schuld, weil ich blöde Kuh mordlustige Paranormale magisch anzog.

»Lass sie los.«

Er strich ihr mit seiner toten Hand über den Hals, während sie sich glücklich an seine Schulter kuschelte. »Lass den Pflock fallen.«

Ich umklammerte ihn noch fester und dachte fieberhaft über einen Ausweg nach. Ich könnte mich einfach auf ihn stürzen. Wenn ich schnell genug war, würde er nicht mehr ausweichen können.

»Dann breche ich ihr den Hals«, sagte er fröhlich, als hätte er meine Gedanken erraten.

Ich holte tief Luft und schüttelte den Kopf. Ich wollte nicht die Hände frei haben. Ich wollte diese Entscheidung nicht treffen müssen. Nicht jetzt. Nicht bei ihm. Meine Finger hatten bereits angefangen zu kribbeln, das Rauschen in meinen Adern war wieder da und ich spürte überdeutlich, wie die Nachtluft mich umhüllte, wie sie mich beinahe vorwärtsdrängte. Ich konnte ihn im Dunkeln sehen, diesen schwachen Schimmer um sein Herz. »Glaub mir«, flüsterte ich. »Mit Waffe bin ich ungefährlicher.«

Seine Finger schlossen sich um Carlees Hals, gruben sich in ihre Haut. Ihr fiel das Atmen schwer, aber wenn das überhaupt möglich war, sah sie nur noch glücklicher aus. »Sofort, wenn ich bitten darf.«

Ich ließ den Stock fallen und es war, als verlöre ich mit diesem Gewicht in meiner Hand gleichzeitig die letzten Hemmungen. Jetzt stand nichts mehr zwischen mir und der Seele dieses Vampirs. Ich sah hinauf in den wolkenverhangenen Nachthimmel, an dem kein einziger Stern zu sehen war. Warum konnte nicht mal irgendetwas einfach sein?

»Tu doch was«, drängte mich Jack hinter mir.

Ich warf ihm einen wütenden Blick zu. Das war alles seine Schuld. Nein, es war die Schuld der Feen. Aber trotzdem. In diesem Moment hätte ich einen Kostümwettbewerb mit Lend gewinnen und nicht um meine Seele und Carlees Leben kämpfen sollen. Frustriert stöhnte ich auf. »Ich hab so was von die Nase voll von moralischen Dilemmas!«

Über-Vamp guckte verwirrt. »Äh, wie bitte?«

»Zwing mich nicht, das zu tun. Weißt du nicht mehr, in dieser Gasse? Damals wusstest du es. Ich hab es gesehen – wie dein Instinkt das Ruder übernommen hat und dich dazu gebracht hat, dich vor mir zu fürchten.« Ich beugte mich vor, die Hände zu zitternden Fäusten an meinen Seiten geballt. »Du solltest auf deinen Instinkt hören.«

Er lächelte und leckte sich über die spitzen Zähne. »Nun, leider bin ich wohl mehr neugierig als ängstlich. Ich will dich kosten, will herausfinden, was für ein Monster du bist.«

»Na, dann viel Glück.« Meine Augen wurden schmal und ich spreizte die Finger. Keine Wahl. Ich hatte keine Wahl. Das war nicht meine Schuld. Ich konnte nicht anders.

Er lachte, und bevor ich reagieren konnte, schleuderte er Carlee gegen Jack und die beiden gingen zu Boden. Mein Blick lag noch auf ihnen, als er auch schon mit voller Wucht in mich hineindonnerte. Zusammen flogen wir durch die Luft und landeten hart, er obenauf. Mit einem Knurren fletschte er die Zähne und stürzte sich auf meine Kehle.

Seine Reißzähne bohrten sich in meine Haut, ich schrie auf und drückte die Hand gegen seine Brust. Diesmal war ich bereit, als sich der Kanal zwischen uns öffnete. Wut durchzuckte mich, während ich ihn verbreiterte, ihn aufriss, so weit ich konnte, so schnell ich konnte. Scheiß auf Selbstverteidigung. Ich würde es beenden. Sein Rücken krümmte sich, aber er war zu schockiert, hatte zu starke Schmerzen, um sich von mir loszureißen.

Dann schrie jemand und krachte von der Seite in den Vampir, sodass er von mir herunterflog und die Verbindung abriss. Mit rasendem Herzen schnappte ich nach Luft, mein Körper vibrierte vor Energie, fremd und köstlich. Ich wollte den Rest und ich setzte mich auf, wollte den Vampir suchen, um ihn komplett auszusaugen.

Dann sah ich Lend, der auf Über-Vamp saß und ihm einen Fausthieb nach dem anderen ins Gesicht verpasste, bis er sicher war, dass er nicht mehr aufstehen würde. Und im nächsten Moment brach das, was ich getan hatte – was ich beinahe zu Ende gebracht hätte –, über mich herein. Ich ließ mich wieder auf den Rücken fallen und vergrub mein Gesicht in den Händen.

Ich hätte ihn getötet.

Ich *wollte* ihn töten.

# Ein schlechtes Gewissen ist ein hartes Ruhekissen

Lend nahm seinen Arm gar nicht mehr von meinen Schultern, er umarmte mich und hielt mich gleichermaßen aufrecht. Auch wenn ich von nervöser, schuldbewusster Energie nur so strotzte, fühlte ich mich gleichzeitig wie ausgehöhlt, als könnte ich jeden Moment zusammenbrechen. Vor uns tigerte Raquel auf und ab, unter ihren Pumps brachen kleine Zweige. Nachdem David sie angerufen hatte, hatte sie uns zum Reden mit in die Zentrale nehmen wollen, aber Lend hatte sich geweigert.

Jetzt tauchte Jack wieder auf, völlig außer Atem. »Hab allen erzählt, die Polizei wäre hierher unterwegs; der Friedhof ist geräumt.« Glücklicherweise erinnerte sich Carlee an nichts, was passiert war, als sie im Bann des Vampirs gestanden hatte. Sie fühlte sich bloß ein bisschen benommen und vermutete, ihr hätte jemand irgendwas ins Glas gekippt. Wenn es das nur gewesen wäre. Jedenfalls hatte Jack sie genauso ahnungslos wie vorher zurück zu den anderen gebracht.

Finster sah er Lend an. »Ich wollte sie gerade retten. Du hättest nicht zu kommen brauchen.«

Ich warf ihm einen wütenden Blick zu. Er hatte mich nicht gerettet. Das hatte Lend getan. Der dachte, er hätte mich davor bewahrt, von dem Vampir ausgesaugt zu werden, aber in Wirklichkeit hatte er mich davor bewahrt, den Vampir auszusaugen. Ich fragte mich, was er wohl sagen würde, wenn er wüsste, dass er das falsche Monster angegriffen hatte.

Nein. Ich war kein Monster. Über-Vamp hatte es nicht besser verdient. Und Lend hatte mich vor mir selbst gerettet. Alles war in Ordnung.

»Jetzt hör doch mal«, sagte ich. »Das macht überhaupt keinen Sinn. Es gibt keine andere Erklärung außer den Feen!«

»Aber warum sollte eine Fee den Vampir aus der Zentrale entführen?«

Ich gab mir alle Mühe, nicht die Augen zu verdrehen. »Äh, damit er mich umbringt? Weil die mich hassen? Sie hatten schließlich auch Vivian auf mich angesetzt. Das ist wahrscheinlich bloß die neue Taktik der Dunklen Königin. In letzter Zeit gab es einfach zu viele Zufälle und seltsame Angriffe, in die die Feen irgendwie verwickelt waren.«

»Aber dass der Vampir in der Zentrale war, wussten doch nur die Transportfeen.«

»Eine einzige reicht ja auch, oder?«, entgegnete Lend.

Raquel stieß einen Seufzer aus; ich war zu müde und nervös, um auch nur zu versuchen, ihn zu übersetzen. »Ich habe unsere Protokolle überprüft und die beiden Transportfeen, die ihn damals in die Zentrale gebracht haben, hatten einen Auftrag und ein Alibi für die ganze Nacht.«

»Und wie erklärst du es dir dann, dass seine Fußfessel deaktiviert wurde?«, fragte ich.

Sie rieb sich die Augen. »Das kann ich nicht. Vielleicht ein Datenfehler? Wir konnten nicht sehen, ob die Fußfessel jemals richtig aktiviert worden war, was eigentlich auch kein Problem gewesen wäre, da er ja nie aus der Verwahrung hätte entlassen werden dürfen.«

»Wie überaus beruhigend.«

»Wir haben ihn jetzt in den Hochsicherheitstrakt verlegt und ich verspreche dir, da kann ihn noch nicht mal eine Fee rausholen.«

Ich verschränkte die Arme. Mir war klar, dass ich mich wie ein trotziges Kind benahm, aber es war spät, ich war müde und mein Zuckerhoch hatte sich in ein Rekordtief verwandelt. Was für ein schrecklicher Abend. Es war schrecklich, was ich getan hatte. Und es war schrecklich, dass ich es nicht schrecklich fand, sondern ein kleiner Teil von mir immer noch der Meinung war, dass ich vollkommen im Recht gewesen war. Als gäbe es in meinem Leben nicht schon genug offene Fragen; ich hatte keine Lust, mich jetzt auch noch fragen zu müssen, ob mein Charakter zu wünschen übrig ließ.

»Na schön. Dann gehe ich jetzt nach Hause. Und wenn ich zu spät zur Schule komme, weil ich verschlafe, dann erwarte ich, dass du da anrufst und mich entschuldigst.«

Raquel tätschelte mir die Hand, warf noch einen prüfenden Blick auf meinen Hals und dann brachte Lend mich nach Hause. Er kam mit nach oben und nahm mich in den Arm, als ich in Tränen ausbrach, sobald wir in meinem Zimmer waren.

»Es tut mir so leid. Ich hätte dich nicht allein gehen lassen dürfen. Wenn ich nicht zurückgekommen wäre … ich darf gar nicht dran denken, Evie. Es tut mir so furchtbar, furchtbar leid.«

Ich schüttelte den Kopf und vergrub das Gesicht an seiner Brust. Er hatte ja keine Ahnung. »Du kannst doch nichts dafür. Danke, dass du … mich gerettet hast.«

Er blieb bis zwei oder drei Uhr morgens. Irgendwann hörte ich auf zu weinen, und nachdem er noch einmal meine Halswunde untersucht und mir das Versprechen abgenommen hatte, ihn anzurufen, wenn ich noch irgendetwas brauchte, fuhr er schließlich zurück zur Uni und zu seinem Labortermin am frühen Morgen.

Ich lag im Bett, immer noch in meinem blöden Kostüm, erschöpft, aber unfähig, meine Gedanken davon abzuhalten, sich wütend im Kreis zu drehen. Natürlich war es eine Fee gewesen, die Über-Vamp auf mich losgelassen hatte. Offenbar ließen sie jetzt, da ich gefährlich war, andere Paranormale ihre Drecksarbeit erledigen. Typisch Feen – hinterhältig und faul zugleich. Es war ganz allein ihre Schuld, dass ich die Kontrolle verloren und den Vampir beinahe ganz ausgesaugt hatte. *Ihre* Schuld, nicht meine.

Ich hatte gar nicht gemerkt, dass ich eingeschlafen war, bis ich Vivian neben mir auf einem grasbewachsenen Hügel sitzen sah.

»Was ist denn jetzt wieder los?«

Erschrocken sah ich sie an und biss mir auf die Unterlippe. Seit der Sache mit dem Sylphen hatte ich nicht mehr mit ihr gesprochen. Sie war diejenige, die am ehesten verstehen würde, was ich durchmachte, wie schlecht es mir mit dem ging, was ich getan hatte, aber auch, wie richtig es auf eine andere Weise war.

Abgesehen davon war sie so ziemlich die Letzte auf diesem Planeten, mit der ich darüber reden sollte. Denn wenn ich es tat, gab ich zu, dass ich genauso schwach war wie sie. Nein, ich war nicht so wie sie. Ich hatte mich nur verteidigt!

Andererseits war es aber auch nicht ihre Schuld, oder? »Die Feen sind daran schuld. An allem. Du solltest gar nicht hier sein, nicht so.«

Nachdenklich kniff sie die Augen zusammen, dann blickte sie auf das Gras hinunter, auf dem sie saß, und rupfte ein paar Halme aus dem Boden. »Ich habe meine Entscheidungen selbst getroffen, Evie. Es waren die falschen.«

»Aber die Feen haben dich doch dazu gezwungen! Sie haben dich ausgetrickst!« Die Feen waren daran schuld, dass alles so verfahren war, daran, dass Lish tot war, daran, dass ich nicht glücklich sein konnte.

Sie seufzte. »Hör zu. Ich hab getan, was ich getan habe. Und das kann ich nicht wiedergutmachen. Keine Fee hat mich gezwungen, diese Paranormalen zu töten. Es hat mir gefallen.« Ich öffnete den Mund, um ihr zu widersprechen, aber sie legte die Hand auf meine. »Nein. Ich weiß, du versuchst, mir zu verzeihen, aber du darfst es nicht rationalisieren. Das bist du deinen Freunden schuldig. Ich habe sie nicht getötet, weil die Feen das wollten – sondern weil ich verzweifelt und einsam war und weil *ich* es wollte. Ich dachte, ich würde ihnen damit einen Gefallen tun, aber vor allem fand ich's toll, wie ich mich danach gefühlt habe. Und das ist das Schlimmste daran. Es ging immer, immer nur um mich. Und wenn du mich nicht aufgehalten hättest, würde ich es wahrscheinlich immer noch tun.«

Ihre Worte hingen schwer zwischen uns in der Luft. Eine hässliche Dunkelheit, kalt und leer, sickerte in meine traurige, kleine Seele. Ich wollte, dass sie den Feen die Schuld gab. Warum musste sie jetzt mit diesem ganzen Kram anfangen, den ich doch nur vergessen wollte? Und warum, verpiept noch mal, schaffte sie es mit *ihren* Geständnissen, dass *ich* mich schuldig fühlte?

»Aber die Feen«, beharrte ich und ein weinerlicher Unterton schlich sich in meine Stimme. »Die haben doch dein Leben ruiniert. Und in meinem richten sie auch nichts als Chaos an. Ohne sie könnten wir – dann wäre alles anders. Leichter.«

Vivian stieß ein harsches Lachen aus, das mich zusammenzucken ließ. »Scheiß auf die Feen – die können mir jetzt nichts mehr anhaben. Okay, ich ihnen leider auch nicht. Wenn ich könnte, würde ich jede einzelne von ihnen töten für das, was sie uns angetan haben. Aber ich bin mir ziemlich sicher, dass es ohne sie keine von uns beiden überhaupt geben würde. Ist wahrscheinlich schon das Beste, dass ich hier im Traumland festsitze, sonst hätte ich wahrscheinlich immer noch alle Hände voll mit irgendwelchen Seelen zu tun. Im wahrsten Sinne des Wortes.«

Sie grinste verschlagen und stieß mich mit dem Ellbogen an. Ich lachte gequält, aber in Wirklichkeit wünschte ich mir nichts mehr, als in dieser Nacht normal schlafen zu können, ohne Gespräche, von denen mir der Kopf schwirrte und mein Herz sich verkrampfte.

Ich schloss die Augen, und als ich sie öffnete, fand ich mich in meinem dunklen Zimmer wieder. Einen Moment lang dachte ich, ich würde immer noch schlafen, dass Viv und ich nur den Ort gewechselt hätten, bis mir klar wurde, dass auf meiner Bettkante nicht meine verrückte Schwester saß und mich anstarrte.

# Auf Leben und Untod

Mit rasendem Herzen setzte ich mich im Bett auf und konnte gerade noch einen Schrei unterdrücken, als ich die Stachelfrisur erkannte. Ich knipste meine Nachttischlampe an. »Arianna? Mensch, jetzt hätte ich mir fast in die Hose gemacht. Was ist los?«

Sie starrte nicht mich an, sondern vielmehr auf einen undefinierbaren Punkt an der Wand hinter meinem Kopf. Die Augen ihres Covers wirkten so leblos wie ihre echten. »Ich versteh das nicht. Kein bisschen.«

»Entschuldige, was?«

Jetzt fokussierte ihr Blick sich auf mich und sie schüttelte langsam den Kopf. »Lend hat mir erzählt, was passiert ist. Mit dem Vampir. Evie, ich will keiner sein. Das bin nicht ich, dieses Ding, dieser lebendige, nicht enden wollende Albtraum, zu dem ich geworden bin. Ich dürfte gar nicht existieren. Und ich wünschte, ich würde es auch nicht.« Ihre Stimme war leise, ruhig. Das war viel schlimmer, als wenn sie rumgeschrien oder geweint hätte. »Wusstest du, dass ich gar nicht Arianna heiße? Eigentlich hieß ich Ann. Ich hab diesen

Namen gehasst. So langweilig und farblos, genau wie ich, wie mein Leben und meine Familie. Meine Familie hab ich auch gehasst. Typisch Mittelstand, so gewöhnlich, wie man nur sein kann. Meine Mom hat viel Handarbeit gemacht und war bei der Schulbehörde in unserer Stadt angestellt und mein Dad war Buchhalter. Sie hätten mich gern blond und fröhlich und in so vielen Sportmannschaften wie möglich gehabt. Immer diese Mannschaften, in die sie mich drängen wollten – Schwimmen, Cheerleading, Leichtathletik, egal was. Hauptsache, ich passte mich irgendwie an. Und das war das Letzte, was ich wollte.

Meine Mom und ich haben uns ständig gestritten, über meine Haarfarbe, mein neustes Piercing, meine Musik. Als ich das College abbrach und mich an der Modeschule einschrieb, hab ich nicht Auf Wiedersehen gesagt oder Danke oder Ich liebe euch. Ich war einfach dermaßen froh, von ihnen wegzukommen. Sie meinten, es wäre dumm von mir, in die Großstadt zu ziehen, wo ich keinen kannte, und mit kaum genug Geld zum Leben. Mir war das egal. Ich wollte endlich herausfinden, wer ich war, an einem Ort, wo ich anders sein durfte.

Dann hab ich Felix kennengelernt. Er war dunkel und mysteriös und alles, was meine Familie nicht war. Er sagte, ich gehörte zu ihm, unsere Liebe würde ewig währen und er würde mich so sehen, wie ich wirklich war, wie ich sein könnte. Er versprach, mir die Welt zu zeigen. Und ich hab einfach nicht gemerkt, dass es in seiner Welt immer Nacht war.

Dann hat er mich gebissen und beim ersten Mal gefiel es

mir sogar noch ganz gut. Aber dann machte er es noch einmal und trank mein Blut, bis ich ohnmächtig wurde. Als ich wieder zu mir kam, erklärte er mir, was er war. Ich glaubte ihm nicht und dachte bloß, er wäre verrückt. Aber ich hatte ihn zu schnell in mein Leben gelassen; er wusste, wo ich zur Schule ging, wo ich arbeitete und wo ich wohnte. Nirgendwo fühlte ich mich noch sicher. Also fuhr ich nach Hause. Am späten Abend parkte ich vor dem Haus. Durch das Erkerfenster konnte ich meine Eltern sehen, wie sie im Wohnzimmer saßen und lasen, und alles sah so hell und warm und sicher aus. Ich ging den Vorgartenpfad rauf und plötzlich stand Felix auf der Veranda, wo er gesessen und auf mich gewartet hatte.

Am nächsten Morgen haben meine Eltern mich dort tot aufgefunden.«

Ich kämpfte mit den Tränen. Sie hatte noch nie mit mir darüber gesprochen, was ihr passiert war. Vampire hatte ich immer am wenigsten verstanden – wie konnte ein Mensch zu einem unsterblichen Paranormalen werden und warum hatten sie ein Cover? Werwölfe waren auch seltsam, klar, aber die waren zumindest nicht unsterblich. Raquel hatte mir nie richtig erklären können, woher die Vampire kamen. Alles, was sie wusste, war, dass man, um zu einem zu werden, öfter als einmal innerhalb ungefähr eines Monats gebissen werden musste und dass der Vampir einen gerade noch so weit am Leben lassen musste, dass die Verwandlung sich vollzog, bevor das Herz stehen blieb. Das ist nicht gerade einfach und meistens haben Vampire auch gar kein Interesse daran, mehr Mitglieder für ihren Klub zu erschaffen. Ein Glück, denn wenn es nichts weiter gebraucht hätte als einen einzigen Biss, wäre die Welt schon vor Jahrhunderten in Blutsaugern erstickt.

Arianna wirkte immer so tough, so zynisch, dass ich mich manchmal sogar gefragt hatte, ob sie sich nicht vielleicht einen Vampir gesucht und freiwillig hatte verwandeln lassen. Trotz ihres ausdruckslosen Tonfalls brach die Wahrheit mir das Herz – sie war einfach nur ein Mädchen, das nach seinem Platz in der Welt suchte. Kam mir sehr bekannt vor.

»Natürlich«, fuhr sie fort, »erinnere ich mich nicht daran, wie sie mich gefunden haben. Das Erste, was ich wieder weiß, ist, wie ich in der Leichenhalle aufgewacht bin. Felix war da, er hatte auf mich gewartet, und du glaubst nicht, wie er mich angeguckt hat! Er war so begeistert. Er dachte wirklich, er hätte da was ganz Tolles gemacht.«

»Wo ist er jetzt?«, flüsterte ich.

»Ich bin mit ihm gegangen, ich hatte sonst nichts, wo ich hingekonnt hätte, und außerdem keine Ahnung, wie man als Vampir lebte. Dann suchte er uns ein einsames Mädchen, Typ schüchterne Künstlerin, wir folgten ihr und er lockte sie für uns in eine abgelegene Gasse.«

Mein Magen zog sich zusammen. Ich hätte nicht gedacht, dass Arianna schon mal einen Menschen getötet hatte. Wusste David Bescheid über ihre Vergangenheit?

Sie schloss die Augen. »Und als Felix sie dazu gebracht hatte, den Kopf zur Seite zu legen und uns ihren Hals anzubieten, habe ich ihn getötet.«

»Warte – du hast *ihn* getötet?«

Zum ersten Mal, seit sie ihre Geschichte begonnen hatte,

sah sie mich an. »*Ich* war doch schon dieses Ding, diese grässliche Imitation eines Menschen. Er hatte mir alles genommen, was ich war, alles, was ich hätte sein können. Ich konnte nicht zulassen, dass er das noch jemand anderem antat.«

Sprachlos saß ich da; was sollte ich auch sagen? David und sie waren absolute Pazifisten, was andere Paranormale anging, und dennoch hatte sie einen Vampir getötet, um ein unschuldiges Mädchen zu beschützen. Wurde das, was ich getan hatte, dadurch irgendwie weniger schlimm? Der Über-Vamp hätte schließlich auch jemandem etwas zuleide getan. Carlee und den anderen. Das wusste ich. Ich schüttelte den Kopf und riss mich aus meinen Gedanken. »Arianna, es tut mir so leid.«

Sie schenkte mir ein trauriges Lächeln. »Schon okay. Irgendwann hab ich dann ja David gefunden und hier bin ich nun. Und bleibe es wohl auch, denn so ein ewiges Leben ist nun mal überhaupt kein Leben und ich hab keine Ahnung, was ich damit anfangen soll. Ann ist tot und ich sitze hier fest, tot und lebendig zugleich und doch keins von beidem.«

Ich legte ihr die Hand auf die Schulter. »Du *bist* lebendig! Du bist immer noch ein Mensch.«

Sie sah mich an und ihr Blick war wieder so stechend wie eh und je. »Lüg mich nicht an, Evie. Du kannst doch sehen, was ich wirklich bin.«

Ich wand mich unbehaglich bei dem Gedanken, wie mies ich anscheinend all die Monate geschauspielert und so getan hatte, als würde mich ihr Aussehen unter dem Cover nicht mit Grauen erfüllen. »Aber das bist doch nicht du!«

»Ich weiß, was ich bin. Ich verstehe bloß nicht, warum.« Sie stand auf. »Ich hätte dich nicht wecken sollen. Aber manchmal seh ich dir gern beim Schlafen zu. Ich wünschte, ich könnte schlafen. Schlafen und niemals wieder aufwachen.«

Bevor ich noch irgendwas sagen konnte, verließ sie mein Zimmer und dann die Wohnung. Wie benommen saß ich eine Weile lang da, dann ließ ich mich wieder zurück in die Kissen fallen.

Wie hatte ich nur jemals glauben können, das Leben außerhalb der Zentrale wäre einfacher?

# Meine Freundin, der Baum

Von der Schulter bis zur Fußspitze aneinandergeschmiegt, saßen Lend und ich in einer der Sitzecken des Diners. Das Gute an dem Angriff durch den Über-Vamp war, dass Lend seitdem kein schlechtes Wort mehr über die IBKP verloren hatte. Live mitzuerleben, wie manche Paranormale so drauf waren, ließ die Methoden der Organisation gleich viel weniger suspekt erscheinen.

Bedauerlicherweise war das aber auch das einzig Positive an letzter Nacht. Ich musste mich unglaublich beherrschen, um nicht auf der Stelle zu hüpfen, und trommelte stattdessen einen unruhigen Rhythmus auf die Tischplatte. Ich war aufgedreht, zum Platzen voll mit gereizter Energie, von der ich lieber nicht wissen wollte, woher sie stammte. Ich hoffte nur, dass das nicht Über-Vamps Seele in mir war. Sondern … tja, ich weiß auch nicht, Restnervosität. Genau, das war es.

Ich zuckte zusammen, als Nona unsere Teller auf den Tisch stellte, bevor sie wieder zurück in die Küche rauschte.

»Bist du sicher, dass alles in Ordnung ist?«, vergewisserte sich Lend.

»Alles gut, alles gut. Mir geht's gut.« Ich hob die Hand, um mich am Hals zu kratzen, hielt dann aber inne. Die Wunde tat weh, verheilte jedoch bereits. Wenn das eine Narbe gab, dann würde Über-Vamp teuer dafür bezahlen!

Na ja, eigentlich hatte er das ja schon. Mein Magen schien plötzlich voller Galle, das überbackene Käsesandwich vor mir ungenießbar.

»Hey, Leute.« David rutschte auf die Bank uns gegenüber und betrachtete mit besorgt gerunzelter Stirn meinen Hals. »Wie geht's dir, Evie?«

Ich winkte ab, während mein Knie unter dem Tisch auf und ab wippte. »Bin bloß müde. Hab heute die Schule sausen lassen, um auszuschlafen. Wird schon wieder. Wo ist Arianna?« Sie war an diesem Morgen nicht zu Hause gewesen. Dabei war sie doch *immer* zu Hause. Nach allem, was sie in der Nacht gesagt hatte, ging mir die Frage nicht aus dem Kopf, ob sie vielleicht so sehr die Nase voll vom ewigen Leben hatte, dass sie gerade etwas dagegen unternahm. Plötzlich tauchte Poltergeist Steve in meinen Gedanken auf und ich bemühte mich, nicht in Panik zu geraten. Was auch immer Arianna sonst war, sie war meine Freundin. Ich durfte sie nicht verlieren.

»Sie hat eine SMS geschrieben. Heute schafft sie es nicht zur Besprechung.«

Ich war mir nicht sicher, ob das ein gutes Zeichen war oder nicht. Wenigstens stand sie noch in Kontakt mit David. Ich musste sie irgendwie allein erwischen, mit ihr reden, irgendwas tun, damit sie sich besser fühlte. Wenn ich nur wüsste, was.

»Außerdem hat Raquel heute Morgen angerufen.«

Überrascht sah ich auf. »Telefoniert ihr zwei oft?«

David zuckte unverbindlich mit den Schultern. »Sie wollte nur sichergehen, dass ich nach dir sehe. Sie macht sich Sorgen. Du meinst also, bei dem Angriff letzte Nacht hatten die Feen die Finger im Spiel?«

Lend zog sanft meine Hand von dem Pflaster weg, an dem ich unbewusst herumknibbelte, hielt sie fest in seiner und strich mit dem Daumen darüber. Ich hörte auf, mit dem Knie zu wippen, und holte tief Luft. Mich auf Lends Hand zu konzentrieren half mir, ruhiger zu werden.

»Ja, das denke ich. In letzter Zeit passiert einfach zu viel komisches Zeug. Erst der Sylphe, dann der Fossegrim –«

»Aber war das nicht ein Zufall? Jack hat dich doch ins Wasser fallen lassen.«

»Oh.« Ich zog die Stirn kraus. Darüber hatte ich gar nicht nachgedacht. Woher hätten die Feen wissen sollen, dass ich genau zu dieser Zeit an dieser Stelle ins Wasser fallen würde? Vielleicht hatte ich einfach nur ein Riesenpech. Das wäre ja nun nicht gerade was Neues. »Aber Reth war jetzt schon ein paarmal hier und dann war da doch noch diese Fee, die ich die Straße hab runtergehen sehen, und außerdem ist eine Fee in der Zentrale aufgetaucht, als ich da war, und Raquel musste sie loswerden. Und jetzt der Vampir. Niemand außer einer Fee hätte so was verzapfen können.«

»Auch wieder wahr.« Müde rieb sich David die Augen. Genauso machte Lend das auch, wenn er besorgt war. Manchmal versetzte mir ihre Ähnlichkeit, so wie sie zum Beispiel über alte Witze lachten, die ich nie kapieren würde, oder wie locker und liebevoll sie miteinander umgingen, geradezu einen Stich. Lend hatte solches Glück, einen Vater wie David zu haben. Ich wünschte, es wäre mein Dad gewesen, der auf schnellstem Wege hergekommen war, um sich zu vergewissern, dass es mir gut ging, und nicht der meines Freundes.

Ich fühlte mich beobachtet. Als ich den Kopf hob, sah ich die froschartige alte Frau, die sich vor einer gefühlten Ewigkeit so missbilligend geräuspert hatte, als Lend und ich uns auf dem Gehweg geküsst hatten. Jetzt stand sie vor dem Diner und starrte durch die Scheibe. Direkt zu mir. Ich kniff argwöhnisch die Augen zusammen, doch im nächsten Moment sah die Frau an mir vorbei, bevor sie sich abrupt abwandte und wegging. Als ich herumfuhr, sah ich Grnlllll, die wütend mit ihren kleinen, pfotenartigen Händen gestikulierte, als wollte sie sie verscheuchen.

»Was sollte das denn bitte schön?«, fragte ich, aber der Gnom ignorierte mich völlig und verschwand hinter der Theke, wo ich ihn nicht sehen konnte. Auf den Barhockern davor saßen Kari und Donna, die sich anscheinend nicht für ihre Teller mit Heilbutt interessierten, sondern lieber mich mit ihren riesigen, runden Augen beobachteten. Jetzt verzogen sich ihre Gesichter zu einem völlig identischen schelmischen Lächeln. Einem irgendwie boshaften Lächeln …

»Vielleicht sind es aber auch nicht die Feen *allein*«, sagte ich. Ein Verdacht keimte in mir auf. Ich stand auf und marschierte geradewegs nach hinten in Richtung Küche. Grnlllll sprang mir in den Weg und versuchte, mich unter aufgeregtem Gegrummel aufzuhalten, aber ich stieg über sie hinweg und stürmte durch die Tür.

Dort stand Nona, über eine große, kunstvoll geschnitzte Holzschale gebeugt.

Und *redete* mit ihr.

»… unter unserer Obhut. Fahrt mit der Versammlung fort. Wenn die Zeit reif ist, wird alles bereit sein, und –«

Dann blickte sie auf und erschrak, als sie mich sah. »Mit wem redest du da?«, fragte ich misstrauisch und stürzte auf sie zu. Bevor ich die Schale jedoch erreichen konnte, wedelte sie einmal mit der Hand darüber, und als ich mich darüberbeugte, sah ich nichts als gekräuseltes Wasser. »Was machst du da?«

Ihre wunderschönen Lippen verzogen sich zu dem Lächeln, das mich so wahnsinnig machte. »Nichts, mein Kind.«

»Lügnerin!«, rief ich. Ich hörte, wie sich hinter mir die Tür öffnete.

»Gibt's hier ein Problem?«, wollte David wissen.

»Ja, sie!« Wütend deutete ich mit dem Zeigefinger auf den Baumgeist. »Sie lügt! Hat sich gerade noch mit dem Eimer Wasser da unterhalten. Irgendwas ist hier faul, aber sie sagt mir nicht, was. Zuerst trifft sie sich heimlich mit Reth und dann kommen diese ganzen komischen neuen Paranormalen in die Stadt, und die beobachten mich! Ich weiß, dass sie mich beobachten!« Wieder funkelte ich sie zornig an. »Du steckst doch mit den Feen unter einer Decke, oder etwa nicht?«

Nonas Gesicht war nun vollkommen ernst. »Nein, mein Kind. Das tue ich nicht. Die Feen sind keine Freunde meiner Rasse. Und ich verspreche dir, was ich dir schon so oft versprochen habe – du bist hier in Sicherheit. Ich werde nicht zulassen, dass dir etwas zustößt, solange du unter meiner Obhut stehst.«

»Ich stehe *überhaupt* nicht unter deiner Obhut!«

»Evie«, mischte sich David mit ruhiger Stimme ein und legte mir die Hand auf die Schulter. An meiner anderen Seite hatte sich schützend Lend aufgebaut. »Ich kenne Nona nun schon sehr lange. Und Huldras können gar nicht lügen. Sie will dir nichts tun.«

»Bitte entschuldigt mich«, sagte Nona, nahm ihre Schale und trug sie zur Hintertür hinaus.

Ich schäumte vor Wut. »Woher willst du wissen, ob sie lügen können oder nicht? Und außerdem, was macht sie eigentlich hier? Warum sollte ein Baumgeist Geschäftsführerin in einem Imbiss werden wollen?«

David zuckte mit den Schultern. »Viele Elementargeister und Paranormale mischen sich gern hin und wieder unter Menschen. Ich glaube, sie finden es amüsant.« Dachte er so etwa auch über Cressedas Beziehung zu ihm? Dass sie sich nur ein bisschen mit ihm amüsiert hatte? Dann kapierte ich absolut nicht, wie er mit einem solchen Schmerz, einer solchen Zurückweisung leben konnte.

Ich schüttelte den Kopf. »Das kaufe ich ihr nicht ab.« Mein Kopf tat weh. Mein Hals tat weh. Mein Gehirn tat weh. Heute tat mein ganzes *Leben* weh.

»Aber wenn Nona dir etwas Böses tun oder dich an die Feen ausliefern wollte, hätte sie das dann nicht schon längst getan?«, fragte Lend. »Ich meine, du bist doch jetzt schon seit Monaten hier. Ich weiß, es ist jede Menge seltsames Zeug passiert, aber ich glaube wirklich nicht, dass Nona dahintersteckt.«

Ich seufzte. Vermutlich hatte er recht. »Aber was ist mit diesen ganzen glotzenden Paranormalen? Die starren mich die ganze Zeit an!«

»Na ja, du bist auch nicht gerade zum Weggucken, weißt du.«

»Haha.«

»Nein, im Ernst, die sind wahrscheinlich einfach neugierig. Die meisten von denen wissen nicht, was du bist, aber sie wissen, dass du weißt, was *sie* sind. Das ist nun mal nicht alltäglich. Da sind sie neugierig, ist doch klar.«

»Wenn du meinst«, murrte ich. Vielleicht war ich wirklich paranoid.

Lend legte die Arme um mich und lehnte die Stirn an meine. »Ob du's glaubst oder nicht, ich mache mir mehr Sorgen um deine Sicherheit als du. Und wenn du wirklich Angst hast, dann holen wir dich hier raus. Du könntest wieder bei meinem Dad wohnen. Stimmt's?«

David nickte. »Natürlich, wenn es dir dann besser geht.«

Ich schüttelte den Kopf. Ich wollte nicht wieder bei David einziehen, wenn Lend nicht dort war. Klar, ich mochte ihn, aber hallo, wie komisch wäre das denn? Außerdem wollte ich Arianna nicht allein lassen. Sie hatten recht. Ich hatte Nona gegenüber wahrscheinlich einfach überreagiert. Es waren die Feen, die hier Unfrieden stifteten, nicht sie.

Trotzdem, ich merkte, wenn mich jemand anlog. Und für diesen fiesen kleinen Gnom würde ich nie wieder den Müll rausbringen.

# Vamptastisch

Ich würde noch verrückt werden. Wenn man sich schon so früh bewarb, wieso konnte man dann nicht auch früh Antwort bekommen? Anfang Dezember, na toll! Jetzt mal im Ernst, wie lange dauerte es denn, ein paar Zeugnisse, Testergebnisse und sinnlose Aufsätze durchzusehen? Bilder eines Papierstapels, der, mit meiner gesamten Zukunft mittendrin, einfach so auf jemandes Schreibtisch herumlag, folterten mich, während im Hintergrund meine Lehrer über irgendwelches unwichtiges Zeug schwafelten.

Als die Lehrer endlich entschieden, dass mein Kopf ausreichend mit Hypotenusen, chemischen Verbindungen und Metaphern vollgestopft war, entließen sie mich in die Freiheit. Meiner neuen Gewohnheit folgend, bettelte ich Carlee an, mich nach Hause zu fahren, damit ich früher am Briefkasten sein konnte. Kopfschüttelnd sah sie zu, wie ich nervös in meinem Sitz auf und ab hüpfte.

»Wenn die Anfang Dezember gesagt haben, dann ist mit Sicherheit noch nichts da. Der ganze Kram kommt wahrscheinlich sowieso eher zu spät als zu früh.«

»Ich weiß.« Sie hatte ja recht. Ich wusste, dass sie recht hatte. Aber ich konnte mich einfach nicht beruhigen, bis ich *sicher* war, dass sie recht hatte. Zum ersten Mal nicht durch Carlees unberechenbaren, flotten Fahrstil in Angst und Schrecken versetzt, sah ich zu, wie die Bäume vor dem Fenster vorbeiflogen. Schneller, schneller!

»Außerdem, so lange wartest du doch noch gar nicht. Meine Cousine hat bestimmt erst nach, na, bestimmt vier Monaten Bescheid von der Vincennes bekommen.«

Ich seufzte tief. »Kommt mir aber schon vor wie 'ne Ewigkeit.« Ich hatte so lange Geduld gehabt – wirklich, eine Engelsgeduld –, nachdem ich meine Bewerbung abgeschickt hatte. Der Angriff des Über-Vamps und meine Versuche, nach unserer kleinen nächtlichen Unterhaltung mit einer komplett teilnahmslosen Arianna zu reden, waren nur Ablenkungsmanöver gewesen (nicht unbedingt angenehme), und ich hatte mir wirklich Mühe gegeben, mich auf andere Sachen zu konzentrieren. Trotzdem hielt ich die Warterei so langsam nicht mehr aus. Wie sollte ich an irgendwas anderes denken? Über Zombies und ihre Hygieneprobleme konnte man sagen, was man wollte, aber wenn die einen umbrachten, ging es wenigstens schnell. Im Gegensatz zu Hochschulannahmekommissionen. Die scheinen die Folter gern so weit wie möglich in die Länge zu ziehen.

»Und, hast du in letzter Zeit mal was von Jack gehört?«

Ich wand mich unbehaglich auf meinem Sitz und zwang mich, an etwas anderes als an die Georgetown zu denken. Carlee mochte sich zwar nicht daran erinnern, wie der Über-Vamp sie an Halloween durch die Gegend geschleudert hatte, aber sie wusste definitiv noch, dass sie mit Jack geflirtet hatte, als gäbe es kein Morgen.

»Nein, der ist mal wieder spurlos von der Erdoberfläche verschwunden. Das macht er manchmal.«

»Oh.« Sie nickte, aber sie wirkte enttäuscht. Ich wünschte, ich würde irgendeinen netten, normalen Jungen kennen, den ich ihr vorstellen könnte, zur Wiedergutmachung dafür, dass ich Jack auf sie losgelassen hatte. Aber ich kannte nur einen einzigen netten Jungen, und der war alles andere als normal. Und außerdem meiner.

Wir hielten vor dem Diner und ich purzelte beinahe aus dem Auto, als ich der leidgeprüften Carlee ein knappes »Tschüss« zukeuchte und auf den Briefkasten zustürmte. Ich wusste, dass es total irrational war, aber heute hatte ich so ein Gefühl. Meine Erwartungen hatten sich den ganzen Nachmittag über aufgebaut und mittlerweile stand ich kurz vor dem Explodieren. Es waren nur noch zwei Wochen bis zu dem Datum, das sie uns genannt hatten. Außerdem war es Dienstag, was bedeutete, dass sie die Unterlagen am Montag in die Post gegeben haben konnten, und wenn sie jetzt da waren, würde ich Lend anrufen und er würde früher nach Hause kommen, damit wir feiern und unsere gemeinsame Zukunft planen konnten und –

Der Briefkasten war leer.

Ich ließ eine Reihe Flüche vom Stapel, gegen die sogar der raue Umgangston in der Jungsumkleide einpacken konnte, und rundete das Ganze mit einem nachdrücklichen Tritt gegen den Briefkastenpfahl ab. Das Schlimmste war ja, dass es total *logisch* war, dass noch nichts gekommen war. Es war totaler Quatsch gewesen, mich den ganzen Tag so verrückt zu machen.

Ich stapfte nach oben, ohne Grnlllls gebelltem Befehl, was auch immer zu machen, Beachtung zu schenken. Raquel hatte mich die letzten zwei Wochen nicht gebraucht (ich hatte so den Verdacht, dass sie wegen der Sache mit dem Über-Vamp ein schlechtes Gewissen hatte, dem ich schließlich nur im Zusammenhang mit einem ihrer Aufträge über den Weg gelaufen war), also hatte ich meine Schichten im Diner wieder aufgestockt. Obwohl noch immer ungewöhnlich viele neue Paranormale in die Stadt kamen, hatte ich zumindest keine Feen mehr gesehen und Nona entging weiterhin meinen Versuchen, sie bei irgendwelchen verdächtigen Aktivitäten zu erwischen.

Heute allerdings hatte ich Besseres zu tun. Meine Pläne beinhalteten den Weg in mein Zimmer, wo ich für mehrere Stunden zu schmollen gedachte.

Ich ließ mich aufs Bett plumpsen und versuchte, mit meinem finsteren Blick ein Loch in die Decke zu starren. Eigentlich war es ganz gut, dass ich heute keinen Brief bekommen hatte. Wenn die mich ablehnen wollten, würden sie dafür bestimmt nicht so lange brauchen. Diese schönen dicken Aufnahmepäckchen hingegen brauchten wahrscheinlich ihre Zeit, bis sie zusammengestellt waren. Da wurde doch sicher jeder Zettel, jede Broschüre mit extra viel Liebe und Aufmerksamkeit dazugelegt.

Ich würde angenommen werden. Ich musste angenommen werden. Aber warum, warum nur konnten sie es mir nicht endlich sagen und mich von meinem Leid erlösen?

Mein Kommunikator piepste gedämpft von seinem Ehrenplatz in meiner Sockenschublade aus. Schockiert stellte ich fest, wie lange ich das mit dem Schmollen durchgehalten hatte – es wurde schon dunkel. Gierig auf alles, wirklich alles, was mich aus dem Uni-Fegefeuer erlösen würde, pfefferte ich meine Socken durchs Zimmer und kramte den Kommunikator darunter hervor. Die Nachricht lautete: *Vampirjob, sofort, Ja oder Nein*.

Okay, vielleicht gab es doch noch Schlimmeres als Warten. Blöde Vampire. Trotzdem, irgendwer musste es ja machen. Hastig tippte ich ein Ja ein und hatte kaum meine Halskette abgenommen und Tasey an meinem Gürtel befestigt, als an der Wand ein Licht aufblitzte und Jack mir die Hand entgegenstreckte.

Ich griff danach, bevor die Pforte sich wieder schloss, und er zog mich hinein. »Hallöchen, Evie. Schönen Tag gehabt?«

Ich zog ein finsteres Gesicht. »Nein. Bringen wir's einfach hinter uns. Und wenn du mich wieder in einen Fluss fallen lässt, dann schwöre ich, diesmal gehst du mit baden.«

Er lachte, dieser Idiot, und wir eilten gemeinsam durch die Dunkelheit. Ich versuchte, meine Wut und Genervtheit im Zaum zu halten und nicht daran zu denken, dass ich gleich wieder einem Vampir gegenüberstehen würde. Ich würde mich *nicht* dazu verlocken lassen, noch einen Paranormalen auszusaugen. Nie wieder. Mit Lend war alles wieder im Lot und mir ging es auch besser. Die meiste Zeit fühlte ich mich nicht mehr so komisch. Gut, diese Windböe folgte mir immer noch und ich verbrachte mehr Zeit als gewöhnlich im Badezimmer und schien neuerdings zu spüren, ob ein Gewässer in der Nähe war, aber diese neue, zappelige Energie war einfach bloß Stress. Und mehr nicht. Von Über-Vamp hatte ich anscheinend gar nicht so viel mitgenommen, und je mehr ich darüber nachdachte, desto sicherer war ich mir, dass ich richtig gehandelt hatte.

Dennoch machte mich der Gedanke an ein Zusammentreffen mit einem weiteren Vampir nervös.

Wir landeten in einer dunklen, schmalen Gasse zwischen zwei bunt gestrichenen Holzgebäuden. »Bitte sehr, sogar ganz ohne abrupten Sturz in den Tod!« Jack klang viel zu zufrieden mit sich selbst. Am Ende der Gasse erklang lautes Geschrei – was nicht ungewöhnlich war, angesichts der Tatsache, dass wir uns auf einer Art schäbigem Jahrmarkt befanden, voller Horden von Menschen und dunklen Ecken. Na, vamptastisch.

Ich überprüfte, ob ich Tasey griffbereit hatte. »Bleib du hier, ich bin gleich wieder da. Sollte nicht lange dauern.«

Ich wollte schon los in Richtung Jahrmarkt marschieren, aber Jack hielt mich am Arm zurück. »Du weißt schon noch, dass du keine Fußfesseln mehr aktivieren kannst, oder? Das macht nämlich mich zur anderen Hälfte unseres dynamischen Einsack-und-Markier-Duos.«

Ich unterdrückte eine zickige Entgegnung; es war ja schließlich nicht seine Schuld, dass ich so unter Strom stand. »Na schön. Dann versuch, mit mir mitzuhalten.« Ich mischte mich unter die Leute, ohne jedoch die Atmosphäre so gierig in mich aufzusaugen wie früher. Solche flüchtigen Einblicke in das Leben der Menschen brauchte ich nicht mehr. Davon bekam ich inzwischen genug auf dem Schulflur.

Nach einer ziemlich frustrierenden halben Stunde fiel mir schließlich ein unter einem Cover verborgener Leichenschädel mitten in einer Gruppe von Menschen ins Auge, die vor dem Riesenrad Schlange stand. Der Typ hatte den Arm um ein hübsches junges Ding in einem mehr als ungeeigneten Outfit für dieses Wetter gelegt, das ihren überaus schlanken, überaus mit Blut gefüllten Hals freiließ. Sie starrte ihn mit diesem leeren, berauschten Blick an, den nur Frauen unter Vampirkontrolle bekamen. Oder ich, wenn ich einem Teller Cupcakes gegenüberstand.

Mmm. Cupcakes.

Mit entschlossenem Blick zückte ich Tasey. Der Vampir hatte zweifellos vor, seine Begleiterin auf eine Fahrt mitzunehmen, die sie niemals vergessen – und von der sie niemals zurückkehren – würde. Wahrscheinlich würde er sie mit seinem Hang zur Dramatik, der diesen Typen nun mal zu eigen war, beißen, wenn sie ganz oben angekommen waren, um dann unten so zu tun, als wäre sie betrunken, während er sie in eine dunkle Ecke zerrte, um ihr den Rest zu geben. Zorn loderte in mir auf und ich musste an die unschuldige Arianna denken. Das Regelwerk der IBKP für Vampirmissionen besagte, dass ich ihn nun an ein abgeschiedenes Fleckchen locken musste, damit die Menschen hier weiterhin nichts davon ahnten, was für mörderische Kreaturen unter ihnen weilten.

Ich drängte mich durch die Menge, tippte ihm auf die Schulter und verpasste ihm einen Stromstoß.

Seine Augen weiteten sich vor Überraschung, bevor er zuckend zu Boden ging. Sein auserwähltes Opfer starrte ihn ein paar Sekunden entsetzt an und stieß dann einen Schrei aus. Die anderen Leute wichen vor uns zurück und formten eine Art Kreis um den besinnungslosen Blutsauger.

Ich sah Leckerkehlchen an und verdrehte die Augen. »Ach, krieg dich mal wieder ein. Das wäre sowieso die kürzeste Beziehung deines Lebens gewesen.« Jack trat hinter mich und grinste verlegen in die Runde, bevor er sich bückte und ihm die Fußfessel anlegte. Dann packte ich den Vampir am Handgelenk und schleifte ihn kurzerhand aus dem Kreis in die Gasse.

Die Leute – ahnungslos wie die Lämmer – standen da und guckten verdattert, während sie herauszukriegen versuchten, was das wohl für eine Show war, die ich da zum Besten gab, und ob sie eher Beifall klatschen oder die Polizei rufen sollten.

»Ruf ein Transportteam«, sagte ich und ließ den Vampir an der Mündung der Gasse liegen. Dank dem Über-Vamp erforderte das geänderte Protokoll nun, dass alle Vampire direkt in Gewahrsam genommen wurden, ohne dass man ihnen ihre Rechte vorlas oder sie zuerst noch in die Datenverarbeitung schickte.

Jack drückte den Knopf und blickte mich dann an. »Das war ja mal … unauffällig.«

»Scheiß drauf«, murrte ich. Und wenn die breite Öffentlichkeit nun erfuhr, dass das Übernatürliche fröhlich unter ihnen wuchs und gedieh, wäre das wirklich so schlimm? Indem wir sie vor dem Wissen um diese Dinge schützten, nahmen wir nur weitere Opfer, wie Arianna, in Kauf.

Außerdem hätte es viel zu lange gedauert, den Vampir erst

mal hinter mir herzulocken. Um ihm dann allein gegenüberzustehen …

Nein, diese Vorstellung war nicht gerade verlockend. Ich wollte einfach nur nach Hause, mehr nicht.

Als das Transportteam eintraf, schubste ich Jack auf die nächste Mauer zu. »Nach Hause, los.« Er machte eine übertriebene Verbeugung und eskortierte mich durch die Pforte und die Dunkelheit zurück in die tröstende Vertrautheit meines Zimmers/begehbaren Kleiderschranks. Wir traten ein und das Erste, was ich sah, war ein Brief.

Auf meinem Bett.

Ein weißer Brief.

Mit einer Absenderadresse, die zu sehen ich mir seit Wochen gewünscht hatte.

In einem Umschlag, der viel, viel kleiner war, als er hätte sein dürfen.

# Es führt ein Pfad ins Nirgendwo

»Evie? Evie! Aua!« Jack wand seine Hand aus meiner, schüttelte sie aus und sah mich empört an. »Die Finger brauche ich noch.«

Ich konnte mich nicht bewegen. Dort auf dem Bett lag meine Zukunft – wie war sie dorthin gekommen? Warum war sie nicht im Briefkasten gewesen?

Grnlllll. Sie hatte irgendwas von mir gewollt, als ich von der Schule nach Hause gekommen war. Sie musste die Post geholt und gewusst haben, dass mein Brief gekommen war. Genauso wie vermutlich Arianna, denn Grnlllll konnte keine Treppen steigen. Wahrscheinlich hatte Arianna ihn mir aufs Bett gelegt.

Meine Augen brannten vor Tränen und Scham und mein Magen hatte sich vor Übelkeit bereits zu einem Knoten zusammengezogen.

Vielleicht war es ja gar keine Absage. Vielleicht war die Uni auf den Ökozug aufgesprungen und in dem Umschlag befand sich nur ein Aufnahmebescheid mit Instruktionen, wie ich online an weitere Informationen gelangen konnte.

Vielleicht.

Bitte.

Bitte, bitte, bitte. Ich schnappte mir meine Kette von der Kommode und umklammerte sie wie einen Talisman, während ich aufs Bett zuging. Bei jedem Schritt tat mein Magen ein bisschen mehr weh. Zitternd hob ich den Umschlag auf. Hätten die denn nicht noch zwei Wochen warten können, bis sie ihn mir schickten?

»Ich kann das nicht«, flüsterte ich.

»Was kannst du nicht?«, fragte Jack, der mittlerweile so neugierig geworden war, dass er die Feenpforte hinter sich hatte zugehen lassen.

»Ich kann ihn nicht aufmachen.« Ich kniff die Augen zu und hielt ihm den Brief hin. »Mach du's.«

Ausnahmsweise ließ er keinen blöden Spruch ab, sondern nahm mir bloß den Umschlag aus der Hand. Mit jedem Riss durch das Papier riss auch meine Seele ein Stückchen weiter ein. Vielleicht war es gar keine Absage. Vielleicht war es gar keine Absage. Vielleicht war es …

»Sehr geehrte Miss Green, blablabla bedanken uns bei Ihnen, blablabla bedauern es sehr, dass wir Ihre Bewerbung zurzeit leider ablehnen müssen –« Er stockte, genau wie mein Herz.

Ich konnte die Augen nicht aufmachen. Ich wollte nicht. Ich würde nicht nach Georgetown gehen. Das war's. Alles, wofür ich gearbeitet hatte, alles, worum ich mich bemüht hatte, seit ich die Zentrale verlassen hatte – futsch. Ich würde für den Rest meines Lebens im Diner arbeiten, hin und wieder sinnlose Aufträge für die IBKP dazwischenmogeln und irgendwann würde Lend sich mit mir langweilen und die lüsterne Laborassistentin heiraten und die beiden wären glücklich und wunderschön bis in alle Ewigkeit, während ich

niemals

irgendwo

ankam.

Meine Zukunft war nur ein gähnendes schwarzes Loch, schlimmer sogar als die Feenpfade, denn über die erreichte man wenigstens sein Ziel. Ich hatte jetzt kein Ziel mehr.

»Du machst mir Angst«, drang Jacks Stimme schließlich zu mir durch und ich öffnete die Augen, ohne ihn jedoch wirklich zu sehen. »Okay, gut, ja, atmen. Atmen hilft, am Leben zu bleiben, wie ich festgestellt habe, weißt du? Was in aller Welt ist denn so schlimm daran, wenn so eine blöde Uni Nein sagt?«

»Mein Leben« – keuchte ich – »ist vorbei. Es ist vorbei. Alles.«

Er machte ein skeptisches Gesicht. »Wer will denn überhaupt an einen Ort namens Georgetown? Klingt doch lächerlich. Ich könnte deine Verzweiflung ja verstehen, wenn der Laden einen so auserlesenen Namen wie, na sagen wir, Jacktown hätte, aber so wie die Dinge liegen, reagierst du definitiv über. Warum willst du denn *noch* länger zur Schule gehen? Ich war mal nur für ein paar Stunden da und hab mich schon fast zu Tode gelangweilt.«

»Aber ich – meine ganzen Pläne und –«

Er wedelte mit der Hand durch die Luft, als wollte er all meine Träume wie lästige Fliegen verscheuchen. »Dann machst du eben neue. Das da willst du doch in Wirklichkeit sowieso nicht. Im Moment glaubst du es vielleicht noch, aber das ist doch überhaupt nicht deine Welt.« Er lächelte mich an und seine blauen Augen waren das Einzige, was ich durch meinen Tränenschleier klar sah. Ich schluchzte noch heftiger.

Er seufzte und trat unbehaglich von einem Fuß auf den anderen. »Soll ich Raquel holen? Oder Bratpfannen-Boy?«

»Nein!« Ich konnte Lend jetzt nicht gegenübertreten, konnte ihm nicht gestehen, dass ich nicht gut genug war. Und Raquel genauso wenig. Sie wäre furchtbar enttäuscht von mir. Ich hatte versucht, normal zu sein, mir ein Zuhause in der Welt einzurichten, und war auf voller Länge gescheitert. Warum schaffte Lend es nur, in beiden Welten so gut zu bestehen, und ich noch nicht mal in einer davon? Warum war ich so eine Lebensversagerin?

Jack straffte übertrieben die Schultern. »Wie immer muss ich wohl auch hier mal wieder das Ruder übernehmen. Zum Glück bin ich stets bereit für neue Herausforderungen.« Er packte meine Hand, öffnete eine Pforte und zog mich hindurch. Ich weinte zu sehr, um zu protestieren, als mir Lends Kette aus der Hand flog. Ich sah mich um, während die Pforte sich schloss, und da lag die Kette, ein elendes Häufchen auf dem Boden der Tatsachen.

»Jack, ich –« Mein Atem ging stoßweise und ich kriegte nicht mehr als ein paar Worte auf einmal heraus. »Ich – will nicht – bitte –«

Wie angewurzelt blieb er stehen und sah mich stirnrunzelnd an. Eine Augenbraue hochgezogen, als stünde er vor einem besonders vertrackten Rätsel, legte er die freie Hand in meinen Nacken und zögerte kurz.

Dann küsste er mich.

Aus meinem Schockzustand herausgeschockt, spürte ich seine Lippen auf meinen, aber das war auch schon alles. Gut, sie waren voll und warm, aber die komischen Mümmelbewegungen, die er vollführte, waren weit von den Küssen entfernt, die sich mit Lend immer so wunderbar anfühlten.

Und … es war Jack. *Jack.* Von all den Dingen, die ich mir vorgestellt hatte, mit ihm zu machen, schlossen die meisten irgendeine Form von Gewalt mit ein. Nichts davon hatte etwas mit Lippenakrobatik zu tun.

Ruckartig riss ich den Kopf zurück, aber das wäre gar nicht nötig gewesen, denn Jack hörte im selben Moment auf.

Er rümpfte die Nase. »Tja, das war … interessant. Das wollte ich schon immer ausprobieren und jetzt bin ich mir ziemlich sicher, dass ein Mal auch mehr als ausreicht.«

Erbost boxte ich ihm mit der freien Hand gegen die Schulter, fuchsteufelswild, dass ich mich mit der anderen immer noch an seine klammern musste, damit ich nicht für alle Zeit in der Dunkelheit verloren war. »Du« – *box* – »kleiner« – *box* – »Freak!« – *box*. »Was sollte das denn bitte?!« *BOX.*

Dem nächsten Hieb wich er aus. »Und ich hatte gedacht, danach ginge es irgendwie« – er zog eine Grimasse, als ich wieder einen Treffer landete – »kuscheliger zu.«

»Pass auf, du Penner, wenn ich gewollt hätte, dass du mich küsst, dann hätte ich drum gebeten. Hab ich aber nicht. Würde ich auch nie! Und wenn du noch *ein* Mal so eine Aktion bringst, dann schwöre ich, ich mache diesen Fossegrim ausfindig und dann kannst du mal nett mit ihm baden gehen!«

Und dann – als wäre sein unbeholfener, schrecklicher Kuss noch nicht genug gewesen – fing er an zu *lachen.*

»SCHNAUZE!«

Er schüttelte den Kopf und grinste selbstzufrieden. »Siehst du? Zwei Fliegen mit einer Klappe. Eins: das mit dem Küssen ausprobieren. Ein Riesenreinfall, ohne jeden Zweifel *deine* Schuld, aber trotzdem, netter Versuch. Ich sollte mal bei deiner Freundin Carlee vorbeischauen. Die ist in so was bestimmt besser als du.«

Warum hatte ich eigentlich nur den Cover-Röntgen- und nicht den Laserblick? Nicht, um ihn umzubringen, nein. Bloß, um das Wort »Freak« in seine Stirn einzubrennen.

»Willst du denn gar nicht wissen, was mein zweites Ziel war?« Er sah mich wimpernklimpernd an.

»Nein, will ich nicht.«

Er stupste mich mit dem Ellbogen in die Rippen. »Du weinst nicht mehr, stimmt's?«

Um ihn zu erwürgen, hätte ich seine Hand loslassen müssen. Diese Möglichkeit schied also leider aus. »Ach, und so wütend zu sein, dass ich dich am liebsten erwürgen würde, ist besser?«

Sein Lächeln bekam einen etwas angespannten Zug. »Wütend sein ist *immer* besser als traurig sein. Übrigens noch eins meiner Lebensmottos. So, möchtest du dich jetzt allein in dein Zimmer hocken und heulen oder hast du Lust auf ein Abenteuer?«

Ich zögerte, wie immer misstrauisch, was Jacks Vorstellung

von einem Abenteuer wohl bedeuten mochte. Aber nach Hause wollte ich auch nicht. Und er hatte ja recht – wenigstens weinte ich nicht mehr. Ich wusste genau, sobald ich in mein Zimmer zurückkehrte und diesen Brief sah, würde ich durchdrehen. Allein der Gedanke an den Gedanken daran trieb mir schon wieder die Tränen in die Augen und … ach, vergesst es.

Fester als nötig drückte ich seine Hand. »Was hattest du denn dabei im Sinn?«

Seine Augen wurden schmal und er lächelte, sein Engelsgesicht wirkte plötzlich verschlagen. »Lass uns was spielen gehen.« Er zog mich hinter sich her, als er über die Pfade eilte. Immer wieder wechselte er die Richtung, änderte den Kurs nach links oder rechts, als folgte er einer sich schlängelnden Spur. Ich hatte es noch nie erlebt, dass jemand hier irgendwas anderes gemacht hatte, als stur geradeaus zu gehen.

»Du weißt schon, wo du hinläufst, oder?«, erkundigte ich mich zunehmend nervöser. Ob nun mit Jack oder irgendwem anders, ich hatte wirklich keine Lust, mich auf den Feenpfaden zu verlaufen. Und je länger wir hier im Dunkeln umherirrten, desto mehr musste ich gegen die Panik ankämpfen.

»Sie ist immer woanders. Nie zweimal am selben Ort. Was es ziemlich schwierig macht, sie zu finden, besonders, wenn einem dabei auch noch die Ohren vollgenörgelt werden, aber jetzt sind wir –« Triumphierend blieb er stehen. »Hier. Streck die Hand aus. Sag mir, was du fühlst.«

Augenrollend hielt ich die Hand neben seine in die Leere und – dort war etwas. Oder nicht etwas, sondern vielleicht nur die *Vorstellung* von etwas. Es war nicht greifbar und ich war mir auch nicht sicher, wie ich es überhaupt wahrnahm, mit Ausnahme einer leisen Bewegung unter meinen Fingern, der Bestätigung eines Orts mitten im Nirgendwo. So, dachte ich, musste es Leuten gehen, denen Gliedmaßen amputiert worden waren und die immer noch Phantomarme oder -beine spürten. Nur dass es sich in unserem Fall um eine Phantompforte handelte. Es war nichts da, aber gleichzeitig war es, als *müsste* dort etwas sein.

Jack beobachtete mich gespannt. »Du kannst es spüren, nicht?«

Ich schüttelte den Kopf. »Ja, vielleicht, ich weiß nicht. Komisches Gefühl.«

»Es gibt keinen Grund, warum ich es können sollte und du nicht. Du kannst schließlich eine ganze Menge mehr als bloß Pforten öffnen. Das hier wäre ein Kinderspiel, wenn du dein Köpfchen mal ein bisschen anstrengen würdest, anstatt dir immer bloß Gedanken über deine Noten und die Uni und Knutschen zu machen. Besonders nicht übers Knutschen. So was Fieses aber auch.«

»Ja, wenn man's mit dir macht, auf jeden Fall. Aber das hier, wie machst du das?«

»Ich glaube, dass die Feennahrung einen ein bisschen verändert. Und außerdem, wenn man lange genug zusieht und sich etwas dringend genug wünscht – du würdest dich wundern, was man dann alles kann. Was man dann alles tut. Die Feenpfade bedeuteten für mich den Weg in die Freiheit.«

Bei dieser Erinnerung an Jacks Leben bei den Feen zog sich mein Herz vor Traurigkeit zusammen. Wie bei Vivian, aber Jack wirkte so viel selbstsicherer, so viel stabiler als sie. Was nicht viel heißen wollte, aber immerhin. Er war wenigstens nicht vollkommen unzurechnungsfähig. »Das mit deiner Kindheit tut mir so leid, Jack. Muss ganz schön hart gewesen sein.«

Er grinste, oder vielmehr sah es aus, als bleckte er die Zähne. »Ach, aber guck doch mal, was für ein stattlicher junger Mann aus mir geworden ist! Alles, was ich heute bin, habe ich nur den Feen zu verdanken.«

»Aber du könntest doch einfach abhauen! Warum gehst du immer wieder zurück ins Feenreich? Warum kommst du nicht wieder ganz zurück auf die Erde und lässt das alles hinter dir?«

»Zu *was* sollte ich denn da zurückkommen? Außerdem weißt du doch, wenn man einmal die Hausmannskost der Feen probiert hat, kehrt man nie mehr zurück. *Kann* man nie mehr zurückkehren.«

»Kannst du dir nicht einfach ganz viel Essen mitnehmen oder so? Und es einlagern?«

Er schüttelte den Kopf. »Ich fürchte, auf die eine oder andere Art sind die Feen und ich leider untrennbar miteinander verbunden. Ich bin noch nicht fertig mit ihnen.«

Sein Lächeln war das vollkommenste Cover, das ich jemals gesehen hatte. Jedes Mal, wenn ich dachte, jetzt hätte ich wirklich etwas Wichtiges über ihn erfahren, knipste er dieses Lächeln an und wischte damit alle echten Gefühle beiseite. Wie sollte ich da jemals sehen, was darunterlag?

»So, weiter geht's«, sagte er. »Die Pforte. Du kannst sie also fühlen.«

»Und was genau fühle ich da?«

Beinahe ehrfürchtig ließ er die Finger dort durch die Luft gleiten, wo die Pforte auf uns wartete, und starrte in die Dunkelheit. »Weißt du, wie das ist, wenn man zwischen Schlafen und Wachen schwebt und der Traum, den man verlässt, sich viel realer anfühlt als alles, was die Welt zu bieten hat? Wenn du dann die Augen öffnest, ist es, als wäre ein Teil von dir darin zurückgeblieben, und du weißt genau, dass du die Dinge nie wieder so intensiv spüren, nie wieder so deutlich ihren wahren Charakter sehen wirst wie in diesem winzigen Stückchen Bewusstsein zwischen Licht und Dunkel. *Da* gehen wir jetzt hin.« Ich hielt die Luft an und er kehrte wieder zu mir zurück, von wo auch immer er mit den Gedanken gewesen war. Mit einem Augenzwinkern öffnete er die Pforte. »Willkommen im Reich der Feen.«

# Der Junge mit den Schwefelhölzern

Bevor ich auch nur Nein sagen konnte, waren wir durch die Pforte und im Feenreich. Bisher war ich nur mit Reth hier gewesen, in Räumen aus goldenem Fels mit viel zu schicken Möbeln und auf wirbelnden Wiesen. Ich hätte nie gedacht, dass ich mich mal dahin zurücksehnen würde, aber wenn ich mich entscheiden dürfte, wäre ich tausendmal lieber dort als hier.

Der Himmel über uns war purpurrot, eine grenzenlose Weite, durchbrochen von stecknadelkopfgroßen, glitzernd schwarzen Löchern, wie die Abwesenheit von Sternen. Ich konnte zwar klar sehen, aber die Luft war dick und schwer und in ihr lag ein Hauch von verkohltem Zimt. Wir standen am pechschwarzen Ufer eines riesigen Sees, dessen Oberfläche silbrig schimmerte, aber trotz des Himmels darüber nichts widerspiegelte. Einzelne emporragende Gesteinsbrocken durchbrachen die Monotonie der Ebene rings um uns. Sie lagen da wie gewaltsam durch die Gegend geschleudert, wie verzerrte, gefolterte Kreaturen. Die ganze Szenerie wirkte hypnotisierend – wunderschön, aber *falsch*.

»Jack«, flüsterte ich und zog an seiner Hand. »Ich glaube, wir sollten nicht hier sein.«

»Hast recht«, erwiderte er und ich stieß einen erleichterten Seufzer aus. »Das Wichtigste hab ich auch ganz vergessen.« Er streckte die Hand aus und wir glitten seitwärts; die Luft wirbelte auf, als die Albtraumlandschaft sich in ein Zimmer verwandelte. Benommen schwankte ich hin und her.

»'tschuldige.« Jack ließ meine Hand los und ging zu einem Tisch in der Ecke. »Wenn man erst richtig drin ist im Feenreich, ist die Fortbewegung viel leichter. Dauert bloß ein bisschen, bis man sich daran gewöhnt hat. Wenn du kotzen musst, bitte nicht auf den Teppich.«

Ich klammerte mich an der Kante eines Sofas fest, um mein Gleichgewicht wiederzuerlangen, und sah mich dann um. Dies musste so ungefähr das seltsamste Zimmer sein, in dem ich je gewesen war. Die Wände bestanden aus blassgrünem Felsgestein und wurden durch ein indirektes Licht beleuchtet, dessen Quelle ich nicht ausmachen konnte, und die Möbel sahen ganz ähnlich aus wie die von Reth, lauter schnörkelige Schnitzereien und kuscheliger Samt. Aber überall zwischen dieser Feenpracht verteilt lagen dreckige Socken, hastig ausgezogene Hosen und schmuddelige Sneakers.

Das schafften wirklich nur Jungs: selbst das Feenreich wie eine Müllkippe aussehen zu lassen.

Jack hob einen zerfledderten Pappkarton auf und stellte ihn auf den Eichentisch, dann nahm er sich eine leuchtende Frucht aus einer Schale. Sie sah aus wie ein Pfirsich, wenn Pfirsiche denn blau wären und aus kleinen Stückchen Himmel bestünden. Mit geschlossenen Augen biss er hinein, einen schwärmerischen, heißhungrigen Ausdruck auf dem Gesicht. Ich hatte noch nie etwas gegessen, das so gut schmeckte, wie diese Frucht nur aussah. Vorsichtig atmete ich durch den Mund und versuchte, ihren Duft nicht einzuatmen. Als er fertig war, hielt er mir die Schüssel hin. »Auch eine?«

»Danke, ich verzichte.«

Er zuckte mit den Schultern. »Du hast ja keine Ahnung, was du verpasst. Na ja, was soll's. Auf jeden Fall funktioniere ich mit vollem Magen einfach besser. So, jetzt, wo wir alles haben, können wir ja wieder los.«

»Mooooment mal, ganz langsam. Was war das da eben für ein Ort? Ich will da nicht wieder hin.« Jacks Zimmer war zumindest ein geschlossener, abgeschiedener Raum. Am Ufer dieses eigenartigen Sees dagegen waren wir völlig ungeschützt gewesen. Ich wollte überhaupt nicht hier im Feenreich sein, aber dahin wollte ich wirklich, *wirklich* nicht zurück.

»Tut mir leid, keine Zeit. Wir müssen das Schiff erwischen.« Jack klemmte sich den Pappkarton unter den Arm und grapschte sich meine Hand, bevor ich es hätte verhindern können. Nach einem weiteren magenverdrehenden Ortswechsel standen wir wieder am Seeufer.

Aber diesmal waren wir nicht allein.

Ein großes Schiff, glänzend schwarz wie Obsidian, glitt lautlos an uns vorbei. Das silberne Wasser lag völlig ruhig da, nicht einmal die kleinste Bugwelle schwappte auf uns zu. Ich machte mich so klein wie möglich, aber das Schiff fuhr einfach weiter und legte erst an der nächsten Uferbiegung an. An der Seite schob sich eine gewölbte Brücke heraus. Ich wagte kaum hinzusehen, aus Angst, wer da an Land kommen würde.

»Jack?«, flüsterte ich drängend.

»Ach ja, stimmt. Wir sollten nicht gesehen werden. Ich glaube zwar nicht, dass die uns umbringen würden, aber man weiß ja nie.«

»*Ich* bring dich gleich um!«, zischte ich, während wir uns hinter einen der gruseligen Felsbrocken duckten. Jack spähte um die Ecke. Ich kauerte mich zusammen. Ich war zu lange vor den Feen auf der Flucht gewesen, um jetzt freiwillig in ihr Reich zu kommen und mich ihnen quasi als Opfer anzubieten. »Lass uns abhauen!«

»Das solltest du dir angucken!«

»Nein! Nein, sollte ich überhaupt nicht und du auch nicht! Komm, lass uns von hier verschwinden.«

»Guck doch mal.« Jack zerrte mich so weit rüber, dass ich auch was sehen konnte. Die Prozession war genauso schweigsam wie unheimlich. Feen, wunderschön und Furcht einflößend zugleich, bewegten sich gemessenen Schrittes die Brücke hinunter. Ihr Haar hatte sämtliche Farben, die man sich nur vorstellen konnte – von tiefschwarz bis strahlend weiß –, aber ihre Gesichter besaßen alle dieselbe scharf gemeißelte, grausame Perfektion. Ihre Kleider, in einer eigenartigen Schattierung von tiefem Violett gehalten, umwallten sie in einer nicht existenten Brise. Als auch die letzte von ihnen am Ufer war, wandten sich die Feen dem Schiff zu. Ich hielt vor Spannung den Atem an.

Wieder erschienen auf der Brücke Gestalten und ich musste

mir auf die Lippe beißen, um nicht vor Entsetzen aufzuschreien. Es waren Menschen, die auf allen vieren krochen, die Köpfe kahl rasiert und vollkommen nackt bis auf glitzernd silberne Muster, mit denen ihre Körper bemalt worden waren. Auf ihren Rücken trugen sie ein kunstvoll geschmiedetes Podest, ganz aus fein ziseliertem Silber, und sie krabbelten mit perfekter Gleichmäßigkeit voran, damit es nicht erschüttert wurde. Ohne irgendein erkennbares Signal hielten sie nun inne und warteten. Ich kämpfte gegen die bittere Galle an, die mir die Kehle hochstieg. Schlimmer noch als ihre nackten Körper, so mager und sehnig, war der Ausdruck auf ihren Gesichtern.

Sie waren glücklich.

Mehr als glücklich, sie waren verzückt, regelrecht ekstatisch. »Was machen die da?«, flüsterte ich, aber Jack brachte mich mit einem kurzen Blick zum Schweigen.

Auf die Antwort musste ich nicht lange warten. Eine Frau, mindestens einen Kopf größer als der Rest der Feen, erschien. Und in diesem Augenblick wurde mir klar, dass Schönheit und Schrecken ein und dasselbe waren, untrennbar miteinander verwoben. Ihr Haar waberte um ihren Kopf wie schwarzes Öl, auf dem sich dort, wo es ihr den Rücken hinunterwallte, dunkle Regenbögen entfalteten. Ihre Augen waren reinstes Schwarz gegen die Alabasterblässe ihrer Haut, ihre violetten Lippen voll, grausam, makellos. Alles, was von diesen Lippen kam, würde Schmerz und Wonne zugleich sein, unentrinnbar, unwiderstehlich.

Dies hier war also die Ewigkeit. Ich würde zu ihr gehen – musste zu ihr gehen. In einer sich stetig verändernden, stetig sterbenden Welt war sie das Absolute, sie war die Schwerkraft, sie war alles. Ich wollte mich für immer in ihr verlieren.

Jack kniff mich in den Arm, zwirbelte die Haut richtig zwischen den Fingern. Ich keuchte auf und sah ihn wütend an. Er verdrehte die Augen. »Typisch Anfänger. Versuch, dich zurückzuhalten und dich der Dunklen Königin nicht gleich an den Hals zu werfen, okay?«

Ich schüttelte den Kopf und bemühte mich, den letzten Rest dieses Verlangens, dieses Drangs loszuwerden. Das war knapp gewesen. Zu knapp.

Ich hasste Feen.

Ich sah wieder hin, entschlossen, mich nicht noch einmal in ihrem Bann zu verlieren. Anstatt mich auf sie zu konzentrieren, betrachtete ich nun ihre menschlichen Sklaven, die sich gerade alle auf die Bäuche fallen ließen. Sie trat auf das Podest und wurde in einer einzigen fließenden Bewegung in die Luft gehoben, als die Menschen weiterkrochen. Dort stand sie nun und starrte mit kaltem Blick an ihrem Gefolge vorbei.

Die Feen bildeten hinter ihr eine Reihe und sie wurde über die Ebene davongetragen. Je weiter sie sich von mir entfernte, desto leichter fiel mir das Atmen. Erschöpft vor Anstrengung, dem Zauber der Dunklen Königin zu widerstehen, ließ ich mich gegen den Felsen sinken. Wenn sie so genannt wurde, dann war sie wohl die Königin des Hofs der Unseelie. Diejenigen, die Vivian erschaffen hatten. Diejenigen, die mich am liebsten tot sähen. Ganz tolle Ablenkung, Jack. Was war schon eine Absage von der Georgetown verglichen damit, dass ich dem Tod höchstpersönlich begegnet war und mich ihm, oder vielmehr ihr, auch noch hatte zu Füßen werfen wollen? Wenn ich recht darüber nachdachte, hatte Jack mir in letzter Zeit schon so einige Nahtoderlebnisse beschert. Darüber sollten wir uns mal unterhalten.

Er beugte sich vor und kramte in seiner Schachtel.

»Wer waren diese armen Menschen?«, flüsterte ich. Die Erinnerung an ihre Gesichter bereitete mir immer noch Magenschmerzen.

Ohne aufzusehen, hob er die Schultern. »Als Menschen kann man die eigentlich nicht mehr bezeichnen. Die Schoßhündchen der Unseelie machen's meist nicht lang.«

Erschaudernd schlang ich die Arme um meinen Oberkörper. »Du musst mich jetzt echt nach Hause bringen. Ich glaube, diese Feen sind auf der Suche nach mir, und mir wär's lieber, wenn sie mich nicht finden. Was machen wir überhaupt hier?«

Jack richtete sich mit einem breiten Lächeln auf, bei dem mir noch unbehaglicher zumute wurde als beim Anblick der Sklaven. In jeder Hand hielt er eine Glasflasche mit einer bernsteinfarbenen Flüssigkeit.

»Uns *betrinken*?«

»Quatsch. Betrunken erträgt man das Feenreich auch nicht besser. Halt mal.« Er drückte mir die Flaschen in die Hand, zog dann zwei lange Streifen feuchten Stoff hervor und stopfte sie in die offenen Flaschen, bis nur noch ein paar Zentimeter herauslugten.

»Was –«

»Hältst du eigentlich irgendwann auch mal die Klappe?«

Als er fertig war, griff er in die Tasche und förderte eine Schachtel Streichhölzer zutage.

Verpiept noch mal, nein. »Jack! Was hast du –«

Er zündete beide Lunten an und schnappte sich eine der Flaschen. Mit einem irren Grinsen im Gesicht drehte er sich um und schleuderte sie von sich. Die Flasche wirbelte träge durch die Luft, eine Leuchtspur hinter sich herziehend, bis sie schließlich hinter dem Schiffsdeck verschwand. Vielleicht funktionierte es ja nicht. Vielleicht –

Ein riesiger Feuerball loderte auf, erfüllte die Luft mit Qualm und Gestank und tauchte das Schiff in Flammen.

»Evie? Vielleicht solltest du das Ding jetzt besser werfen.«

Entsetzt blickte ich hinunter auf den brennenden Molotowcocktail in meiner Hand und schleuderte ihn dann, so weit ich konnte. Er zerschellte an der Seitenwand des Schiffs und der größte Teil der Flammen landete im silbernen Wasser des Sees.

Das sofort Feuer fing.

»Wow! Das hatte ich nicht erwartet!« Jack nickte anerkennend, als der Brand sich ausbreitete und sich über die Wasseroberfläche fraß. Das Schiff, nun von Flammen umhüllt, knirschte und stöhnte in seinem Todeskampf. »Ich glaube, der Tropfen Feenschnaps hat dem Benzin den Extrakick gegeben.«

Ein überirdisches Kreischen zerriss die Luft und fuhr mir tief in die Knochen. Ich verspürte *keinerlei* Drang, die Besitzerin dieser Stimme näher kennenzulernen.

Jack lachte und nahm meine zitternden Hände. »Das wäre dann der Moment, in dem wir wegrennen.«

## Alte Freunde

»Jack!« Ich erkannte meine eigene Stimme kaum, die fast eine Oktave höher klang als sonst. Das lag teilweise an meiner Panik, aber vor allem an dem dichten, beißenden Rauch, der sich wie eine geballte Faust in meinen Rachen drängte. Er erfüllte die Luft, während der See hinter uns sich in ein flammendes Inferno verwandelte.

Ich konnte Jack kaum noch sehen, seine Hand war meine einzige Rettungsleine in diesem Albtraum. »Achtung!«, rief er und schon verzerrte sich die Landschaft mit einer schwindelerregenden Drehung. Jetzt standen wir noch immer auf derselben verpiepten Ebene, aber zumindest weit genug entfernt, um außer Gefahr zu sein. Ausläufer des Qualms klammerten sich an uns wie kleine Lebewesen und ich versuchte nach Kräften, sie abzuschütteln.

Dann sah ich zu, wie die dunklen Wolken in Wellen nach oben rollten und den roten Nachthimmel schwarz färbten. Der See brannte völlig ebenmäßig, ein einziges Flammenmeer, und selbst das Schiff der Dunklen Königin ragte daraus nur noch als niedriger Feuerhaufen empor.

Die Hände in die Hüften gestemmt, begutachtete Jack die Szenerie und nickte zufrieden. »Das hat ja noch viel besser geklappt, als ich gedacht habe.«

»Bitte, können wir jetzt gehen?« Solange wir das ganze Chaos sehen konnten, waren wir immer noch viel näher dran, als mir lieb war. Ich konnte mir vorstellen, wie ich mich unter dem Mitternachtsblick der Dunklen Königin fühlen würde, wenn sie uns entdeckte. Ich bekam eine Gänsehaut – ob aus Angst oder aus Vorfreude, wusste ich nicht. Aber keins von beidem war gut.

»Wozu die Eile? Gönn uns doch einen Moment, um uns im Glanz unseres Werks zu sonnen.«

»Unseres Werks? Ich wollte das doch gar nicht!«

»Nein?« Er legte den Kopf schief und hob die Augenbrauen. »Ich dachte, du hasst die Feen.«

»Tu ich auch, aber das heißt doch nicht, dass ich gleich ihr ganzes Reich in Brand stecken will!«

»Was hat es für einen Sinn, jemanden zu hassen, wenn man nichts gegen ihn unternimmt?« Er legte mir den Arm um die Schultern und drehte mich so, dass ich mir das Inferno mit ihm ansehen musste. »Du kannst mir nicht erzählen, dass dich das nicht zufrieden macht, nicht nach dem, was du gesehen hast. Den Feen ist ja nicht viel wichtig, aber ihre kleinen Spielzeuge liegen ihnen schon sehr am Herzen. Dieses Schiff war der besondere Liebling der Königin, von dem See ganz zu schweigen. All die Jahrhunderte, die sie gebraucht hat, um sich diese Landschaft zurechtzubasteln, und dann *PAFF*! Eine einzige hervorragend gezielte Feuerbombe und du hast sie so viel Wut und Schmerz gelehrt, wie sie es vermutlich noch nie erlebt hat. Und trotzdem noch viel weniger, als sie verdient hätte.«

Während ich in die Flammen starrte, war es, als schlängelte sich der Rauch, der mich immer noch einhüllte, in meine Brust, dunkel und schleichend, und verwandelte meine Angst in Wut. Er hatte recht. Sie hatten es verdient. Sie verdienten noch viel, viel Schlimmeres als das.

Ich kniff die Augen zusammen, bis die leuchtende Linie aus Feuer das Einzige war, was ich sehen konnte. Wenn ich recht drüber nachdachte, war sie genau das, was dieser Landschaft noch gefehlt hatte. Sie gehörte hierher.

Ich drehte mich zu Jack um. »Was hast du sonst noch vor?«

Er strahlte so sehr, dass sich seine Grübchen zeigten. »Ich *wusste*, dass du zu was zu gebrauchen bist. Wir müssen nur kurz Nachschub holen und dann –«

*»Du.«*

Wir zuckten beide erschrocken zusammen und drehten uns zur Quelle dieser schrecklichen, heiseren Stimme um. Ein wild aussehendes, zusammengekrümmtes Wesen. Zerzaustes, verfilztes Haar über eingesunkenen Gesichtszügen. Kleider, die zweifellos einmal elegant gewesen waren, jetzt jedoch bis zur Unkenntlichkeit verschmutzt und zerrissen. Dann erst sah ich die Augen – *ihre* Augen. Rubinrote Augen. Zu denen einst eine Stimme wie zersplitterndes Glas gehört hatte.

Fehl.

Das letzte Mal, dass ich sie gesehen hatte, war in Lends Küche gewesen, als Vivian versucht hatte, ihr die Seele auszusaugen. Sie war mit dem Leben davongekommen, aber offensichtlich ziemlich mitgenommen. Keine Spur mehr von der ätherischen, unnahbaren Grazie der Feen. Sie war nur noch ein wildes Tier, mit fiebrigem Blick und abgehackten, fahrigen Bewegungen.

*»Du hast mir das angetan.«*

Ich hob die Hände und wich einen Schritt zurück. »Nein, hab ich nicht. Es tut mir leid, aber –« Ich zögerte. Es tat mir nicht leid. Fehl hatte sich an den Regeln vorbeigewunden, die sie an die IBKP banden, um mit Vivian gemeinsame Sache zu machen und mich in den Tod zu führen. Und fast wäre ihr das auch gelungen. Außerdem hatte ich ihr in jener Nacht sogar das Leben gerettet, indem ich Vivian davon abhielt, sie vollkommen auszusaugen. Rückblickend hätte ich das wohl besser sein lassen. Ich straffte die Schultern. »Wenn ich mich recht entsinne, hast du dir das ganz allein zuzuschreiben.«

Sie lachte auf, ein Geräusch irgendwo zwischen Krächzen und Husten. »Ja, was für ein Lohn für meine harte Arbeit. Aber wenn ich den Auftrag zu Ende bringe – wenn ich meiner Königin doch noch verschaffe, wonach sie verlangt –, dann wird sie mich wieder lieben. Sie wird mich heilen.« Fehl richtete sich gerade auf und zog eine Grimasse, als bereite ihr diese Haltung Schmerzen.

»Du hast 'ne Fee auf dem Gewissen?« Ohne den Blick von ihr zu wenden, wich Jack zurück. »Eine kleine Vorwarnung wäre nicht schlecht gewesen. Ich will nicht sterben, jetzt, wo hier endlich mal Leben in die Bude gekommen ist.«

»Ganz ruhig«, fauchte ich. »Wir sterben schon nicht. Die kann mir nichts tun.«

Fehl stieß wieder ein Lachen aus und diesmal kam ein Hauch ihrer alten Glasscherbenstimme durch. »Kleines Mädchen, du hast keine Ahnung, was ich alles kann.«

»Kommst du mit ihr klar?«, fragte Jack und mir fiel auf, dass er zum ersten Mal, seit ich ihn kannte, ängstlich klang. Ich wollte gar nicht wissen, was er schon alles von den Feen hatte erleiden müssen. Feen wie Fehl. Ich würde nicht zulassen, dass ihm wieder wehgetan wurde.

Ich spreizte die Finger und fragte mich, wie sich eine Fee wohl anfühlen würde, während ich Fehl im Auge behielt, die ihr Gewicht vor und zurück verlagerte und zuckte wie eine Katze, die sich zum Angriff bereit machte. Es war nicht falsch, es *konnte* nicht falsch sein, ihr ein bisschen von ihrer Seele zu nehmen, wenn ich damit mich und hilflose Menschen wie Jack schützte. Außerdem war das doch auch kein großer Unterschied zu dem, was die IBKP tat. Ich war einfach so eine Art menschliche Tasey.

Fehl knurrte und stürzte sich auf uns, legte die Entfernung zwischen uns schneller zurück, als ich gedacht hatte. Ich duckte mich zur Seite, doch in meiner Hast, ihr auszuweichen, stolperte ich und fiel hin. Sie schoss übers Ziel hinaus und schlitterte ein Stück, bevor sie wieder herumfuhr, während ich auf den Händen rückwärtskrabbelte, um so viel Distanz wie möglich zwischen uns zu bringen.

Fehl fletschte die Zähne zu einem irren Grinsen und kam langsam näher. Jack stand jetzt hinter ihr und sah mit gerunzelter Stirn zu. Ich wollte ihn anschreien, dass er weglaufen sollte, aber wahrscheinlich stand er unter Schock. Warum öffnete er keine Pforte, durch die wir von hier abhauen konnten? Ich konnte nicht aufstehen, ohne Fehl eine Gelegenheit zu bieten, mich anzugreifen. Fieberhaft durchforstete ich mein Gehirn nach einem Plan und da traf es mich wie ein Blitz.

»Denfehlath!«, rief ich. »Stopp!«

Ihre Augen weiteten sich vor Wut, während jeder ihrer Muskeln erstarrte. Reglos verharrte sie in ihrer Sprungpose. Ich mochte ja die Kontrolle über Reth verloren haben, als er mich mit einem Trick dazu gebracht hatte, ihm zu erlauben, dass er sich einen neuen Namen zulegte, aber Fehls Namen kannte ich noch immer. Pech für sie.

Ich stand auf und klopfte mir die Hände an der Hose ab. »Nicht bewegen.« Beim Anblick von Fehls gequältem Gesicht unterdrückte ich ein triumphierendes Lächeln. Sie war buchstäblich Zentimeter von der Rache entfernt, nach der sie sich schon so lange sehnte, aber sie konnte nichts tun. Jack kam zu mir rüber und besah sich die erstarrte Fehl wie eine Skulptur in einem Museum.

»Interessant. Die IBKP will mir keine Feennamen verraten. Hab mich schon immer gefragt, wie das mit den namentlichen Befehlen eigentlich genau funktioniert.« Er wandte sich zu mir um. »Tja, und was jetzt? Willst du sie einfach hier stehen lassen?«

Ich dachte nach. Meine Finger zuckten an meinen Seiten und ich war mir überdeutlich der Energie, des ständigen Kribbelns und des kühlen Rauschens in meinen Adern bewusst. Ich konnte das Glühen in Fehls Brust sehen, bei Feen war es viel heller als bei Vampiren. Vielleicht, um ihr eine Lektion zu erteilen, nur ein kleines bisschen …

Hinter uns räusperte sich jemand. »Evelyn. Dachte ich's mir doch, dass ich dich gespürt habe. Welchem Umstand haben wir denn das Vergnügen deines Besuchs zu verdanken, mein Herz?«

Mein Magen sackte eine Etage tiefer. Schlechtes Timing, dein Name ist Reth. Ich drehte mich um und sah ihn an, herzzerreißend schön wie immer, aber ulkig fehl am Platz in dieser höllischen Landschaft, mit seinem weißen, dandyhaften Anzug und dem goldenen Haar. Verächtlich musterte er Fehl, schnalzte leise mit der Zunge und warf schließlich einen Blick auf das immer noch vor sich hin flammende Inferno.

»Na, sieh einer an, wir waren heute ja richtig fleißig.«

Jack stupste mich mit dem Ellbogen an. »Seinen Namen weißt du wahrscheinlich nicht, was?«

»Schön wär's«, murrte ich, so verbittert wie eh und je über diese Tatsache.

Reth warf Jack stirnrunzelnd einen Blick zu, aber selbst das beeinträchtigte die Schönheit seines perfekten, faltenlosen Gesichts nicht. »Was machst du denn hier, Junge? Soweit ich weiß, ist Dehrn auf der Suche nach dir. Irgendwas wegen ihrer Sagenbücher, gestohlen oder etwas in der Art.«

Jack starrte ihn finster an, die Lippen trotzig aufeinandergepresst, und antwortete nicht.

Ein Kreischen, in dem mehr knisternde Energie und zerstörerische Macht lagen als in jedem Feuer, erhob sich in der Nähe des Sees. »Zeit zu gehen.« Jack nahm meine Hand und die Landschaft wirbelte vor uns davon und ließ Reth und eine erstarrte Fehl zurück, deren Augen die blanke Wut verrieten, die ihr Körper nicht herauslassen konnte. Ich fühlte einen Stich von Ärger über die verpasste Chance, sie –

Ich musste aufhören, daran zu denken. Sie konnte uns nichts mehr tun, und genau das war doch das Ziel gewesen. Der einzige Grund, aus dem ich sie überhaupt hatte berühren wollen.

Wir kamen zum Stehen und ich ließ mich in Jacks Zimmer zu Boden sinken, seufzend vor Erleichterung über all die Gefahren, denen wir entronnen waren. »Ich fass es nicht, dass wir damit davongekommen sind.«

»Ich auch nicht«, erwiderte Reth und hielt eine schmutzige Socke auf Armeslänge von sich. »Trotzdem, immer wieder nett, Gäste zu haben.«

So viel zum Thema Davonkommen.

# Wer fragt, muss auch mit der Antwort leben

»Weg hier!«, rief ich Jack zu, dessen Hand ich noch immer hielt. Ich wollte mich nicht mit Reth herumschlagen müssen, nicht, wenn er einen Heimvorteil hatte, und nicht nach allem, was wir angerichtet hatten. Jack verstärkte seinen Griff und der Raum um uns begann sich wieder zu drehen. Ich schloss die Augen und versuchte, mich nicht vom Schwindel überwältigen zu lassen.

»Okay.« Jack ließ mich los und ich machte die Augen wieder auf.

Wir befanden uns auf einem länglichen Feld, inmitten von orangefarbenem Gras, dessen Halme uns bis zur Taille reichten, weich wie Federn und rauschend, als flüsterten sie der herrlich süß duftenden Brise, die uns umfächelte, Geheimnisse zu. Das Feld war gesäumt von strahlend weißen Bäumen, die sich unter dem Gewicht unzähliger dieser blauen Früchte bogen, denen ich mich unter keinen Umständen auf mehr als fünf Meter nähern würde.

»Warum hast du uns nicht von vornherein hierhergebracht?«, beschwerte ich mich. An manche Teile des Feenreichs könnte ich mich durchaus gewöhnen. Abgesehen von den bösen, verlockenden Früchten natürlich.

»Ich finde das langsam ein wenig ermüdend.«

Ich fuhr herum, nur um Reth direkt hinter uns stehen zu sehen. Schon wieder. Ich griff nach Jacks Hand, aber Reth packte mich am Arm. Seine Hand passte perfekt auf die verblasste Narbe, die er dort am Gelenk hinterlassen hatte.

»Wie wär's, wenn ich euch die Mühe erspare? Du kannst nirgendwohin – ganz besonders nicht im Feenreich –, wo ich dich nicht finden würde.«

Ich funkelte ihn wütend an. »Was soll das denn bitte heißen?«

»Das soll heißen, dass es absolut nichts bringt, euch zu verstecken wie ein paar ungezogene Kinder. So, und nun sag schon, was machst du hier? Nachdem ich dich so oft eingeladen habe, bin ich doch ein wenig betrübt, dass du jetzt durch den Dienstboteneingang gekommen bist.«

Jack neben mir sprühte Funken vor Wut und starrte Reth an.

»Ich kann ja wohl machen, was ich will«, fauchte ich.

»Meine Liebe, du verfügst über einen erschreckend unterentwickelten Selbsterhaltungstrieb. Ich würde dir stark dazu raten, dem Zorn der Dunklen Königin aus dem Weg zu gehen, besonders, da sie ohnehin schon keine allzu hohe Meinung vom Wert deines Lebens hat. So.« Er holte eine Taschenuhr ohne Zeiger hervor und sah stirnrunzelnd darauf. »Es war mir wie immer ein Fest, aber jetzt muss ich weiter. Versucht, die Wiese nicht auch noch in Schutt und Asche zu legen, wenn es nicht allzu viele Umstände macht.«

Er ließ mein Handgelenk los. Mein Blut kochte. Ich hatte es satt, dass er ständig irgendwo auftauchte, ein paar kryptische Sprüche abließ und dann wieder die Biege machte. Rasch packte ich seinen Arm. Er sah mich überrascht an und seine Augenbrauen formten zwei Bögen.

»Nichts da! Warum schickst du mir ständig irgendwelche Wesen auf den Hals, die mich angreifen? Und was soll das denn heißen, du kannst mich überall finden? Und wenn du doch sooo gerne wolltest, dass ich herkomme, warum haust du dann eigentlich sofort wieder ab, wenn ich endlich da bin?«

Reth lächelte und seine Augen leuchteten wie flüssiges Sonnenlicht. »Ich weiß nicht, wovon du redest. Es ist wie immer mein einziges Ziel, dich zu beschützen. Ich würde niemals irgendetwas schicken, das dich angreifen soll. Wie dem auch sei, ich denke, wir können festhalten, dass du über die Maßen stur bist und außerdem notorisch unfähig, dich für die Dinge zu entscheiden, die gut für dich sind.« Er strich mir mit dem Finger erst über die Stirn, dann über die Herzgegend und ich zuckte vor seiner Berührung zurück. »Wenn nur dein Köpfchen ein wenig leerer wäre, so wie deine Seele. Ich werde dich herzlich zu Hause willkommen heißen, sobald du freiwillig kommst, aber mir wurde ausdrücklich verboten, dich dazu zu zwingen. Der Hof der Unseelie hat Vivian in dieser Angelegenheit keine Wahl gelassen und du weißt ja selbst, wie hervorragend das funktioniert hat. Ach ja, wo wir gerade davon sprechen, willst du diese unglückselige Fee wirklich für immer erstarrt lassen?«

»Fehl hat es nicht besser – jetzt wechsle bloß nicht das

Thema! Du hast mir noch nicht gesagt, woher du immer weißt, wo ich bin.«

Mit der freien Hand löste er mühelos meine Finger von seinem Handgelenk. Blöde Feensuperkräfte. »Wenn es dir nichts ausmacht, mein Herz, deine Hände sind wirklich unangenehm kalt. Und um deine Frage zu beantworten, wie sollte ich nicht wissen, wo du bist? Es verletzt mich, dass du unsere Verbindung nicht spürst.«

Ich warf ihm einen finsteren Blick zu. »Blödsinn.«

Reth lachte und das orangefarbene Gras um uns wiegte sich im Takt dazu, tanzte zur silbrigen Schönheit dieses Lauts. »Ich schätze, es hilft, dass ich deinen wahren Namen kenne.«

Mit diesem Quatsch hatte er schon einmal angefangen, in der Nacht, als ich ihn befreit hatte, indem ich ihm befahl, einen neuen Namen anzunehmen. Ich glaubte ihm kein Wort. »Tja, tut mir ja leid, dass ich dir deine Illusionen rauben muss, aber dass ich Evelyn heiße, weiß nun wirklich *jeder*, also bist du leider nichts Besonderes. Und jetzt hör endlich auf mit diesem Mist von wegen ›mein wahrer Name‹. Wenn ich so was wirklich hätte und du ihn wirklich kennen würdest, hättest du ja wohl kaum so lange gebraucht, um mich zu finden, oder?« Das konnte er nicht leugnen. Für Feen waren Namen geradezu heilig, und wo immer ich auch herkam, Tatsache war, dass die Feen bis vor ein paar Jahren nichts von mir gewusst hatten.

Als Reth mich in der Zentrale kennenlernte, hatte er sich anfangs auch gar nicht groß für mich interessiert. Das änderte sich eines Tages, als wäre ich ihm plötzlich aufgefallen.

Damals hatte ich mich ziemlich geschmeichelt gefühlt (soll heißen: ich war tierisch verknallt), aber seit ich erfahren hatte, dass die Feen irgendwie für meine Existenz verantwortlich waren, machte es mich mehr oder weniger wahnsinnig, dass ich nicht wusste, warum sie a) keine Ahnung gehabt hatten, wo ich war, und b), wie *er* mich dann gefunden hatte.

Reth nickte. »Oh, eine höchst interessante Geschichte. Vielleicht sollte dein Freund noch bleiben, um sie sich anzuhören.«

Ich drehte mich um und sah, dass Jack sich langsam, aber sicher in Richtung der Bäume davonschlich. Stinksauer schüttelte ich den Kopf. »Vergiss es, Jack. Du hast mich hergebracht, also bleibst du gefälligst hier, bis ich wieder nach Hause kann.«

Seufzend ließ er sich in den Schneidersitz plumpsen, sodass die langen Grashalme ihn im Gesicht kitzelten. Ich wandte mich wieder Reth zu. »Na los, erzähl.« Wenn er mir wirklich Antworten lieferte – echte Antworten –, dann war es das wert, noch ein bisschen länger im Feenreich zu bleiben. Die Härchen in meinem Nacken stellten sich auf; vielleicht hatte er deswegen so eilig weggewollt. Er wusste, ich würde eher bleiben, wenn ich dachte, ich hätte alles unter Kontrolle.

Oh, wie ich ihn verabscheute. Aber ich musste es einfach wissen.

»Zweifelsohne erinnerst du dich noch, wie wir uns kennengelernt haben.« Er lächelte und ich hasste ihn dafür, dass er ganz genau wusste, wie gut ich mich an jede einzelne Minute erinnerte, die wir zusammen verbracht hatten. Im Ernst, hört mir bloß auf mit Exfreunden. Als wären die im Normalfall nicht schon schlimm genug, musste meiner auch noch unsterblich und ein gottgleiches Wesen sein. Zum Glück war ich fertig mit Unsterblichen.

Ach, piep. Aber Lend zählte ja nicht.

»Als ich in der IBKP deine einzigartigen Fähigkeiten entdeckte, habe ich meiner Königin von dir berichtet und sie fragte sich, ob es sein könne, dass wir hier endlich auf das Leere Wesen gestoßen waren, das wir einst erschaffen und dann …« – er zögerte und ein Schatten zog über sein Gesicht – »verloren haben.«

»Ihr habt mich nicht erschaffen!«, rief ich, selbst überrascht über meine heftige Reaktion. »Du lügst doch. Wahrscheinlich habt ihr mich entführt und dann irgendwas mit mir angestellt, genauso wie ihr Jack entführt habt und wer weiß, wie viele andere! Nur dass ich euch eben entkommen bin.«

»Wenn du meinst.«

»Klappe! Sag mir jetzt die Wahrheit oder ich stecke den ganzen Laden hier in Brand, das schwöre ich dir!«

Reth wagte es doch tatsächlich, belustigt zu grinsen. »Scheint ganz so, als hätte dein neuer Freund hier einen schlechten Einfluss auf dich. Nun ja, aber dass dich das ärgert, verstehe ich natürlich. Obgleich es mir nicht gestattet ist, diese Information an irgendjemanden außerhalb des Feenvolks weiterzugeben, bist du ja, zumindest in diesem Moment, *innerhalb* des Feenreichs, was sich doch so auslegen ließe, als befändest du dich inmitten unseres Volks, oder nicht?«

»Ich bin schon bei ›obgleich‹ nicht mehr mitgekommen.«

Er nickte, offenbar zufrieden. »Na, das funktioniert doch ganz wunderbar. Jetzt, da du aus freiem Willen ins Feenreich gekommen bist, was ja die Bedingung meiner Königin war, eröffnen sich uns ganz neue Möglichkeiten.« Er streckte mir die Hand hin. Ich nahm sie nicht, konnte sie einfach nicht nehmen. Sein Lächeln wurde plötzlich seltsam sanft. »Aber, aber, Evelyn. Du hast überhaupt keinen Grund, dich zu fürchten.«

Entschlossen reckte ich den Unterkiefer vor. Ich fürchtete mich nicht vor ihm. Und ich fürchtete mich auch nicht davor, endlich Antworten zu erhalten. Ach, wem machte ich hier eigentlich was vor? Ich war halb verrückt vor Angst. Es gab so vieles herauszufinden, was ich gar nicht erfahren wollte. Wenn Reth im Spiel war, *konnte* doch gar nichts Gutes dabei herauskommen. Aber das änderte nichts. Ich musste es wissen.

Ich gab ihm meine Hand.

Mit einem herablassenden Tätscheln legte er sie in seine Ellbogenbeuge. »Das habe ich tatsächlich vermisst.« Er drehte sich um und wir traten durch eine Pforte, die sich vor uns aufgetan hatte. Ein panisches Aufjaulen erklang und ich wäre fast hintenübergekippt, als Jack sich an mir festklammerte, gerade noch rechtzeitig, bevor die Pforte sich schloss.

Reth stieß einen ungehaltenen Seufzer aus. »*Muss* der dir denn immer am Rockzipfel hängen?«

Ich konnte kaum glauben, dass ich vergessen hatte, darauf zu bestehen. Fünf Minuten mit Reth und schon benahm ich mich vollkommen hirnlos. »Ja, muss er.«

Jack nahm meine freie Hand und wir drei wanderten gemeinsam durch die Dunkelheit. Ich hätte gern gefragt, wo es hinging, aber ich wollte Reth nicht die Genugtuung gönnen, die Angst in meiner Stimme zu hören. Er würde in dem Moment, in dem ich den Mund aufmachte, Bescheid wissen.

Er öffnete eine weitere Pforte und wir traten hinaus in blendend helles Sonnenlicht. Ich war völlig desorientiert, wie wenn man nachmittags ins Kino geht, und wenn man wieder rauskommt, ist es dunkel. Wie war es denn wieder Tag geworden? Es war doch schon so spät gewesen, als wir meine Wohnung verlassen hatten. Waren wir auf der anderen Seite der Erde oder was?

»Das Feenreich bringt die Zeit manchmal ein bisschen durcheinander«, murmelte Jack, als hätte er meine Gedanken gelesen.

»Und wo sind wir jetzt?« Wir waren durch eine Mauer aus weißen Betonblöcken getreten und blickten nun auf einen riesigen Parkplatz. Ich sah mich um und überlegte, welcher mystische Ort denn so viele Parkgelegenheiten bieten musste? Und, äh, ein Damenklo!

Anstatt zu antworten, marschierte Reth den Gehweg hinunter und Jack und mir blieb nichts anderes übrig, als ihm im Laufschritt zu folgen. Als wir um die Ecke bogen, blieb ich erschrocken stehen. Von allen Orten, die mir helfen könnten, zu verstehen, wer – was – ich wirklich war, hätte ich mit Sicherheit nicht an so etwas gedacht.

Wir waren bei einem Autorennen.

»Was zum Teufel machen wir hier?« Ich hätte gleich wissen müssen, dass ich Reth nicht trauen konnte. Er hatte nie viel mit Witzen am Hut gehabt und da musste er sich natürlich genau diesen Moment aussuchen, um plötzlich einen Sinn für Humor zu entwickeln. Zweifellos fand er das Ganze zum Totlachen. Doch als er sich zu mir umdrehte, sah ich keine Spur von Belustigung in seinen echten Augen, die unter seinem feenverschleiernden Cover schimmerten.

»Ich denke, es ist höchste Zeit, dass du deinen Vater kennenlernst.«

# Ganz der Papa

»Meinen Vater?« Ich starrte Reth an und versuchte zu kapieren, was er gerade gesagt hatte. »Ich soll meinen – ich habe einen Vater? Und er ist *hier*?«

Der Pulk bunter, mit Werbelogos bepflasterter Autos röhrte auf der Rennbahn vorbei, von der uns ein hoher Maschendrahtzaun und die Boxengasse trennten. Das war einfach zu viel für mich. Reths und Vivians Behauptungen, ich sei irgendwie »erschaffen« worden, zum Trotz sollte ich jetzt plötzlich doch einen Vater haben. Einen Vater, der sich lieber Autorennen anguckte, anstatt, na ja, sagen wir zum Beispiel, sich um mich zu kümmern.

Reth betrachtete verachtend die Szenerie. »Unglücklicherweise, ja. Hier entlang, bitte.« Er schlängelte sich durch die Massen von Menschen, die zu ihren Plätzen oder irgendwo anders hinwollten. Dreimal entging ich nur knapp einer unfreiwilligen Bierdusche, für ihn aber machte jeder Platz und die meisten Leute (Männlein wie Weiblein) blieben stehen und starrten seiner durch das Cover kaum geminderten Pracht hinterher.

»Mannomann«, sagte Jack, als wir begannen, die unendliche Anzahl von Betonstufen, die die Tribüne hinaufführten, zu erklimmen, »das ist jetzt aber mal wirklich aufregend!«

»Können wir bitte *nicht* reden?« Da kam ich meinen Antworten nun endlich näher und hatte eine Piepangst.

Reth wandte sich einer Reihe Logen zu, die wesentlich einladender aussahen als die Aluminiumbänke drum herum. Er öffnete die Tür zur ersten und bedeutete mir hineinzugehen. Zitternd gehorchte ich. In dem schick eingerichteten Glaskasten standen vier Sessel und ein Beistelltisch, der mit leeren Coladosen übersät war.

In dem Sessel, von dem aus man die beste Übersicht über die Rennstrecke haben musste, saß ein Mann mit schulterlangem Haar in einem derart warmen Braunton, dass es aussah wie poliertes Holz. Er saß vorgebeugt mit dem Rücken zu uns und verfolgte gespannt das Rennen.

»Sei ein braver Junge und besorg mir was zu trinken, ja?«, sagte Reth zu Jack und knallte ihm die Tür vor der Nase zu, bevor er zu uns hereinkommen konnte. Der Mann im Sessel hatte sich noch immer nicht umgedreht und Reths Augen wurden schmal vor Ärger. »Lin.« Der Mann winkte mit einer perfekt geformten, schlanken Hand ab.

Einer Feenhand.

Mir wurde das Herz schwer. Nein. Nein, bitte nicht. Alles, nur das nicht. Es konnte nicht – er konnte nicht – *ich* konnte nicht. Reth legte den Arm um meine Schultern und führte mich behutsam die beiden Stufen zum Fenster hinunter. Als ich Lins Gesicht sah, konnte ich es nicht mehr leugnen. Sein Cover war verschwommen, kaum vorhanden, und sein Gesicht hatte die typischen Feenzüge. Viel zu große mandelförmige Augen, zierliche Nase, volle Lippen, alterslose Haut. Aber seine Augen, die in einem unnatürlichen Smaragdgrün erstrahlten, waren rot gerändert, als hätte er seit Tagen nicht geschlafen. Außer der gebrochenen Fehl hatte ich niemals eine Fee erlebt, die nicht makellos ausgesehen hatte.

»Lin«, wiederholte Reth noch einmal und seine goldene Stimme klang hart.

»Ach, hau doch ab. Die Dreiunddreißig will gerade überholen.«

Ich wandte mich Reth zu, den seltsamen Feenmann wollte ich nicht mehr ansehen. Er machte mich nervös, hatte etwas an sich, das mich misstrauisch machte und zugleich erschöpfte. Irgendwas war da, etwas, das mich im Hinterstübchen meines Kopfes kitzelte. Bitte, lass es kein Wiedererkennen sein. Reth sah angewidert zu, wie Lin eine neue Dose Cola aufriss und sie auf ex hinunterkippte.

»Melinthros«, sagte Reth und seine Stimme hallte voller Macht durch die Loge.

Der Kerl riss die Augen auf und sah uns endlich an. »Pass bloß auf, du Milchgesicht. Ich hab fiese Kopfschmerzen, und wenn du meinen Namen weiter so durch die Gegend posaunst, dann wird's hier aber ganz schnell zappenduster.«

Seit wann nannten Feen einander »Milchgesicht«?

Lin wandte sich wieder dem Rennen zu. »Neeeiiin!«, stöhnte er und schleuderte die leere Dose gegen die Scheibe. Dann huschte ein verschlagenes Lächeln über sein glattes Gesicht und er flüsterte etwas vor sich hin und schnippte kurz in Richtung des Pulks vorbeirasender Autos. Das vorderste kippte völlig unvermittelt auf die Seite und rutschte so noch ein Stück weiter, während Kleinteile durch die Gegend flogen und das Metall auf dem Boden Funken schlug. Die nachfolgenden Wagen donnerten ungebremst hinein und ineinander, unfähig, der Karambolage auszuweichen. Ein leuchtend gelbes Auto rammte ein anderes und machte einen Überschlag darüber hinweg, nicht ohne dessen Dach zu zerquetschen, bevor es selbst an einer Mauer endete.

In nicht einmal zehn Sekunden hatte sich die Rennstrecke in ein einziges Chaos aus Qualm und buntem Schrott verwandelt, der einmal Autos gewesen war. Ein Kommentator, dessen Stimme im Hintergrund übertragen wurde, stieß eine Reihe von Flüchen aus und erklärte das Ganze dann zum schlimmsten Unfall in der Geschichte der Rennstrecke.

Mit einem zufriedenen Lächeln im Gesicht lehnte Lin sich zurück. »Ich liebe diesen Sport.« Er schnappte sich noch eine Dose Cola vom Boden und leerte sie, dann wischte er sich den Mund ab und sah Reth an. »Was willst du noch mal hier?«

»Ich habe deine Tochter mitgebracht.« In Reths Stimme lag keinerlei Emotion, während er mein Leben zerstörte. Ich konnte nicht atmen, konnte das alles nicht verstehen, wusste nicht, ob es der Raum war, der sich drehte, oder ich. Reths Griff um meine Schulter wurde fester und er schob mich zu einem der Sessel. Ich ließ mich schwer hineinsinken und starrte zu Boden.

Ich war keine Halbfee.

Das konnte nicht sein. Das ergab doch überhaupt keinen Sinn.

Ach, piep, aber wann hatte in meinem Leben auch je mal was einen Sinn ergeben?

»Das ist sie nicht.« Lin runzelte die Stirn und hielt die Hand ein kurzes Stück über den Boden. »Die ist ungefähr so groß, redet nicht viel, heult andauernd. Muss hier irgendwo sein.« Er spähte über die Lehne eines der Sessel, als könnte dahinter die dreijährige Evie hocken und spielen.

Reths goldene Augen wurden dunkel. »Ja, das war eine einigermaßen akkurate Beschreibung von ihr, damals vor vierzehn Jahren, als du sie verloren hast.«

»Ich hab sie doch nicht verloren.« Lin richtete sich empört auf. »Sie ist –« Er hielt inne und kratzte sich am Kopf. Dann kniff er die Augen zusammen und musterte mich. »Tja, da sieh mal einer an. Könnte sein. Ist aber ein blasses, mickriges kleines Ding, oder? Aber na ja, da ist sie nun. Dann bring sie mal schnell zur Königin oder wofür sie sonst noch mal gedacht war. Ich hab's vergessen. Oooch, jetzt räumen sie die Rennstrecke!«

Gebannt starrte er nach unten, während das, was von den Autos übrig war, von der Strecke gekratzt wurde und die Sanitäter mehrere Leute auf Tragen wegbrachten.

Mit zitternden Lippen sah ich zu Reth auf. Ich wusste nicht, was schlimmer war – dass mein Vater eine Fee war oder dass er vierzehn Jahre lang nicht mitgekriegt hatte, dass ich verschwunden war. Reth hatte die Lippen zu einem einzigen dünnen, missbilligenden Strich zusammengepresst.

Er hob eine der Dosen auf, mit spitzen Fingern, als wäre sie verseucht. Unter großen Verlusten hatte die IBKP schließlich festgestellt, dass das Einzige aus unserer Welt, das eine Wirkung auf Feen hatte, Kohlensäure war; für sie war das wie harter Schnaps. Was meinen Vater zu einer Art Feenalkoholiker machte. Natürlich. Ganz toll. Angeekelt legte Reth die Dose wieder ab. »Darum habe ich den Hof so lange gemieden. Unser Schicksal mit dem der Menschen zu vermischen, ist noch nie gut ausgegangen. Es ist eine Schande. Das kommt davon, wenn eine Fee gezwungen wird, außerhalb unseres Reichs zu leben. Der Wahnwitz und Verfall dieser Welt hat uns *alle* verdorben.«

»Reth.« Ich flüsterte, damit meine Stimme nicht brach. Die Tränen kullerten bereits, aber ich wollte nicht vollkommen die Beherrschung verlieren. Nicht hier. Nicht vor dieser Kreatur, die mein Vater sein sollte. »Bitte. Ich versteh das alles nicht.«

Er klopfte die Sitzfläche des Sessels neben mir ab und nahm Platz. »Ich hatte gehofft, dass er es dir erklären würde, aber wie es aussieht, fällt diese Aufgabe wieder einmal mir zu.« Reth richtete seine unendlich tiefen Augen auf meine und nahm meine Hand. Diesmal zwang er mir jedoch nicht sein Feuer auf, ich spürte nur einen beruhigenden Druck, als versuchte er, mich zu erden. »Ich würde sagen, die Idee, dich zu erschaffen, entstand vor ungefähr zwanzig Jahren.«

Er fuhr mir sanft mit dem Finger über die Wange. »Es war von Anfang an eine miserable Idee.«

# Was er sagte

»Meine Königin war der Meinung, es sei nun einmal unser Los zu akzeptieren, dass wir uns mit dem Feenreich unser eigenes Gefängnis geschaffen hatten. Die Dunkle Königin dagegen hatte andere Vorstellungen. Nach unzähligen Fehlschlägen, jeder katastrophaler als der vorangegangene, waren die meisten Mitglieder unseres Volks davon überzeugt, dass es unmöglich ist, ein Leeres Wesen, jemanden, der Tore öffnen und schließen konnte, zu schaffen. Dass wir für immer ins Feenreich und diesen armseligen Haufen Dreck hier verbannt bleiben würden. Einige baten meine Königin zu helfen, doch sie, beeinflusst durch ihre irrationale Zuneigung zu den Menschen, lehnte ab. Wobei ich immer noch der Ansicht bin, dass sie mit Sicherheit etwas Besseres als Vampire zustande gebracht hätte.«

»Vampire?«

Er winkte ab. »Die Vampire waren einer der ganz frühen Fehlschläge der Dunklen Königin. Sie dachte, wenn sie die Menschen zuerst tötete und sie dann mithilfe von Zauberkraft wieder zum Leben erweckte, würden sie zu Leeren Wesen und könnten Seelen aufnehmen. Stattdessen nahmen sie ihren Opfern nur das Leben, aber nicht die Seele. Sehr unappetitlich, das alles.«

»Moment mal – *ihr* seid schuld, dass es Vampire gibt?« Ihretwegen litt Arianna unter diesem Fluch?

»Bitte lass mich ausreden, mein Herz. Je mehr wir von dieser Welt verseucht wurden, desto stärker wurde unsere Magie verwässert und daher rechnete auch niemand damit, dass die Dunkle Königin je Erfolg haben würde. Als meine Königin dann von Vivian hörte, einem echten Leeren Wesen, wusste sie, dass sie auch eines schaffen musste, wenn sie nicht riskieren wollte, dass die Dunkle Königin ein Tor öffnete und den Rest von uns für immer hier einschließen würde. Und so erwählte sie, ohne dass die anderen etwas davon wussten, eine Fee aus ihrem Hof« – er warf einen verächtlichen Blick zu Lin hinüber, der immer noch gebannt das Treiben auf der Rennstrecke verfolgte – »und erteilte ihr den Auftrag, ein Leeres Wesen zu erschaffen.«

»Erschaffen?«, flüsterte ich. Ich wollte es nicht hören.

»Es ist nicht leicht für uns Feen, längere Zeit hier im Reich der Sterblichen zu verbringen. Irgendwann zermürbt es uns, macht die Fäden spröde, die uns mit der Ewigkeit verbinden. Und wir werden zu schwachen Schatten dessen, was wir eigentlich sein sollten.« Jetzt ergab auch Lins verschwommenes Cover einen Sinn – selbst sein Feengesicht darunter wirkte verhärmt. »Aber um zu tun, was getan werden musste, war er gezwungen, hierzubleiben. Eine willige Sterbliche zu finden, war dagegen natürlich keine große Herausforderung.«

»Meine Mom?« Ich hatte eine Mutter. Eine menschliche Mutter.

»Niemand war bisher auf die Idee gekommen, es auf diese Art zu versuchen, wo menschliche Beziehungen doch solch lächerliche, unschöne Angelegenheiten sind. Aber Melinthros war hinreichend desensibilisiert worden und es ist ihm tatsächlich gelungen, dich zu produzieren.«

»Also bin ich – ich bin eine halbe Fee?« Mir drehte sich der Magen um. Gleich würde ich mich übergeben. Schon allein wie Reth es gesagt hatte – mich zu *produzieren*.

»Natürlich nicht. So funktioniert das nicht. Mit einem solch konkreten Ursprung kann man nicht Teil der Ewigkeit werden.«

»Und was heißt das jetzt?«

»Mit einer sterblichen Mutter und einem Feenvater wird man nicht zur Halbfee. Du bist eben nur nicht ganz sterblich. Eigentlich sogar weniger als sterblich. Die Wesenszüge von Feen lassen sich nicht übertragen.«

In mir kam das kalte, leere Gefühl hoch, vor dem ich nun so lange weggelaufen war, und drohte mich mit all meinen Unzulänglichkeiten zu überwältigen. Ich war nichts Besonderes. Ich war nicht paranormal. Ich war noch nicht mal normal. Ich war weder noch. Gar nichts.

»Das war natürlich genau so gedacht. Die menschliche Seele, so zerbrechlich sie auch ist, ist unglaublich komplex und verändert sich stetig. Unmöglich, davon etwas wegzunehmen oder hinzuzufügen. Ein echter Mensch würde niemals als Bindeglied funktionieren oder fähig sein, fremde Energie in sich aufzusaugen. Du bist in all jenen Gefilden einzigartig, in denen du Energie bewegen kannst. Warum du allerdings Tore öffnen kannst, ist mir seit jeher ein Rätsel, obwohl meine Königin der Meinung ist, es könnte mit irgendeiner absurden menschlichen Sehnsucht nach einem Zuhause zu tun haben, kombiniert mit der zusätzlichen Energie und dem Drang der Seelen, diese Welt zu verlassen.«

Er hielt inne, als erwartete er, dass ich mich dazu äußerte. Aber was sollte ich schon sagen? Was sollte ich überhaupt jemals wieder zu irgendwem sagen?

»Dann war da natürlich die unglückselige Tatsache, dass Lin dich verloren hat, und dafür möchte ich mich in unser aller Namen aufrichtig entschuldigen. Tatsächlich wusste ja niemand, dass du existierst, mit Ausnahme der Königin, und die ahnte nichts davon, dass Lin dich verloren haben könnte, da sie das Reich der Sterblichen niemals besucht. Nun stell dir ihre Überraschung vor, als ich ihr deine einzigartigen Fähigkeiten beschrieb und ihr klar wurde, dass du das Leere Wesen bist und Lin demnach keinesfalls dabei war, dich für uns vorzubereiten. Leider war ich nicht der Einzige, der dich erkannt hatte, was dazu führte, dass der Hof der Unseelie alles verkomplizierte, indem sie Vivian auf dich ansetzten.

Meine Königin nannte mir Melinthros' Namen und erteilte mir den Auftrag festzustellen, was genau geschehen war und wie wir dich zu dem machen konnten, was wir brauchten. Zuvor hatte ich es stets vermieden, mich in die Hofpolitik verwickeln zu lassen. Und das vollkommen zu Recht, wie ich hinzufügen möchte. Denn es war unglaublich ermüdend. Es war meine Idee, dir mehr Seele einzuflößen, aber das hat sich ja leider als ziemlich desaströs erwiesen.« Er fuhr mit den Fingern über meine Narbe.

Ich schüttelte den Kopf, die vielen Informationen verstopften meine Gedanken. »Ich gehöre wirklich nirgendwohin, stimmt's?«

»Unsinn.« Er streichelte mein Handgelenk. »Ich habe zwar gesagt, dass du von Anfang an ein Fehler warst, aber du bist ein überaus liebenswerter Fehler und mit den richtigen Anpassungen wirst du dich wunderbar in unser Reich einfügen. Und wenn du dann noch den Zielen der Königin dienst, umso besser. Du bist nicht für diese Erde gemacht, Evelyn. Du hast es nicht verdient, so zerbrechlich, so vergänglich, so sterblich sein zu müssen. Du solltest ewig sein.« Er beugte sich ganz nah zu mir vor und ein ebenso zärtliches wie besitzergreifendes Lächeln breitete sich auf seinem Gesicht aus. »Ewig mit mir zusammen.«

Ich musste hier so etwas wie ein Zuhause haben. Irgendetwas musste ich doch haben. »Was ist mit meiner Mom?«

Reths Mundwinkel sanken und er wandte sich zu der anderen Fee um. »Hast du die Mutter des Mädchens gefunden?«

Lin murmelte etwas Unverständliches.

»Was hat er gesagt?«

»Er weiß nicht, wo sie ist.«

»Nein«, flüsterte ich.

»Es tut mir leid. Eine Fee zu lieben ist nicht gerade das Gesündeste, was einem Menschen passieren kann. Es entwickelt sich zur Sucht, und wenn der Gegenstand ihrer Besessenheit sich von ihnen zurückzieht, siechen sie einfach dahin. An meinem Hof wird es nicht gern gesehen, es sei denn, man bringt den Sterblichen mit ins Feenreich, wo sein Verlangen durch das Leben unter den Feen gestillt werden kann.«

Ich stand auf, mein Kummer drohte mich vollkommen zu überwältigen. Ich konnte das nicht ertragen. Es war zu viel. Wie die unwiderstehliche Anziehungskraft der Dunklen Königin würde mich dieses Gefühl mit Haut und Haaren verschlingen, mich auffressen. Ich musste es schleunigst durch etwas anderes ersetzen. Jacks Worte hallten in meinem Kopf wider – es war fast immer besser, wütend zu sein als traurig.

»Du da.« Ich stapfte hinüber und stellte mich direkt vor die Fee, die mich erschaffen hatte. Er blickte nicht auf. »Melinthros, du siehst mich jetzt an.«

Sein Kopf zuckte ruckartig nach oben, sein verschleierter Blick fand meinen.

»Sag mir, was mit meiner Mutter passiert ist.«

Er redete, als würden ihm die Worte gewaltsam entrissen, was ja, dank meines Befehls, auch so war. »Sie hat sich um das Baby gekümmert, bis sie nicht länger vonnöten war.«

»Wo ist sie jetzt?«

»Ich weiß nicht.«

»Sag mir, wo sie ist!«, schrie ich ihn an.

»Das kann ich nicht.«

Meine Finger spreizten sich an meinen Seiten. Er musste es mir sagen. Ich würde ihn dazu bringen.

»Evelyn.« Reths Stimme war so sanft wie seine Berührung an meinem Arm. »Ich habe vor einem Jahr selbst versucht, sie zu finden. Es tut mir leid.«

Reths goldene Augen holten mich zurück in die Realität. Eine Realität, in der ich einsamer war denn je. So schlimm es auch gewesen war herauszufinden, dass ich genau wie Vivian war, als diese einen Paranormalen nach dem anderen tötete – verglichen damit, wie ich mich jetzt fühlte, war das gar nichts. Damals war ich zumindest nur gezwungen gewesen zuzugeben, dass ich nicht ganz normal war. Aber da hatte ich gedacht, das bedeutete *mehr* als menschlich. Nicht weniger.

»Komm mit mir. Für dich gibt es hier nichts, meine liebste Neamh.«

Das letzte Wort ergriff von mir Besitz, raste durch meinen Körper wie ein elektrischer Strom. Ich kannte dieses Wort. Ich *war* dieses Wort. Er hatte meinen Namen wirklich die ganze Zeit gewusst. Aber ich war keine Fee und mein Name hatte keinen Anspruch auf meinen Willen. Niemand hatte einen Anspruch auf mich.

»Ich gehöre nicht dir«, zischte ich.

Die Tür sprang auf. Da stand Jack, schwer atmend, einen goldenen Kelch in der Hand. »Dein Getränk.«

»Jack.« Ich ging auf ihn zu, schwankte, wollte irgendwo anders sein. Irgendwer anders sein. »Bitte bring mich nach Hause.«

»Du bist hier nicht sicher vor der Dunklen Königin und du wirst es auch nie ganz sein. Lass mich dich nach Hause bringen«, sagte Reth. Seine Stimme glitt warm durch die Kälte in mir. Er meinte nicht meine Wohnung.

Ich drehte mich zu ihm um. Er kannte mich. Er wusste, was ich war, wer ich war. Es war seine Schuld – seine und die aller anderen Feen. Sie zerstörten alles, was sie berührten. Aber jetzt drehte ich den Spieß um.

»Melinthros«, sagte ich, das Bild der Autowracks noch deutlich vor Augen, »du wirst ins Feenreich zurückkehren und *du wirst niemals wiederkommen*.« Die blutunterlaufenen Augen fielen ihm fast aus dem Kopf und er klammerte sich an seine Dose Cola. Mit bebenden Gliedern stakste er wie mechanisch zur Wand, öffnete eine Pforte und verschwand für immer aus dieser Welt. Und tschüss. Ich hoffte, mein Befehl würde eine Ewigkeit halten. Er hatte viel, viel Schlimmeres verdient. Vielleicht würde ich ihn eines Tages, wenn mir eine Strafe einfiel, die hart genug war, noch einmal suchen gehen.

Ich nahm Jacks Hand und trat aus der Logentür. Dann blieb ich noch einmal stehen. »Wenn ich dich jemals wiedersehe, Reth«, sagte ich, »dann bringe ich dich um.«

# Die Wahrheit befreit dich – oder bricht dir das Herz

Die Stufen hinunterstolpernd zog ich Jack hinter mir her, kaum in der Lage, durch meinen Tränenschleier hindurch etwas zu sehen. Ich musste hier weg, und zwar sofort.

»Was ist passiert?«, fragte er stirnrunzelnd, während er versuchte, eine Pforte in der Wand zu öffnen. »Hat er dir was getan?«

Ich schüttelte den Kopf. Ich konnte, wollte nicht darüber reden. Leute, auf dem Weg zu den Toiletten, kamen an uns vorbei, aber ich gab mir keine Mühe, die Pforte vor ihnen verborgen zu halten, nur damit ihre blöde heile Welt nicht erschüttert wurde. Warum sollten die ein glückliches, unschuldiges, ahnungsloses Leben führen dürfen und ich nicht? Die Welt war nun mal ein Ort voller Monster. Ein Ort voller Monster, an dem für mich jedoch kein Platz war.

Schließlich zeichnete ein Lichtstreifen eine Pforte auf die Wand. »Nach Hause?«, fragte er.

Ich drückte seine Hand, verschloss die Augen vor der beengenden Dunkelheit der Pfade und öffnete sie erst wieder, als wir in meinem winzigen Zimmer ankamen.

»Evie!« Lend sprang vom Bett auf, das Gesicht vor Sorge zerfurcht. »Wo warst du denn? Arianna hat wegen des Briefs angerufen und gesagt, dass du gestern Abend nicht nach Hause gekommen bist, und dann hab ich das hier gefunden« – er hielt meine eiserne Kette hoch, die ich auf dem Boden hatte liegen lassen – »und ich dachte, also, ich hatte solche Angst, dass Reth –«

Er verstummte und blickte von mir zu Jack, der immer noch meine Hand hielt.

»Du warst mit ihm unterwegs?« Etwas in Lends Gesicht veränderte sich und er fluchte gedämpft. »Ich dachte, dir wäre was passiert, du wärst entführt worden! Ich war krank vor Angst, hab jeden angerufen, den mein Dad kennt. Und du ziehst die ganze Zeit mit *dem* durch die Gegend? Warum? Was hast du so Wichtiges gemacht, dass du noch nicht mal anrufen konntest? Und warum bist du nicht zuerst zu mir gekommen, als du das mit der Georgetown erfahren hast?«

Ich schüttelte den Kopf, die Tränen strömten mir übers Gesicht. »Ich konnte nicht, ich –«

»Ihm konntest du es also erzählen, aber mir nicht? Du hast es mir versprochen, du hast geschworen, dass du nichts mehr vor mir geheim hältst. Du hast mich angelogen.« Er wirkte so verletzt. Ich hätte nicht gedacht, dass mein Herz noch stärker brechen könnte, aber der Blick in seinen Augen brachte mich schier um.

»Ich konnte dir einfach nicht gegenübertreten! Lend, das war doch unser Leben – das war alles! Und ich hab versagt. Ich hab's nicht geschafft. Ich bin nicht gut genug.«

Er packte mich bei den Schultern und führte mich weg

von Jack. »Evie, es gibt Alternativen. Klar ist das blöd, aber davon geht doch die Welt nicht unter. Das ändert rein gar nichts zwischen uns. Ich weiß überhaupt nicht, wie du darauf kommst! Wir haben doch immer noch dieselbe Zukunft.«

»Nein, haben wir nicht! Wir hatten nie dieselbe Zukunft. Ich hab mir solche Mühe gegeben, das zu ändern, aber das werden wir nie. Ich bin nicht – ich bin noch nicht mal ein Mensch. Und du auch nicht, also sollten wir am besten aufhören, uns vorzumachen, dass das hier jemals funktionieren wird.«

Er sah mich verständnislos an. »Wir haben doch immer gewusst, dass wir nicht normal sind. Warum ist das auf einmal so ein Problem? Dann sind wir eben Paranormale, na und?«

»Du kapierst das nicht!«

»Aber der da schon, oder wie?« Lend zeigte wütend auf Jack.

»Nein! Ich bin nicht paranormal, ich bin *gar nichts*! Nur ein Feenexperiment, das schrecklich schiefgelaufen ist. Und wir haben keine gemeinsame Zukunft, weil meine eine Sackgasse in die Vergessenheit ist und deine ewig andauern wird!«

Er erstarrte, sah mich erschüttert an. »Wovon redest du denn da?«

Ich schloss die Augen. Ich konnte es nicht ertragen, ihm ins Gesicht zu sehen, jetzt nicht und nie wieder. Ich konnte ihn nicht haben und dieser Gedanke zerschmetterte alles, was noch von meinem Herzen übrig war. Ich war so dumm gewesen, jemals zu glauben, dass wir zusammen sein konnten. So was von dumm. »Du bist unsterblich«, flüsterte ich. »Deine Seele ist hell und strahlend und perfekt und ewig. Du wirst nicht sterben. *Niemals*.«

Lend ließ die Hände von meinen Schultern fallen. Ich wollte die Augen nicht öffnen, wollte den Ausdruck auf seinem schönen Gesicht nicht sehen. »Seit wann weißt du das?«

»Seit der Nacht nach dem Abschlussball. Als ich all diese Seelen in mir hatte, konnte ich deine auch sehen und – ach, ist ja auch egal. Es tut mir leid, dass ich es dir nicht gesagt habe. Ich wollte dich nicht verlieren.« Ich stieß ein bitteres Lachen aus und öffnete schließlich die Augen, nur um zu Boden zu starren. »Aber das war ja sowieso unvermeidlich, stimmt's?«

»Evie, ich – was soll ich denn dazu sagen?«

»Dir fällt schon noch was ein. Du hast ja schließlich ewig Zeit dafür.«

In seiner Stimme lag Wut, Verzweiflung. »Aber wir können doch immer noch –«

»Nein!« Endlich sah ich in seine Wasseraugen, die Augen, von denen ich einst gehofft hatte, meine ganze Zukunft darin zu sehen. Sein Schmerz spiegelte meinen. Aber anders als ich würde er darüber hinwegkommen. »Können wir nicht. Ich will nicht so enden wie dein Dad, als die Verlassene, die sich für den Rest ihres Lebens an die eine perfekte Liebe klammert, die niemals hat funktionieren können! So jemand will ich nicht sein. Ich liebe dich zu sehr, um zu versuchen, dich bei mir zu halten, wenn ich weiß, dass du mit deinem

Leben weitermachen willst. Du *musst* weitermachen und zu dem werden, was dir bestimmt ist, was auch immer das ist. Aber ich werde nicht hier sitzen und darauf warten, dass es so weit ist.«

Ich drehte mich zu Jack um, der eine Pforte in der Wand öffnete und mir die Hand hinstreckte. Ich nahm sie, doch ich musste mich noch ein letztes Mal zu Lend umdrehen.

Er wich einen Schritt zurück und sah mir nicht in die Augen, während er schweigend den Kopf schüttelte.

»Es ist das Beste so«, flüsterte ich und wünschte mir, hoffte verzweifelt, dass er mir widersprechen, mich aufhalten, irgendwas tun würde.

Aber er stand einfach nur da.

Und so folgte ich Jack in die Dunkelheit.

# Dornröschenschlaf

»Wohin jetzt?«, fragte Jack.

Ich merkte, dass ich nicht mehr weinte. Es hatte ja auch keinen Sinn. Ich war die zerbrochene, nutzlose Hülle eines Mädchens. Meine gesamte Existenz war ein einziger Fehler. Ich hatte kein Zuhause, keine Familie, keine Zukunft. Das Einzige, was ich noch spürte, war Taubheit. Warum sollte ich schließlich über den Verlust von Dingen trauern, die ich ohnehin nie hätte haben sollen?

Ich schüttelte den Kopf, meine Stimme klang hohl. »Egal.«

»Willst du, äh, drüber reden oder so?«

»Das würdest du nicht verstehen.« Niemand würde es verstehen, denn niemand war so wie ich.

Nein, das stimmte nicht. Vivian. Sie und ich waren gleich. Plötzlich ergriff mich der schmerzliche Drang, sie zu sehen. Sie wirklich zu sehen. Ich fragte mich, ob sie über uns Bescheid wusste, ob sie wusste, wer unsere Väter waren. Aber das hätte sie mir erzählt. Jetzt konnte ich sie besser verstehen denn je, ihr das vergeben, was sie getan hatte. Zumindest hatte ich mit der Illusion von Normalität aufwachsen dürfen. Sie hatte niemals ein Leben jenseits der Feen gehabt.

»Kannst du jemanden für mich finden? Ich weiß nicht, wo sie ist, aber die IBKP hält sie irgendwo versteckt.«

Jack lächelte mich in der Dunkelheit an. »Wenn die IBKP sie versteckt hält, dann kann ich sie finden.«

Er steuerte zur Seite und öffnete eine Pforte zu einem weißen Flur, den ich nur zu gut kannte. Wir hasteten zu Raquels Büro. »Warte hier.« Jack verschwand um die Ecke.

Ich hörte ihn klopfen. »Jack? Was ist los?«, fragte Raquel.

»Evie ist verschwunden!«

»Wie? Was soll das heißen, verschwunden?«

»Ich wollte sie besuchen, aber ihre Vampirin und dieser dämliche Junge, den sie so mag, waren total in Panik. Sie wissen nicht, wo sie ist.«

»Reth.« Wie ein Messer durchschnitt Raquels Stimme die Luft, so bedrohlich, dass selbst ich ein bisschen Angst bekam. »Keine Sorge, Jack. Ich kümmere mich darum. Ich hätte sie niemals schutzlos in die Welt entlassen dürfen, aber ich hole sie zurück.«

Nachdem ihre Pumps entschlossen den Flur hinuntergeklappert waren, tauchte Jacks grinsendes Gesicht hinter der Ecke auf. »Die Luft ist rein.«

»Du hättest ihr ja wohl was Netteres erzählen können. Ich will nicht, dass sie sich Sorgen macht.«

»Ach, krieg dich mal wieder ein. Kommst du jetzt mit mir im Büro rumschnüffeln oder willst du das brave kleine Mädchen spielen und dich im Flur verstecken?«

Mit wütendem Blick drängte ich mich an ihm vorbei. Er

öffnete die Tür und spazierte hinein, als gehörte ihm der ganze Laden, setzte sich an Raquels Schreibtisch und legte die Füße darauf, während er eine der Schubladen aufzog.

»Nach wem suchen wir denn?«

»Vivian. Sie müsste … ich weiß nicht. Irgendwo an einem sicheren Ort sein, wo Feen nicht an sie rankönnen. Und mit medizinischer Versorgung. Und sie ist eine Paranormale der Stufe sieben, falls das was hilft.« Die Forscher der IBKP würden wahrscheinlich vor Begeisterung einen Salto schlagen, wenn sie wüssten, was ich über mich erfahren hatte. Vorher waren sie, was mich betraf, immer ziemlich ratlos gewesen. Die Glücklichen, Unwissenheit war wirklich ein Segen. Oder zumindest tat sie weniger weh.

Fröhlich summend blätterte Jack in den Aktenordnern. Ich zappelte nervös herum, überzeugt, dass Raquel jeden Moment zurückkommen und uns erwischen würde. Ich konnte ihr jetzt einfach nicht gegenübertreten. Sie würde versuchen, alles vernünftig zu sehen und mich zu trösten. Aber das hier konnte man nicht wieder geradebiegen. Nie mehr.

»Da haben wir's ja. Der Eisenflügel.«

»Der Eisenflügel?«

»Es gibt eine ganze Abteilung im Verwahrungstrakt, in der die Wände mit Eisen gepanzert sind. Unmöglich, da eine Feenpforte zu öffnen.«

Interessant. Wäre auch nett zu wissen gewesen, als ich noch hier war. Wieder ein Beispiel von Informationen, die die IBKP mir nicht anvertraut hatte. Ich war nie eine von ihnen gewesen, hatte nie wirklich dazugehört. Nirgendwo.

Wir nahmen einen Umweg zum Verwahrungstrakt und betraten ihn dann durch einen Liefereingang, den ich früher nie beachtet hatte. Er führte in einen langen, schmalen Flur. Ich freute mich über mein Glück (das mir ansonsten im Moment ja nicht sonderlich hold war), dass uns niemand begegnete. Vor einer unscheinbaren Tür mit einer kleinen, provisorischen Plakette, auf der »Sieben, medizinische Versorgung« stand, blieb Jack stehen. Hätten sie nicht wenigstens ihren Namen draufschreiben können?

Ich drückte die Tür auf und da, in einem Bett in der Mitte des strahlend weißen Raums, lag die Person, die einer Familie für mich am nächsten kam. Langsam ging ich auf sie zu und bestaunte die unzähligen Schläuche, Maschinen und Monitore, an die sie angeschlossen war. Und anstelle des Trosts, den ich gesucht hatte, überkam mich eine Welle von Schuldgefühlen.

»Was ist mit ihr passiert?«, fragte Jack, der an der Wand neben der Tür lehnte.

»Sie ist mir begegnet«, flüsterte ich. Warum hatte ich mir nicht mehr Mühe gegeben? Ich hätte sie aufhalten können, hätte sie überzeugen können, nicht noch mehr Paranormale zu töten. Stattdessen hatte ich ihr die Seelen entrissen und sie mit so wenig zurückgelassen, dass es kaum zum Überleben reichte.

Aber wenn ich die Seelen nicht genommen hätte, wäre Lish noch immer gefangen und nie in die Freiheit entlassen worden. Wie ich das alles hasste. Warum konnte ich nicht einfach jemanden lieben, ohne mir über all die anderen Gefühle Sorgen machen zu müssen, die er in mir auslöste?

Vorsichtig, um an keinem der Infusionsschläuche hängen zu bleiben, nahm ich Vivians eisige Hand in meine warme. »Hey, Viv.« Ich strich ihr eine verirrte Strähne ihres blonden Haars hinters Ohr, aber ihre Augen blieben geschlossen; das einzige Anzeichen dafür, dass sie noch am Leben war, war das gleichmäßige Piepsen eines der Monitore. Ihr Atem reichte kaum aus, die Decke anzuheben.

»Tja.« Ich schluckte die Tränen hinunter, bemühte mich, meine Stimme ruhig zu halten. »Sieht aus, als hättest du von Anfang an recht gehabt. Wir gehören wirklich nirgendwohin, stimmt's? Ich hab's versucht. Ich hab mir solche Mühe gegeben, aber –« Jetzt brach das Schluchzen aus mir heraus und ich legte den Kopf an ihre Schulter. »Es tut mir leid«, weinte ich, gedämpft durch ihren reglosen Körper. »Es tut mir so leid.«

Nach ein paar Minuten spürte ich eine Hand auf meinem Rücken. Ich richtete mich wieder auf und wischte mir übers Gesicht. Na super, jetzt hatte ich ihr zu allem Überfluss auch noch das Oberteil klitschnass geheult.

»Du kannst nichts dafür«, sagte Jack, mit sanfterer Stimme, als ich je bei ihm gehört hatte.

»Sag das mal ihr.«

»Evie. Das ist doch alles nicht dein Werk. Sondern das der Feen. Es ist ihre Schuld. Alles.«

Ich schloss die Augen. Er wollte ja nur, dass ich mich besser fühlte. Das hier hatte ich ihr angetan.

Aber irgendwie hatte er trotzdem recht. Wenn die Feen sie nicht so großgezogen hätten, wenn sie nicht versucht hätten, sie gegen mich auszuspielen, dann hätten wir beide keine

Gegnerinnen sein müssen. Sie waren es doch, die sie zerbrochen hatten, die sie so verdorben hatten, dass sie sich am Ende gar nichts dabei gedacht hatte, die Lebensenergie jedes Paranormalen zu rauben, den sie finden konnte.

Piep, sie waren es doch, die uns überhaupt erst erschaffen hatten.

Sie waren schuld, dass ich nun dieses Ding war, diese kalte, leere Hülle, die nirgendwohin gehörte. Sie waren schuld, dass Vivian nun hier lag und niemals wieder aufwachen würde. Sie waren sogar schuld, dass Arianna zu einem ewigen Leben verdammt war, das sie sich nie gewünscht hatte. All diese Menschen, die über die Jahrhunderte von Vampiren getötet oder verwandelt worden waren. All diese Kinder wie Jack, die verschwunden waren, gezwungen wurden, als Schoßhündchen – oder Schlimmeres – bei den Feen zu leben. Meine Mutter, verschollen oder tot, aber auf jeden Fall fort, und die ich niemals kennenlernen würde.

Alles ihre Schuld.

»Ich hasse sie«, flüsterte ich.

»Natürlich tust du das.« Jack legte mir den Arm um die Schulter. »Na komm, gehen wir lieber, bevor Raquel darauf kommt, dass du bei mir bist.«

Wir gingen zurück über den Flur, vorbei an den offenen Zellen, die mir auf dem Hinweg gar nicht aufgefallen waren und von denen die meisten leer standen. Da ertönte eine Stimme, bei deren Klang ich zusammenzuckte.

*»Liebchen.«* Hinter einem Zelleneingang, der durch ein elektrisches Feld gesichert war, stand der Über-Vamp, einen Mundwinkel zu einem Lächeln hochgezogen, die Augen

melancholisch halb geschlossen. Seine Haltung war nicht so gerade wie früher und selbst die Haut seines Covers hatte nun eine kränkliche Blässe angenommen. »Du wirkst unglücklich. Komm rein zu mir und lass mich dich von dieser Welt erlösen, mein kleines Monster.«

Ausdruckslos starrte ich ihn an. Hier hatte Raquel ihn nun also eingesperrt, um sicherzugehen, dass er nicht wieder rauskam. Jack verdrehte die Augen und zeigte ihm den Stinkefinger, dann nahm er meine Hand und zog mich den Flur hinunter. So lange ich konnte, sah ich zu dem Vampir zurück, erschaudernd über den Blick in seinen Augen, über die Erinnerung an das Gefühl, als ich angefangen hatte, ihn auszusaugen.

Seine Worte hallten in meinen Ohren wider. *Kleines Monster.* Es stimmte.

Jack suchte den nächsten Flur, der nicht mit Eisen gepanzert war, und öffnete dort eine Pforte. Ich blickte nicht zurück, als wir hindurchgingen. Ich würde niemals in die Zentrale zurückkehren. Ich unterdrückte ein Zittern, als wir in die Dunkelheit traten, und schloss die Augen.

»Du hasst die Pfade wirklich, stimmt's?«, fragte er.

»So stelle ich mir die Hölle vor. Kein Feuer, kein Schwefel, alles nur schwarz und leer und man ist für immer allein.«

Er lachte. »Die Hölle, ja? Na, hoffentlich können wir diese Theorie bald widerlegen. Und außerdem, wenn das die Hölle wäre, wäre ich dann mit dir hier?«

»Ich weiß nicht, wenn das Fegefeuer darin besteht, dass man für immer mit einer Nervensäge zusammengesperrt wird, vielleicht?«

»Du wirst mir von Tag zu Tag sympathischer. Aber in die Hölle gehört keiner von uns beiden. Wir sind *Opfer*.« Trotz seines Lächelns triefte das letzte Wort nur so vor Galle. »Und wenn wir hin und wieder mal was Böses tun, tja, dann ist das doch mit Sicherheit unser gutes Recht.«

Ich fragte mich, ob das wohl so eine Art Trost wegen Vivian sein sollte, aber er starrte in die Ferne, als dächte er dabei eher an irgendwelche zukünftigen bösen Taten. Was sollte ich denn wohl dieses Mal in Brand stecken? Zu noch mehr Zerstörung fühlte ich mich wirklich nicht imstande.

Er öffnete die Pforte und wir landeten in seinem Zimmer im Feenreich. Ich ließ mich auf ein niedriges grünes Samtsofa fallen. »Darf ich jetzt bitte einschlafen und nie wieder aufwachen?«

»Der Part ist doch nun schon deiner Schwester zugefallen.« Ich warf ihm einen wütenden Blick zu und er hob die Hände. »'tschuldige. Heikles Thema, ich seh schon. Wie wär's, wenn ich dir was zu essen besorge?«

Ich hatte zwar keinen Hunger, aber ich brauchte mal einen Moment für mich. Jack war so voller Energie, ständig redete er, ständig war er in Bewegung. Das allein laugte mich schon aus, auch wenn ich mich nicht so fühlte wie jetzt. Trotzdem, es kam mir vor, als wäre er der einzige Freund, den ich auf der Welt noch hatte, und ich war ihm dankbar. Wir verstanden einander. »Echtes Essen, bitte. Das hier ist der letzte Ort, an dem ich für den Rest meines jämmerlichen Lebens festsitzen will.«

»Dein Wunsch sei mir Befehl.« Er verschwand durch die Wand und ich legte mich hin, die Augen geschlossen, und versuchte, an nichts zu denken, nie wieder. Wenn ich nur schlafen könnte, schlafen, ohne dabei über eine Zukunft ohne Lend oder die Leere in mir nachdenken zu müssen. Das würde mir schon reichen.

Ich war beinahe eingedämmert, als ein Paar Hände mit rasiermesserscharfen Nägeln mich bei den Schultern packten und quer durch den Raum schleuderten.

Mit einem übelkeiterregenden Knacken donnerte mein Arm auf die Kante eines Beistelltischchens und ich sackte benommen zu Boden. Ich spürte, wie das Blut aus den Fingernagelwunden an meinen Schultern sickerte. Was war denn jetzt los?

»Steh auf!«, krächzte Fehls schreckliche Stimme. »Wollen doch mal sehen, wie sehr ich dir wehtun kann, ohne dich zu töten.« Ich sah in ihre fiebrig glänzenden Augen und sie lächelte. »Auf wie viele deiner Gliedmaßen kannst du verzichten?«

Sie vergrub die Hand in meinem Haar und zerrte mich so vom Boden hoch. Ich schrie auf, als ein sengender Schmerz meinen Arm durchzuckte. Unwillkürlich umklammerte ich ihn mit der anderen Hand und Fehls Gesicht leuchtete auf vor grausamem Entzücken. Sie packte zu, genau an der Stelle, wo er gebrochen war, und ich brüllte, während die Lichter vor meinen Augen verschwammen. Ich ertrug die Qual nicht länger; ich würde ohnmächtig werden. Ich *wollte* ohnmächtig werden.

»Evie!«, schrie Jack. »Lass sie das nicht mit dir machen! Wehr dich!«

Fehls Gesicht war direkt vor meinem, ihr Atem heiß und

animalisch. Wut flammte unter meinem Schmerz auf, Wut über diese Fee und alles, was sie mir, was sie Vivian angetan hatte. Was sie und die Ihren der Welt angetan hatten. Ich presste meine unverletzte Hand auf ihre Brust. Es war an der Zeit zu beenden, was Viv begonnen hatte.

Ich öffnete die Schleusen und Fehls Augen weiteten sich vor Schreck und Angst. Ein Beben durchlief mich, als ich ihr Gesicht so sah. Es geschah ihr recht, so auszusehen.

In einer Welle von Energie und Vertrautheit trat ihre Seele in Verbindung mit meiner; die Funken und Ströme in mir wallten auf, um sie zu begrüßen, willkommen zu heißen, sie einzusaugen. Ihre Seele war ein dunkles, wildes Rauschen, wie der Wind, der auf ewig durch eine schwarze Schlucht heulte. Ich konnte ihre Dunkelheit schmecken, konnte schmecken, wie es wäre, sie zu besitzen.

In diesem Augenblick wurde mir klar, dass ich nichts von Fehl in mir haben wollte.

Ich stieß sie von mir und sie kauerte sich zitternd auf dem Boden zusammen und schlang die Arme um ihren Körper.

»Was machst du denn?«, rief Jack.

Ich zitterte ebenfalls, geschwächt durch den Kraftaufwand, der nötig gewesen war, um die Verbindung zu unterbrechen, bevor ich Fehl ihre Seele nahm. Erschöpft wie noch nie, mit solchen Schmerzen im Arm, dass ich kaum geradeaus sehen konnte, schüttelte ich den Kopf. »Ich will nichts mit ihr zu tun haben. Denfehlath«, sagte ich und ihr Kopf hob sich mit einem Ruck. »Geh weg und komm nie wieder in Jacks oder meine Nähe.«

Sie richtete sich auf, ihre Bewegungen steif und künstlich

wie die einer Marionette, und verschwand durch eine Pforte in der Wand.

Bebend sank ich zu Boden.

»Warum hast du sie nicht getötet?« Ungläubig und wütend sah Jack mich an. »Nach allem, was sie getan hat?«

»Du verstehst das nicht. Ich hätte ihr die Seele geraubt. Aber ich will nichts von ihr in mir haben, Jack. Eine Feenseele wäre noch schlimmer als gar nichts.«

Er sah aus, als würde er jeden Moment explodieren, dann aber seufzte er tief. »Na schön.« Er setzte sich neben mich auf den Boden und nahm meine unverletzte Hand in seine. »Es spielt so oder so keine Rolle. Nicht nach dem, was wir tun werden.«

»Und was werden wir tun?«

Ein entrücktes Lächeln breitete sich auf seinem Lausbubengesicht aus und verwandelte es in etwas engelhaft Schönes. »Wir retten die Welt, Evie. Wir sorgen dafür, dass die Feen nie wieder jemandem wehtun können.«

# Das Grauen hat Grübchen

Verwirrt sah ich Jack an. »Wie meinst du das? Wie sollen wir denn die Feen aufhalten? Aussaugen werde ich sie nicht. Keine einzige. Und außerdem, selbst wenn ich das *wollte*, würde ich sie sowieso niemals alle erwischen.«

»Es ist viel einfacher. Einfach und total naheliegend. Sie gehören nicht hierher, also schicken wir sie woandershin.«

»Aber würden sie denn nicht sofort zurückkommen? Sie brauchen sich doch bloß eine Pforte zu machen.«

»Wir werden keine Pforte benutzen. Du öffnest ein Tor. Mit ihren Pforten kommen sie nur ins Feenreich und auf die Erde. Wenn du also ein Tor ganz woandershin öffnest, können sie nicht zurückkommen.«

Woher wusste er von den Toren? Ich konnte mich nicht erinnern, ob ich ihm das erzählt hatte oder nicht. Vielleicht hatte Raquel es ja auch mal erwähnt. Wie auch immer, er kapierte offenbar nicht, wie sie funktionierten.

Na ja, kein Wunder. Ich hatte schließlich selbst keine Ahnung, wie sie funktionierten, und ich hatte immerhin schon mal eins geöffnet.

»Das kann ich nicht, glaub ich zumindest. Und außerdem, wäre das nicht genau das, was sie wollen? Reth hat mir doch immer damit in den Ohren gelegen, dass ich sie dahin zurückschicken soll, wo sie hergekommen sind. Ich schätze mal, er meinte damit, dass ich ein Tor für sie öffnen sollte. Im Moment bin ich eigentlich nicht sonderlich scharf drauf, mit irgendwelchen Feen zusammenzuarbeiten – oder überhaupt jemals wieder. Und ich hab auch nicht vor, ihnen einen Gefallen zu tun, indem ich ihnen ein schickes neues Tor dorthin öffne, wo immer sie auch hinwollen.«

»Man kann sie ja auch woandershin schicken.« Jacks Lächeln rührte sich noch immer keinen Millimeter vom Fleck, aber sein Tonfall klang plötzlich kalt und bedrohlich.

Ich schüttelte den Kopf. Er kapierte es einfach nicht. »Aber wie sollen wir sie denn dazu bringen, durch das Tor zu gehen? Und wo soll ich es öffnen? Und wie? Ich hab das doch erst ein Mal gemacht und da ging es irgendwie von alleine.« In der Nacht, als ich Vivians geraubte Seelen freigelassen hatte, hatte das Tor in den Sternen mich gerufen. Die Seelen all der Paranormalen, die in mir gewesen waren, hatten mich verändert, mir geholfen, Dinge zu sehen, die ich nie zuvor erblickt hatte und seitdem auch nie wieder gesehen habe. Ich bezweifelte, dass ich dieses Tor – oder irgendwelche anderen, wenn es denn welche gab – je wiederfinden würde.

»Entspann dich, Ev. Ich hab an alles gedacht. Es gibt nur eine Pforte, die von den Pfaden ins Feenreich führt, weißt du noch?«

Ich nickte und erinnerte mich an das Gefühl, das sich in mir ausgebreitet hatte, als Jack sie mir gezeigt hatte.

»Sehr schön. Diese Pforte führt einen an jeden Ort im Reich, aber es bleibt immer dieselbe Pforte. Wenn du also an genau dieser Stelle ein Tor öffnen würdest …«

»Dann würden die Feen hindurchgehen, ohne dass sie es wissen.« Endlich verstand ich und starrte ihn an. Es wäre wie eine Falltür. Ein Falltor.

»Genau! Kein Grund, uns groß mit ihnen anzulegen. Sie marschieren einfach durch, bevor sie auch nur wissen, wie ihnen geschieht.«

»Könnte klappen.« Ich runzelte die Stirn. »Aber selbst wenn mir wieder einfällt, wie das geht, hätte ich trotzdem gar nicht genug Energie, um ein Tor zu öffnen. Beim ersten Mal hatte ich ja die ganzen Seelen von Vivian.«

Er zog die Augenbrauen hoch. »Und du willst mir ernsthaft erzählen, dass du jetzt nicht ein bisschen Extraenergie in dir herumschwimmen hast?«

Der Vampir, der Sylphe und der Fossegrim: Fragmente ihrer Seelen durchströmten mich. Nervös zuckte ich mit den Schultern und schüttelte den Kopf. »Ein bisschen vielleicht, aber das war keine Absicht. Also, ich meine, ich konnte doch nicht anders. Und außerdem reicht das sowieso nicht.«

»Woher willst du das wissen, wenn du es noch gar nicht versucht hast?«

»Okay, probieren kann ich es ja mal.«

»Braves Mädchen! Wenn es nicht reicht, holen wir uns eben noch ein bisschen mehr. Blöd, dass du Fehl schon weggeschickt hast. Die hätten wir jetzt gut gebrauchen können.«

»So ist das aber nicht.« Meine Augen wurden schmal; es

war mir unangenehm, wie locker er das mit dem Seelenraub nahm.

»Komm!« Beinahe hüpfend vor Freude packte er meine unverletzte Hand und zog mich durch die Wand auf die Pfade. Ich stolperte hinterher, zu müde und zu überwältigt, um mich zu wehren. »Da sind wir schon.« Lächelnd sah er geradeaus in die Schwärze. Ich erkannte das Gefühl der Pforte wieder.

»Dann schicke ich sie also nach Hause?« Ich war hin- und hergerissen. Einerseits würde ich ihnen damit ihren Wunsch erfüllen. Andererseits wären sie dann endgültig weg. Das konnte doch nur gut sein. »Woher weiß ich denn, welches Tor ich benutzen muss? Ich glaube nicht, dass ich einfach so eins finde.«

Mit fiebrigem Blick drehte Jack sich zu mir um. Irgendetwas in seinem Gesicht erinnerte mich plötzlich an Fehl und mein Magen zog sich nervös zusammen.

»Du schickst sie nicht nach Hause. Ich habe alles gelesen, was man zum Thema Tore und Portale finden kann, und es gibt einen viel geeigneteren Ort für sie.«

»Und zwar?«

»Die Hölle natürlich.« Ich wurde kreideweiß und er drückte meine Hand. »Denk doch mal drüber nach, Evie. Warum sollten sie kriegen, was sie wollen, nach allem, was sie getan haben? Sie haben die Vampire gemacht. Sie haben Vivian zerstört. Sie haben dein Leben ruiniert und mir meins geraubt. ›Zu böse für den Himmel und zu gut für die Hölle‹, der Quatsch gilt nicht mehr – wenn es irgendwem recht geschieht, ewige Qualen zu leiden, dann ja wohl ihnen. Sie haben es sich regelrecht verdient. Sie haben dich *erschaffen*, dir dieses Leben aufgezwungen, nur damit du ein Tor für sie öffnest. Na, dann mal los – öffne ein Tor!«

»Ich weiß nicht.« Sie loszuwerden war eine Sache, aber sie alle in diese Hölle zu verdammen, von der Jack überzeugt war, dass ich sie finden würde?

»Und ob du das weißt! Du musst es wissen! Hast du irgendeine Vorstellung, wie es war, bei ihnen aufzuwachsen? Ausgehungert nach Liebe, nach Aufmerksamkeit, nach einfach allem? Verhätschelt und im nächsten Moment ausrangiert? All die Dinge, die sie mir angetan haben … all die Dinge, die ich bereit war, für sie zu tun. Und trotzdem war ich ein Nichts – noch weniger als ein Schoßhündchen. Sag mir nicht, sie hätten es nicht verdient! Du hast die Dunkle Königin doch gesehen, du hast gesehen, wozu sie fähig ist! Denkst du, diese Menschen haben die Hölle verdient, in der sie leben? Willst du mir wirklich nicht helfen, das alles wieder in Ordnung zu bringen?«

Der Ausdruck auf den Gesichtern dieser Menschen tauchte wieder vor meinem inneren Auge auf, nagte an mir. Die Feen hatten ihnen alles genommen, selbst ihren freien Willen. Und war das nicht das, was Feen immer taten? Uns die Wahl nehmen, uns zwingen, ihre kranken Spielchen mitzuspielen?

»Und was ist mit Reth?« Jacks Stimme klang jetzt sanfter, aber genauso eindringlich. »Nach allem, was er dir angetan hat, wie er versucht hat, dich zu sich zu holen? Kannst du dir wirklich deine Narbe ansehen, ohne dir zu wünschen, er wäre für immer fort?«

Langsam nickte ich und sah auf mein Handgelenk hinunter. Feen waren abgrundtief böse. Der schwindelerregende Schmerz in meinem gebrochenen Arm war ein weiterer Beweis dafür. Ich konnte sie nicht mehr bloß als unmoralisch bezeichnen. Sie hatten vielleicht nicht dieselben Vorstellungen vom Leben wie Menschen, aber sie lebten nun mal in einer menschlichen Welt. Wir waren nicht diejenigen, die uns über ihre Gesetze, ihr Leben, ihre Rechte hinwegsetzten. Und wenn sie fort waren, wäre ich endlich in Sicherheit. Keine Sorgen mehr über das, was sie vorhaben könnten, was sie mir antun könnten, auf welche Art sie mich als Nächstes angreifen würden. Jack hatte recht.

Aber wenn ich recht darüber nachdachte, konnte ich mich nicht daran erinnern, Jack je von meiner Narbe erzählt zu haben. Und auch keine Details über Reth. Oder dass die Feen die Vampire erschaffen hatten. Und ich war mir jetzt auch sicher, dass ich niemals etwas über die Tore erwähnt hatte.

»Woher weißt du über das alles Bescheid?«, fragte ich.

»Hab ich doch schon gesagt – ich hab viel gelesen. IBKP-Akten, Feensagen und so.«

»Moment, du hast also auch Sachen über *mich* gelesen?«

»Das ist wie mit den Pfaden. Ich habe gelernt, sie zu benutzen, weil das Freiheit bedeutete. Und ich habe alles Mögliche über dich gelernt, weil du – weil du dasselbe bedeutest. Freiheit von den Feen, für immer.«

Seine Hand klammerte sich fester, verzweifelter um meine. Wie lange hatte er mich auf diesen Punkt zugesteuert? Vielleicht hatte er wirklich recht, ich wusste es nicht, vermochte es nicht mehr zu sagen, aber das hier konnte ich jetzt nicht machen. »Ich muss – ich muss nachdenken.« Ich hatte zu große Schmerzen, um sofort eine Entscheidung zu treffen.

»Nein. Es muss jetzt sein. Lass nicht zu, dass die Feen noch mehr Leuten wehtun. Such nach dem Tor. Spür es. Es wird sich dir öffnen, das weiß ich.«

Seit Jack mich gebeten hatte, ein Portal zu öffnen, hatten sich mir die Möglichkeiten um uns immer klarer zu erkennen gegeben. Ich wusste, dass ich, mit ein wenig Herumprobieren, ein Tor finden konnte. Viele Tore.

Hunderte und Tausende, unendliche Möglichkeiten, und sie waren alle da. Es war ein ganz ähnliches Gefühl wie der Bann der Dunklen Königin, unausweichlich, schwer, als könnte ich darin ertrinken. Ich könnte jedes dieser Tore öffnen und mich für immer darin verlieren.

Oder ein ganzes Volk.

Während mich in der Nacht mit Vivian nur das eine, richtige Tor gerufen hatte, schien es nun, als brächen die falschen Tore in ein entsetzliches Geschrei aus, zerrten an meinen Sinnen und flehten mich an, sie zu öffnen. Vielleicht spiegelten die Tore, die ich gefunden hatte, ja den Aufruhr in mir wider. Vielleicht half auch der Strom der Kräfte auf den Pfaden, ihre ureigene Natur, Tore in die … Dunkelheit zu finden.

»Denk an Arianna«, flüsterte Jack. »Denk an Vivian. Denk an deine *Mutter.* An das, was dieser Feenmann ihr angetan hat, wie er sie benutzt und dann verlassen und schließlich auch dich vergessen hat. Seinetwegen ist sie nun für immer verloren und du hast sie noch nicht einmal kennenlernen dürfen.«

Ich schloss die Augen. Woher wusste Jack das? Spielte das eine Rolle? Die Feen hatten es doch verdient; jemand musste sie aufhalten. Und ich würde ihren Opfern helfen, würde so viele Unschuldige vor ihnen schützen. Aber das Chaos, das an meinen Fingerspitzen zupfte, machte mir Angst. Was, wenn ich nicht genug Energie hatte, um wieder zu schließen, was ich geöffnet hatte? Ich mochte ja nicht viel über die Tore wissen, aber eins war mir klar: Ich spielte hier mit Mächten, die viel größer und stärker waren als ich. So etwas wollte ich nicht einfach offenlassen.

»Ich weiß nicht, ob ich das kann.«

Jack stieß einen entnervten Seufzer aus. »Na schön, du brauchst also mehr Kraft, ja? Was ist mit diesem irren Vampir? Der sollte doch wohl ausreichen, oder?«

»Was, sollen wir ihn etwa benutzen wie eine Art lebende Batterie, oder was?«

»Hat er es vielleicht nicht verdient?«

Ich rieb mir über die Stirn und versuchte, einen klaren Gedanken zu fassen. Sicher, der Vampir hatte arme, schutzlose Trollkinder getötet und auch versucht, mich umzubringen, aber … Tja, aber *was*? Warum sollte ich es nicht tun? Schließlich hatte ich mir ja sowieso schon etwas von ihm genommen. Und außerdem war ich selbst mein ganzes Leben lang nur benutzt worden – von der IBKP, von den Feen. Das Leben des Vampirs könnte nun endlich auch einen Nutzen haben, indem er die Welt von der Bedrohung durch die Feen befreite. Seine unsterbliche Seele hatte er jedenfalls nicht verdient. Er hatte nichts damit angefangen, zumindest absolut nichts Gutes. Er war genau so ein Monster wie die

Feen. Was hatte er noch gesagt? »Ich werde sie alle töten.« Ohne Sinn und Verstand wollte er andere unsterbliche Paranormale vernichten, nur für das, was sie waren.

»Oh«, sagte ich leise. In der Tat, was für ein Monster, das andere Wesen nur wegen ihrer schieren Existenz hasste. Die Rufe der unsichtbaren Tore prasselten auf mich ein, lösten ein Dröhnen hinter meinen Augen und ein Kribbeln in meinen Fingern aus, doch anstatt mich von ihnen angezogen zu fühlen, machte mich das Ganze nur krank. Wie hatte ich nur ernsthaft darüber nachdenken können? Wie hatte ich mir anmaßen können, darüber zu entscheiden, welches Schicksal den Feen zustand? Ich konnte kein ganzes Volk in die Hölle verdammen, nur für das, was es war.

Ich hatte die Wahl und ich würde nicht zum Monster werden, selbst wenn ich damit Unschuldige schützte. In den letzten Wochen hatte ich bereits so viel von mir selbst verloren, ein Stück nach dem anderen. Ich hatte meine Vergangenheit verloren, meine Zukunft, mein Zuhause, aber dieser letzte Fetzen – das Gespür für Richtig und Falsch –, *das* war menschlich. Und niemand konnte mir das nehmen.

Ich dachte an Lend und an das, worüber wir so oft geredet hatten: ob die Methoden seines Dads oder die der IBKP besser waren. Hier gab es nicht nur Schwarz und Weiß. Man konnte die Dinge nicht ordentlich in Schubladen mit den Aufschriften »gut« oder »böse« einsortieren. Über-Vamp war böse. Arianna war gut. Aber beide waren sie Vampire. Trotz der Taten einiger Feen (und ich konnte nicht bestreiten, dass die Dunkle Königin in der Hölle gut aufgehoben wäre) bedeutete das nicht, dass man sie alle verdammen konnte.

Ich sah Jack an, sein Engelsgesicht war verzerrt vor Ungeduld und Zorn. Er ließ zu, dass sein Hass auf die Feen ihn zerstörte, genau wie Vivian es zugelassen hatte, dass ihre Verbitterung über die Welt sie zerstörte. Ich würde den Feen diesen Triumph nicht gönnen. Was auch in meinem Leben geschah, es war immer noch *mein* Leben und niemand – weder Reth noch Jack – konnte mich zwingen, zu jemandem zu werden, den ich nicht wiedererkannte.

»Ich kann nicht«, sagte ich sanft. Ich wollte Jack nicht zu sehr enttäuschen. »Es ist falsch. Feen sind schrecklich, aber ich darf nicht über sie richten. Wenn ich wüsste, wie ich sie nach Hause schicken könnte, vielleicht, aber ich kann sie nicht für das, was sie sind, in die Hölle verbannen.«

»Was sagst du da?« Jacks Stimme war leise und zitterte. Von seinem entwaffnenden Lächeln war nun keine Spur mehr zu sehen.

»Ich kann das nicht. Diese Orte – ich spüre sie und ich kann es einfach nicht. Ich kann niemanden dorthin schicken.«

Erschrocken zuckte ich zusammen, als Jack in schrilles Gelächter ausbrach. »Du kannst nicht? Du *kannst* nicht? Ich habe die letzten dreizehn Jahre in der Hölle verbracht und jetzt hast du Skrupel, diese Teufel dorthin zu schicken, wo sie hingehören?« Er drückte meine Hand so fest, dass es wehtat. »Ich fürchte, das kann ich leider nicht gelten lassen. Nicht nach der vielen Arbeit, die es gemacht hat, dich hierherzubringen.«

Ich hätte nie gedacht, dass ich mich mal vor Jack fürchten würde, dem albernen, Rad schlagenden Jack, aber als ich jetzt in seine Augen sah, wurde mir klar, dass Paranormale nicht die einzigen Monster auf der Welt waren. »Können wir vielleicht irgendwohin gehen und uns in Ruhe unterhalten?«

»Nein, wir können nicht irgendwohin gehen und uns in Ruhe unterhalten«, äffte er mich höhnisch nach. »Weißt du eigentlich, wie lange ich gebraucht habe, um das alles so hinzukriegen? Die Sagenbücher der Feen zu stehlen, mich bei der IBKP lieb Kind zu machen, Raquel davon zu überzeugen, dich wieder ins Boot zu holen? Wie viele Missionen ich sabotieren musste, wie viele Probleme ich schaffen musste, bis sie endlich verzweifelt genug war, dich anzurufen? Und hast du eine Ahnung, irgendeine Ahnung, wie schwer es ist, einen Sylphen aufzutreiben?«

»Du hast – das warst du?« So langsam fügten sich die Puzzleteile zusammen – zu einem beängstigenden Ganzen. An jenem Abend in der Zentrale war die Fee gar nicht hinter mir her gewesen. Sondern hinter Jack, weil der ihre Bücher gestohlen hatte. Reth hatte hinter keinem der Angriffe gesteckt.

»Den Fossegrim zu finden war ein bisschen einfacher, aber dafür bin ich fast ertrunken, als ich ihm erklären wollte, was er machen soll. Und trotzdem hast du kaum was von seiner Seele genommen! Dann hatten wir das Glück, auf den Vampir zu stoßen. Du hattest mehr als genug Zeit, ihn schon in Schweden auszusaugen, aber nein, du musstest ihm ja netterweise vorschlagen, dass er weglaufen soll, sodass ich ihn an Halloween k.o. schlagen und über die Pfade schleifen durfte. Und von Fehl will ich gar nicht erst anfangen. Da warte ich mein ganzes verdammtes Leben darauf, einen Feennamen zu erfahren, um dann meine einzige Chance auf einen namentlichen Befehl darauf zu verwenden, dass sie dir wehtun soll, ohne dich zu töten, und was machst du? Du schickst sie weg! Himmel und *Hölle*, Evie, du bist echt zu nichts nütze!«

Entsetzt starrte ich ihn an. »Die ganze Zeit. Die ganze Zeit hast du mich nur manipuliert, versucht, mich dazu zu bringen, dass ich – wie konntest du nur?«

»Genau, und siehst du, wie wahnsinnig viel das anscheinend gebracht hat?« Jacks Gesicht glühte vor Hass. »Öffne das Tor. Sofort!«

»Nein!«

Er lockerte seinen Griff um meine Hand und ich spürte, wie mich eine neue Welle von Panik ergriff. »Jack, ich –«

»Was hast du mir noch mal über deine ganz persönliche Hölle erzählt? Für immer auf den Pfaden verloren zu sein?«

Tränen strömten mir über die Wangen. »Bitte.«

*»Öffne das Tor.«*

»Bitte bring mich nach Hause. Bitte.«

Sein Grübchenlächeln, bösartig in all seiner Unschuld, flammte plötzlich wieder auf. »Du hast kein Zuhause. Außerdem, wie du mir, so ich dir. Wenn du die Feen nicht zur Hölle schickst, dann lass ich dich eben in deiner zurück.«

»Nein!«, schrie ich, grapschte mit beiden Händen nach seiner Hand und keuchte auf, als der Schmerz meinen gebrochenen Arm durchzuckte. Mühelos wand er sich aus meinem Griff und grinste mir noch ein letztes Mal zu, bevor er einen Schritt zurück machte und in der Dunkelheit verschwand.

Dann war ich allein.

# Hallo, Hölle

Ich war allein.

Allein auf den Feenpfaden.

Sobald die Verbindung einmal abbrach, konnte man den anderen nicht mehr finden. Nie. Wieder. Genauso wenig, wie irgendjemand mich in der unendlichen, leeren Dunkelheit finden würde. All die Male, die ich aus diesem Albtraum aufgewacht war, panisch und schwitzend, und jetzt …

Oh, bitte, bitte, lass das alles einen Albtraum sein. Hektisch sah ich mich um. Vielleicht konnte ich Jack ja doch wiederfinden. Vielleicht war all das, was ich über die Pfade gehört hatte, bloß eine Lüge, bloß eine von diesen Geschichten, die Raquel mir erzählt hatte, damit ich bei den Transporten keinen Quatsch machte. »Jack?«, rief ich und meine Stimme in dieser Stille machte mir noch mehr Angst als die Stille selbst. Denn sobald mein Ruf ohne Echo verklang, ausgelöscht wie eine Kerze, lastete die Stille noch schwerer auf mir, wie ein fühlbares Gewicht auf meinen Schultern.

Ich könnte was unternehmen. Ich musste was unternehmen können. Die Pforte! Wir hatten doch direkt vor der

Pforte zum Feenreich gestanden. Zitternd und verzweifelt streckte ich die Hand aus und tastete danach. Doch das Einzige, was ich spürte, waren die Ausläufer der Tore zum Chaos – zur Hölle –, diese brodelnden, bösen Orte, an die Jack die Feen hatte schicken wollen.

Was, wenn ich versuchte, die Pforte aufzumachen, und stattdessen ein Tor öffnete?

Piep, ich war in der Hölle und meine einzige Möglichkeit zu entkommen waren zahllose weitere Höllen.

Es würde alles gut werden. Irgendjemand würde mir helfen. Irgendjemand musste mir helfen.

»Reth!« Plötzlich sehnte ich mich verzweifelt nach dem Anblick seines goldenen Gesichts. »Lorethan!«, schrie ich, obwohl ich wusste, dass es nicht funktionieren würde, aber ich hoffte, dass er es vielleicht, irgendwie, immer noch merkte, wenn jemand seinen alten Namen aussprach.

Er würde mich retten. Er hatte es doch selbst gesagt: Er wusste immer, wo ich war. Er würde es spüren und dann würde er kommen. Ich musste nur warten.

Hatte es denn nicht schon lange genug gedauert?

Es musste doch mittlerweile so viel Zeit vergangen sein, dass er mich hätte finden können.

Ich zählte bis tausend und stimmte den Rhythmus meines Atems auf die Zahlen ab.

Zweitausend.

Dreitausend.

Ich würde sterben.

Viertausend.

Ich würde ganz allein in der Dunkelheit sterben.

Fünftausend.

Und niemand würde es je erfahren und niemandem würde es etwas ausmachen.

Sechstausend – verflucht noch mal, Reth, wo bist du?

Er würde nicht kommen. Mein Atem ging schneller, mein Herz klopfte zu hastig in meiner Brust, versuchte, sich aus meinem Körper herauszuhämmern. Ich machte einen Schritt, dann noch einen, dann noch einen und noch einen und noch einen, mittlerweile rannte ich, aber ich spürte keinen Wind in meinem Haar, keine Bewegung außer die meiner Füße, die immer weiter und weiter und weiter liefen ins Nirgendwo.

Ich konnte nirgendwohin. Ich war das Einzige, was hier existierte. Ich sah nach unten und mich ergriff eine Welle von Schwindel. Woher wusste ich denn, dass ich überhaupt auf irgendetwas stand? Was, wenn ich in Wirklichkeit fiel, wenn ich schon die ganze Zeit fiel und in alle Ewigkeit weiter durch die Dunkelheit fallen würde?

Ich sackte nach unten und kauerte mich in Embryonalhaltung zusammen. Alles war stumpf, taub. Sogar mein gebrochener Arm tat kaum noch weh. Ich konnte nichts um mich spüren, während ich mich fragte, was mich wohl letztendlich umbringen würde. Durst? Hunger? Der Boden dieses Abgrunds, wenn ich ihn denn irgendwann mal erreichte? Oder was, wenn ich überhaupt niemals starb – wenn ich einfach für immer hier in der Dunkelheit liegen blieb?

Meine Brust fühlte sich eng an, zu eng, und mein Herzschlag tat regelrecht weh. Vielleicht würde ich ja an einem Herzinfarkt sterben.

Ich würde sterben.

Ich würde sterben und Lend niemals wiedersehen. Er würde nie erfahren, was mit mir geschehen war. Ich würde ihm nie sagen können, wie leid es mir tat oder wie sehr ich ihn liebte und es immer tun würde, auch wenn ich ihn verlassen musste. Und Raquel, Arianna, David, sogar Vivian und Carlee – ich hatte sie alle ohne ein Wort der Erklärung verlassen. Ich hatte so verzweifelt herausfinden wollen, wer ich war und wo mein Platz in dieser Welt war, dass ich diejenigen angelogen und zurückgelassen hatte, die mich liebten und die mir einen Platz an ihrer Seite geboten hatten, egal, wer oder was ich war.

Jetzt würde die arme Vivian für immer allein durch ihre Träume geistern. Vielleicht schlief ich ja ein, bevor ich starb, und konnte sie wenigstens ein letztes Mal besuchen. Das wäre schön.

Ich konnte mir Lend mit David und Arianna vorstellen, wie sie sich Sorgen machten. Lends Gesicht – ich hasste mich selbst für das, was das Ganze mit ihm anrichten würde, was ich ihm bereits angetan hatte. Wie hatte ich nur so egoistisch sein und ihn so lange belügen können? Er hätte die Chance bekommen sollen, sich selbst über alles klar zu werden, aber ich hatte sie ihm verwehrt, indem ich ihm die Wahrheit vorenthalten hatte – genauso, wie viele andere Leute sie mir vorenthalten hatten. Und er hätte sich bestimmt nicht für mich entschieden, würde sich nie für mich entscheiden, aber das war *seine* Wahl. Wenigstens war ich in der Zeit, die wir zusammen gehabt hatten, glücklicher gewesen als je zuvor in meinem Leben.

Und ich hatte einen eigenen Spind gehabt. Das war doch auch was wert.

Ich holte tief und zittrig Luft und versuchte, meinen Herzschlag zu beruhigen. Wenn ich schon starb, sollte es zumindest friedlich sein. Ich würde hier liegen und sterben und dabei an Lend, Raquel, Arianna und David denken. Langsam ins Vergessen hinüberzugleiten, während mich meine Liebe für sie erfüllte, war nicht der schlechteste Weg zu gehen.

Ich lächelte bei der Erinnerung daran, wie Arianna sich einst Reth in den Weg gestellt hatte und dafür prompt in einen Baum geschleudert worden war. Schade, dass wir nun niemals rausfinden würden, ob Cheyenne und Landon am Ende zusammenfinden würden. Für Arianna hoffte ich, dass es so kommen würde. Sie war in ihrem Leben und Tod schon genug enttäuscht worden.

David und sein geradezu lächerliches Vertrauen in alle um ihn herum und seine unsterbliche Liebe für eine Paranormale, die niemals, niemals genauso stark für ihn empfinden würde, es einfach nicht konnte. Er war nicht dumm oder naiv. Jemanden derart zu lieben war tausendmal mutiger, als ich es ihm je zugetraut hätte.

Raquel. Ihr sanfter spanischer Akzent und ihr unerschöpfliches Arsenal an Seufzern. Ich fragte mich, welchen davon sie ausstoßen würde, wenn ich nicht zurückkam. Ich fragte mich nicht, ob sie wohl traurig sein würde. Denn das wusste ich jetzt, ich wusste, dass ich für sie ebenso sehr eine Tochter war wie sie für mich eine Mutter. Und wenn unsere Beziehung ein wenig verkorkst war, tja, je mehr ich vom normalen

Leben mitbekam, desto klarer wurde mir, dass das typisch war.

Und Lend. Mein Lend. Alles, was ich tun musste, war, an sein Gesicht zu denken. Das würde ausreichen, um mir in der Leere Halt zu geben, es hatte mir immer das Gefühl gegeben, nicht leer zu sein. Bei Lend war ich niemals ein Leeres Wesen gewesen.

Mein Herz beruhigte sich und anstelle des Schmerzes spürte ich etwas anderes: eine seltsame, schwache Anziehungskraft, als wäre ich die Nadel in einem Kompass. Je mehr ich an die Leute dachte, die ich liebte – besonders Lend –, desto stärker wurde es. Ich wollte zu ihm. Ich wollte mehr als alles andere auf der Welt mit ihm zusammen sein.

Ich stand auf, zu verängstigt, um darüber nachzudenken, was ich da tat, zu verängstigt, um Hoffnung zu schöpfen. Ich folgte dem neuen Gefühl und dachte an Lend. Wie es war, seine Hand zu halten. Ihm beim Zeichnen zuzusehen. An die kostbaren Male, die wir allein gewesen waren, und als er einfach nur er selbst sein durfte. An sein Lachen. An den Blick in seinen Augen, wenn er kurz davor war, etwas zu sagen, von dem er wusste, dass es klug war. Und an die Art, wie er mich ansah, wenn ich redete, als wäre ich alles, was er sich jemals auf der Welt gewünscht hatte.

Ich schloss die Augen und wanderte geradeaus, die unverletzte Hand erhoben und mit einem Lächeln im Gesicht, während ich dem Gefühl weiter folgte. Ich hielt mich an meinem Bild von Lend fest, umringt von Arianna, Raquel und David. Dieses Bild fühlte sich an wie ein Ort, fühlte sich an, wie ich mir mein Zuhause immer vorgestellt hatte. Die tote Luft vor mir wirbelte auf, verfestigte sich und ich taumelte aus der Dunkelheit hinaus und direkt in Lend hinein.

Meinen Lend.

Er schloss mich in die Arme und ich weinte und auch Raquel und David und Arianna waren da. Lend strich mir übers Haar und sagte immer und immer wieder dasselbe.

»Ist ja gut, du bist zu Hause. Du bist zu Hause.«

Und zum ersten Mal in meinem Leben wusste ich, dass das die Wahrheit war.

# Treffen auf halbem Weg

»Also echt, du kleine Kröte«, schimpfte Arianna, während sie behutsam letzte Hand an meine Armschiene legte, »wenn ich gewusst hätte, dass du so anstrengend bist, wäre ich nie mit dir zusammengezogen.«

Ich lächelte unter zusammengebissenen Zähnen, um den Schmerz zu ertragen. »Ich hab dich auch lieb, Ar.«

»Und außerdem bist du wirklich ein Dummkopf. Wenn du mal mit mir geredet hättest, dann hätte ich dir erklären können, dass ich so frei war, deine Bewerbungsunterlagen an die American University und an die George Washington University zu schicken, die zufällig beide nur eine kurze Zugfahrt von der Georgetown entfernt sind.«

»Du hast – was?«

»Und wenn das auch nicht hinhaut, bin ich mehr als bereit, meine Vampirtricks an einem der Mitglieder des Aufnahmekomitees auszuprobieren. Nur weil ich kein Leben haben kann, heißt das nicht, dass ich tatenlos zugucke, wie du deins in den Sand setzt. So, bedanken kannst du dich später.«

Schockiert starrte ich sie an. Ich wusste nicht, was ich sagen sollte. Ich hatte mich so auf Georgetown fixiert, dass ich nie auch nur über meine anderen Möglichkeiten nachgedacht hatte. Es rührte mich über die Maßen, dass Arianna mein Schicksal derart in die Hand genommen hatte.

Nicht dass es noch unbedingt eine Rolle spielte, ob ich in der Nähe von Lend war oder nicht.

»Bist du sicher, dass wir nicht doch direkt ins Krankenhaus fahren sollen?« Die Sorgenfalten um Raquels Augen hatten sich noch immer nicht geglättet. Sie war sofort zu David nach Hause gekommen, als Jack ihr erzählt hatte, dass ich verschwunden war. Und jetzt saßen sie da, Schulter an Schulter.

»Das kann auch bis morgen warten.«

Raquel stieß einen »Musst du denn immer so stur sein?«-Seufzer aus und schüttelte dann den Kopf. »Ich kann das mit Jack immer noch nicht glauben. Wir halten Ausschau nach ihm, und wenn wir ihn erst mal haben, setzt er keinen Fuß mehr vor die Tür seiner Eisenzelle. Da kann der kleine Teufel keine Pforten öffnen. Apropos, ich verstehe immer noch nicht ganz, wie du allein aus den Pfaden herausgefunden hast.«

»Ich auch nicht. Reth und Jack haben beide gesagt, man muss eine Vorstellung von dem Ort haben, zu dem man will, eine Verbindung dazu aufbauen. Für Reth waren es Namen und Jack musste die Orte davor schon mal gesehen haben. Bei mir war es –« Ich errötete und sah zu Lend rüber, der neben mir saß, aber nicht so dicht, dass er mich berührt hätte. »Also, ihr wart es. Ihr alle. Sobald ich mich auf meine

Erinnerungen an euch konzentriert habe, habe ich mir den Weg hierher irgendwie erspürt.«

Arianna sah verwirrt aus. Gut, sie alle hatten auch wirklich eine Menge zu verarbeiten, von der ganzen Jack-ist-ein-Psychopath-der-wollte-dass-ich-eine-ganze-Spezies-ausrotte-Angelegenheit bis zu der Huch-anscheinend-bin-ich-weniger-menschlich-als-wir-alle-dachten-Sache. Lend schwieg die ganze Zeit über, was mich zunehmend nervöser machte. Würde er sich jetzt die ganze Zeit so krampfig verhalten, wenn wir uns sahen? Ich liebte ihn noch und das würde auch immer so bleiben und ich würde mich, was unsere Beziehung betraf, komplett nach ihm richten, aber diese Rührmichnichtan-Politik musste wirklich bald ein Ende haben.

Okay, so ganz bereit, ihn loszulassen, war ich also noch nicht.

Okay, wahrscheinlich würde ich nie bereit sein, ihn loszulassen.

Arianna runzelte die Stirn. »Aber als du auf den Pfaden festgesessen hast, warum hast du da nicht diese Fee gerufen, deinen Vater? Hat Reth dir nicht seinen Namen gesagt?«

Mein Kiefer klappte runter. »Piep. Wow. Das ist mir gar nicht in den Sinn gekommen.« Ich konnte es nicht fassen, wie blöd ich war, drauf und dran, mich schön zum Sterben auf die Pfade zu legen, obwohl ich doch noch einen anderen Feennamen kannte, außer dem der mordlustigen Fehl. Aber das musste etwas zu bedeuten haben. Als es hart auf hart kam, hatte ich nicht einen Gedanken an meinen »Vater« oder meine Herkunft verschwendet. Ich hatte an die Leute gedacht, die mir nahestanden, die Leute, die mir wichtig waren.

Dann stammte ich eben zur Hälfte von den Feen ab. Na und? Zu wissen, woher ich kam, änderte schließlich nichts daran, wer ich war. Meinetwegen konnte mein dämlicher Vater im Feenreich hocken bleiben, bis er schwarz wurde. Für mich war er ein Nichts.

Aber ich, ich war definitiv *kein* Nichts.

Schade nur, dass ich das nicht kapiert hatte, bevor ich meine Beziehung mit der Liebe meines Lebens zerstört hatte. Ich hatte alles kaputt gemacht, war so wild darauf gewesen, mir mein ideales Leben aufzubauen, und so paranoid in meiner Angst, ich könnte Lend verlieren und verletzt werden, dass ich mich selbst sabotiert hatte. Ich sah zu Lend rüber und wünschte, er würde endlich was tun, endlich was sagen.

Wie zur Antwort auf meine Gedanken stand er auf und streckte mir die Hand hin. »Wollen wir eine Runde spazieren gehen?«

»Klar!« Ich ließ mir von ihm aufhelfen, unsicher, ob ich danach weiter seine Hand halten sollte oder nicht. Aber er ließ nicht los, während er mich nach draußen und den Weg zum Teich hinunter lotste. Auf halber Strecke blieb er abrupt stehen.

»Ich kann nicht –« Seine Züge verzerrten sich zu einem Ausdruck zwischen Wut und Traurigkeit. »Ich kann einfach nicht glauben, dass du es mir nicht gesagt hast. Warum?«

Ich konnte es nicht ertragen, ihm ins Gesicht zu sehen, also studierte ich die Decke aus abgestorbenem Laub auf dem Boden. »Du bist das Wichtigste in meinem Leben, das Beste, was mir je passiert ist. Und irgendwie ist das furchtbar für mich, dass ich dich so sehr liebe. Weil ich schon so oft verlassen worden bin und dich zu lieben bedeutete, dass es wieder passieren würde. Allein der Gedanke, zusehen zu müssen, wie du dich von mir entfernst und zu jemandem wie deiner Mom wirst, der mich nicht mehr lieben kann – ich dachte, es ist leichter, das gleich hinter mich zu bringen. Jetzt bringt es mich noch nicht um, glaube ich zumindest, aber irgendwann später könnte das sehr gut sein. Und es tut mir leid, ich hätte es dir sagen müssen, aber ich dachte, wenn du es nicht wüsstest, könnten wir es irgendwie schaffen. Bei dir hab ich mich immer so warm gefühlt, die Leere vergessen. Das war selbstsüchtig von mir und unfair. Jeder sollte wissen dürfen, was er ist.«

»Evie – du – ARRGH«, stieß Lend hervor und ich sah überrascht zu ihm auf. Er hatte beide Hände zu Fäusten geballt und den Blick zum Himmel erhoben. Nach ein paar Sekunden sah er mich an, die Wut in seinem Gesicht wie ausgelöscht. »Ich bin kein Unsterblicher.«

»Aber ich hab doch gesehen –«

»Ich weiß, was du gesehen hast, und ich bin mir auch sicher, dass du recht hast, aber unsterblich zu *sein* macht mich noch lange nicht zu einem *Unsterblichen*. Behandle mich nicht, als wäre ich meine Mom. Sie ist immer so gewesen wie jetzt – sie kann gar nicht anders. Sie wächst nicht, sie verändert sich nicht. Willst du etwa behaupten, ich wäre genauso?«

»Natürlich nicht!«

»Dann tu nicht so, als hätte ich keine Wahl! So ein Leben, so eine Welt hab ich nie gewollt. Und ich weiß, dass ich mich eines Tages entscheiden muss, was ich damit anfange, aber piep, Evie, ich bin doch erst achtzehn! Ich muss mir noch lange Zeit keine Gedanken über die Ewigkeit machen.«

»Aber irgendwann schon.«

Er verdrehte die Augen. »Du tust so, als würde ich schon nächste Woche meine Sachen packen und in den nächsten Fluss hüpfen. Was eine ziemlich blöde Idee wäre, weil ich eine Riesenhausarbeit abgeben muss. Das ist doch gar nicht meine Welt. Die ist hier. Und ich werde mein Leben so führen, wie ich das will. Was bedeutet, meinen Abschluss zu machen und hoffentlich irgendwas in der Kryptozoologie zu bewirken und Kinder zu haben und lächerlich gewöhnlich zu sein, wenn man mal davon absieht, dass ich mich um Paranormale kümmere und meine Gestalt verändern kann. Und das alles, jede einzelne Minute, will ich zusammen mit dem Mädchen erleben, das ich liebe und das mir versprechen wird, mir von jetzt an *immer* die Wahrheit über *alles* zu sagen, damit ich endlich mal wirklich für sie da sein kann.«

Ich blinzelte ein paar Tränen weg. Das war genau das, was ich mir zu hören gewünscht, aber nicht zu hoffen gewagt hatte. Aber er wusste das doch alles gar nicht. Wie konnte er sich so sicher sein? »Was, wenn du es dir anders überlegst? Ich weiß nicht mal, wie lange ich noch zu leben habe.«

Er trat einen Schritt vor und schloss so die Lücke zwischen uns, dann lehnte er seine Stirn an meine. »Das einzige Leben, das ich mir vorstellen kann, ist eins mit dir. Ich verstehe nicht, was das für eine Distanz ist, die du da zwischen uns siehst, aber können wir uns nicht irgendwie auf halbem Weg treffen?«

»Auf halbem Weg wozwischen?«

»Ich weiß auch nicht, zwischen morgen und für immer, zwischen Leben und Tod, zwischen normal und paranormal. Da, wo wir eigentlich schon die ganze Zeit waren.«

Ich biss mir auf die Unterlippe und nickte an seiner Stirn. »Da ist Platz für uns, oder?«

»Immer.« Er legte seine Lippen auf meine und besiegelte so unseren eigenen kleinen Platz auf der Welt. Seinen und meinen. Zusammen.

# Danksagung

Tja, wie ich festgestellt habe, ist es gar nicht so leicht, wie man denkt, das zweite Buch einer Reihe zu schreiben. Oder vielleicht habt ihr ja auch gedacht, dass es total schwierig ist – in dem Fall seid ihr wesentlich schlauer, als ich es war. Also, ich habe wie immer einer Menge Leute zu danken, die geholfen haben, dieses Buch auf den Weg zu bringen. Vielleicht sollte ich einfach nach jedem Absatz eine Kussszene einfügen, um euch fürs Lesen zu belohnen.

Zuerst und vor allem danke ich meinem hinreißenden Genie von Ehemann. Danke für all die Samstage, an denen du mit den Kindern an den Strand gefahren bist, während ich mich mal wieder in der Bibliothek vergraben habe. (Moment, vielleicht solltest *du* eher *mir* dafür danken.) Danke für deinen unerschütterlichen Glauben an mich. Danke, dass du endlich aufgehört hast, mir bei jeder Szene vorzuschlagen, Evie umzubringen; irgendwie mag ich sie lebendig nämlich ganz gern. Und besonderen Dank dafür, dass du mich an jedem einzelnen Tag meines Lebens zum Lachen bringst. Ich liebe dich, du heißer Feger.

(Entschuldigung, aber keine Kussszenen zwischen Noah und mir. Sosehr ich es auch genieße, ihn zu küssen, das wäre doch einfach nur seltsam.)

Elena und Jonah, ihr zwei seid ein unerschöpflicher Quell der Freude und des Vergnügens. Euch aufwachsen zu sehen, ist das größte Privileg meines Lebens und es gibt keinen Titel, auf den ich stolzer wäre als »Mom«.

Mom und Dad, ihr seid die besten Eltern, die man sich nur wünschen kann. Kit und Jim, danke, dass ihr den tollsten Sohn der Welt bekommen und mich ihn habt heiraten lassen. Erin, Todd, Lindsey, Keegan, Lauren, Devin, Matt, Tim, Carrie, Seth, Shayne, Eliza, Christina, Josh, Emma, Beverly, Thomas, Colton, Dee und Mary: Ich bin wirklich froh, mit euch allen verwandt zu sein. Und wirklich froh, dass ich nicht für euch alle Weihnachtsgeschenke besorgen muss, denn, puh, ihr seid wirklich ganz schön viele.

Natalie Whipple, danke, dass du für mich da bist. Danke, dass du meine Sachen liest, noch während ich daran schreibe, und dass du dir die ersten Entwürfe anguckst und mir hilfst, endlich mal aus dem Quark zu kommen und das Chaos darin zu beseitigen. Ohne dich könnte ich nicht schreiben. Stephanie Perkins, keiner meiner Texte ist je fertig, solange er nicht vor deinem strengen Blick bestanden hat. Deine brillanten Ratschläge machen sie immer nur noch mehr zu *meinen* Texten, als sie es vorher waren. Ich bin so dankbar, euch beide zu meinen engsten Freunden zählen zu dürfen.

(Okay, Natalie oder Steph werde ich auch nicht küssen. Auch wenn ich sie beide sehr liebe.)

Ich danke Cristina Gilbert, meiner großartigen Marketingleiterin, und Kim Bouchard, meiner Presseagentin für *Flames 'n' Roses*; Christina Colangelo, Kristina Radke und Caroline Sun, dem Marketing- und Presseteam hinter *Dreams 'n' Whispers*, für ihren begeisterten und hochgeschätzten Einsatz für Evie. Torborg Davern und Alison Donalty, eure Buchcover sind verdammt noch mal Kunstwerke. Danke, dass ihr Evies Büchern eine Hülle verpasst, über die sie ausflippen würde.

Wenn es sie denn gäbe. Was nicht der Fall ist, aber ich flippe genug für zehn fiktionale Charaktere aus. Tyler Infinger, danke für deine Hilfe und generelle Großartigkeit. Ein Tag, an dem ich ein Päckchen von dir bekomme, ist ein guter Tag.

(Leute, ich weiß einfach nicht, wer wen küssen soll. Fiktionale Charaktere? Echte Menschen? Ich danke übrigens auch Snow Patrol, Paramore und Ingrid Michaelson, aber ich finde nicht, dass die sich unbedingt küssen sollten. Na ja, und wenn irgendjemand auf die Idee käme, Lend zu küssen, dann würde Evie ihm einen Stromstoß mit Tasey verpassen und dann würde diese Danksagung viel zu viel Gewalt beinhalten.)

Erica Sussman, meiner genialen Lektorin, es ist die reinste Freude, mit dir zusammenzuarbeiten. Ich bin so froh, dass ich diese Bücher gemeinsam mit dir auf die Beine stellen darf. Danke für deine Anmerkungen, in denen immer passend gemacht wird, was noch nicht passte, die aber ebenso großzügig mit den Smileys sind. Allein deine Handschrift zu sehen macht mich glücklich.

Michelle Wolfson, ich glaube normalerweise nicht an Schicksal, aber du und ich, wir sind einfach füreinander bestimmt. Danke, dass du mein fantastischer, Feuer speiender Minidrache von Agentin bist. Ich hab so ein Glück, dich an meiner Seite zu haben, als Agentin wie auch als Freundin. Du bist so wunderbar, dass es kaum zu glauben ist.

(Die andere Frage ist, was ihr wollt: richtiges Rumgeknutsche mit allem Drum und Dran? Oder eher ein freundschaftliches Küsschen? Ich glaube wirklich nicht, dass Zungenküsse für eine Danksagung angebracht sind. Hach, ich denke einfach zu viel darüber nach. Hier bitte Flüche einfügen.)

Und schließlich meinen Lesern. Euch. Ich danke euch, dass ihr *Flames 'n' Roses* gelesen, euren Freunden davon erzählt, mir eure Anmerkungen geschickt und was nicht sonst noch alles getan habt, was mich über Wasser gehalten und dem Buch zu solchem Erfolg verholfen hat. Ich hoffe, *Dreams 'n' Whispers* hat euch genauso gut gefallen; ich kann's kaum erwarten, euch im nächsten Buch zu zeigen, wie Evies Geschichte endet.

(Ich weiß was – ich liebe euch alle doch so sehr, wie wär's also, wenn *ich euch* küsse? Allerdings könnte das ganz schön lange dauern, je nachdem, wie viele von euch das hier lesen. Und zu unangenehmen Situationen könnte es auch führen, weil ich nämlich auf die Wange zielen würde, und was, wenn ihr dann den Kopf in die falsche Richtung dreht und wir mit den Nasen zusammenstoßen oder eure bessere Hälfte das Ganze mehr als bloß freundschaftlich interpretiert und wir dann sagen müssten: »Nein, nein, das ist doch alles nur, damit die Danksagung interessanter wird!«, aber dann wäre es eh zu spät und wahrscheinlich ist es wirklich einfach das Beste, ich werfe euch allen bloß ein paar dramatische Luftschmatzer zu.)

Na dann mal los. »Kiersten hob die Hand an die Lippen, grinste schelmisch (ihrer Meinung nach gibt es kaum eine bessere Art zu grinsen) und warf allen, die ihre Danksagung lasen, völlig übertriebene Luftküsse zu, um ihnen zu zeigen, wie glücklich sie darüber war, dass sie sie in ihrer Traumwelt besucht hatten.«